Roland Mueller

Das Schwert des Goldschmieds

Sehr verehrte Leserin, sehr verehrter Leser,

unsere Welt wird immer schnelllebiger, unser Alltag immer hektischer. Gerade deshalb sind die schönen, unbeschwerten Momente, in denen wir innehalten und uns zurücklehnen, so kostbar.

Ich persönlich greife in solchen Momenten gerne zu einem guten Buch. Eine spannende und unterhaltsame Geschichte hilft mir, schnell abzuschalten. Beim Lesen vergesse ich die Sorgen des Alltags.

Doch manchmal ist es gar nicht so einfach, ein gutes Buch zu finden. Dabei gibt es so viele Autorinnen und Autoren, die mit ihren Geschichten die Leser in ihren Bann ziehen. Solche Highlights der Unterhaltungsliteratur bringt jetzt die vielseitige UNIVERSO-Taschenbuchreihe zusammen. Die von uns sorgfältig ausgewählten Bücher reichen von frechen Frauenromanen über spannende Krimis bis hin zu großen Liebesgeschichten und historischen Romanen.

Die kleine, aber feine UNIVERSO-Auswahl möchten wir gerne auch mit Ihnen teilen. Mir bleibt nur, Ihnen viel Spaß und Entspannung beim Lesen und Träumen zu wünschen.

Herzlichst
Ihr

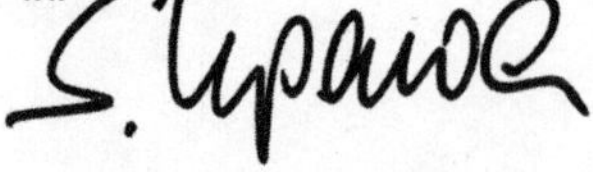

Siegfried Lapawa
Verleger Karl Müller Verlag

Roland Mueller

Das Schwert des Goldschmieds

Roman

UNIVERSO

Über den Autor:
Roland Mueller, geboren 1959 in Würzburg, lebt heute in der Nähe von München. Der studierte Sozialwissenschaftler arbeitete in der Erwachsenenbildung, als Rhetorik- und Bewerbungstrainer und unterrichtet heute an der Hochschule der Bayerischen Polizei. Er veröffentlichte zahlreiche Romane, Kurzgeschichten, Kinder- und Jugendbücher.

Genehmigte Lizenzausgabe
Universo ist ein Imprint des Karl Müller Verlages –
SILAG Media AG, Liebigstr. 1–9, 40764 Langenfeld

Umschlagfotomotiv: oberes Motiv: akg-images;
unteres Motiv: akg-images/Erich Lessing

PEFC zertifiziert
Dieses Produkt stammt aus nachhaltig bewirtschafteten Wäldern und kontrollierten Quellen
PEFC/32-31-039
www.pefc.de

Dieses Buch wurde auf Pamo Classic von Arctic Paper gedruckt.

ISBN-Nr. 978-3-95674-144-9
Printed in EU 2014

… andere schmolzen Gold und Silber und machten gute und schöne Werke davon, machten Pokale und Schalen und emailliertes Geschmeide, Ringe, Gürtel und Schließen.

nach dem Ritter
Chrétien de Troyes Perceval

Niemand, der an Wert will steigen
Möchte lange sesshaft bleiben …
Geht vielmehr in manche Länder
Lohn und Abenteuer suchen
Und kommt oftmals reich zurück …
Führt darauf ein schönes Leben
So dass viele ihn beneiden
Im Turnier und auch im Kriege
Und durchirrt der Länder viele …

Wilhelm »der Marschall« 1164

Yusuf ibn al-Mansur

Ihr Anführer war ein großer, schlanker Maure mit einem auffallend schönen Gesicht, geziert von einem kurz gestutzten Kinnbart.

Alles, was der Beduine zum Leben braucht,
verschaffen ihm seine Herden.
Wenn nicht – so muss er es stehlen.
Überlieferter Spruch der Nomaden

1

Der sechste Tag auf See war zugleich der erste ohne Sturm, ohne Regenschauer und ohne die schweren Windböen, die unbemerkt und plötzlich über das aufgewühlte Wasser strichen, trotz der wachsamen Augen des Ausgucks an Bord der Galeasse »Die Schöne von Aquitanien«. Dieser Wind, von einer Gewalt, um die Menschen schreien zu lassen in ihrer Angst, schlief ein, mit jeder Stunde ein wenig mehr.

Das Schiff rollte hilflos in dem schweren Wasser.

Carillo, der Kapitän, glaubte längst nicht mehr, jemals sicher an die Küste Nordafrikas zu gelangen. Aber dies sagte er niemandem, denn er war abergläubisch, und es galt ihm, wie allen Seefahrern, gleich welchen Glaubens, als böses Omen, über ein Unglück auf See zu sprechen. Hieß es doch die Mächte zu erzürnen und solcherlei Unbill heraufzubeschwören, ja, geschehen zu lassen.

Die »Schöne von Aquitanien« war nur ein kleines Schiff, mit einer Handvoll Seeleute als Besatzung. Vor mehr als 20 Tagen waren sie unweit von Rom, von Ostia aus in See gestochen. Beladen war das Schiff mit allerlei Waren aus Venedig: feine Stoffe aus der Lombardei und ein großer Posten ligurischen Weines, dazu Basaltsteine, etwa zehn Tonnen schwer, aus den Steinbrüchen von Rom. Dazu kamen vier edle Pferde, prächtige Geschenke an den Sultan von Ägypten. Zwei Pferdeknechte reisten auf dem Schiff, und sie waren für das Wohl dieser Tiere verantwortlich. Besonders kostbar aber war eine Bulle mit der Bitte des Papstes, Niederlassungen für den Handel mit dem Abendland zuzulassen im endlosen Weit am Rande der arabischen Wüste.

Venedig wollte handeln, und dies seit dem letzten großen Krieg zwischen den Arabern und den Christen, dem ersten Kreuzzug. Tausende führte er nach Jerusalem, und dieser

Feldzug sollte ihr Grab bedeuten, dort in dem fremden Land. Doch wer für den Glauben an Jesu Christ stirbt, der sei gesegnet, und er wird das Paradies schauen. Aber der Kreuzzug lag lange zurück. Nur die Erinnerung daran war noch wach. Denn Gott ist groß und gerecht!

»Wir sind weit vom Kurs abgekommen«, sagte Carillo zu seiner Besatzung und zu den Passagieren, die sich um ihn gesammelt hatten.

Die Venezianer und zwei Knechte aus Rom, damit waren sie zu sechst, und mehr tot als lebendig lauschten sie den Worten des Kapitäns.

»Alexandria liegt weitab. Der Wind ist nicht günstig.«

»Seit Tagen nicht«, bemerkte einer der Seeleute düster.

»Wisst Ihr, Kapitän, wo wir sind?«, fragte einer der Reisenden.

»Ich kann es Euch nicht sagen, Faber«, antwortete der Kapitän, »wir werden es erst wissen, wenn wir die Küste erreichen.«

Der so Angesprochene war ein junger Mann, groß, von sehr schlankem Wuchs, mit einem schmalen, edlen Gesicht. Das Haar dunkel und leicht gelockt, das ihm bis auf die Schultern fiel. Dies war Gwyn Carlisle, ein englischer Goldschmied, der, beauftragt von Venedig und Rom, dem Dogen und dem Papst, in besonderer Mission nach Ägypten reisen sollte. Als er und die übrigen Reisenden, Kaufleute einer societas aus Venedig, vor über zwei Wochen in Ostia bei Rom ihre Reise begannen, waren sie noch alle guten Mutes gewesen. Das Schiff war klein, aber solide gebaut, die Mannschaft bestand nicht, wie üblich, aus Tagelöhnern, sondern freien Sizilianern. Diese Männer, und besonders ihr Kapitän, Markus Sebastiano Carillo, kannten die Küste und auch das Meer bis hin zur Küste von Alexandria, denn es war nicht ihre erste Fahrt dorthin.

Eine halbe Tagesreise hinter der Insel Kreta hatte der tagelang andauernde Sturm begonnen. Nun waren sie alle müde und hungrig. Die Tage auf See waren kalt gewesen, und durch die stete Nässe brannte längst kein Feuer mehr auf dem Schiff. In der Hoffnung, endlich Land zu sehen, versuchte jedes Augenpaar, die tiefhängenden Wolken zu durchdringen. Bei klarem Wetter war eine Reise von Rom mit einem seetüchtigen Schiff, immer an der Küste des Königreiches Sizilien entlang, durch die Straße von Messina, an Reggio vorbei, eine Reise ohne Mühe, ja oft vergnüglich. Doch dieser schwere Sturm ließ die Fahrt zu einer kräftezehrenden Angelegenheit werden.

Das Schiff rollte noch immer hin und her.

Ein Teil der Takelage war beschädigt worden, und bei dem steten Seegang war es keinem der Seeleute bisher gelungen, wenigstens einiges davon herabzuschlagen und neue Segel zu setzen. So trieb das Schiff mit der unruhigen See in einer unbekannten Richtung. Auch das Ruder war beschädigt worden. Die Gewalt des Wassers hatte das Ruderblatt eingedrückt, ein daumenbreiter Riss ging quer durch das ganze Holz. Wenn das Schiff vom Steuermann wieder auf seinen Kurs gezwungen wurde, konnten alle die Bruchstelle genau erkennen. Dort schimmerte das Holz hell. Und bei jedem Manöver sah der Schaden bedrohlicher aus. Zwei Zimmerleute begannen, an einem der Ausleger vom Heck aus auf das Ruder hinauszuklettern. Dort wollten sie versuchen, lange Bretter quer über die breite Holzfläche zu schlagen. Die Arbeit war mühevoll und gefährlich, aber es war im Moment die einzige Möglichkeit, das beschädigte Ruder so weit zu verstärken, dass es noch einige Stunden hielt. Stunden, die genügen sollten, dessen war sich der Kapitän sicher, dann würden, ja, mussten sie nach seiner Kenntnis Land erreichen. Und nicht nur er wartete auf die Sonne, oder wenigstens etwas von deren Licht, denn nach dem Sonnenstand ließ sich die Richtung bestimmen. Erfahrung und einige Seekarten der griechischen Küste könnten ihm, Carillo, dem Kapitän, genauer sagen, wo etwa sich hier im Mittelmeer das kleine Schiff gerade befand.

So halfen alle mit, soweit sie sich erholt hatten und ihre lädierten Knochen nicht mehr schmerzten. Gwyn und einer der Seeleute hoben die schweren Bretter über das Heck, um sie so lange festzuhalten, bis der Schiffszimmermann einigermaßen sicheren Stand auf dem hohen Ruder hatte und mit Hammer und langzolligen Nägeln ein weiteres Brett als Stütze festnageln konnte.

Immer wieder schwankte einer der Männer und hielt sich verzweifelt fest, wenn das Schiff ein Wellental passierte, denn dabei tauchte das Heck oft gefährlich tief ein, und mehr als einmal verschwand einer der Männer auf dem Ruder bis fast zur Brust in dem schaumigen Tal.

Ein Abwarten auf ruhige See war jedoch zu gefährlich. Wenn das Ruder vollends auseinanderbrach, waren sie endgültig ein Spielball für die Wellen.

»Schiff! Ein Schiff!« Der Mann, der auf dem Ruder stand, wäre beinahe herabgefallen.

Gwyn hielt eines der Bretter fest und hob den Kopf. Der Ausguck deutete mit dem Arm in die Richtung weit hinter dem Heck des Schiffes. Tatsächlich, immer wenn das Handelsschiff etwa auf gleicher Höhe mit dem Wellenkamm war, ließ sich weit hinter ihnen ein winziger Punkt ausmachen. Es waren geübte und scharfe Augen nötig, um auf solch eine Distanz noch etwas zu erkennen. Gwyn, ganz sicher mit guten Augen ausgestattet, musste sich anstrengen, um etwas zu erkennen. Aber nicht einmal sah er das Aufblitzen eines Segels.

»Wer kann das sein?« Carillo war neben sie getreten und blickte angestrengt über das Wasser. »Das weiß der Allmächtige allein. Sind hier weitab. Wird noch eine Weile dauern, bis es nah genug, dass wir es erkennen können. Vielleicht ein Römer wie wir oder ein Byzantiner? Die Venezianer fahren andere Routen, und die Genueser fahren diesen Teil des Meeres nicht so oft.«

»Vielleicht ein Schiff so wie wir? Dem der Sturm die Federn gezaust hat?«, fragte einer der Venezianer.

»Vielleicht ...«

Der Kapitän beschattete noch einmal seine Augen, aber er konnte nichts erkennen. »Sollten trotzdem wachsam sein.«

Sogleich erteilte er weitere Anweisungen, das beschädigte Schiff noch schneller wieder fahrtüchtig zu bekommen.

Alle arbeiteten weiter. Gwyn erlaubte sich mehr als einmal einen suchenden Blick über das Meer. Aber er entdeckte nichts, was ein Schiff sein könnte. Trotzdem, ein Irrtum schien ausgeschlossen, denn der Ausguck meldete immer wieder ein Segel am Horizont. Ein Teil der Takelage war freigeschlagen geworden, und alles, was nicht mehr zu gebrauchen war, warf man über Bord. Jede Hand war nun nötig, wenigstens notdürftig die Segel des schwer beschädigten Schiffs zu setzen und an die Masten anzuschlagen.

Es war spät und vom Tag her längst Nachmittag, als der Ausguck erneut den unbekannten Begleiter meldete. Aber diesmal war sein Ruf voller Furcht. »Latinersegel!«

Erschrocken blickten sich alle an.

»Er fährt ein Latinersegel und ... Ruder!«

Der Kapitän schlug ein Kreuzzeichen, und dann stürzte er zum Hauptmast, legte den Kopf in den Nacken und rief hinauf: »Pietro! Sag an, bist du dir sicher?«

»Latinersegel, Kapitän. Seh sie ganz genau!«

»Und Ruder?«

»Jaaa ... Ruder, Kapitän! Wenigstens zwei Reihen! Aber sie rudern nicht!«

»Wie weit entfernt?«

»Vielleicht noch eine Meile!«

Der Kapitän wandte sich um, und die Männer ringsum sahen ihn erwartungsvoll an, obwohl jeder wusste, was er nun sagen würde, denn alle warnten den Reisenden in den Hafenstädten des Tyrrhenischen wie auch des Adriatischen Meeres vor dem, was ihnen widerfahren könnte, wenn sie es doch wagten, mit einem Schiff zu fahren. »Piraten, Messere! Piraten!«

Ringsum murmelten und raunten die Männer. Sie erschraken und bekreuzigten sich. Nicht nur der Kapitän machte ein sorgenvolles Gesicht.

»Und wenn der Ausguck irrt?«, fragte de Lorenzo, einer der venezianischen Kaufleute.

»Messere, Pietro ist unser aller scharfes Auge. Wenn er ein Schiff auf dem Wasser sieht, dann ist dort eins.«

»Müssen es denn Piraten sein?«, fragte Gwyn eher zweifelnd.

»Ja, Faber. Nur solche Schiffe wie das unsere sind ohne Ruderbänke. Damit fahren die Händler für Venedig oder Genua. Latinersegel und Ruderer, diese Schiffe sind schnell. Unweit von Kreta wimmelt es von Piraten, und Byzanz duldet sie. Nach schweren Stürmen suchen sie das Meer nach beschädigten Schiffen ab. Um sie zu jagen. So wie uns jetzt.« Er wandte sich um und schrie noch einmal auf den Mast hinauf: »Pietro, sag an, wenn sie näher kommen!«

»Si, Messere Kapitän!«, tönte es zurück.

Carillo wandte sich um. »Ein jeder auf seinen Platz. Wir segeln, solange unser Schiff noch fährt. Wir sind wohl näher an Land, als ich bisher geglaubt. Denn die Piraten folgen ihrem Wild nicht so weit über See. Es muss Land in der Nähe sein. Es muss …« Er sagte es beschwörend und hieb mit seiner schwieligen Faust an den Mast. Sogleich begann jeder, auf seinen Platz zurückzukehren. Verbissen arbeiteten sie alle weiter. Den Zimmerleuten war es gelungen, das schwere, mächtige Ruderblatt so weit zu befestigen, dass es wieder ohne Gefahr bewegt werden konnte, und ein Teil der großen Segel war erneut angeschlagen. Das Schiff begann, allmählich wieder Fahrt aufzunehmen. Da jubelten die Männer laut. Aber ihre Freude sollte nicht von langer Dauer sein, denn je ruhiger das Meer wurde, umso schneller holten ihre Verfolger auf. Längst war dieses Schiff für alle mit bloßem Auge zu erkennen, und längst bestand kein Zweifel mehr, dass es sich um Piraten handelte. Ihr Verfolger trug stolz eine lange dunkle Schärpe am Bug. Es war ein kretischer Korsar. Das Schiff, eine lange, schlanke Schebeke, ließ sich bei gutem Wind leicht segeln. In dem noch immer aufgewühlten Wasser riskierten die Verfolger zwar schnell, große Mengen Wasser zu machen, aber mit jeder weiteren Stunde beruhigte sich die See, und der Abstand des schneller werdenden Schiffes zu dem Handelsschiff schmolz dahin.

»Das ist Gregor der schwarze Bastard. Der Teufel selbst hat ihn gezeugt, denn er ist kein Mensch«, sagte der Kapitän zu Gwyn gewandt.

»Wer ist der Mann?«

»Er hetzt Schiffe, und er tötet, weil es ihm eine große Freude macht. Und dabei spottet er unseren Herrn.«

»Ein ungläubiger, heidnischer Pirat?«, fragte Gwyn neugierig.

»Nein, Faber! Ein Christ so wie Ihr und ich. So sagt er es wohl selbst über sich. Der Byzantiner entkam den Händen des Henkers und floh nach Kreta. Er ist ein Pirat, und er küsst das Kreuz, bevor er tötet, und er tut dasselbe danach. Wahrlich, Faber, wenn er uns einholt, können wir froh sein, wenn wir nur seine Gefangenen werden.« Der Kapitän wandte sich ab und schrie ein paar Befehle in dem schnellen melodischen Dialekt der Menschen aus der Gegend um Catania.

»Was geschieht dann mit uns?«, wollte de Lorenzo wissen.

»Behalten wir zumindest das Leben, werden wir als Sklaven nach Damietta oder Sais verkauft«, sagte einer der Schiffsleute düster.

Er spie über die Reling, schlug ein Kreuzzeichen und verdrehte dazu die Augen. Carillo, der Kapitän, trat wieder zu ihnen.

»Wir werden kämpfen und uns wehren«, sagte Gwyn.

Der Kapitän schüttelte nur den Kopf. »Seht Euch um, Faber! Wie viele Männer seht Ihr, die eine Waffe führen können?« Erneut schüttelte er nur den Kopf. »Unsere einzige Hoffnung ist die Flucht. Wenn es uns gelingt, in dem schweren Wasser weiterzufahren, können wir vielleicht entkommen.«

Es war später Nachmittag, als die dicht hängende Wolkendecke langsam aufriss wie ein mächtiger Vorhang, und die Reisenden erkannten plötzlich einen schmalen Strich über dem Wasser. Die Küste.

»Da …! Das Ufer! Seht nur!«

Einer der Seeleute schrie dies laut, und alle an Bord fielen gleichzeitig auf die Knie, schrien und jubelten gleichermaßen. Und als auch der Kapitän den schmalen Ufersaum erkannte, sank er ebenfalls auf die Knie. Mit der einen Hand hielt er sich an der niedrigen Bordwand fest, mit der anderen Hand schlug er ein Kreuz. Dann begann er, laut zu beten. »Oh Herr, unser Herr! Jesu Christo! Gelobet sei Dein Name! Wir danken Dir, hast uns vor dem Sturm gerettet und vor den Kretern. Nun schickst Du uns das rettende Land. Wir sehen es, und unsere Herzen sind froh. Großer Gott, sei gelobt und gepriesen alle Zeit.«

»Amen, so sei es!«, riefen die anderen laut.

Dann begannen sie zu singen, und nicht nur Gwyn war mit einem Male erleichtert und froh.

Das Schiff strandete an einem langen ebenen Strand, über dessen flache Dünen man das Grün von dichtem, eher niedrigem Dickicht sehen konnte. Mit geblähten Segeln liefen sie in schneller Fahrt auf die Küste zu, bis es mit einem Male unter dem Rumpf zu knirschen begann. Es gab einen heftigen Stoß, begleitet von einem Zittern und Ächzen. Das Schiff schien einen Moment lang auf der Stelle zu ruhen, dann neigte sich der schwere Rumpf noch einmal leicht zur Seite und saß dann fest.

»Die Schöne von Aquitanien« war auf dem sandigen Grund aufgelaufen.

Angeschlagen durch den schweren Sturm, zerbrach das Schiff fast gleichzeitig an vielen Stellen. Und mit jeder neuen Woge brachen weitere Hölzer, zersplitterten die Spanten und drang mehr Wasser in das Schiff ein. Die Seeleute hatten gerade noch Zeit, Segel und alles Tauwerk mit ihren Äxten herunterzuschlagen. Gwyn konnte seine persönliche Habe und die Geschenke an den Sultan eigenhändig retten, die venezianischen Kaufleute aber hatten nicht so viel Glück. Ein Großteil ihrer kostbaren Waren versank im Meer nur wenige Dutzend Schwimmbewegungen vom Ufer entfernt. Die Pferde schwammen sicher an Land, und zwei zogen die beiden Pferdeknechte mit sich, denn beide Männer konnten nicht schwimmen. Gwyn und die Seeleute halfen sich gegenseitig aus dem bewegten Wasser an Land. Noch immer rollten schwere Wellen an den Strand und liefen dort, kleiner und kleiner werdend, aus.

Gwyn watete aus dem Wasser, nass bis auf die Haut, einen Bogen mit der linken Hand umklammernd, mit der anderen immer wieder einem der Kameraden helfend. Er hatte nichts bei diesem Schiffbruch verloren. Seinen Reisesack und ein Bündel mit Pfeilen, eine Handvoll Werkzeuge, etwas Brot, ein kleiner Sack voll Gerste und etwas Salz, ein Hemd, das hatte er sich auf seinen Rücken geschnürt. Während die übrigen Männer am Ufer lagen, heftig keuchend wegen der

Anstrengungen, breitete Gwyn seine Werkzeuge auf dem trockenen Boden aus und prüfte seine Vorräte. Das Brot und die Gerste waren nass. Aber wenn er beides bald aß, war es nicht so schlimm. Das Salz war vom Wasser aufgelöst und nun ein Teil des Meeres. Sein größter Schatz, sein Langbogen, war nass geworden, sonst aber unversehrt geblieben. Dieser Bogen war eine ungewöhnlich schöne Waffe, der Schaft bestand aus glattem, bernsteinfarbenem Holz, länger als er selbst mit einer feinen, dünn geflochtenen Sehne. Der Bogen, ein Vermächtnis und zugleich ein Stück aus seiner Heimat Britannien, war einer jener berühmten sächsischen Langbogen, mit deren Hilfe ein geübter Schütze erstaunlich weit schießen konnte. Noch mehr verwunderlich war die Kraft eines Pfeils, der selbst auf größere Distanz noch zielgenau und tödlich war. Über diese Langbogen erzählte man sich die unglaublichsten Geschichten. So, dass ein Pfeil das Kettenhemd eines christlichen Ritters durchschlagen konnte. Die schweren Schilde der Kreuzfahrer hielten einen Pfeil wohl ab, aber selbst ein Mann mit großer Kraft brach die Pfeilschäfte nach einem Angriff auf dem Schildrücken lieber ab, als dass er sie aus dem Holz zog; dies war ohne ein Werkzeug kaum möglich.

Gwyn Carlisle war in vielen Dingen bewandert. Aber in zwei Dingen war er, obwohl noch jung, ein großer Meister: in der Kunst des Goldschmiedens und in der Kunst des Bogenschießens.

Der Kreter segelte in gehörigem Abstand zur Küste entlang, ohne seine Fahrt allzu sehr zu verlangsamen. Aber wie einem hungrigen Wolf, der sein vermeintliches Opfer schon reißen will, war diese sicher scheinende Beute entkommen. Der Pirat wendete und verschwand rasch an dem grauen Horizont.

»Er kommt nicht näher, weil er das gleiche Schicksal fürchtet!«, frohlockte Messere di Ogerio, der Venezianer. Er war der Anführer der societas. Andrea di Ogerio, ein noch junger, aber sehr erfahrener Kaufmann. Für ihn und seinen Gefährten Ribaldi di Sauro war es bereits die zweite Reise nach Ägypten. Jene societas bestand jedoch nicht nur aus venezianischen Kaufleuten, auch die reisenden Händler aus Genua, Pisa, Ravenna, Lucca und Bari schlossen sich zusammen. Für alle handeltreibenden Kaufleute jener Tage war es die einzige Möglichkeit, einigermaßen sicher zu reisen.

Kaum am Ufer angekommen, beklagten die Venezianer laut und theatralisch gestikulierend den Verlust ihrer Ware. Gwyn wunderte sich darüber nicht wenig. Diese Männer, die gerade eben dem Tod oder zumindest der drohenden Sklaverei entkommen waren, machten nun dem Kapitän Carillo und seiner Besatzung bittere Vorwürfe, dass das Schiff keinen rettenden Hafen mehr erreicht hatte, sondern hier vor dieser einsame Küste mit jeder Woge mehr auseinanderbrach und sank. Es wäre wohl beinahe zu einem Handgemenge gekommen, wäre nicht auf einmal ein armseliger und zerlumpter Mann aufgetaucht. Er hatte ihre Strandung mit wachem Auge beobachtet. Der Mann schien ein Kastilier zu sein und sprach ganz leidlich ein paar Brocken Latein und auch Sizilianisch.

Und als sie ihn fragten, wo sie hier wären, musste er lachen.

»Judäa!«, sagte er, und er lachte dabei erneut.

Dies war nicht die Küste von Alexandria, was ihr ursprüngliches Reiseziel gewesen wäre. Diese Gegend um Jabne, einstmals Iamnia genannt, war flach, bis auf einige Sanddünen, die sich hinter dem Strand auftürmten und mit allerlei Buschwerk bewachsen waren. Die Stadt Jabne lag hinter einem kleinen Hafen an der Küste von Judäa.

»Heiliges Land!«, sagte der Mann immer wieder. Und er lachte erneut dabei, während seine Arme weit ausholten. Gwyn musste trotz all der Mühsal gleichfalls lachen.

Der Ort war klein und wirkte ärmlich. Aber er besaß einen Brunnen mit sauberem Wasser. Klar und kühl sprudelte es aus großer Tiefe herauf, von Steinen und Kieseln gereinigt. Solch ein Brunnen war eine Kostbarkeit in dem karstigen Land ringsum.

Gwyn beschloss, hier zu bleiben, zusammen mit den beiden Pferdeknechten und den Venezianern. Sie wollten warten. Die Boten des Sultans von Ägypten waren noch nicht hier gewesen, darin waren sich die Bewohner des kleinen Ortes alle einig. Der Patriarch, ein würdevoll auftretender Jude, versicherte ihnen dies. Er sprach ein sehr verständliches Griechisch, was Gwyn nicht weiter verwunderte, denn zu jener Zeit war es die Sprache von Byzanz, und so gab es sehr viele Menschen, die diese Sprache sprachen. Und auch seine Fähigkeit, sich in allerlei lateinischen Dialekten ausdrücken zu können, war für Gwyn angenehm, denn er verstand etliche dieser Laute sehr gut. Der Mann war gastfreundlich, und für das Wasser, das sie für sich und die kostbaren Pferde aus dem Brunnen schöpften, mussten sie nichts bezahlen.

»Sagt, erster Mann dieses Dorfes, Ihr seid sicher, dass die Boten des Sultans noch nicht hier waren?« Gwyn hatte diese Frage bereits zweimal an den Dorfältesten gestellt, die Antwort war immer eindeutig gewesen.

»Bei allen Propheten, und Moses selbst sei mein Zeuge, aber ich versichere Euch, keiner von des Sultans Leuten ist bis jetzt hier vorbeigekommen.«

»Aber es ist doch gewiss, dass sie kommen?«

»Oh ja, Ihr Herren aus Venedig. Die Boten sind unterwegs, sie sind unterwegs … Nicht nur ich hörte davon.«

Gwyn nickte.

»Sind unterwegs.« Der Mann sagte es in einem fast beschwörenden Ton. Gwyn glaubte ihm, denn er wusste, ihre Ankunft und seine Mission waren längst im ganzen Morgenland bekannt. Und die Boten des Sultans reisten ohne Gefährdung, denn trotz der unsicheren Zeiten waren sie Personen, die einem strengen Schutz unterstanden – dem Schutz des Sultans von Bagdad und Alexandria, dem Herrscher von Ägypten. Niemand mit klarem Verstand würde es wagen, ihnen Gewalt anzutun. Denn die Boten waren Ohr und Aug und die Stimme des Sultans. Wie viele Boten es waren, vermochte niemand zu sagen, denn das Wohlwollen des Muselmanenfürsten zeigte sich auch darin, welche Anzahl an Boten er schickte, welchen Rang sie hatten, wie kostbar sie gekleidet und beritten waren, ob sie allein reisten oder gar mit einer Begleitung. All das würde einem geübten Beobachter über das Wohlwollen und zugleich die Wertschätzung des Sultans berichten können. Dies hatte Gwyn von den Mitgliedern des Rates zu Venedig erfahren, und sie waren es auch gewesen, die ihn beschworen hatten, die Ankunft der Boten geduldig abzuwarten, sie aufmerksam zu studieren und dementsprechend um die Gunst eines Handelskontraktes zu bitten. Dieser war für Venedig wichtig. Nach den vielen Handelsplätzen entlang der Adria, die sich bis zu den Warenhäusern in Byzanz hinzogen, wollte die aufstrebende Lagunenstadt auch im südöstlichen Mittelmeer dauerhafte Handelsplätze für seine Kaufleute schaffen. Denn Venedig erstarkte und wuchs, die Stadt wurde mit jedem Tag reicher.

»Ich übe mich in Geduld, Erster dieses Ortes, und ich danke Euch für Eure Gastfreundschaft.«

Der Mann blickte Gwyn freundlich an und nickte dann feierlich. »Der Ruhm Eurer Mission und die Ankunft der Boten des Sultans werden für unser Dorf ein Geschenk sein. Wir üben uns mit Euch in Geduld. Auch wir werden warten.«

Gwyn musste insgeheim schmunzeln. Der Dorfälteste war ein schlauer Mann. Die Wasserquelle, die gute Lage an dieser alten Römerstraße und nun das zu erwartende Eintreffen der

Boten konnten aus diesem kleinen Nest bald einen bekannten Handelsposten machen.

Gwyn beschloss, sich seiner Arbeit zu widmen. Er war Goldschmied und hatte viel zu lange nichts mehr in seinem Handwerk geschaffen. Und dies wollte er wieder tun. Gwyn besaß ein wenig Werkzeug und Material. Es war ausreichend genug, einfache Stücke zu fertigen, und es reichte ebenfalls aus, um beschädigte Stücke zu reparieren.

Die beiden Pferdeknechte waren schweigsame Männer, die rings um die kleine Ansiedlung mit Schleudern nach essbarem Wild jagten. Meist erbeuteten sie nur ein paar Vögel, manchmal auch deren Eier, womit sie den kargen Speisezettel der Reisenden bereicherten, oder sie tauschten sie bei den Fischern aus Jabne ein gegen Krebse und Muscheln, manchmal auch gegen ein paar schöne Fische. So verlebten sie die ersten drei Tage.

Gwyn begann wieder zu arbeiten. Und schon bald blieben die Leute vor dem steinernen Mauerbogen stehen, in dessen Schatten er an einem kleinen Tisch saß und aus feinem Draht Ketten und zierliche Ohrringe flocht. Auch Ringe fertigte er, um sie dann auf dem Feilholz mit fein polierten Steinen zu schmücken.

In der großen Mittagshitze bewegte sich kaum ein Mensch auf den Straßen, denn da flimmerte die Luft zwischen den hell gekalkten Wänden der Gassen. Die Dorfbewohner zogen sich in ihre fast fensterlosen, kühlen Häuser zurück und ruhten. Erst am späten Nachmittag wurde die Luft wieder erträglicher. Der Wind begann fast jeden Tag zur selben Zeit, am späten Nachmittag von der See her aufzufrischen. Sein Hauch beendete die Ruhe in dem kleinen Ort, und die Menschen kehrten zu ihren Arbeiten zurück.

Gwyn verhängte seine kleine Werkstatt gerade mit einer

Stoffbahn, als er den Mann in einer langen grauen Kutte sah. Der Mann trug ein Tuch nach Landessitte um den Kopf geschlungen, zum Schutz vor der sengenden Sonne. Dazu hatte er einen Stab, der ihm das Gehen erleichtern sollte. Damit ließen sich auch Schlangen und anderes unliebsame Getier vom Boden verscheuchen, vor allem dann, wenn der Reisende sich zur Ruhe nahe dem Weg hinlegen wollte. Der Mann führte einen Esel an einem Strick mit sich.

Sein Lehrer aus seinen Kinderjahren, Pater Well in London, hatte ihm all die Menschen aus der Heiligen Schrift beschrieben. Für einen Moment glaubte Gwyn bei diesem Anblick, den heiligen Josef zu sehen. Er wusste um die Erzählung, wie sich Josef, ein Zimmermann aus Nazareth, aufmachte, ein Weib zu freien, und es war Maria, die er ehelichte, die Mutter des Gottessohnes. Für einen Moment glaubte der Goldschmied, so musste es gewesen sein, vor mehr als 1200 Jahren nach den überlieferten Lehren des christlichen Glaubens.

Dieser Mann jedoch war ein Mönch, und sein Name war Thassos.

2

Das Heilige Land stöhnte unter der zusätzlichen Fron der vielen Kreuzritter, die in kleinen, zahlreichen Trupps quer durch das Land zogen und dabei immer mehr zu Räubern verkamen. Nicht alle, die einst in dieses Land gekommen waren, um das Grab Christi zu befreien, kehrten nach der Eroberung von Jerusalem im Jahre 1099 in ihre Heimat zurück. Viele blieben hier, denn das Land war mancherorts fruchtbar, ja, üppiger als die Länder, aus denen sie kamen. Was sie in ihrer Heimat in der Provence, in der Gascogne und in anderen Teilen des Frankenreiches dem Boden abringen mussten, schien hier leicht und ohne Mühe zu wachsen. Dazu war es immer warm. Und regnete es doch einmal, was selten genug geschah, war dies Linderung und gerngesehener Helfer bei der Ernte. Land gehörte dem, der es bebauen wollte. Anfangs waren die Menschen freundlich, die Schrecken des Feldzuges der Christenführer lagen einige Jahre zurück. Die Frauen hier waren schön und anmutig, und alles übte auf die Ritter wie Fahrensleute, Knechte wie Gaukler, Seeleute wie Mönche einen Reiz aus, dem sie sich nicht entziehen konnten. Sie hatten zahlreiche Geschichten über das Heilige Land und seine Bewohner gehört, aber sie alle erlebten diese Geschichten nun leibhaftig. So schien nicht nur den Eroberern in ihren Kettenhemden und mit ihren mannshohen Schildern alles leichter zu fallen, auch all jene, die zu Hause arm waren, Karsthänse gar, hofften hier auf ein neues Glück. Jedoch schon sehr bald mussten sie lernen, wie anders und dabei nicht weniger mühsam hier alles war. Denn auch hier musste das Land urbar gemacht werden, auch hier mussten die winzigen Äcker mühsam gepflügt werden. Zudem kannten die Araber wie auch die Ägypter nur archaische räderlose Pflüge, und damit war die Arbeit auf den Feldern noch schwerer als zu Hause. Wasser war mancherorts selten genug. Zu alledem kamen die Hitze und der oft stetige Wind, der die kostbare Erde davontrug und den Rest mit dem hellen Wüstensand verwehte, bis die karge Krume nicht mehr zu sehen war. Dennoch wollte jeder kleine Ritter plötzlich ein Herr, jeder Karsthans ein Ritter und jeder Veteran ein Mann von Adel sein.

Doch Frieden gab es in diesen Gegenden nicht.

Die neuen Lehnsherren regierten und lebten vom Zehnten und mehr ihrer Untertanen. Dies war zum Leben zu wenig, und bald zogen sie als Plünderer durchs Land. Die Bewohner, unter der Hoheit des Emirs von Mossul, wie auch das Volk der Juden, all die arabischen Stämme hassten insgeheim die Männer aus dem Abendland, die wie Räubern gleich ihr Land heimsuchten, immer wieder einmal ihre Städte angriffen und jedes kleine Dorf ausplünderten, um sich und ihre Truppe satt zu machen. Barbaren, wie sie verächtlich bezeichnet wurden, schienen sie alle zu sein. Genau wie die Byzantiner, die sich immer wieder mit den Normannen in diesem Land bekämpften. Sie alle lebten nicht von diesem Land, sondern dagegen. Diese neuen Herren errichteten keine Gehöfte, sondern bauten Burgen, welche Krak genannt, schwere, wuchtige Festungen waren, wie sie die Ritter oder Chevaliers bereits von Sechin bis Salerno, von Syrakus bis Gaza und Darum gebaut hatten. Diese Festungen mit wuchtigen Mauern und Türmen, tiefen Gräben, die nur selten genug mit Wasser zu füllen waren, denn dies war zu kostbar in diesem Land, das sie und ihre Väter vor noch nicht allzu vielen Jahren befreit hatten, erstanden nun überall – in der Grafschaft Tripolis über das Königreich Klein-Armenien und Jerusalem. Hier lebten die Menschen weiter in ihren Sitten und Bräuchen, die sie wie ihre Waffen und ihren Glauben aus dem Abendland mitgebracht hatten, immer in Furcht vor einem Land, in dem es letztendlich genauso war wie in ihrer zurückgelassenen Heimat, entbehrungsreich und mühsam.

Beim ersten Anblick schien die Reitertruppe aus Türken zu bestehen. Ihr Anführer war ein großer, schlanker Maure mit einem auffallend schönen Gesicht, geziert von einem kurz gestutzten Kinnbart. Yusuf ibn al-Mansur und seine Männer waren schwer zu durchschauen. Niemand wusste genau, woher sie kamen und wovon sie lebten. Für Räuber waren sie zu sorglos in ihrem Auftreten, für Söldner scheinbar ohne Ziel. Sie lagerten etwas abseits zwischen den Mauern des bereits verfallenden Klosters. Die eigenartige Truppe war 20 Männer stark. Ihre Kleidung war einfach, aber auffallend sauber, und ihre Waffen wirkten aufs sorgsamste gepflegt. Mehr noch, sie waren wie neu, und diese Männer schienen sie nicht aus bloßem Zierat zu tragen, sondern weil sie diese Waffen gebrauchten in diesen unsteten Zeiten, in denen sich das Morgenland mit dem Abendland zu mischen begann. Deshalb duldete der Sultan von Ägypten solche Banden still, die immer auf der Suche nach Beute, vor allem aber nach den Burgen und den Pilgergruppen der verhassten Ungläubigen, waren.

Das Kloster lag nur eine halbe Tagesreise von Jabne entfernt auf einem sanften Hügel. Einst war es der Landsitz eines wohlhabenden Römers gewesen, der vor langer Zeit einen Brunnen graben ließ und Weinberge angelegt hatte. Teile des Hauses waren aus feinem Marmor gebaut und sogar mit korinthischen Säulen verziert. Aber davon waren nur noch Ruinen übrig. Nur den Brunnen und einen Teil der Weinberge gab es noch. Ein Mann trat zu Yusuf ibn al-Mansur. Dem Aussehen nach einst ein Kreuzritter, wohl ein Veteran aus dem Heer des Raimund von Toulouse im ersten Kreuzzug gegen die Türken, sprach der Mann den anderen mit gehörigem Respekt an. »Herr! Thassos hat die Kaufleute hergeführt«, berichtete er dem Anführer der seltsamen Schar.

Der Mann sagte nichts, sondern blickte mit zusammengekniffenen Augen über die endlos scheinende Ebene, die weit hinten am Horizont am Meer endete. Doch dies war mit bloßem Auge nicht zu sehen. »Seid wachsam!«, befahl der Araber.

3

Das Klostergebäude musste uralt sein. Gwyn konnte nicht erkennen, aus welcher Zeit diese Mauern stammten. Aber der Mönch gebot ihm und den Venezianern, ihm zu folgen und zu vertrauen. Im Schein einer Öllampe folgten sie dem Byzantiner in das Innere des Gebäudes. Hier roch es gar nicht so sehr nach feuchtem Staub und Moder wie in den alten Häusern, die Gwyn aus seiner Heimat kannte und an deren Geruch er sich erinnerte. Dazu war es hier zu trocken. Der Boden war mit Sand und allerlei Schutt bedeckt. Schon vor Zeiten hierhergeweht und von den alten Mauern herabgefallen, blieb der Sand liegen und bildete eine seltsame Mischung aus Verfall und längst vergangenen Geschichten.

Thassos führte Gwyn und die Venezianer durch einen großen Raum. Es schien sich um die Reste einer alten Kirche zu handeln, vielleicht vor Jahren von Kreuzfahrern während des ersten Feldzuges auf den Mauern eines römischen Hauses errichtet. Ein Teil der Decke war eingestürzt, und darüber war der Nachthimmel zu sehen. Gwyn spürte einen Lufthauch, der trocken und angenehm kühl erschien. Der Mönch trat hinter einen mächtigen steinernen Tisch, wohl ein ehemaliger Altar, auch wenn dieser eigentliche Zweck so genau nicht mehr zu erkennen war. Der Stein war kunstvoll mit einem feinen Relief geschmückt. Aber es schien, wie alles hier, lange her zu sein, dass ein kundiger Steinmetz Hand daran gelegt hatte.

»Folgt mir, Ihr Herren«, bat sie ihr Führer höflich. Mit spitzen Fingern schob er den Docht seiner kleinen Öllampe ein wenig höher. In diesem Teil des Raumes war es ziemlich finster. Hinter dem mächtigen Tisch konnten Gwyn und die Venezianer jetzt erst einen Sarkophag entdecken, wuchtig groß und so lang wie ein Mann.

»Hier ruhen die Gebeine des heiligen Andreas seit der Zeit, als unser Herr für uns am Kreuze starb, hier in diesem Land, auf dieser Erde.« Die Venezianer bekreuzigten sich ehrfürchtig. Da lächelte der Mönch leicht. Er trat näher an die steinerne Ruhestätte und leuchtete in die Runde der Männer. »Wenn Ihr wollt, lasse ich Euch nun allein, Ihr Herren. Sicher wollt Ihr beten.«

»Nein, geht nicht fort, Thassos. Wir müssen mit Euch reden.«

»Ihr Herren?«

»Ihr sagtet, dort liegt der Leib des Heiligen?«

»Dies ist so.«

»Ihr seid Euch Eurer Sache sicher?«

»Sicher, so wahr ich hier stehe.« Die Männer ringsum schwiegen, bis der Mönch mit leiser Stimme weitersprach. »Ihr Herren, Euer Misstrauen verwundert mich, und es schmerzt mich ein wenig …«

Schnell beschwichtigte Andrea di Ogerio, der Sprecher der Venezianer, den Mönch. »Wir wollten Eure Aufrichtigkeit und Lauterkeit nicht anzweifeln. Aber wir sind Kaufleute und damit wohl von jeher ein wenig misstrauisch. Bitte, vergebt uns und seht uns dies nach.«

»Versteh Eure Beweggründe, Ihr lieben Herren, aber ich bin Christ. Wie Ihr. Die Lüge ist eine schwere Sünde.« Der Mann hob das Licht und schwieg. Gwyn konnte sehen, wie er wartete. Er war sich insgeheim sicher, dass dieser byzantinische Mönch längst genau wusste, was die Venezianer wirklich von ihm wollten. Denn deshalb waren sie hier, und deshalb hatte er, der fromme Mann, sie alle letztendlich auch hierhergeführt.

Die Kaufleute flüsterten jetzt miteinander, und an ihren Mienen und Gesten konnte Gwyn sehen, wie aufgeregt sie waren. So trat er alleine etwas näher an den steinernen Sarkophag, und seine Hände glitten sanft über den gemeißelten Stein. Sollte dies die letzte Ruhestätte des großen Heiligen und Märtyrers sein? Er sah in das Gesicht des Byzantiners. Der verzog keine Miene und erwiderte den Blick des jungen Fabers. Aber so genau Gwyn auch forschte, in dem fahlen Licht konnte er keine Regung im Antlitz seines Gegenübers entdecken.

»Mit Verlaub«, bat Ribaldi di Sauro halblaut an den Mönch gewandt.

»Herr?«

»Es ist … wir wollen die sterblichen Überreste des großen Heiligen heimführen.« Der Byzantiner hob sein Licht, und seine Miene wirkte überrascht. Bevor er auf das Ansinnen des Venezianers antworten konnte, sprach der Kaufmann weiter. »Er starb für unseren Glauben«, erklärte er, »wir wollen seine Gebeine heimführen in unsere Heimat. Nach Venedig. Dort soll er ruhen für ewig und uns Mahnung und zugleich Beispiel dafür sein, demütig unseren Glauben zu leben. Sein Leben und Leiden ist Vorbild für christliche Tugend, wie sie einst der Herr selbst lehrte.«

»Aber«, hub der Mönch an, »dies ist seine letzte Ruhestätte.«

»Die kann es nicht sein, Thassos. So seht Euch doch um«, entgegnete Andrea di Ogerio sanft.

Die übrigen Kaufleute nickten zustimmend.

Der Mönch begann zu sprechen. »Weiß wohl, dass dies kein rechter Ort ist für einen heiligen Mann. Aber wir sind arm, und unser Kloster lebt von den Almosen der christlichen Ritter, welche kommen, um zu beten. Nur, was uns mildtätige Hände geben, reicht mir und meinen Brüdern zum Leben.«

»Überlasst uns die sterblichen Reste dieses heiligen Mannes. Wir versichern Euch, Ihr habt es nicht mit Undankbaren zu tun«, entgegnete Ribaldi di Sauro.

»Dies ist Euer Wunsch?« Er sah fragend in die Runde. Die

Venezianer nickten stumm, einer nach dem anderen. Als der Byzantiner Gwyn ansah, nickte der nicht.

»Meine Mission ist eine andere«, erklärte Gwyn. Er sagte es fast ein wenig hochmütig. Aber er war in diesem Moment froh, Diener ganz anderer Herren zu sein. Der Byzantiner verstand und sah wieder die Venezianer an.

»Aber, wie wollt Ihr seine Gebeine aus dem Land schaffen? Hier sind die Türken strenge Herren. Sie werden derlei nicht zulassen.«

»Wir werden einen Weg finden!«, versprach di Sauro feierlich.

»Wenn dem so sei, dann nennt mir Euren Preis.«

Gwyn war überrascht, wie schnell der Mönch seine Meinung und seine Stimme plötzlich geändert hatte. Seine Frage war nicht mehr sanft, sondern fest und mit dem Nachdruck eines Mannes gestellt, der handeln und ein gutes Geschäft tätigen will. Die Venezianer waren in ihrer Gläubigkeit scheinbar wie blind. Sie wollten und sie mussten diese so kostbar erscheinende Fracht haben: die Gebeine des heiligen Andreas.

»100 Dirham in arabischem Gold«, antwortete Andrea di Ogerio, der Sprecher der Kaufleute.

Gwyn hielt für einen Moment die Luft an. Das war eine stolze Summe. Er wunderte sich erneut ein wenig, denn die Venezianer galten sonst als harte Geschäftsleute, die feilschen konnten bis auf den letzten Heller. Hier aber boten sie freiwillig diesen Betrag. Der Preis musste auch den Byzantiner überrascht haben, denn er war für einen Moment sichtlich sprachlos. Stumm wiegte er seinen Kopf hin und her. Gwyn schien es, als wolle der Mönch durch sein Zögern zeigen, wie wertvoll ihm die sterblichen Überreste des heiligen Mannes waren.

»Dieser Heilige ist mir und meinen Brüdern einzig. So wie Euch, Ihr edlen Herren, ist er mir lieb und teuer. Da muss auch der Preis teuer sein.«

Die Venezianer begannen daraufhin, alle gleichzeitig auf den Mann einzureden. Sie sprachen laut und schnell in ihrem wohlklingenden Dialekt, und Gwyn, wiewohl des Lateinischen wie auch Lombardischen mächtig, verstand kaum noch ein Wort. Der Byzantiner aber lächelte alle freundlich an, faltete seine Hände und führte die Fingerspitzen an seine Nase. Er schloss seine Augen, lächelte freundlich, aber stumm und ließ die Männer in ihrem Redeschwall durcheinandersprechen.

Gwyn glaubte auf einmal, ein metallisches Geräusch zu hören. Er wandte sich um, und dann sah er plötzlich ein kurzes Aufblitzen im tiefen Schatten vor ihm an der Wand. Da waren Gestalten, und die bewegten sich, leise und geschmeidig. Sie waren nicht mehr allein.

»Byzantiner!«, dröhnte eine laute Stimme.

Die Venezianer schwiegen überrascht.

»Welchen Heiligen verschacherst du heute?« Es war die Stimme von Yusuf ibn al-Mansur.

Er und seine seltsamen Spießgesellen, die jetzt langsam von allen Seiten näher kamen, waren unbemerkt in diesen Teil des Klosters geschlichen. Die Venezianer wandten sich überrascht um. Andrea di Ogerio und di Sauro blickten auf einmal ängstlich drein. Auch Gwyn vermochte die Lage im Moment nicht richtig einzuschätzen. Er hatte den geschmeidigen und stolzen Araber bereits den ganzen Vormittag über verstohlen in dem kleinen Dorf beobachtet, durch das sie durchgezogen waren. Er strahlte eine gefährliche Ruhe und Sicherheit, zugleich auch eine starke Autorität aus, der sich alle unter seiner Führung beugten. Längst waren nicht alle Männer Araber so wie er. Da standen auf einmal blondgelockte Ritter aus der Picardie und der Normandie genauso dabei wie britische Normannen aus dem südlichen England und dem Herzogtum der Bretagne. Gwyn hatte die vertrauten heimatlichen Laute bereits am Vormittag gehört, wie auch die für ihn unverständlichen Worte der fast schwarzen Krieger aus den fernen Gebirgen Mauretaniens.

»Ihr schnattert hier rum wie eine Horde aufgeregter Jungfrauen«, bemerkte Yusuf ibn al-Mansur leise. Er lachte. Immer wenn er dies tat, sah man seine blendend weißen Zähne blitzen. Er trat näher an den Sarkophag, beugte sich ein wenig darüber, und seine Fingerspitzen glitten genauso langsam und forschend über den kunstvoll bearbeiteten Stein, wie Gwyn es zuvor gerade getan hatte. Dann richtete er sich wieder auf und lächelte zuerst den Goldschmied, dann die Runde der Venezianer an. »Ihr Christen seid wirklich ein besonders gläubiges Volk!« Der Spott in seiner Stimme war nicht zu überhören. »Das müsst Ihr auch sein«, meinte er, »sonst könntet Ihr es Euch kaum erlauben, von so weit herzureisen, nur um ein paar Götzen Eures Glaubens zu kaufen, nicht wahr?« Er deutete mit der Spitze seiner kurzen Reitpeitsche auf den Steinsarg und fuhr sich dann mit der Fingerspitze über seinen Bart. Gwyn entdeckte im fahlen Lichtschein, wie etwas Mörtelstaub an den Barthaaren haften blieb. »Dummköpfe, die Ihr seid«, lachte er erneut leise, »Ihr glaubt tatsächlich, in diesem Steinkasten liegen die morschen Knochen eines Heiligen?«

»Frevelt nicht, es ist eine besondere Reliquie, und sie ist uns heilig«, antwortete der Venezianer Ogerio zaghaft.

»Ich freveln? Christ, wisst Ihr, wie viele heilige Stoffe, heilige Steine, heilige Hautfetzen, heilige Knochen, heilige Fingernägel, wie viele heilige Splitter vom Kreuze Christi allein in dieser Gegend existieren? Halb Judäa handelt damit. In Gethsemane verschachert die eine Hälfte des Ortes die Dornen jener Krone, welche angeblich auf das Haupt Eures Christus gedrückt wurde. Und die andere Hälfte sammelt Dornen in der Wüste, um daraus Kronen zu winden. Und das tun sie seit langer Zeit. Nun, da erhebt sich die Frage: Wie groß war das Haupt Eures Christus? Oder hatte er gar mehrere Köpfe, he?«

»Wir hörten von solchen Fälschungen, und man warnte uns davor. Aber dies hier ist etwas anderes«, antwortete der Venezianer.

Wie zur Bekräftigung nickten seine Gefährten. Yusuf sah sich um, und am höhnischen Blick seiner Männer und seiner eigenen Miene erkannte Gwyn, wie sehr den Araber die Antwort des Kaufmanns amüsierte. »Solange Ihr diesen Plunder kauft, so lange werden Kerle wie dieser« – dabei zeigte er auf den Byzantiner – »ihre einträglichen Geschäfte mit jedem Christen machen, der sich hierher verirrt.«

»Dies Grab ist heilig. Er versprach es uns auf Ehre!«, entgegnete der Venezianer sichtlich entrüstet.

Darauf lachten die Männer ringsum laut auf. Einer der Ritter aus der Schar drängte sich vor. »Mir versprach er mal auf Ehre eine Jungfrau. Das war sie so wenig, wie ich der König von Sizilien bin.«

»Aber was willst du? Du warst doch zufrieden mit ihr!«, entgegnete der Byzantiner schnell.

Der Ritter lachte laut und dröhnend, und die Männer ringsum ebenso. Die Venezianer aber schwiegen mit betretener Miene. Der blonde Ritter neben ibn al-Mansur stieß dem Mönch seine Faust vor die Brust. »Du byzantinischer Dreckskerl hast ja recht. Eine leckere Pute war sie wohl, jaaaaa …!« Er verdrehte die Augen voll scheinbarer Wonne, und seine Spießgesellen ringsum lachten grob bei der seltsamen Grimasse, die ihr Gefährte da machte. Der aber wandte sich wieder an den Mönch. »… aber sie war keine Jungfrau mehr!«, schrie er, noch immer dabei lachend.

Da johlten die Männer um den hochgewachsenen Araber erneut laut auf. Als sie sich ein wenig beruhigt hatten, antwortete plötzlich Thassos dem Mann, und nun wunderte sich Gwyn, wie sehr die Stimme des Mönches wieder jenen freundlichen und fast unterwürfigen Ton hatte, den er all die Zeit an den Tag gelegt hatte. »Kann Euch eine wirkliche Jungfrau besorgen«, entgegnete der Byzantiner mit listigem Blick.

Die Venezianer blickten erstaunt. Und jetzt war es Yusuf ibn al-Mansur, der auf einmal laut zu lachen begann. »Hoho, hab ich es Euch nicht gesagt, Christenköpfe? Das hier ist ein besonderer Markt.« Er deutete ebenfalls auf den Mönch. »Der Kerl handelt mit Liebestränken und Rauschpulvern. Jede Medizin dieser Welt als Salbe oder Pulver könnt Ihr erhandeln. Oder steht Euch der Sinn mehr nach einem Tag voller Muße und Entspannung? Bei einem guten Wein und frischen Datteln, einem Nachtlager, mit oder ohne eine weiche anschmiegsame Decke, ganz gleich ob dies ein Weib oder lieber blutjunge Knaben wären? Er handelt auch damit. Und mit ...« Der Araber beschrieb mit der Hand eine kurze, theatralische Geste. »Heiligen Männern!«

Die Männer ringsum lachten über die Worte ihres Anführers. Der Mönch aber machte gute Miene zum bösen Spiel. Er sah sich um und verzog spöttisch sein Gesicht, ein klein wenig nur. Es war zu sehen, dass es dem Araber gelungen war, den Byzantiner und seine seltsam einträglichen Geschäfte zu entlarven. Diese Zusammenkunft war ihm peinlich, und er bemühte sich, sich dies nicht anmerken zu lassen und von dem Handel mit den Venezianern zu retten, was zu retten war. Ein paar der finsteren Gesellen hatten Fackeln entzündet. Jetzt war das Gewölbe auf einmal hell erleuchtet. Gwyn erkannte die Reste von einst kunstvollen Fresken und manche Figur eines Heiligen an den verfallenden Wänden ringsum.

Yusuf gab mit einem kurzen arabischen Wort einen Befehl, und sogleich kletterten drei seiner Männer über den herumliegenden Schutt hin zu dem Sarkophag. Sie begannen, mit ihren Schwertspitzen den Mörtel zwischen dem steinernen

Rand und dem Deckel wegzukratzen.

»Was … was tut Ihr da?«, wollte Andrea di Ogerio entsetzt wissen.

Auch Thassos hatte sein Lächeln verloren.

Yusuf ibn al-Mansurs Antwort kam sogleich. »Ihr Levantiner! Wollt Ihr eine Ware nicht immer erst sehen und prüfen, bevor Ihr sie kauft?«, fragte er spöttisch.

»Ihr stört die Ruhe eines Heiligen«, warnte der Byzantiner entrüstet.

»Heiliger?«, antwortete Yusuf leise, und sein edles Gesicht war auf einmal bloße Verachtung. »Du verlogener, kleiner Hundesohn. Die Schakale hätten dich gleich nach der Geburt fressen sollen.« Er trat einen Schritt auf den Mönch zu, und mit einer Hand winkte er seinen Männern. »Haltet ihn!«

Blitzschnell gehorchten die zwei am nächsten stehenden Männer des Muselmanen und hielten den Byzantiner fest. Der begann daraufhin zu jammern. »Ich habe nichts getan! Nichts … wofür ich mich schämen müsste! So lasst mich los!«

»Schweig …«, sagte Yusuf kalt, und er nickte den Männern an dem mächtigen Sarg zu.

Mit vereinten Kräften hoben sie den steinernen Deckel so weit an, dass drei weitere Männer zugreifen konnten. Viele Hände schoben den Deckel so weit zur Seite, bis er der Länge nach an der einen Seite herunterfiel. Mit einem dumpfen Geräusch schlug er auf den Boden des großen Raumes. Staub wirbelte auf, und Gwyn sah, wie die Männer sich abwandten und husteten. Auch er hielt sich die Hand vor sein Gesicht, bis sich der feine Staub etwas gelegt hatte. Aber dann übermannte ihn die Neugier, und er trat näher. Auch die Venezianer traten an den Rand des Sarkophages. Die zwei Männer hielten Thassos noch immer fest und schoben ihn näher heran. Schweigend starrten sie alle hinein.

Die Venezianer bekreuzigten sich hastig.

Da lagen die sterblichen Überreste eines Mannes, teilweise eingehüllt in eine dunkle Stoffbahn. Das Skelett war vollständig vorhanden, am Schädel waren noch einige Haarbüschel zu erkennen.

»Dies also ist der heilige Andreas?« Yusuf ibn al-Mansur richtete die Frage nicht direkt an den Byzantiner, sondern stellte sie eher allgemein. Aber es war der Mönch, der zuerst antwortete, und seine Antwort klang trotzig, so, wie wenn jemand mit besonderem Nachdruck seine eben gesprochenen Worte unterstreichen will.

»Ja, und er war ein großer Heiliger, ... seine letzte Ruhe hast du jetzt gestört.«

Yusuf wandte sich an den Mann und winkte seinen Männern. Sie zerrten Thassos von dem Sarkophag weg, hin in die Mitte des Raumes. Die übrigen Gefährten des Muslimen hatten einen Kreis um die Kaufleute und Gwyn gebildet. »Und Ihr? Abendländer? Was glaubt Ihr?«, fragte Yusuf.

Andrea di Ogerio, der Sprecher der Venezianer, antwortete zuerst. »Warum sollte ich am Wort eines frommen Mannes zweifeln ...« Seine Antwort geriet – für alle hörbar – eher zaghaft.

»Die Byzantiner glauben an Gott, wie wir ... warum sollten sie lügen ...?«, entgegnete Ribaldi di Sauro. Aber auch seine Antwort geriet kläglich.

»Und Ihr, Faber? Ihr seid doch ein Faber, nicht wahr?«, fragte Yusuf, den Blick auf Gwyn gerichtet.

Gwyn entging nicht der freundliche Ton in der Frage des Arabers. »Das bin ich wohl, ja. Aber ich weiß nicht, Herr. So kann ich es Euch nicht sagen, was ich glaube.«

»Dies ist der heilige Andreas!«, fauchte der Byzantiner auf einmal böse.

Es schien, als würde ihm das Geplänkel zu lange dauern. Er wollte sich losreißen, aber die beiden Männer hielten ihn an beiden Armen eisern fest. Yusuf grinste mit einem Mal wieder über das ganze Gesicht. Dann trat er näher an den Mann und fragte leise: »Der Heilige hat sein Leben für seinen Glauben gegeben. So viel würde ich von dir nie verlangen. Aber gibst du dein Ohr?« Yusuf griff nach dem Ohr des Byzantiners. Thassos stöhnte, antwortete aber nicht. Yusuf ließ das Ohr des Mannes los, griff sich stattdessen an seine eigene Hand und hielt den kleinen Finger fest. »Oder einen Finger?« Er griff sich rasch an sein Handgelenk. »Oder gleich die ganze Hand? Vielleicht gar den Arm?«

Der Mönch schwitzte vor Angst und atmete heftig, aber er schwieg.

»Ich sehe schon, du kannst dich nicht entscheiden. Aber ihr Christen zeigt die Liebe zu eurem Gott ja immer im Erdulden allerlei Qualen.« Yusuf ibn al-Mansur trat einen Schritt zurück, straffte seine Schultern, bevor er weitersprach. »Bracko!«

Ein Mann trat näher. »Ja, Herr?«

»Kannst du bei einer Jungfrau feststellen, ob sie auch hält, was sie verspricht?«

»Ja, Herr.« Der Mann grinste bei seiner Antwort einfältig.

»Kannst du das auch bei unserem Freund da?«

Der Mann grinste noch immer. »Herr …?«

»Sieh nach, ob es sich lohnt, bei dem Mönch etwas zu finden, das er nicht mehr *braucht* …«

Jetzt verstand der Angesprochene. Er kniete vor dem Byzantiner nieder und schob die lange Kutte des Mönches hoch über dessen Leibschnur. Dort hielt er sie fest.

»Was tut Ihr da?«, fragte di Sauro schnell.

Auch Gwyn trat einen Schritt näher und wandte sich an Yusuf. »Genug der Possen, Herr. Lasst dem Mann seinen Frieden.«

»Mischt Euch da nicht ein, Faber«, antwortete Yusuf leise.

Der Mann, den er Bracko genannt hatte, packte den Byzantiner grob an dessen Geschlecht. »Diese Mönche haben ja doch was unter ihrem Rock. Glaubte immer, sie seien ohne das, was man Manneszier nennt.«

Bracko und die Männer ringsum begannen, gemein zu grölen. Yusuf trat einen weiteren Schritt näher und beugte sich vor zu dem Mönch. »Es ist mir unangenehm und wohl sehr peinlich, frommer Thassos, aber nur so lässt sich die letzte Frage genau beantworten. Ist doch die Neugier eines meiner zahllosen Laster. Sag, bist du dir sicher, dass in diesem Sarg der heilige Andreas liegt?«

»Ja, dies sagte ich doch«, presste Thassos mühsam hervor.

»Ich glaube dir nicht, Mönchlein. Weißt du, warum? Du bist ein Christ, und ihr Christen seid alle Eiferer in eurem Glauben. Vor euch muss man sich in Acht nehmen.«

»Es ist die Wahrheit«, stieß der so Gedemütigte wütend hervor.

Da strahlte Yusuf den Mann an, und Gwyn sah, dass sein Lächeln etwas Böses hatte. »Die Wahrheit?«, lachte er. »Aber dann hast du nichts zu befürchten!« Er wandte sich an den Mann, der vor dem Mönch auf dem Boden kniete. »Bracko!«

»Ja, Herr?«

»Kastrier ihn!«

Bracko zog mit seiner freien Hand ein Messer aus dem Gürtel.

»Nein!«, schrie der Byzantiner panisch.

»In Gottes Namen«, stieß Gwyn hastig hervor, »dies könnt Ihr nicht tun, Herr!«

»Nein?«

Yusuf lächelte Gwyn von der Seite an. Der Byzantiner schien auf einmal ungeahnte Kräfte zu haben, denn die beiden Knechte, welche ihn bisher gehalten, hatten Mühe, ihn zu bändigen. Grob hielten sie ihn fest und sahen auf ihren

Anführer.

Yusuf sprach weiter. »Weißt du, Faber, was deine Landsleute meinem Volk alles angetan haben? Weißt du, wie sie gewütet haben, als sie Jerusalem endlich genommen? Sie schonten weder Alte noch Kranke, weder Weiber noch Kinder. Sie wateten in deren Blut. Und es waren christliche Ritter, die dies getan. Willst du wirklich wissen, was alles im Namen eures Gottes geschah und noch immer geschieht?« Er wandte sich an den noch immer schreienden Mann. »Warte, Bracko!«

Der Söldner ließ sein Messer sinken.

»Ich frage dich ein letztes Mal, Thassos. Bist du dir immer noch so sicher, dass in jenem Sarg dort der heilige Andreas begraben liegt?«

»Nein …!«

»Was, nein?«

»Nein, *Saiyid!*«

»Erklär dich!« befahl, Yusuf.

»Bin mir nicht sicher, nicht genau, nicht sicher … nein«, stammelte der Mann schnell und voller Angst.

Jetzt begann der Mönch zu schluchzen.

»Lasst ihn los«, befahl Yusuf kalt.

Bracko erhob sich und steckte sein Messer ein. Dann wischte er verächtlich seine Hände am Gewand des Byzantiners ab.

»Ihr Herren«, hub Yusuf leise an, »Ihr habt es gehört. Er ist sich nicht sicher. Euer ganzer Glaube ist so! Nicht sicher … nicht sicher!« Er drehte sich um und schritt zwischen den Trümmern der Kapelle hinaus in die Dunkelheit. Seine Männer folgten ihm schweigend. Der Byzantiner hatte sich, noch immer leise schluchzend, umgewandt. Er strich seine Kutte glatt und schlich aus dem Raum, gefolgt von den schweigenden Venezianern und Gwyn.

4

Im vorderen Teil des baufälligen Klosters hatten die übrigen Mönche den Kaufleuten einen Raum als Unterkunft für die Nacht zugewiesen. Es war eher ein hohes Gewölbe, einigermaßen sauber, und es gab kein Ungeziefer darin. So waren sie in der Lage, nicht nur für sich selbst, sondern auch für ihre Waren Platz zu finden.

Thassos, der Byzantiner, war spurlos verschwunden. Einerseits wohl, weil er sich nach der Begegnung mit Yusuf und seinen rohen Gesellen schämte, andererseits, weil er in seiner Geschäftstüchtigkeit wohl ein wenig zu weit gegangen war. Gwyn dachte über die Ereignisse nicht weiter nach. Er war so müde, dass er glaubte, noch bevor er sich auf dem sandigen Boden in dem finsteren Raum ausstrecken konnte, würde er schon eingeschlafen sein. Er legte sich seine Decke zurecht.

»Bitte, Signore Carlisle, erlaubt mir, noch eine Frage an Euch zu richten.«

Gwyn sah auf. Vor ihm stand Andrea di Ogerio. Gwyn seufzte leise und machte mit der Hand eine auffordernde höfliche Geste, dass sich der Mann doch setzen sollte. Der Venezianer ließ sich ein wenig umständlich im Schneidersitz nieder.

»Wollt mich gerade zur Ruhe legen«, bemerkte Gwyn, »aber hab mit meinem Schöpfer noch nicht gesprochen.« So nannte der Faber sein Nachtgebet, das er aus seinem Glauben heraus und in Gedanken an seine Lieben zu Hause immer vor dem Einschlafen sprach.

»War ein böser Auftritt dieses Heiden«, murmelte der Venezianer hastig und zugleich vorsichtig, ganz so, als ob ihn dessen oder andere, unbefugte Ohren hören könnten. Dann schwieg er.

»Yusuf?«

Die Nennung des Namens war nur der Höflichkeit halber, denn sehr wohl wusste der Venezianer wie auch Gwyn um die Begegnung. Der Kaufmann nickte schnell.

»Vermag's nicht zu glauben, dass uns der Byzantiner so täuschen wollte. Er ist ein Christ und Mönch dazu. Und doch …« Andrea schüttelte unsicher den Kopf, bevor er weitersprach. »Was denkt Ihr, Signore Carlisle?«

Gwyn antwortete erst nur mit einem Schulterzucken. »Nun, ich geb zu, ich hatte an seiner Redlichkeit etliche Zweifel.«

»Signore Carlisle … ich …« Der Mann zögerte erneut. Er runzelte die Stirn und suchte nach Worten. Dann rückte er plötzlich ein wenig näher. Gwyn sah, wie die übrigen Kaufleute sich auf ihre Decken und Mäntel gesetzt hatten und zu ihrem Anführer herübersahen. Aber sie schwiegen alle. »Eine angenehme Nacht, mit frommen Träumen, Faber«, sagte Andrea plötzlich und erhob sich schnell.

»Dies wünsche ich Euch auch«, entgegnete Gwyn höflich. Er spürte, dass der Mann noch etwas anderes hatte sagen wollen. Andrea ließ sich auf seinem Lager unweit der Türe nieder, murmelte ein kurzes Gebet und rollte sich dann in seine Decke. Die übrigen Mitglieder der venezianischen societas sahen eine Weile zu Gwyn hin, bis auch sie sich fast ein wenig verlegen abwandten und unter ihre Decken und Mäntel krochen.

Der Morgen begann mit einem warmen Wind, von dem bald anzunehmen war, dass er bald heißer und heißer werden würde. Spätestens dann, wenn der Tag sich zum Mittag hin neigte. Die Venezianer luden gemeinsam die Waren auf ihre Esel, und einige Mönche halfen ihnen dabei. Gwyn fiel auf, wie armselig diese frommen Männer in der Helligkeit des Tages wirkten. Thassos war auch jetzt nirgends zu sehen.

Yusuf und seine Männer hatten ebenfalls ihre Pferde gesattelt und gezäumt. Sie schienen der Karawane folgen zu wollen. Gwyn schüttelte den Staub aus seiner Decke. Wie am vergangenen Tag ging er zu Fuß, aber die Venezianer ließen ihn vielleicht wieder auf einem der Esel ein Stück reiten. Rasch füllte Gwyn seinen Wasserschlauch mit dem Brunnenwasser.

Andrea di Ogerio trat neben ihn. Mit der hohlen Hand schöpfte er aus dem großen Ledersack. Er trank langsam und mit einer vornehmen Geste. Als er fertiggetrunken hatte, wischte er sich den Mund mit dem Ärmel seines Gewandes ab. »Wir haben die Gebeine des Heiligen gekauft«, sagte er plötzlich.

Gwyn glaubte, nicht richtig verstanden zu haben. »Was? Aber … aber Signore di Ogerio, der Mann mag ein Mönch sein, aber ich denke, er ist auch ein Schurke.«

»Yusuf ist ebenfalls ein Schurke, und trotzdem müssen wir es wohl dulden, mit ihm zusammen zu reisen«, entgegnete plötzlich Ribaldi di Sauro trocken, bevor Andrea di Ogerio weitersprechen konnte.

Der Venezianer war unbemerkt neben den Brunnen getreten und tauchte ein Stück Stoff in das Wasser. Er wartete, bis es vollgesogen war, und rieb dann seine nackten Arme damit ab. Di Sauro schwieg und vermied es, Gwyn anzublicken. Bevor der Faber etwas erwidern konnte, war Yusuf herangeritten. Vor den Männern zügelte er sein prächtiges Pferd. »Allah sei mit Euch, Goldschmied, und auch mit Euch, Venezianer. Sagt, ist es wahr, dass Ihr Euch doch noch habt übers Ohr hauen lassen?«

Die Venezianer schüttelten beide den Kopf. »Die Gebeine eines Märtyrers zu kaufen, war unser besonderer Auftrag. Dafür sind wir in das Heilige Land gezogen. Wir haben nicht von Thassos, sondern vom Ältesten des Klosters gekauft«, antwortete di Ogerio ruhig.

Der Araber blickte die beiden Venezianer an. Auf einmal brach er in jenes typische, ihm so eigene, spöttische Lachen aus. »Ob Franken, Lateiner oder Byzantiner – Ihr Christen seid gierig, verschlagen und grausam. Aber nicht nur das. Ihr seid auch noch dumm. Ich glaube, ich bleib noch eine Weile bei Euch, denn mit jedem Tag lerne ich etwas über Euch dazu.« Er lachte erneut und ließ sein Pferd dann tänzeln. Seine Männer fielen in das Gelächter mit ein, und sie lachten noch, als sie durch das Tor das Kloster verließen.

Der Krak des Chevaliers

Und er trat in das Schiff, und seine Jünger folgten ihm.
Und siehe, da erhob sich ein großes Ungestüm im Meer,
also dass auch das Schifflein mit Wellen bedeckt ward;
und er schlief.
Und die Jünger traten zu ihm
und weckten ihn auf und sprachen:
Herr, hilf uns, wir verderben!
Da sagte er zu ihnen:
Ihr Kleingläubigen, warum seid Ihr so furchtsam?
Und stand auf und bedrohte den Wind und das Meer;
da ward es ganz stille.

Dies woll(Kap. 14,31; 16,8)

5

Die Venezianer Andrea di Ogerio und Ribaldi di Sauro wollten zurück nach Hause. Auch die beiden Pferdeknechte aus Rom wollten nicht länger bleiben. Sosehr Gwyn sie auch beschwor, ihrem Auftrag nachzukommen, die beiden Männer lehnten ab.

Die Männer beschlossen, zusammen mit einigen Mönchen der Küstenstraße nach Caesarea zu folgen. Diese Straße war einst von den Römern angelegt worden und noch in einem ausreichend passierbaren Zustand. Kreuzritter und Araber, Juden wie auch Händler aus allen Teilen der westlichen und östlichen Welt benützten die Straße, aber niemand von ihnen hielt sie instand. So war an vielen Stellen das Pflaster vom Sand verweht oder gar von den kurzen, aber oft heftigen Regengüssen weggespült worden.

Gwyn beschloss, wenn sich die Gelegenheit dazu ergab, Jerusalem zu besuchen, um in der Grabeskirche zu beten, in dieser Stadt, wo ihr Heiland gewirkt hatte und die die Kreuzfahrer des Gottfried von Bouillon erobert hatten. Noch aber war es wichtiger, die Boten des Sultans zu treffen. So gelangte die kleine Karawane in nur drei Tagen vom Kloster in den Bergen in die Küstenstadt Caesarea. Der Ort war nicht allzu groß, aber hier gab es Schiffe aus allen Teilen des Mittelmeers und neue Nachrichten. Soviel Gwyn auch fragte, niemand wusste etwas über den Verbleib der Boten des Sultans von Ägypten zu sagen. Sicher schien nur, dass sie ihren Weg nicht durch diese Stadt genommen hatten.

Caesarea selbst war in Aufruhr, viele Gerüchte erhitzten die Gemüter. Ein Großteil der Schiffe war reisefertig, und viele davon wollten so bald wie möglich auslaufen und Caesarea so schnell wie möglich verlassen, um lieber Zuflucht in Tyrus zu suchen oder gleich über das Meer nach Zypern zu segeln. Dort, hofften Pilger wie Händler, schützten die Kreuzfahrerburgen von Limassol, Kolossi und Famagusta die Schiffe und ihre Passagiere. Aber die Nachrichten aus der Provinz Samaria waren schlecht. Erneut hatten seldschukische Kriegsherren einen Aufstand gegen die Rumi, die christlichen Besatzer, gewagt, und es war zu Kämpfen gekommen. Gerüchte kursierten von einem Angriff auf Akkar, eine der zahlreichen Kreuzfahrerburgen. Diese Nachricht hielt sich hartnäckig, obwohl wissende Stimmen zu beschwichtigen suchten. Akkar war neben Arima ein stark befestigter Krak. Niemals würden Araber, gleich ob es sich um Seldschuken oder Fatimiden handelte, diese Festungen angreifen. Aber plündernde und brandschatzende Reitergruppen, oft viele Dutzend Reiter stark, zogen durchs Land, von den Kreuzrittern verfolgt.

Zu einer entscheidenden Schlacht war es bisher nicht gekommen. Stattdessen splitterten sich die Reste des einst mächtigen Kreuzfahrerheeres immer mehr auf, in dem verzweifelten Versuch, Frieden im Königreich Jerusalem und in der angrenzenden Grafschaft Tripolis zu halten. Doch dieses Unterfangen gelang den Beteiligten immer weniger. Ein Landstrich, heute noch friedlich und geruhsam, war schon morgen ein brennendes Land. Die Zeiten waren gefährlicher denn je. So war Gwyn einerseits froh um die Begleitung von Yusuf und seiner wehrhaften Truppe, andererseits galt es als sicher: Yusuf war ein Räuber, der auf der Suche nach lohnender Beute das Land durchstreifte. Und es war nicht klar, auf welcher Seite er stand oder ob er gar einer der freien Wüstennomaden war, die sich immer näher an die Küste heranwagten, in der Hoffnung auf reiche, lohnende Beute, seien es Sklaven oder Gold, Handelswaren oder Waffen.

Die beiden Pferdeknechte wollten mit den Tieren in Caesarea bleiben, bis Gwyn aus Jerusalem zurückkehrte. Wenn auch mit ungutem Gefühl, willigte er schließlich ein, da er hoffte, bald Nachricht von den Boten aus Bagdad zu erhalten. Währenddessen wollte er sich selbst nach ihnen umhören. Er nahm an, in weniger als drei Monaten wieder zurück zu sein, und so ließ er die beiden Männer mit den Pferden in Caesarea, verabschiedete sich von den Venezianern und folgte der Straße nach Jerusalem.

Die Gruppe um Yusuf ibn al-Mansur und der Goldschmied aus dem Königreich England war nach dem Abschied der Venezianer nicht lange allein geblieben. Ein Trupp Pilger, alle aus der Gegend um Chur, einer Stadt im Arelater Land, wollten an den See Genezareth. Eine kleine Ansiedlung namens Kapernaum war ihr Ziel. Hier fand sich die Stelle, an der Jesus mit seinen Jüngern der Überlieferung nach den See befuhr.

Diese Leute aus Chur waren alle gut bewaffnet, und etliche von ihnen waren Ritter mit eigenen Lehen in der Heimat. Diese Reise unternahmen sie als Pilger und als gläubige Christen zugleich. Der Weg war in wenigstens vier, allerhöchstens fünf Tagesreisen zu schaffen.

Das Land ringsum schien einsam, nur manchmal waren in der Ferne vereinzelt dünne Rauchsäulen zu sehen. Dort ließen sich Ansiedlungen oder Nomaden vermuten. Die Gegend wurde immer steiniger, und im fernen Dunst war der Berg Tabor in der letzten Abendsonne zu sehen gewesen, und die Pilger hatten darauf bestanden, zu halten und zu beten. Der Anführer der Gruppe war ein Ritter, der sich Walter von Zwingenspiel nannte. Ein großer, massiger und breitschultriger Mann mit einem flachsblonden Bart und dichtem, blondem Haar. Dort wo die Sonne die Haut beschien, war diese bereits dunkel gebräunt. Er war mindestens 50 Jahre alt, von stolzem Wesen, aufbrausend, ein wenig zu eitel und in der Demonstration seines Glaubens voll Inbrunst und tiefer Frömmigkeit. Wenn er sprach, tat er dies laut, und wenn er spottete, ebenso. Er trug ein prächtiges Schwert und einen prächtigen Mantel, auf dem das weiße Kreuz der Pilger mit schwerem Seidenfaden eingestickt war. Auf seine zwei Burschen, die ihm Rüstung, Schild und Lanze trugen, wollte er trotz dieser langen Reise nicht verzichten, auch schien er kein schlechter Kämpfer zu sein. Der Ritter wachte wie ein Patriarch über seine Reisegruppe, und diese wiederum fügte sich seinen lauten Wünschen und Befehlen genauso, wie es die Truppe um den Araber Yusuf ibn al-Mansur bei diesem tat. Gwyn Carlisle tolerierte Walter von Zwingenspiel und behandelte ihn höflich. Yusuf und seine Spießgesellen aber missfielen ihm.

Bereits am ersten Abend wollte er von Gwyn wissen, wer der Araber sei und warum sich unter seinem Befehl sogar abendländische Ritter befanden. Gwyn vermochte daraufhin nichts zu sagen, denn er wusste selbst zu wenig über die geheimnisvolle Gruppe um den Muselmanen. Aber der Ritter von Zwingenspiel konnte seine Verachtung für Yusuf ibn al-Mansur nur schwer verbergen. Beide Gruppen waren jedoch gleich stark, und keiner schien es zu wagen, dem anderen nahezutreten.

So reisten sie bereits den vierten Tag zusammen. Nachts lagerten sie an einem Platz, vermieden aber jegliches Gespräch miteinander. Sie hatten sich bald in stummer Übereinkunft darauf geeinigt, nur ein Feuer zu entzünden, denn Brennholz für die Nacht war knapp genug. Da saßen sie dann zusammen, die Araber auf der einen Seite, die Kreuzritter auf der anderen.

Gwyn war der Einzige, den beide Gruppen zu tolerieren schienen. Richtete Yusuf eine Frage an ihn, so schwieg von Zwingenspiel höflich. Sprach der Ritter den Goldschmied an, duldete er es, dass auch Yusuf bei dem Gespräch zugegen war und das eine oder andere Wort an ihn richtete.

Yusuf ibn al-Mansur hatte unaufgefordert den Weg vorgegeben Es war kurz vor der heißesten Tageszeit, dem Mittag, als Walter von Zwingenspiel während des Marsches plötzlich sein Pferd wendete. Der übrige Zug der Pilger hielt daraufhin an. Zuerst glaubten sie, sie würden nun endlich halten und so lange im Schatten lagern, so lange, bis die Hitze einigermaßen erträglich wurde und sie in den späteren Nachmittagsstunden weiterreisen könnten. Der Ritter lenkte sein Reittier zu Yusufs Gruppe, die in einem Abstand von einigen Schritten neben dem Tross dahinzogen, so als wären sie eine eigene Gruppe und gehörten nicht zu den anderen.

Walter von Zwingenspiel hielt sein Tier genau vor dem Pferd des Yusuf. Der musste, wollte er weiter, um ihn herumreiten oder sein Pferd anhalten, und genau dies tat er. Gwyn beobachtete, wie dies geschah, mit einem verwunderten Staunen des Arabers, angesichts dessen, dass ihn dieser Mann aus Chur, der Rumi, zu solch einer Geste zwang.

Der Ritter schwitzte unter seinem Helm, obwohl er nach Landessitte ein Tuch darüber trug, das ihm auch den Hals und den Nacken schützte. Yusuf aber wirkte, als würde er hier nur zu seinem Vergnügen ein wenig spazieren reiten. Nur die Spitzen seiner feinen Reitstiefel waren staubig.

Er parierte sein Pferd, und auch die übrigen Reiter seiner Gruppe zügelten ihre Tiere. »Hört, Muslim, ich muss ein Wort an Euch richten«, rief von Zwingenspiel.

»Yusuf ibn al-Mansur«, entgegnete der so Angesprochene sanft, »so nennt man mich, denn so lautet mein Name.«

Von Zwingenspiel straffte seinen mächtigen Körper. »Weiß, wie Euer Name, aber für derlei Höflichkeiten ist es mir zu heiß. Will Euch eine Frage stellen«, bellte der Ritter.

Die übrigen Söldner begannen, unruhig zu werden, denn dies war ein Ton, den sie ihrem Anführer gegenüber nicht gewohnt waren. Doch Yusuf gebot mit einer kurzen, kaum wahrnehmbaren Geste Ruhe. »Will Eure Frage gern beantworten, Herr von Zwingenspiel, weiß nur nicht, ob sie mir nicht zu schwer erscheint. Bin doch nur ein Heide«, antwortete Yusuf höflich. Mit keiner Regung machte der Araber klar, wie sehr ihm der Ton und das Auftreten des Churers missfielen. Doch die Stimmung war gespannt genug. Alle blickten auf die beiden Reiter, die sich auf weniger als drei Armlängen Entfernung auf ihren Pferden gegenübersaßen.

Da lachte der Ritter plötzlich. »Ihr habt recht, Yusuf ibn al-Mansur. Ich vergesse mich zu leicht.«

»Ist dies, weil ich ein Muslim bin?«, fragte al-Mansur erneut betont höflich.

Gwyn entging nicht die Feinheit in der Frage. Es war ungewöhnlich genug, auf einen Araber zu treffen, dem eine Schar christlicher Männer folgte. Aber Yusufs Gabe, sich in fremden Worten, in Britisch wie in Französisch, Lateinisch wie auch Griechisch, so fein und gewählt auszudrücken, verblüffte oftmals angesichts seiner Natur als scheinbar kaltblütiger Anführer eines Söldnerhaufens.

»Ihr seid ein Muselman, und Ihr glaubt an Allah. Ich bin ein Christ, und mein Herr ist Gott, der Allmächtige selbst. Doch es herrscht Friede zwischen dem Abend- und dem Morgenland«, entgegnete der Churer gnädig.

»Da habt Ihr recht.«

»Wie weit ist es noch bis Kapernaum?«, wollte der Ritter wissen.

Yusuf sah in die Richtung, in der die Sonne zu dieser Tageszeit stand. »Wir werden diesen Ort erst am späten Abend erreichen.«

»Hoffentlich nicht zu spät, damit wir uns noch einen Platz für die Nacht suchen können.«

»Nein, sicher nicht so spät.«

Beide Männer schwiegen, und nichts war ringsum zu hören, außer dem wiederholten Schnauben der Pferde, wenn sich wieder eine Schar Fliegen auf die Nüstern und Augen der Tiere setzen wollte.

»War es dies, was Ihr mir sagen wolltet?«, fragte Yusuf höflich mit sanfter Stimme.

»Ja, Muslim … o verzeiht, Herr Yusuf ibn al-Mansur«, sagte der Ritter und lächelte dabei.

Der Araber schwieg.

Da wandte der Ritter sein Pferd und wollte die Spitze seiner Truppe wieder übernehmen.

Auf einmal rief der Araber: »Herr Walter von Zwingenspiel!«

Der Ritter parierte sein Pferd und drehte sich im Sattel um. »Ja, was ist noch?«

»Wenn Ihr mir noch einmal den Respekt versagt, mich noch einmal so ungehobelt ansprecht, werde ich Euch auf Ehre und Blut fordern. Dies wollt *ich* Euch sagen.« Als Yusuf geendet hatte, beugte er noch einmal seinen Kopf und befahl dann seinem Pferd, den Schritt wieder aufzunehmen. Bevor der Ritter sich fassen konnte, waren er und seine Männer an ihm vorbei. Gwyn, auf einer kleinen Eselstute reitend, war der Letzte. Und er konnte es sich nicht verkneifen, sich im Sattel umzuwenden, um zu sehen, wie verblüfft der Ritter der Truppe hinterherstarrte. Erst nach einer Weile hatte er sich gefasst. Da wollte er aufbrausen, aber die Mitglieder seiner Pilgergruppe beschwichtigten ihn.

Sie hielten auf ihrem Weg nicht mehr an. Eine Weile nach diesem Vorfall sandte Yusuf einen seiner Männer voraus.

Am späten Nachmittag war die Gegend so steinig geworden, dass sie nicht mehr besonders schnell vorankamen. Die Ausläufer des Tabor prägten nun die Gegend. Als der Trupp eine karge Senke durchritten hatte, wartete dort ein Mann, ein Berber, den Yusuf vor Stunden vorausgeschickt hatte. Der Mann saß unbeweglich auf einem kleinen Teppich, den er auf dem Boden ausgebreitet hatte. Sein langes Krummschwert vor sich auf den Knien liegend, hockte er da, und nur ein dicker Fliegenwedel aus feinem Ziegenhaar war in seiner Hand ab und an in Bewegung, immer dann, wenn die fliegenden und stechenden Plagegeister gar zu übel zu werden drohten. Yusuf ritt zu ihm und parierte sein Pferd. Da sprang der Berber behende auf die Füße und erstattete in hastig gesprochenen, arabischen Wörtern seinem Anführer Bericht. Die übrigen Reiter bildeten einen Halbkreis um die beiden. Der Ritter von Zwingenspiel hatte nach den Ausführungen des Berbers auf Yusuf ibn al-Mansur geblickt, aber geschwiegen. Yusuf wandte sich um und sprach dabei laut, so dass ihn alle hören konnten. »Fennek fand diesen Mann dort!« Er deutete mit seiner Reitpeitsche auf einen großen Ölbaum, in dessen Schatten die Pilger eine am Boden liegende Gestalt erkennen konnten. Fennek, ein Krieger, der aus den fernen Bergen Mauretaniens stammte, hatte ein dünnes helles Tuch über ihn gebreitet.

»Ist er … ist der Mann tot?«, wollte Gwyn wissen. Er deutete auf die Gestalt am Boden.

Der Araber schüttelte den Kopf. »Er lebt, aber er ist dem Verdursten nahe.«

Gwyn sprang von seinem Esel und ergriff seinen Wasserschlauch. Er schritt zu der am Boden liegenden Gestalt und beugte sich über ihn. Als er das Tuch zurückzog, wimmerte der Unbekannte leise. Der Mann war noch jung, und sein Haar war blond. Seine Haut, vor allem im Gesicht und an den Händen, war von der Sonne schlimm verbrannt. Der Berber erzählte in seiner gutturalen Sprache, und Yusuf übersetzte laut für alle. Der Mann war von Fennek zwischen den Felsen gefunden worden. Er habe ihm bereits all sein Wasser gegeben, aber er wisse nicht, ob der Mann sich noch erhole. Yusuf erzählte weiter. »Er kommt aus einer Festung, welche die Kreuzfahrer hinter dieser Hügelkette auf einer Anhöhe errichtet haben, vor Jahren, mitten in einem weiten Tal. Die Männer dort, alles Franken, werden bereits seit Monaten belagert. Ihn haben sie ausgeschickt, damit er um Hilfe sucht. Dabei hat er sich wohl verirrt.«

Die Männer ringsum raunten verhalten. Yusuf sprang aus

dem Sattel und kniete neben dem Mann nieder. »Die Sonne hat ihm die Haut verbrannt und seinen Verstand gebraten. Wer die Sonne missachtet, verliert gegen sie, und dafür muss er bezahlen.« Er blickte auf Gwyn. »Faber, spart Euer Wasser, dem Mann ist nicht mehr zu helfen.«

»Herr Yusuf, ob dem Mann zu helfen ist oder nicht, entscheidet nicht Ihr«, erwiderte Gwyn ungehalten. Gwyn war wütend über die Kaltblütigkeit des Arabers.

»So? Wer entscheidet dies dann?«, fragte der Araber höhnisch.

»Gott, unser Herr«, entgegnete Gwyn ungehalten.

»Oh, Herr Carlisle, ich vergaß!« Es war das erste Mal, dass er Gwyns Namen erwähnte.

»Ja, Herr Yusuf ibn al-Mansur! Ihr habt vergessen. Aber ich bin ein Christ, und als solcher helfe ich ihm. Denn ich würde jedem Gefährten genauso helfen.«

»Gleich welchen Glaubens?«, fragte der Muslim.

»Ganz recht. Gleich welchen Glaubens.«

»Welch edle Gesinnung. Aber sie passt zu Euch, Faber«, lachte Yusuf.

»Spottet nur! Aber ich hab nicht vergessen«, stieß Gwyn wütend hervor, »dass mir in diesem Land Wasser und Brot gegeben wurde, und erst dann hat man nach meinem Glauben gefragt. Und als ich ihn genannt, hat man mir Wasser und Brot nicht wieder genommen, sondern ich erhielt in Frieden einen Platz für die Nacht.« Die Überheblichkeit des Arabers stieß ihn ab, aber gleichzeitig erstaunte und faszinierte ihn die Leichtigkeit, mit der dieser Mann aller Unbill des Lebens begegnete und schnell seine eigenen Entscheidungen traf.

»Hört, Faber Carlisle! In diesem Land ist Gastfreundschaft ein Gesetz. Und es gilt für jeden, gleich welchem Stamm, gleich welcher Sippe er angehört. Dies, bevor Ihr Christen kamt und uns lehren wolltet, was der einzige Glaube sei.« Der

Araber wandte sich um und befahl seinen Männern, ein Lager zu errichten. Die Pilger aus Chur sahen zu dem Ritter, und der nickte nur zustimmend. Da stiegen auch sie von ihren Reittieren ab und ließen sich im Schatten des riesigen alten Ölbaumes nieder.

Yusuf ließ Wachen aufstellen, denn es schien, als sei die Gegend nicht sicher genug. Es war auch anzunehmen, dass ein Teil der Belagerer durch die Gegend ringsum zog. Denn so eine Belagerung war eine langwierige Art, Krieg zu führen. Dies war allen Beteiligten wohl bewusst, gleich auf welcher Seite sie standen. Die Verteidiger waren auf die Vorräte und die Brunnen innerhalb der Mauern angewiesen, die Angreifer aber mussten Nachschub jeglicher Art heranschaffen. Dies funktionierte nur, wenn sie bewaffnete Trupps durch die Gegend sandten, die alles und jeden ausplünderten, was ihnen und der wartenden Schar dienlich sein konnte. Vor solchen Trupps warnte Yusuf die Pilger.

An diesem Abend saßen sie schweigend um ein kleines Wachfeuer. Es war das erste Mal, dass die Männer des Yusuf ibn al-Mansur und die Pilger um von Zwingenspiel gemeinsam um ein Feuer saßen und auch zusammen aßen und tranken. Aber Yusufs Warnung vor umherstreifenden Spähern war eindringlich gewesen.

Im Moment machten die Söldner unter ihrem Anführer nicht den Eindruck, dass sie sich auf irgendeine Seite schlagen wollten. Einerseits schien es lohnend für Yusuf und seine Männer zu sein, zu den unbekannten Belagerern zu stoßen, um sie beim Angriff auf die Festung zu unterstützen. Andererseits war es nicht gewiss, ob die Belagerer dies dulden würden.

Ganz anders die Pilger um ihren Anführer aus Chur. Der hatte mit seinen bewaffneten Begleitern lange geflüstert, und die Waffenknechte hatten alle den Auftrag bekommen, Ausrüstung und Gerätschaften, aber auch den Zustand der Pferde und des Sattelzeugs zu prüfen. Und nun konnte Gwyn, der in unmittelbarer Nähe des Ritters saß, sehen, wie sehr eine Entscheidung nottat.

»Wenn es Christenmenschen sind, die dort darben, dann werden sie jede Hilfe brauchen«, begann der Ritter zu sprechen, »aber wir sind auf einer Pilgerfahrt, und deshalb muss ich Euch, meine Gefährten, erst befragen.« Er wandte sich in die Runde, und in der untergehenden Sonne war ein Großteil der Gesichter der Männer nicht mehr zu erkennen. Einer der Churer trat ebenfalls ans Feuer. Er hatte den Schwerverletzten unter dem Baum mit Olivenöl und Wein eingerieben, die Wunden verbunden und nahm nun an dem Feuer Platz. Der Ritter sah ihn an. »Franz, wie geht es dem Mann?«

»Nicht gut, Herr Walter. Er fiebert. Die Sonne hat ihn schwer verbrannt. Aber er hat getrunken.«

»Hat er noch etwas gesagt?«

»Ja, Herr Walter.«

»Nun sag schon, Franz.«

»Der Mann ist ein Franke aus Burgund. Die Burg gehört seinem Oheim, der sie und das Land als sein Eigen ansieht und nun hier lebt, seit dem Kriegszug für das Kreuz.«

»Und was sagt der Mann noch?«

»*Die Boten des Sultans.* Die Angreifer haben sie gefangen genommen.«

Gwyn war mit einem Mal aufgesprungen, und sein Herz pochte laut vor Aufregung. »Die Boten des Sultans …«, murmelte er.

»Die Boten des Sultans … gefangen«, flüsterten ringsum die Männer.

Sie tauschten Blicke untereinander, und selbst Yusuf schwieg mit steinernem Blick. Nur einmal schüttelte er seinen Kopf. Gwyn fasste sich, und er sprach zuerst. »Man versicherte mir, überall, in Rom wie in Venedig, genauso wie auf der Reise hierher: Die Boten des Sultans haben freies Geleit. Dies ist und sei Gesetz.«

»Das ficht einen Muslim nicht an«, bemerkte Walter von Zwingenspiel böse.

»Was wollt Ihr damit sagen?«, fragte Yusuf mit gefährlich leiser Stimme.

»Nichts, nur, was es heißt. Eure Ansichten von Ehre sind nicht dieselben, die wir in unserer Heimat pflegen«, sagte der Ritter Walter grimmig.

Gwyn erkannte den plötzlich gefährlich gewordenen Verlauf des Gespräches. Schnell sprach er dazwischen. »Ihr Herren, ich bitt Euch sehr, mir zu helfen.«

»Euch?«, fragte der Ritter von Zwingenspiel überrascht und zugleich verwundert.

»Die Boten sollen Venedig erlauben, Handel zu treiben, und ich bin allein. Bitt Euch, helft mir!«

»Wie soll das geschehen? Wir sind knapp drei Dutzend Männer?«, fragte Yusuf ibn al-Mansur plötzlich.

»Ich sehe keine solche Zahl«, knurrte der Ritter den Araber an, »wir sind Pilger auf dem Weg an eine heilige Stätte.«

»Aber dort brauchen Christen unsere Hilfe«, entgegnete Gwyn schnell.

Darauf schwiegen die Männer, und niemand wollte etwas dazu sagen. Bis Yusuf ibn al-Mansur plötzlich zu sprechen begann. »Ich helfe Euch, Faber.«

Gwyn sah den Araber an, und es war das erste Mal, dass sich ihrer beider Blicke so begegneten. Der Araber blickte ihn an, und Gwyn spürte die Neugier und gleichzeitig einen großen Stolz in seinem langen Blick.

»Ich … ich danke Euch für Euer Angebot, aber ich …« Gwyn fielen für einen Moment keine weiteren Worte mehr ein.

»Ich helfe Euch, aber was werdet Ihr mir und meinen

Männern dafür bezahlen, Faber?«, fragte der Araber ruhig.

»Ich … Yusuf, … ich habe nichts, ich bin selbst nur ein Bote.«

Gwyn wusste jetzt, dass diejenigen, auf die er so lange gewartet hatte, nicht einmal zwei Stunden entfernt von einem der zahlreichen Plündderertrupps festgehalten wurden. Aber sie hatten Nachricht des großen Sultans bei sich. Und seine Mission und Aufgabe war deutlich: »Seine Heiligkeit, der Papst, wird unseren Geleitbrief mit seinem Wort und seinem Siegel unterstützen. Dieser wird uns helfen, Handelsplätze im Norden der großen Wüsten, in Alexandria und Sais, in Cyrene und Berenice zu gründen. Es ist Venedigs Wunsch, mit den Mauren Handel zu treiben.«

Ohne eine Antwort abzuwarten, erhob sich Yusuf ibn al-Mansur und trat zu den Pferden. Wieder konnte man die Ehrerbietung seiner Männer beobachten, denn die Wache, welche die Reittiere bewachte, beugte den Kopf und grüßte den Anführer höflich. Yusuf ibn al-Mansur trat an sein Pferd und nestelte ein schmales, in dickes Leder gebundenes Paket hervor. Er trat zu den schweigenden Männern zurück an das winzige Feuer, das sie entzündet hatten. Groß genug, um etwas Licht und angenehme Wärme zu spenden, denn der Abend begann kühl zu werden, jedoch gerade so groß, um auf eine größere Entfernung nicht mehr gesehen und gerochen zu werden.

Ibn al-Mansur ließ sich auf dem Boden nieder und rollte das Paket langsam auf. Im schwachen Lichtschein erkannten alle die lange gebogene Klinge eines Scimitars, das gefürchtete Krummschwert der Türken. Die begehrteste Waffe der morgenländischen Kämpfer. Die Klinge, lang wie zwei Männerarme, glänzend poliert, wirkte bereits beim bloßen Anblick äußerst kostbar. Ein Raunen der Bewunderung ging durch die Reihen der wartenden Männer, und selbst die christlichen

Ritter nickten anerkennend mit ihren Köpfen angesichts der prächtigen Klinge. »Ein großer Meister aus dem Königreich Granada, weit in dem Land über dem Meer, schmiedete dieses Schwert für einen maurischen Fürsten. Es geht das Wort, dies Eisen spaltet einen Stein mit einem Hieb.« Das Raunen der Männer klang voller Bewunderung. »Ihr seid ein Faber aurifex, wie man in Eurer Sprache sagt, nicht wahr?«

Gwyn nickte.

»Diese Klinge will ich einmal führen. Aber sie ist noch nicht fertig. Griff und Stange, welche parieren und schmücken sollen, sind noch blank und bloß. Macht mir ein Heft und eine Hülle dafür, schmückt dieses Eisen so wunderbar, dass man sich überall erzählt von Yusuf ibn al-Mansur und seinem prächtigen Schwert.« Jetzt schwiegen die Männer, und selbst der Ritter von Zwingenspiel hatte seinen spöttischen Gesichtsausdruck verloren. »Könnt Ihr dies für mich tun?«, fragte der Araber den Faber.

Gwyn zögerte ein wenig, bevor er antwortete. »Ich brauche eine Werkstatt, dazu Gold und Silber, feine Steine, Email und noch allerlei mehr.«

Yusuf nickte verstehend. »Ich weiß, Faber. Lasst all dies meine Sorge sein. Ihr sollt alles erhalten. Für die Steine und alles Metall wird man mir bezahlen, dafür, dass ich helfe, eine christliche Burg zu befreien. Wie ist Eure Antwort?«

»Ein guter Handel. Er sei perfekt«, entgegnete Gwyn.

»Ich habe Euer Wort, Faber?«

»Ja, Herr Yusuf ibn al-Mansur, Ihr habt mein Wort, so wie ich Eures habe. Ihr helft mir, die Boten des Sultans zu befreien.«

Noch immer schwiegen alle Männer in der Runde. Die Selbstverständlichkeit wie auch die Kühnheit im Entschluss des Muslim hatte alle verblüfft. Der Mann wusste wohl genau, was er wollte, und er schien die Menschen zu kennen, gleich welchen Glaubens.

»Herr Yusuf ibn al-Mansur«, knurrte von Zwingenspiel auf einmal mit gefährlich leiser Stimme, »was macht Euch so sicher, dass man Euch, dass ich und meine Gefährten Euch beistehen?«

»Eure Ehre, Ritter, Eure Ehre! Kein Streiter in christlichem Glauben lässt einen anderen Ritter mit demselben Glauben in einer solch misslichen Lage. Ihr werdet helfen, und meine Männer und ich selbst werden Euch beistehen. Dies weiß ich, weil der Preis ein Anteil all dessen betragen wird, was wir bei diesem Kampf erbeuten. Bis wir vor dem Ort stehen, an dem man beten kann. Denn nach einem Sieg werdet Ihr doch an einem geweihten Ort beten wollen, nicht wahr?«

»Was?!« Walter von Zwingenspiel war zornig, und auch seine Begleiter wussten nicht recht, was sie von der dreisten Selbstsicherheit des Arabers zu halten hatten. Yusufs Männer griffen zu ihren Schwertern, bereit, ihrem Anführer sofort zur Seite zu stehen, sollten dies die nächsten Worte verlangen.

»Herr Ritter von Zwingenspiel«, antwortete Yusuf und hob dabei kaum merklich seine Stimme, »was erregt Ihr Euch? Ihr seid 20 Ritter und Knechte auf Pilgerreise. Wohl seid Ihr tapfer und mutig. Aber dies ist unsere Erde und unser Himmel. Wenn Ihr nicht scheitern wollt, braucht Ihr Verbündete.«

»Und Ihr, Yusuf ibn al-Mansur, wollt dieser Verbündete sein?«, fragte der Ritter höhnisch mit mühsam unterdrücktem Zorn.

»Seht Ihr noch andere Streiter?«, fragte der Araber mit leiser Stimme, und seine Hand beschrieb einen Kreis. Bevor der Ritter oder sonst einer seiner Gefährten etwas sagen konnte, sprach er weiter. »Hier wartet kein Boemund von Tarent, hier sind keine Knechte aus der Gascogne und aus Flandern, keine flämischen Ritter mit ihren langen Spießen und keine normannischen Bogenschützen. Hier bin nur ich,

Yusuf ibn al-Mansur, der ungläubige Muslim mit seiner Schar von Spießgesellen, Abtrünnigen und Heiden. Männer wie wir, die wissen, welche Gefahren auf dem Weg vor uns noch warten. Herr Walter, Ihr werdet mit uns zusammen kämpfen müssen, oder Ihr lasst es sein. Aber wenn Ihr diesen Kampf scheut, weiß bald das ganze Abendland: Der Ritter Walter von Zwingenspiel aus einem Lehen in Chur und all seine Gefährten, Pilger und edle Männer wie er selbst, verweigerten einer christlichen Schar Ritter ihre Hilfe in fremdem Land. Glaubt Ihr, dies hält Euer Ruf aus?«

Eine ganze Weile schwieg der stolze Pilger. Nur zu gut wusste nicht nur er allein, wie sehr der Araber recht hatte. Von allen Seiten sprach immer wieder einer seiner Gefährten leise auf ihn ein, aber er rührte sich kein einziges Mal. Er sah all die Zeit nur auf den Araber, und Yusuf ibn al-Mansur hielt seinem Blick voller Stolz stand.

Und plötzlich sog der Ritter die Luft in seinen mächtigen Brustkasten ein, und all die, die rings um ihn saßen, wussten nun, er würde etwas sagen. »Herr Yusuf ibn al-Mansur, wir bitten Euch und Eure Männer, uns Waffenhilfe zu leisten. Wer von uns beiden als Erster das Zelt des feindlichen Anführers berührt, hat die erste Wahl für alle Schätze, die wir erbeuten. Unser Anteil soll zum Kurs von venezianischen Zechinen berechnet werden. Und, … wir bleiben beide Anführer.«

Der Araber nickte. »Einverstanden, Herr von Zwingenspiel«, entgegnete Yusuf.

»Da wäre noch etwas«, sagte der Ritter ruhig.

»Ja?«

»Wir sind Waffengefährten nur in diesem Kampf. Nur bis zum Sieg. Danach trennen sich unsere Wege.«

»Es sei so, Herr von Zwingenspiel.« Und der Araber lächelte, aber dies konnte niemand sehen, denn es war längst dunkel geworden, und das Feuer war fast verloschen.

6

Der Vollmond war kein Verbündeter, aber dichte Wolken verhinderten helles Licht, und ein steter, leichter Wind sorgte dafür, dass die Wolkenbänder nicht abrissen.

Die Männer um Yusuf schlichen so geräuschlos wie nur möglich einen schmalen Pfad über den steilen Bergsaum. Einer hinter dem anderen. Ihre Waffen hatten sie in ihre langen Gewänder gehüllt oder sie mit Stoffstreifen umwickelt. Fennek, der mauretanische Berberkrieger, schlich voraus. Er spähte den Weg vor ihnen aus. So gelangten sie unter großer Vorsicht an den letzten Saum des Berges. Dort wartete der Berber im Schutz einer Felswand und bedeutete ihnen, sich ruhig zu verhalten. Die Männer ließen sich auf die Erde nieder und bemühten sich, keinerlei Lärm zu machen. Es blieb still ringsum bis auf den Wind, dessen Rauschen ein eigenartig singendes Geräusch ergab, immer dann, wenn eine kräftige Bö die steilen Felswände hinauf- oder hinunterfuhr und Staub und Sand vor sich hertrieb.

Unter ihnen, auf einem flachen, fast runden Plateau lag die Festung. Eine Burg, die in ihrer Form und in ihrem Aussehen genauso gut ihren Platz im Abendland gefunden hätte. Das große Rondell war eingefasst von wuchtigen Mauern, viele Manneslängen hoch und auf den ersten Blick hin unüberwindbar. Dahinter befand sich ein zweites Rondell, die Mauern nicht weniger mächtig, nur dass runde Türme, wie die Finger eines überirdischen Zyklopen, die Wälle und Anlagen unterbrachen. Eine Festung, die hier bald 20 Jahre existierte, nachdem mehr als 12 Jahre an ihr gebaut wurde, und noch längst war sie nicht fertig. Ein Großteil der Mauern war in ihrem Abschluss noch nicht endgültig, und es sollte noch Jahrzehnte dauern, bis der letzte Stein an seine vorgesehene Stelle verbracht war. Rings um die Burg sah man die Wachfeuer der Belagerer brennen, und jetzt rochen sie alle den Rauch dieser Feuer. Auf der anderen Seite stieg das Gestein nicht gar so steil an, um dann in die ersten Fundamente der mächtigen Mauer zu münden. Der Ritter von Zwingenspiel, Yusuf, Fennek, Bracko und auch Gwyn krochen vorsichtig an den Rand des steilen, hohen Abhangs, der – in eine Schlucht übergehend – sich tief unter ihnen verlor.

»Welch mächtige Burg!«, raunte der Herr von Zwingenspiel bewundernd.

»Niemand kann hinein, niemand hinaus. Kein Anhänger des Propheten lebt so«, spottete Yusuf leise.

Der Ritter kroch ein wenig nach vorne und starrte angestrengt in die Dunkelheit.

Fennek beugte sich an das Ohr seines Anführers. Er murmelte etwas, und der Araber flüsterte zurück. Da nickte Fennek und robbte ohne das geringste Geräusch rückwärts, bis er von der Felskante weit genug entfernt war. Dann erhob er sich und verschwand ohne Laut in der Dunkelheit. Yusuf robbte ebenfalls ein Stück zurück, und die anderen taten es ihm so leise wie möglich nach.

»Wo will er hin?«, wollte von Zwingenspiel wissen.

»Fennek glaubt, dass sich weitere Wachen um die Burg verborgen halten. Wächter, die nicht an den Feuern sitzen. Er möchte Gewissheit haben und wird mir bald berichten.«

»Teufel auch«, knurrte von Zwingenspiel leise.

»An diesen Wachen müssen wir vorbei«, erklärte Yusuf mit leiser Stimme weiter, »sie halten den Belagerern den Rücken frei und warnen gleichzeitig vor jedem, der sich der Burg nähert.«

»Alle mit dem Leibhaftigen im Bunde«, knurrte von Zwingenspiel leise.

»Ihr wundert Euch, Herr Ritter, dass auch wir das Kriegshandwerk verstehen?«, fragte Yusuf.

Gwyn konnte das Gesicht des Churers nicht erkennen, aber er ahnte, dass diese Art Frage nicht nach dem Geschmack des Ritters war. Der grunzte daraufhin nur verächtlich. Trotz der Dunkelheit hätte Gwyn gewettet, dass Yusufs prächtige Zähne zu sehen wären. Ein Anblick immer dann, wenn der Araber lachte.

»Sei es drum, wir warten und achten derweil auf unsere Kräfte«, erklärte Yusuf geduldig weiter.

»Warten? Worauf?«, wollte der Churer wissen.

»Auf Fennek.« Ohne ein weiteres Wort glitt der Araber leise und geräuschlos zurück in die Dunkelheit, bis er sich nach einigen Schritten vorsichtig aufrichtete und den schmalen Pfad zurück hinunter zu den übrigen wartenden Kämpfern schlich. Gwyn, der Ritter und die übrigen Männer folgten ihm. Als sie die anderen erreicht hatten, verlangte der Ritter mehr zu wissen.

»Wollt Ihr uns nicht sagen, an welcher Stelle wir hinuntergehen?« Er hatte sich vor Yusuf auf dem Boden niedergelassen.

»Gewiss, Herr von Zwingenspiel«, entgegnete der, und seine Stimme klang geduldig. »Fennek ist in den Bergen des fernen Atlas aufgewachsen. Er kennt derlei Fels und Stein. Wir warten auf ihn, bis er zurückkommt.«

»Und wenn er nicht kommt?«

»Er kommt, Herr Ritter, er kommt.« Der Araber streckte sich auf seinem Nachtlager, einem feinen Teppich, aus, den einer seiner Männer ihm fürsorglich auf dem Boden gebreitet hatte. Die übrigen Männer suchten sich ebenfalls jeder einen Platz zum Ausruhen. Bald herrschte gespannte Stille ringsum. Nur das Geräusch unzähliger Zikaden war in der Nacht zu hören.

Bald darauf war Gwyn eingenickt. Aber er war sofort wach, als ihn jemand behutsam an der Schulter rüttelte. Es war der Nubier, ein Vertrauter der Männer um Yusuf.

»Faber ingles, Fennek ist zurück«, flüsterte er. Der Mann deutete auf den Späher, der zwischen den schweigenden Männern saß und einen tiefen Zug aus einem Wasserschlauch nahm. Als der Mann getrunken hatte, erstattete er seinem Anführer mit leiser Stimme Bericht. Die Ausführungen wurden von Yusuf ab und zu mit einer kurzen Frage unterbrochen, welche der Mann, ohne zu zögern, beantwortete. Es war für alle zu erkennen, wie der Araber bedächtig nickte, als der Späher mit seinen Ausführungen geendet hatte. Gwyn fröstelte ein wenig in der frischen Nachtluft. Er musste eine Weile tief geschlafen haben. Er streckte sich und erhob sich dann, um zu den wartenden Männern zu schleichen. Dem Licht in der Ferne nach zu urteilen, musste bereits die dritte Stunde des neuen Tages angebrochen sein. Dort, am Horizont, sah man den ersten zarten Schein des beginnenden Morgens. Der Späher trank noch einmal einen tiefen Schluck aus seinem Wasserschlauch.

Yusuf wandte sich an die schweigenden Männer ringsum. »Fennek hat viele versteckte Wachen entdeckt. Aber eine Stelle ist frei, und dort steigen wir hinab.«

»Wo soll dies sein?«, fragte der Churer.

»Dort …«, antwortete Yusuf, und sein Arm deutete zu der Kante des jäh abfallenden Hanges.

»Dort hinunter …?« Die Stimme des Churers klang ungläubig. »Ihr müsst verrückt sein. In der Dunkelheit brechen wir uns alle Knochen …«

»Wer sprach von Dunkelheit?«, fragte der Araber geduldig. »Wir nutzen die kommende Stunde kurz vor Sonnenaufgang. Da sind beide Seiten, Türken wie Christen, im Schlaf. Wir sehen gerade genug, um nicht zu stürzen. Wir teilen uns auf. Eine Gruppe, die nur wenige Männer zählt, steigt hinunter bis an den Grund der Schlucht. Wenn die Sonne aufgeht, werden wir alle längst unten sein.«

»Genug der Fabelei«, knurrte von Zwingenspiel ungehalten. »Sollten wir es wirklich bis in das Tal hinunter schaffen, ohne uns dabei Hals und Glieder zu brechen, wie wollt Ihr dann weiter?«

»Wenn wir auf dem Grund des Tals angekommen sind, schützen uns Dornenhecken vor allen Blicken, und dort halten wir uns den Tag über versteckt. Erst heute Abend schleichen wir uns bis zur Mauer auf der anderen Seite.« Die Zuhörer ringsum nickten, als der Mann geendet hatte. Yusuf ibn al-Mansur sprach weiter. »In der Nacht sind wir dann am Fuß der Mauer und klettern hinauf.«

»Hinauf?«, fragte der Churer ungläubig, und auch Gwyn glaubte, sich verhört zu haben.

Einige Männer ringsum begannen, halblaut zu murren.

»Ja, hinauf«, bekräftigte Yusuf leise, »der Fels ist nicht überall glatt. Es gibt genug Stellen, wo wir uns festhalten können. Außerdem drängt uns nichts zur Eile.«

»Wie meint Ihr das?«

»Niemand in der Burg und niemand davor weiß von uns. Dies muss so bleiben, bis wir in der christlichen Burg sind.«

»Ihr müsst toll sein, wenn dies Eure Absicht ist«, fauchte der Ritter halblaut. »Niemals kommen wir da hinauf. Niemals! Wir fallen runter wie lose Steine. Ihr ...«

Einer der Männer um den Churer, ein Mann, der sich Bernhard von Heidemark nannte, unterbrach ihn höflich. »Herr von Zwingenspiel, ich bitt Euch sehr, lasst uns den Plan doch erst fertig anhören.«

Der Ritter grunzte vor Missfallen, schwieg dann aber.

Al-Mansur sprach leise weiter. »Wenn wir über der ersten Mauer sind, können wir uns den Verteidigern erklären.«

»Warum greifen wir nicht alle auf einmal an einer Stelle der Burg an?«, fragte der Mann, der soeben den Churer unterbrochen hatte.

»Wir sind zu wenig Kämpfer, und wir wissen nicht, wo die schwachen Stellen der Belagerer sind. Dies auszukundschaften, würde viele Tage dauern. Dazu haben wir zu wenig Brot und Wasser, um dies festzustellen. Wir müssten bald selbst hungern und dürsten.« Alle schwiegen, und der Araber sprach mit leiser Stimme weiter. »Einige von uns gehen den Weg, wie ich gesagt habe. Sind wir erst einmal in der Burg und haben unsere Absicht erklärt, geben wir dem Rest der Kämpfer hier ein Signal. Dann greifen diese Männer die Belagerer an. Am Haupttor. Zugleich werden wir mit den Kämpfern in der Burg einen Ausfall wagen. So jagen wir sie an jener Stelle von zwei Seiten auseinander. Das reicht aus, um den Feind in Schrecken zu versetzen und in die Flucht zu schlagen. Dann besetzen wir ihr Lager und erbeuten ihr Wasser und allen Besitz. Damit ist uns der Sieg gewiss. Niemand kämpft ohne seinen Tross.«

Jetzt, nachdem der Araber geendet hatte, widersprach keiner mehr. Einer nach dem anderen nickte und hieß den Plan gut. Und sie begannen mit den Vorbereitungen.

Die Nacht war, wie so oft in diesem Teil des Landes, kühl geworden. Manch einer der Ritter fröstelte ein wenig, wenn ihn die kalten Eisenglieder seines Kettenhemdes auf der bloßen Haut rieben. Die Männer, die in die Schlucht hinuntersteigen sollten, nahmen nur das Notwendigste mit. Die Ritter ließen ihre schweren Schilde und Lanzen zurück, und jeder griff sich nur eine Handwaffe, meist ein Schwert oder eine Axt. Allen war bewusst, dass es zum Kampf Mann gegen Mann kommen würde, sollten die Belagerer sie entdecken und am Eindringen in die Festung hindern wollen. Die Araber schnürten ihre gefütterten Rüstungen fester. Einige trugen sogar Kettenhemden, Aussehen und Zustand entsprechend, wohl Kriegsbeute aus früheren Kämpfen mit anderen Gegnern.

Gwyn spannte seinen Bogen. In dem fahlen Dämmerlicht des langsam beginnenden Morgens beobachtete ihn Yusuf aufmerksam. Gwyn schnürte sich einen schmalen Beutel mit Pfeilen auf den Rücken.

»Wollt Ihr damit schießen?«, fragte Yusuf.

Gwyn hielt für einen Moment inne. »Ja, das ist die einzige Waffe, mit der ich kämpfen kann«, erwiderte er.

»Wir Araber haben auch Bogen, aber sie sind kleiner als dieses … Monstrum«, sagte der Araber mit seinem ihm eigenen, leisen Spott in der Stimme.

»Dieser Bogen schießt weit«, erwiderte Gwyn.

Ibn al-Mansur nickte leise. »Ich hörte, dass beim Sturm auf Jerusalem normannische Knechte mit ihren Pfeilen den Angriff des Herzogs von Tarent deckten. So konnten seine Ritter die Leitern hinauf und über die Mauern. Nach fast 40 Tagen«, sagte der Araber.

»Ja, das erzählte man sich auch bis heute in meiner Heimat. In London.«

»Ist dies so ein Wunderbogen, wie ihn die Normannen einst führten?«

»Es ist ein Langbogen, und die Sachsen, Bewohner in Britannien, lange bevor die Normannen kamen, nutzten ihn seit alter Zeit.«

Nach Gwyns Worten entstand ein Moment der Pause. Bis Yusuf etwas leiser weitersprach. »Wollt Ihr wirklich mit?«

»Wohl will ich das, Yusuf. Muss die Boten des Sultans treffen. Erst dann kann ich Gedanken darauf verschwenden, wieder heimzureisen.«

»Ihr wollt zurück?«

»Ja, eines Tages will ich zurück nach Britannien. Aber vorher erfülle ich meinen Auftrag, der mir von Venedig gegeben.«

»Goldschmied?«

»Ja?«

»Der Bogen … er ist trotzdem groß … viel zu groß.«

»Nicht für mich, Yusuf.«

»Ich seh auf Euch, wenn Ihr kämpft.«

Gwyn überraschte dieses Wort. »Ich dank Euch für Eure Fürsorge. Sie erscheint mir sehr freundlich und von großer Ehre.«

»Pah, nichts von alledem. Aber Ihr schuldet mir einen Auftrag. Nur deshalb ist es mir um Euch bang«, antwortete der Araber wieder mit der gewohnt spöttischen Stimme. Dann wandte er sich abrupt um und schlich zu seinem Späher. Fennek sprach noch einmal mit leiser Stimme zu seinem Anführer, der Bracko, jenen ungeschlachten, groben Knecht, zu sich befahl. »Bracko!«

»Ja, Herr …«, antwortete der Mann gehorsam.

»Höre! Siehst du ein Feuer am Haupttor, dann greifst du an. Dort werden wir Euch entgegenstürmen. Schafft Euch, wenn es sein muss, eine Gasse zu uns. Aber ihr müsst im selben Augenblick losschlagen, sobald das Feuer zu sehen ist. Ihr habt einen ganzen Tag lang Zeit, unbemerkt in den Rücken der Muslime zu gelangen. Sie dürfen euch nicht bemerken. Hast du verstanden?«

»Ja, Herr.«

Mehr war wohl nicht zu sagen. Da trat der Ritter von Zwingenspiel dazu. »He, du …«, knurrte der Ritter Bracko an.

»Ja, Herr?«

»Wie ist dein Name und dein Stand?«

»Ich?«

»Ja, du, wer sonst? Sag schon«, knurrte von Zwingenspiel ungehalten.

»Ich heiß Bracko und stamm aus Ragusa an der Serbischen Küste. Ich war einst Waffenknecht des Herrn Cacciaguerra Piovasco, einem Ritter des Kreuzes.«

»Wo ist er jetzt?«, wollte der Churer wissen.

»Tot, Herr. Bei Antiochia starb er am Fieber. Ist bald 20 Jahre her.«

Der Ritter schnaubte durch die Nase. »Yusuf!«, fauchte der Ritter plötzlich. »Ihr lasst den Angriff einen Waffenknecht führen? Ich seh es Euch nach, aber Euch sind nicht einmal die einfachsten Regeln der Ehre unter uns christlichen Rittern bekannt!«

»Herr von Zwingenspiel, Bracko ist einer meiner besten Leute. Er ist seit vielen Jahren in diesem Land und kennt es gut. Und er ist ein tapferer Kämpfer. Mehr ist nicht vonnöten.«

»Aber er ist ohne Rang und Namen«, fauchte der Ritter böse.

Unmut machte sich breit. Das feine Zwielicht, das jeden klaren Morgen ankündigt, wurde stetig mehr. Und mit jedem Moment, den die Männer zögerten, gefährdeten sie das halsbrecherische Unternehmen. Dies war Yusuf bewusst, und so war seine Stimme nur mühsam beherrscht, als er dem Ritter antwortete. »Herr von Zwingenspiel, ich denke nicht, dass es ein günstiger Moment ist für Fragen wider die Ehre oder gar über Namen und Herkunft eines Mannes ...«

»Das denkt Ihr, Muslim! Dieser Kerl ist ein Knecht!« Der Ritter aus Chur deutete mit der Hand auf den Serben. »Ein Knecht, jawohl! Er soll auch als solcher dienen. Aber den Angriff am Haupttor führt mein Vertrauter, Herr Gerwulf, Ritter vom Stein.« Mit diesen grimmigen Worten legte der Ritter die Hand auf die Schulter des Angesprochenen. Der Ritter vom Stein war ein Mann, dessen Familie ein Lehen unweit von Brixen ihr Eigen nannte und einen Teil an die Krone verpfänden musste, damit der jüngste Sohn die Pilgerfahrt ins Heilige Land antreten konnte. Dieser Mann besaß von Wert nur noch seinen Namen. Aber der war immer noch höher zu bewerten als die bloße Herkunft eines namenlosen Knechtes.

Jeder wusste, dass der Araber der Forderung des Ritters nachgeben musste, denn dies war Sitte. Kein Ritter diente unter dem Befehl eines Knechts. Yusuf ibn al-Mansur sah stumm für einen Moment auf den ursprünglich erwählten Mann.

»Bracko!«

»Ja, Herr?«

»Du dienst dem Ritter vom Stein.«

»Ja, Herr«, entgegnete der Knecht gehorsam.

»Seid Ihr nun zufrieden, Herr von Zwingenspiel?«, fragte Yusuf.

Der Churer nickte und grunzte zugleich als Bestätigung. Daraufhin wandte sich Yusuf um und befahl seiner Gruppe, ihm zu folgen. Und Gwyn spürte, wie jenes Ereignis den empfindlichen Araber erneut getroffen hatte, und er fürchtete immer mehr den Moment, an dem dieser sich für all die Ungezogenheiten des Churers rächen würde.

Wie es der Araber erklärt hatte, stiegen sie behutsam den steilen Berghang hinunter. Einer nach dem anderen, immer darauf bedacht, keine Steine oder gar Geröll loszutreten und mit ihren Waffen und Helmen nirgends am Fels anzuschlagen. Derlei Geräusche würde man meilenweit hören. Jetzt war nur der Wind zu hören, der ihnen eine angenehm frische Brise bescherte. Yusuf hatte ihnen versichert, wie hart der vor ihnen liegende Tag werden würde, vorausgesetzt, sie würden den Talgrund wie vorgesehen sicher erreichen.

Anfangs war noch ein schmaler Saumpfad zu erkennen, den wohl wilde Ziegen vor Zeiten schon getreten hatten. Doch bald wurde der Hang immer steiler, und die Männer mussten Schritt für Schritt langsam und behutsam gehen. Fennek, der Berber, ging voran. Ihm folgte ein großer Kämpfer, der dunklen Hautfarbe nach ein Nubier. Er trug einen Teil des Wassers und eine Streitaxt in einem Bündel verschnürt auf dem Kopf, dazu sein Krummschwert, in Stoff eingehüllt auf dem Rücken. Seine Last mit einer Hand festhaltend, wenn der Weg wieder einmal steil und abschüssig zu werden drohte, glitt er wie ein Schatten hinter dem Berber her, aufrecht, als ginge er zu einem Tanz. Ihm folgte Yusuf, dann der Ritter von Zwingenspiel. Er hatte auf seine beiden Waffenknechte nicht verzichtet. Die beiden Burschen trugen schwer: jeder ein Schwert, eine Streitaxt und einen Wasserschlauch. Dazu hatten sie die Rüstung ihres Herrn unter sich aufgeteilt. So trug jeder einen Teil der Last, verschnürt auf seinem Rücken. Alles Metall war in Tücher gehüllt, die sie später auf dem Talgrund noch brauchen sollten. Gwyn folgte als Letzter. Der Araber wollte dies so, denn er hoffte, dass ihnen der Faber bei einem plötzlichen Angriff von der Seite her mit seinem Bogen freie Bahn schaffen konnte. Gwyn war sich da nicht so sicher. Er war kein Krieger, sondern Künstler und Handwerker, und es waren die Umstände und der Wunsch des Dogen von Venedig gewesen, dass er in das Heilige Land ging, um dort ein Treffen mit den Boten des mächtigen Sultans abzuwarten. Er hatte sich vor ihrem Marsch die immer steiler werdenden Berghängen hinunter nichts anmerken lassen, aber er fürchtete sich nicht wenig, und der Schweiß rann ihm in feinen Rinnsalen am Körper hinab, obwohl es angenehm kühl war.

Der steile Hang war nun fast in eine senkrechte Wand übergegangen. Bis auf den schmalen Pfad, kaum breiter, als zwei Füße eng nebeneinanderstehen können, war nirgends mehr Gelegenheit, ein wenig zu rasten. Yusuf trieb zur Eile, und wenn sich die Männer umsahen, wussten sie auch, warum. Der erste fahle Lichtschein, weit in der Ferne, tastete über den hellen bleichen Fels ringsum. Bald sollte das erste Morgenlicht den dunklen, schützenden Schatten ersetzen, und damit schwand von Augenblick zu Augenblick immer mehr die Wahrscheinlichkeit, den tiefliegenden Talboden unentdeckt zu erreichen. Sie waren nun auf der Höhe des Plateaus, und die Burg war bereits deutlich zu sehen. Aber die Männer mussten erst hinunter, das Tal unbemerkt queren, um dann auf der anderen Seite wieder hinaufzusteigen. Ganz so, wie es der Araber erklärt hatte.

Ein Vogel könnte die Distanz, etwa eine englische Meile, mit wenigen Flügelschlägen bewältigen. Nicht nur Gwyn wünschte sich in diesem Moment Flügel. Er atmete schwer, und er hörte, wie auch die beiden Knechte vor ihm nach Luft rangen. Es war sehr staubig, und die Trockenheit reizte ihre Nasen und Augen. Aber jetzt etwas zu trinken, dazu reichte die Zeit nicht.

Fennek hatte am Rand der Felskante gehalten. Er wartete, bis alle beisammen waren, und schwang sich dann über den Rand. Vorsichtig kletterte er an der steilen Wand abwärts. Sie war wohl wild zerklüftet, bot aber für Hände und Füße sicheren Halt. Aber die Männer waren müde, und der ungewohnte Abstieg machte ihnen zu schaffen. Dazu kam das schwere Gepäck. Gwyn sah, wie der Churer mehr als einmal losfluchen wollte, aber er schien sich jedes Mal darauf zu besinnen, wie weit selbst eine leise Stimme trug. Und bei jedem losen Stein, den eine unachtsame Hand in die Tiefe rollen ließ, hielten sie alle für einen Augenblick unwillkürlich den Atem an, in banger Furcht, gehört und damit entdeckt worden zu sein. Aber es blieb alles ruhig.

Es schien gerade so, wie es der Araber vorausgesagt hatte. Es war die Stunde des letzten Schlafes. Die Zeit, in der auch die Wachen beider Seiten müde waren von dem endlosen, angestrengten Starren in die umliegende Dunkelheit.

Plötzlich war Fennek ganz verschwunden. Die Waffenknechte vor Gwyn stiegen schneller, und er musste sich ebenfalls beeilen, um den Anschluss nicht zu verlieren. Was er nicht mehr geglaubt hatte, war nun eingetroffen: Sie hatten den Grund der Schlucht erreicht. Ein steiles, aber nicht mehr gefährliches Schotterfeld markierte das Ende des mühseligen Abstiegs, und Yusuf hieß sie mit einer Armbewegung halten. Die schwer atmenden Männer folgten ihm erst dann weiter, als Fennek, weit voraus, ein Zeichen gab, dass er keine Gefahren entdecken konnte. Einer alten Kriegslist gehorchend, folgten die Männer dem Berber einer hinter dem anderen. Bei einem plötzlichen Angriff waren sie damit nicht von Beginn an alle gefährdet. Zudem war es für einen vor ihnen wartenden Gegner schwer auszumachen, wie groß die wirkliche Anzahl der Angreifer war.

Am Ende des Schotterfeldes wuchsen Disteln und Dornbüsche, fast mannshoch. Hier hielten sie an, und hier war es noch dämmrig, fast dunkel. Aber es würde nicht mehr sehr lange dauern, bis die Sonne diesen Teil des Tales erreicht hatte. Yusuf sammelte die Männer um sich. »Wir gehen dort hinein und ruhen erst einmal aus«, raunte er und deutete mit der Hand in das weite Meer wildwachsenden Gesträuchs.

»Da hinein?«, fragte der Ritter mit vor Anstrengung keuchender Stimme.

»Ja, wir gehen in derselben Reihenfolge. Faber, Ihr haltet Euch dicht bei mir, denn Ihr tragt kein Eisen unter Eurem Rock. Ich dagegen schon, und ich weiß den Dornen zu begegnen. Und denkt daran: keinen Laut!«

Der Ritter stöhnte leise. Die übrigen Männer nickten stumm, und Gwyn kroch an die Seite des Arabers. Er erkannte, dass der Mann ein besonders feines, eisernes Kettenhemd unter seinem langen Gewand trug. Dazu langschäftige Stiefel aus feinem Leder, welche bis über die Waden gingen. Er hatte Handschuhe übergestreift, und ein weiteres Paar hielt er dem Goldschmied hin. »Zieht an, Faber. Eure Hände sind sonst nur noch Fetzen. Und wer sollte mir dann mein Schwert fertigen?«

Gwyn nickte dankbar, und er glaubte erneut, ein Lächeln im Gesicht des stolzen Mannes zu erkennen. Aber er war sich nicht sicher, denn es war nicht hell genug.

Einer hinter dem anderen krochen sie nun auf dem Bauch liegend durch das dichte, dornige Gestrüpp. Fennek bewegte sich voraus. Er übernahm den schwierigsten Teil, denn er schob die Dornenranken zur Seite, schlug, wo es notwendig war, mit einem Dolch auch einmal Ranken ab. Immer dann, wenn sich einer der Männer ein wenig aufrichten wollte, blieb er sogleich in den Ranken hängen. Spitze Dornen, so lang wie Hufnägel, hielten sie immer wieder fest. Die Männer hatten ihre eisernen Helme auf, die mit dem ledernen Nackenschutz wenigstens Kopf und Hals bedeckten. Gwyn hatte sich sein Gesicht und den Kopf mit einem langen Tuch umwickelt, und außer seinen Augen war nichts zu sehen. Wohl glaubte er anfangs, darunter ersticken zu müssen, aber dann war ihr Fortkommen nicht allzu schnell, und er hatte Zeit zu atmen. Trotzdem freute sich Gwyn auf den Moment, wenn er das Tuch wieder abnehmen konnte.

Auf einmal hielten sie an.

Das erste Sonnenlicht fiel nun auf den Talgrund, schien in langen und gleißend hellen Streifen durch das Dickicht und schuf kleine helle Inseln aus Licht auf dem Boden. Es war ein seltsamer und schöner Anblick. Gwyn hob den Kopf ein wenig und sah sich langsam um. Die Dornbüsche wuchsen nicht überall so dicht. Manche Stellen waren sogar wie kleine Lichtungen, die bequem Platz für wenigstens zwei Männer boten. Dort lag nur Sand auf dem Boden.

Fennek richtete sich immer wieder ein wenig auf. Jetzt wandte er sich nach links und robbte ein letztes Mal durch eine dichte Dornenwand. Immer auf dem Boden liegend und sich langsam nach allen Seiten schiebend, folgten ihm die übrigen Männer.

Gwyn schwitzte immer mehr. Sein leichtes Wams klebte ihm am Körper, und er spürte, wie ihm der Schweiß durch seine langen Beinkleider drang. Am schlimmsten waren wohl die Handschuhe. Gwyn glaubte, der Schweiß müsse sich darin sammeln wie in einer gefüllten Blase. Als sie für einen Moment verweilten, streifte er sich einen Handschuh von der Hand herab.

Da hörte Gwyn den Berber plötzlich fluchen, wohl leise, aber dies nur mühsam beherrscht.

Er fluchte noch immer, als ihm Yusuf einen leisen Stoß in die Seite gab. Dann wandte er sich zu den übrigen Männern um. »Passt auf, eine Viper! Sie kriecht vorbei. Erschreckt nicht!«

Bevor Gwyn überlegen konnte, was geschah, kroch die Schlange behende auf seine linke, nun bloße Hand, zu. Er konnte den Arm nicht rechtzeitig genug zurückziehen. Starr presste er seine Hand auf den Boden und spürte, wie der warme Körper des Reptils über seine Hand glitt, mit eigenartig samtiger Bewegung. Unwillkürlich hielt er die Luft an. Gedanken über den bösen Biss, der meist tödlich endete, kamen ihm plötzlich in den Sinn.

Es war eine große Schlange. Eilig bewegte sie sich an den Männern vorbei und verschwand im dichten Gestrüpp.

»Hast du dich erschreckt, Faber?«, fragte Yusuf, und in seiner Frage schwang erneut sein ihm eigener, leiser Spott.

»Ja, muss sagen, recht arg.«

Yusuf wandte sich zu ihm um, und seine Augen blickten fragend. »Arg? Was bedeutet das, arg?«

»Mir zittern die Glieder, und es fehlt nicht viel, und ich lass alles Wasser in meinem Gewand«, entgegnete Gwyn ehrlich.

Dies schien der Araber verstanden zu haben.

Er musste lachen, und er bemühte sich, sein Tuch vor den Mund zu halten. Als der Berber an der Spitze wissen wollte, was los sei, schien ihm sein Anführer die Antwort des Goldschmieds zu übersetzen. Da musste auch der Berber lachen, und er wandte sich zu Gwyn um, rollte dabei heftig mit den Augen, während er in schnellen arabischen Worten vor sich hin murmelte.

Nun waren sie an einer der Inseln inmitten der dichten Dornenhecken angelangt. Hier wuchsen niedrige, verkrüppelte Bäume und boten zusätzlichen Schatten.

»Wir bleiben hier«, befahl Yusuf, und die Männer nickten einstimmig zum Einverständnis.

Sie suchten sich jeder einen Platz, denn für die nächsten Stunden würden sie schlafen, nur einer von ihnen sollte wachen. Gwyn suchte seinen Platz besonders sorgfältig nach giftigem Getier ab. Aber diesmal lachte keiner, sondern alle Männer taten es ihm gleich.

Die folgenden Stunden verbrachte Gwyn schlafend.

Es fiel ihm nicht schwer, nach dem erschöpfenden Marsch einzuschlafen. Einmal erwachte er. Yusuf kniete neben ihm und deutete mit der Hand, still zu sein. Gwyn nickte verstehend. Die Sonne stand am Himmel bereits recht hoch, es musste auf den Mittag zugehen. Einige Schritte entfernt kniete Fennek, und seine dunklen Augen versuchten, das Dickicht ringsum zu durchdringen. In seiner Faust hielt er einen Dolch, auf dem Boden vor ihm lag sein blankes Krummschwert. Es knackte und raschelte vor ihnen. Im ersten Augenblick schien es sich um Schritte zu handeln, so als ob Menschen vorsichtig durch das dichte Gesträuch krochen. Aber dies war unwahrscheinlich, denn in dem Gewirr der Dornenpflanzen würde jeder sogleich hängenbleiben. Dann war das Geräusch auf einmal fort, und in einiger Entfernung flogen Vögel auf. Die angespannten Mienen der Männer entspannten sich wieder.

Gwyn hatte von diesem Schreck einen trockenen Hals bekommen. Es war heiß hier unten im Talgrund, aber sie hatten nicht so viel Wasser dabei. Was sie bei sich trugen, musste reichen, bis sie wieder trinken konnten.

»Bewegt Euch nicht, versucht zu schlafen«, raunte Yusuf leise, »dann schwitzt Ihr nicht so sehr. Trinkt nie mehr als nur einen Schluck.«

Die Männer taten, was ihnen der Araber geheißen. Einer der Waffenknechte löste Fennek bei seiner Wache ab.

Gwyn war am späten Nachmittag mit seiner Wache dran. Der Ritter hatte vor ihm am Rande des sandigen Talgrunds gesessen und Wache gehalten. Nun legte er sich auf den Boden, rollte sich herum und lag dann still.

Gwyn war noch immer seltsam müde, und der Schweiß klebte überall an seinem Körper. Allerlei Mücken und Fliegen umschwärmten seinen Kopf und schienen nur ein Anliegen zu kennen, nämlich unter sein Hemd oder, noch ärger, in seine Nase und seinen Mund zu kriechen. Yusuf hatte ihm erklärt, dass er nicht schnauben sollte, so als ob er schneuzen wollte. Das Geräusch war weit zu hören, und dazu kam, dass es auch Vögel erschreckte, die hier im Dickicht nisteten oder nach Nahrung suchten. Sollte so ein Vogelschwarm erschreckt durch solch ein Geräusch auffliegen, war das für mögliche Späher der sichere Hinweis auf die verborgenen Männer. So bemühte sich Gwyn, die Plagegeister mit dem Saum seines Gewandes zu verscheuchen. Und er betete, die Zeit möge schneller vergehen. Zudem hatte er Hunger, und sein Wasserschlauch war fast leer.

Einmal schlief er ein. Das war, als er an Agnes dachte. An seine schöne Frau in Bath, die er zurückließ, weil sie ihm ein fürchterliches Geheimnis gebeichtet hatte. Ein Geheimnis, das ihn zu erdrücken drohte und das ihn jetzt, beim Denken daran, erneut schwindlig werden ließ. Gedanken jagten durch seinen Kopf, Erinnerungen an all die Abenteuer, die er erlebt hatte, seitdem er das Stadttor von Bath verlassen hatte, um quer durch Frankreich, das Deutsche Reich, über die Alpen nach Venedig, weiter bis Rom zu reisen. Er sah seinen kleinen Sohn, Peter. Glenda, die weise Frau, die seiner Gemahlin bei der Geburt ihres Sohnes geholfen hatte und die ihn mit ihrer Schönheit ebenfalls beeindruckt hatte. Und er träumte plötzlich von dem Prozess in Rom, damals als …

Er erwachte, weil der Nubier ihn weckte. Er sah ihn an und schüttelte mit leisem Tadel den Kopf. Und Gwyn schämte sich für seine Müdigkeit.

Zu Beginn der ersten Abenddämmerung sandte Yusuf den Berber erneut zum Kundschaften aus. Gwyn war froh, dass nun etwas passieren sollte. Und er glaubte, dass alles besser sei als das Warten in diesem brütend heißen Dornengrund.

Ohne ein Geräusch war plötzlich Fennek wieder bei ihnen. Er sprach leise auf seinen Anführer ein, und der übersetzte die Worte des Berbers den übrigen Männern. »Hier schleicht kein Muslim herum. Wir folgen diesem Weg«, deutete Yusuf ibn al-Mansur, und seine Hand wies in westliche Richtung.

»Wie lange dauert diese Posse denn noch?«, wollte der Ritter wissen. Seine Stimme klang wütend, und jeder konnte spüren, dass dies nicht die Art des Kampfes war, die er gewöhnlich bestritt.

»Geduldet Euch, nicht mehr lange«, beschied ihm Yusuf knapp.

So brachen sie auf und tasteten sich so geräuschlos wie möglich durch die beginnende Dämmerung. Noch ließen sich der Boden und das Dickicht ringsum erkennen, und Yusuf drängte zur Eile. Er wollte an der untersten Mauer der Burg sein, solange noch etwas zu sehen war. Nur so war festzustellen, wie weit sie klettern mussten. Schweigend krochen sie den Pfad entlang, manchmal geduckt, einige Schritte gehend, manchmal fast aufrecht, von Hecke zu Hecke schleichend, in deren Schatten wartend, dem eigenen Atem lauschend, um dann auf einen Wink des voraushuschenden Fennek weiterzugehen. Es war ein geräuschloser, aber erneut schweißtreibender Weg durch den dichten Dornenhain. Der Boden stieg allmählich an. Die Männer waren durch die Talsenke hindurch und bewegten sich nun zum Fuß der Bergwand hin. Der Bewuchs wurde immer niedriger und spärlicher, dafür waren Sand und immer mehr Geröll zu sehen, auf dem das Gehen nicht leichter wurde.

Plötzlich deutete Fennek an, sich still zu verhalten. Die Männer hielten an und griffen nach ihren Waffen. Niemand rührte sich, und keiner wagte einen Laut. Der Berber deutete mit raschen Bewegungen. Es war wohl eine Art Zeichensprache, die Gwyn nicht verstand, Yusuf aber wohl. Denn er antwortete mit einigen Handbewegungen und wandte sich an den Goldschmied. »Fennek sagt, vor uns ist ein Wächter …«, raunte er, und die übrigen Männer hörten seine Warnung.

Gwyn spürte bei dieser Nachricht sein Herz laut pochen. »Was?«

»Er sitzt vor uns auf einem Fels.«

»Wie kommen wir an ihm vorbei?«, fragte Gwyn.

»Gar nicht«, flüsterte der Araber knapp. Yusuf dachte nicht lange nach, da er seinen Entschluss schon gefällt hatte. »Wenn er uns bemerkt, wird er Alarm schlagen. Dann war unser Weg hierher vergeblich, denn die Überraschung wäre vorbei.«

Gwyn sah sich um. Die Gesichter der Männer waren kaum noch zu erkennen, denn der Schweiß und der ständige Staub hatten sie zu Masken erstarren lassen. Einer der Knechte des Ritters kaute heftig an dem ledernen Riemen, mit dem er die Waffen seines Herrn auf seinem Rücken fest verschnürt trug.

»Faber …«, hub der Araber plötzlich an, »wie weit trägt ein Pfeil, wenn Ihr schießt?«

Gwyn fühlte, wie sein Herz noch heftiger schlug als zuvor.

»Ich weiß von mehr als 100 Schritt«, hauchte er.

»Die Entfernung zum Wächter beträgt nur die Hälfte«, entgegnete Yusuf sanft.

»Die Hälfte«, murmelte Gwyn.

Der Ritter rückte mit seinem bärtigen, schmutzigen Gesicht nahe an Gwyn heran. »Glaubt Ihr, Ihr könnt ihn treffen«, fragte er Gwyn plötzlich leise.

»Weiß nicht … kann sein, aber …«

»Faber, Ihr müsst schießen«, verkündete der Araber leise.

Der Ritter sah Yusuf ins Gesicht und nickte dann plötzlich. »Beim heiligen Petrus, er hat recht. Ihr müsst schießen.«

»… und du musst treffen. Mit dem einen Pfeil«, bekräftigte der dunkelhäutige Nubier plötzlich. Er sprach nicht oft, und die Männer blickten einander eine Weile wortlos an.

»Aber …« Gwyn fand keine weiteren Worte.

»Wenn er schreit«, flüsterte Yusuf plötzlich, »warnt er seine Gefährten. Fennek sagt, dies sei die einzige Stelle, wo wir heute Nacht hinaufkönnen.«

Gwyn nickte verstehend. Da machten ihm die Männer Platz. Er richtete sich ein wenig auf und überprüfte schweigend die Sehne seines Langbogens, so wie es ihn einst sein Lehrherr, der selige Peter Fallen, Meister der Gold- und Silberschmiede, vor vielen Jahren in London gelehrt hatte. Er bemühte sich, nicht zu sehr zu zittern und keinen Gedanken darauf zu verschwenden, wie es war, einen Mann zu töten, mit einem Pfeil, abgeschossen aus dem Hinterhalt, weil er ihm und den Gefährten nur als Hindernis galt. Es war etwas anderes, als auf Turnierscheiben zu schießen. Er schwieg noch immer, als er einen Pfeil ausgesucht hatte.

»Geht mit Fennek. Er zeigt Euch den Mann. Dann wird er gehen und warten«, befahl der Araber knapp.

»Warten? Worauf?«, wollte Gwyn wissen.

»Er deckt unseren Rückzug.«

»Wir müssen zurück?«

»Nur wenn Ihr den Mann verfehlt …«, sagte der Araber.

Da kniete der Ritter plötzlich nieder. »Lasst uns für eine sichere Hand beten.«

Die beiden Knechte des Churers knieten mit ihm nieder und beteten. Auch Gwyn schlug wie in Gedanken ein Kreuz über der Brust. Der Araber aber schüttelte nur den Kopf, und für einen Augenblick glaubte Gwyn so etwas wie Verachtung in dessen Miene zu erkennen.

»Ein sicheres Auge, Faber«, murmelte der Ritter, und seine beiden Knechte murmelten die Worte nach, kaum dass einer sie verstehen konnte.

Fennek glitt wie ein Schatten über den dämmrig grauen Boden. Gwyn bemühte sich, ihm so geräuschlos wie möglich zu folgen. Er musste sich anstrengen, den Berber nicht aus den Augen zu verlieren. Der Mann schien über das Schotterfeld zu schweben. Jedes Hindernis und jeden Dornbusch als Deckung nutzend, huschte er auf einen Geröllhügel zu. Dort angekommen, kauerte er nieder und wartete auf Gwyn. Als der Goldschmied neben dem Berber niedersank, schwitzte er stark, und seine Hände waren nass vor Schweiß. Er bemühte sich, ruhiger zu atmen, noch mehr, als ihm der Berber andeutete, nun besonders leise zu sein.

Gwyn nickte zum Zeichen, dass er verstanden hatte. Daraufhin kroch Fennek langsam auf allen vieren den Hang hinauf. Gwyn nahm den Bogen samt Pfeil quer in den Mund und folgte ihm, ebenfalls auf allen vieren, vorsichtig nach. Er spürte den salzigen Geschmack vom Schweiß seiner Hände am Griff der Waffe. Oben, am Saum der Geröllhalde, blieb der Berber liegen, den Körper flach auf die groben Steine gepresst. Gwyn glitt neben ihn, und erst als er lag, nahm er

Bogen und Pfeil aus seinem Mund. Dann atmete er tief durch und blickte auf, dorthin, wohin der Araber mit der flachen Hand wies.

Auf einem Felsvorsprung, unweit der ersten Mauer, stand ein Mann.

Die Entfernung betrug höchstens 80 Schritte, und die Felsspitze lag auf derselben Höhe wie der Saum des Geröllfeldes, auf dem der Berber und Gwyn nun geduckt kauerten. Dazwischen lag weiterer Gesteinsschutt. An manchen Stellen ließ sich trotz der tiefen Dämmerung noch erahnen, wie hier vor vielen Jahren Knechte Steine geschleppt und Kalk gerührt hatten, um in diesem fremden Land eine Festung zu errichten, so wie sie die christlichen Ritter überall im Abendland erbauten. Dornengestrüpp und armselige Grasbüschel hatten die steinernen Reste bewachsen, aber kaum überwuchert. Die Gegend hier war trocken, und oft fiel monatelang kein Tropfen Regen.

Der Araber dort auf dem Felsen stand mit dem Rücken zu ihnen.

Er stützte sich auf eine lange Lanze, und zu seinen Füßen lag ein kleiner runder Schild. Dieser Mann war mit großer Sicherheit nicht nur ein Wächter, sondern er konnte auch Nachrichten mit einem polierten Spiegel übermitteln.

Fennek nickte Gwyn noch einmal zu. Er wollte schon rückwärts das Geröllfeld wieder verlassen, da kroch er plötzlich behutsam näher an Gwyn heran, berührte seine Stirn und murmelte ein arabisches Wort. Gwyn verstand. Der Mann wünschte ihm Glück. Als er sich vorsichtig ein wenig aufrichtete, war der Berber ohne ein Geräusch verschwunden.

Noch immer ahnte der Wächter nichts von dem Bogenschützen, der da in seinem Rücken herangeschlichen war und sich anschickte, ihn mit einem einzigen Schuss zu töten. Gwyn kroch an die Stelle, wo das Geröllfeld an einer steilen, fast senkrechten Wand endete. Dort, viele Manneslängen über ihm, begann der erste äußerste Wall. Die Stelle wählte Gwyn, weil er hier sicher stehen konnte. Und dies musste er, denn nur so konnte er seinen Bogen weit genug spannen, damit es für einen Schuss über diese Distanz reichen würde. Aber er musste die Stelle geräuschlos erreichen, denn zu sehen war er trotz der zunehmenden Dunkelheit sehr wohl. Der Mond war aufgegangen und schickte ein bleiches Licht über das helle Schotterfeld ringsum.

Gwyn begann sich aufzurichten.

Da drehte sich der Wächter dort drüben plötzlich um.

Für einen Moment glaubte Gwyn, nun sei alles vorbei, und der Mann würde Alarm geben. Aber der Wächter stand nur da, blickte sich um und gähnte dann lange. Das Ausharren hier auf diesem Felsen musste genauso langweilig sein wie das monotone Warten der Männer den ganzen Tag über in dem heißen Talgrund.

Gwyn rührte sich nicht.

Er trug ein dunkles Beinkleid und darüber nur ein Leinenwams in derselben Farbe, die Ärmel kurz. Das helle Gewand hatte er bei den anderen Gefährten zurückgelassen. Während Gwyn den Mann beobachtete, arbeiteten seine Gedanken fieberhaft, und allmählich beruhigte sich auch sein heftiger Herzschlag. Wo sollte er den Mann treffen?

Trug er ein Kettenhemd unter seinem langen Gewand? Dann würde der Pfeil ihn vielleicht umwerfen, aber nicht töten. Vielleicht würde er von dem Felsen herunterstürzen, aber er würde Zeit genug haben, vor Schreck oder Angst zu schreien. Trug er kein Kettenhemd, dann vielleicht eine jener dicht gewebten Rüstungen aus feinem Stoff, die leicht war und mehr Freiheit bei der Bewegung eines Kämpfers zuließ als die schweren Kettenhemden der abendländischen Ritter. Diese arabischen Rüstungen hielten einen Pfeilschuss nicht ab, bremsten jedoch dessen Wirkung stark.

Während Gwyn noch überlegte, drehte der Mann sich erneut um.

Jetzt zeigte er Gwyn nur seinen Rücken. Dann kratzte der Mann sich plötzlich an seinem Schädel, und da bemerkte der Faber, dass der Araber unter seiner Kopfbedeckung keinen Helm trug. Jetzt wusste Gwyn, wo er treffen musste. Er richtete sich auf, bemüht, nicht das kleinste Geräusch zu machen. Kein Stein durfte rollen, kein Sand unter seinen Sohlen knirschen. Seine Zunge lag trocken in seinem Mund, und für einen guten Schluck hätte er in diesem Moment viel gegeben.

Der Wächter stützte sich auf seinen Speer.

Gwyn richtete sich langsam auf. Dann hob er den Bogen.

Der Wächter ließ den Kopf ein wenig nach vorne sinken, so als döse er in einem kurzen Moment der Entspannung vor sich hin.

Gwyn legte den Pfeil auf die Bogensehne.

Der Wächter rührte sich nicht.

»Verzeih mir diese Sünde, o Herr«, murmelte Gwyn, und er dachte dies in jenem Augenblick mehr, als dass er es aussprach.

Gwyn zog die Sehne an, zielte kurz und ließ los.

Der Pfeil surrte ohne Geräusch davon und traf den Wächter im Nacken.

Gwyn hielt den Bogen noch immer fest.

Der Araber zitterte ein wenig, so als ob er darüber nachdenken wollte, was mit ihm soeben geschah. Dann kippte er geräuschlos nach vorne und fiel über den Felsen in die Tiefe. Seinen langen dünnen Speer hielt er noch immer in den Händen.

Gwyn trat in den Schatten der steilen Felswand und ließ sich auf seine Fersen nieder. Er fühlte, wie sein Herz raste und wie ihm plötzlich schwindlig war. Der lange Tag in der Hitze, zu wenig im Bauch, was hätte satt machen können, und ohne allzu viel Wasser. Und nun diese Anstrengung. Dies alles forderte seinen Tribut.

Nur nicht ohnmächtig werden, so waren seine Gedanken.

Ein leiser Pfiff ertönte.

Er drehte sich um und erkannte am Fuße des Geröllfeldes eine Gestalt. Es war Fennek. Er schwenkte einen Speer in seiner Hand. Die Waffe des Wächters. Dann verschwand er in der Dunkelheit, um die anderen zu holen. Es war Gwyn, als hätte die ganze Angelegenheit endlos lange gedauert, und doch war dies alles erst einige Augenblicke her. Er lehnte sich mit dem Rücken an den Felsen, und dabei tastete er über sein Hemd.

Es war nass vor Schweiß.

Geräuschlos waren die übrigen Gefährten näher gekommen. Sie waren denselben Weg heraufgekrochen wie Gwyn und Fennek, der Späher, kurz zuvor. Sie schwiegen, aber an dem anerkennenden Nicken des Ritters war zu merken, wie erleichtert sie alle waren. Gwyn aber fühlte sich nicht besonders gut. Sein Kopf schmerzte, und noch immer schwitzte er stark, und das Zittern seiner Hände wollte einfach nicht nachlassen. Yusuf ibn al-Mansur glitt bis zu der steilen Wand, richtete sich ein wenig auf und sah forschend umher. Ein paar Vögel lärmten irgendwo über ihnen, und der Wind blies Sand über die scharfen Geröllgrate.

»Hier beginnen wir«, flüsterte Yusuf und deutete hinauf. »Dort, die unterste Mauer.«

Walter von Zwingenspiel murmelte etwas, was aber keiner verstand. Es sollte wohl wieder lästernd sein, aber der massige Ritter war zu erschöpft, um sich mit dem Muslim zu streiten. Schweigend schnürten sich alle ihre Waffen eng an den Leib. Die Araber banden sich ihre langen wallenden Gewänder da zusammen, wo das Tuch beim Klettern nur hinderlich sein konnte. Da nickte Yusuf den übrigen Gefährten zu, und seine Worte waren geflüstert. »Bindet Euch einen Streifen Tuch so vor das Gesicht, dass Ihr noch atmen könnt.«

»Wozu nun dieser Einfall?«, grollte von Zwingenspiel.

»Sollte einer von uns fehltreten und abstürzen, kann er nicht schreien und uns verraten.«

Gwyn schluckte bei dieser Erklärung. Aber Yusuf hatte recht, noch war der Vorteil der Überraschung auf ihrer Seite. Jeder tat, wie Yusuf gesagt hatte. Dann begannen sie, die Wand hinaufzuklettern. Gwyn stellte bereits nach den ersten Minuten fest, wie hell der Fels noch war, wenn er nur nah genug an den Stein rückte. Er bemühte sich, nicht hinunterzublicken. Suchend tasteten seine Hände über das rauhe Gestein, fanden Stellen, die scharf waren, aber der suchenden Hand trotzdem ein plötzliches Gefühl der Sicherheit gaben. Yusuf hatte sie beschworen, sich Zeit für jeden Moment zu nehmen. Jedes Stück Stein, das sie losbrachen, konnte gehört werden. Und sie wussten zudem nicht, wann die Wache abgelöst werden sollte, die Gwyn mit seinem Pfeilschuss getötet hatte. Stück für Stück kletterten die Männer hinauf. Der Fels war hier nicht ganz senkrecht, dafür aber an manchen Stellen glatt und ohne Schrund und Spalten, so dass es für Hand und Fuß schwerfiel, einen sicheren Halt zu finden.

Gwyn hatte längst kein Gefühl mehr dafür, wie lange sie schon unterwegs waren. Aber sein Kopf schmerzte nicht mehr, und er fühlte sich besser. Er spürte, wie windig es hier oben war. Fast angenehm blies ein stetig leiser Wind, der weit über die Wüste kam und dabei nichts von seiner Kraft verlor. Gwyn blieb hinter Yusuf, der in sicherem Vertrauen dem Berber Fennek nachstieg und darauf achtete, dieselben Hilfen in dem Stein zu finden wie der Mann aus dem fernen Mauretanien. Einmal hielten sie länger an. Fennek suchte lange eine

Stelle, um weiterzuklettern, doch der Fels war hier glatt und ohne Hilfe.

Gwyn stand einigermaßen bequem. Kurz hinter ihm stand Walter von Zwingenspiel, sein Gesicht eng an den Fels gepresst. Trotz der Finsternis sah Gwyn, wie der Ritter heftig atmete vor Anstrengung und leiser Furcht, so wie sie alle.

Und noch etwas sah Gwyn.

Als der Mond wieder einmal Licht über sie schickte, erkannte der Faber, wie hoch sie bereits waren. Unter sich sah er den Felsen, auf dem der Wächter gestanden hatte. Um den Felsen lag weiteres Geröll, und dort im hellen Mondlicht sah Gwyn eine kleine, helle Gestalt liegen: die Leiche des Wächters.

Da atmete auch er wieder schneller.

Fennek hatte einen Weg gefunden. Er querte mit raschen Griffen die Wand, und die Übrigen folgten ihm. Sie waren nun sehr hoch. Beim Bau der Burg hatten die Baumeister hier wohl einen hölzernen Kran errichtet und damit Steine und Lehm, Kalk und Holzbalken heraufgezogen.

Mit einem Mal berührten Gwyns Hände eine glatte, gleichmäßige Fläche. Felssteine, grob, aber gleichmäßig behauen. Das war die erste Mauer der Burg. Sie war so nahe an den steilen Felsgrat gebaut, dass sie am Fuß der Mauer nicht einmal ausruhen konnten. Einer nach dem anderen mussten sie hinaufklettern, um sich an irgendeiner Stelle festzuhalten. Als Gwyn endlich ein wenig sicher stand, wollte er den knebelnden Verband von seinem Gesicht streifen. Aber Yusuf blickte sich zu ihm um und schüttelte heftig den Kopf. Gwyn sah ihn an und nickte verstehend. Dann legte er den Kopf in den Nacken und sah die steile Mauer hinauf. Bis zur ersten Umfriedung waren es wenigstens noch einmal drei Manneslängen.

»Gwyn, steigt Ihr zuerst«, befahl von Zwingenspiel plötzlich, »wenn einer von den Heiden die Mauer zuerst erklimmt, denken die dort oben gleich an einen Angriff, und wir sind alle des Todes.«

Gwyn verstand dies einerseits, war aber andererseits nicht sehr erfreut darüber, nun allein den letzten Teil zu klettern. Die Mauer war wohl nicht mehr sonderlich hoch, und die regelmäßig geschichteten Steine versprachen ein leichteres und vergleichsweise sicheres Fortkommen. Er streifte seinen Bogen ab, und der Ritter ergriff die Waffe und reichte sie an Yusuf weiter.

»Macht Euch verständlich«, raunte ihm Yusuf zu, »und erst, wenn man Euch auffordert, steigt hinauf und über die Mauer.«

Gwyn nickte zur Bekräftigung, dass er alles verstanden hatte. Dann stieg er weiter. Die Mauer war im Vergleich zu dem Felsen glatt, und Gwyn wunderte sich, wie warm die Steine noch waren, obwohl die 22. Stunde des Tages angebrochen war. Stück für Stück kletterte er hinauf. Mit den Zehenspitzen ertastete er sich einen sicheren Stand, mit den Händen hielt er sich derweil fest, dann stieg er weiter. Dieses letzte Stück kam ihm wie eine Ewigkeit vor, und er bemühte sich, nicht nach unten, sondern nur in die Höhe zu blicken. Nun hatte er die Mauerkrone fast erreicht. Wenn er sich noch einmal aufrichtete, konnte er mit dem Kopf fast auf die Mauerzinne schauen. Er beschloss, sich hier bemerkbar zu machen, und bemühte sich, eine Hand freizubekommen, damit er sich das Tuch herunterziehen und wieder sprechen konnte.

»Gott ist unser Herr!«, rief er halblaut hinauf. »Gepriesen sei sein Name!«

Es blieb still.

Gwyn stand einigermaßen sicher. Als er den Kopf ein wenig nach unten neigte, erkannte er die übrigen Gefährten am Saum der Mauer kauern und wie sie zu ihm hinaufsahen.

»Bei Jesus Christus, hört mich an, ihr da oben«, rief Gwyn, nun schon deutlich lauter.

Die Vorstellung, ganz umsonst diesen Weg gemacht zu haben, ließ ihn fast ein wenig schwindlig werden. Andererseits hatten die Belagerten sicherlich in jedem Teil ihrer Befestigung wenigstens eine Wache postiert.

»Hört mich an!«

»Gott ist das Licht der Welt ...«

Die Stimme über ihm klang rauh. Aber für einen Moment genoss Gwyn diese Worte.

»Er allein ist der Weg, die Wahrheit und das Leben!«, antwortete er die Mauer hinauf und schloss dabei die Augen.

»Wer ist da?«, tönte eine Stimme über ihm.

»Christen, auf dem Weg, Euch zu helfen!«

»Uns ... zu helfen? Halleluja, Gott hat uns erhört«, tönte die Stimme erneut, aber lauter und lebendiger.

»Seid Ihr allein?«, wollte eine weitere Stimme über ihm wissen.

»Meine Gefährten warten weiter unten«, rief Gwyn.

Jetzt hörte er auch Geräusche oben an der Mauerkante. Sand und kleine Steine rieselten herab. Wohl beugte sich jemand über den Mauersims und versuchte, etwas zu erkennen.

»Kommt herauf, aber nur Ihr allein«, befahl die erste Stimme in der Finsternis über ihm.

»Gut, gut, nur ich allein!«, rief Gwyn zurück.

Auf einmal fühlte er die Müdigkeit in seinen Armen, und es wurde ihm gewahr, wie ihm langsam die Kräfte schwanden. So tastete er ein letztes Mal mit zitternden Händen die Steine entlang, zog den linken Fuß nach und stieg dann mit dem rechten hinterher. Und dann war da plötzlich kein Stein, keine Mauer mehr, und zwei Arme ergriffen ihn und zogen ihn mit leichtem Schwung über den Sims der Mauer.

Er war oben angelangt.

Drei Augenpaare starrten ihn an. Die Mienen dieser Männer waren kaum zu erkennen, denn ihre Haare waren lang und zottelig, mit Bärten wie Gestrüpp, und dazu kam ein unglaublicher Schmutz, mit dem die Männer bedeckt waren.

»Wer seid Ihr?«, fragte ihn der erste Mann mit rauher Stimme. Er sprach ein seltsames, kehliges Deutsch. Gwyn wich unwillkürlich einen kleinen Schritt zurück. Der Mann roch faulig aus seinem Mund.

»Man nennt mich Gwyn Carlisle. Bin ein Goldschmied aus Britannien und auf Pilgerfahrt nach Kapernaum. Auf unserem Weg hierher erfuhren meine Gefährten und ich von Eurem Missgeschick. Nun sind wir hier, um Euch zu helfen.«

»Kommt mit«, befahl der Mann.

Der Mann, wohl ein Wächter, führte den Goldschmied zu einem viereckigen Loch, das sich vor ihnen auf dem Boden des Wehrganges auftat. Eine steinerne Treppe führte hinab. Der Mann stieg einige Stufen in die Dunkelheit hinunter, entzündete dann mit einem Feuerstein eine Fackel und leuchtete, während er vorausging. Gwyn folgte ihm dichtauf. Er war überrascht, wie angenehm kühl es plötzlich war. Sogleich fand er sich in einem Raum, der von weiteren Fackeln leidlich erhellt wurde. Ein Fenster gab es nicht, nur handgroße Öffnungen in regelmäßigen Abständen an der Decke und in Kniehöhe ringsum an den Wänden, aus denen ein Hauch frischer Luft strömte, die die Fackeln ihr unruhiges Licht an die rohen, unverputzten Wände werfen ließ.

Gwyn wurde erwartet. Ein stattlicher Mann, von Größe und Statur her Walter von Zwingenspiel nicht unähnlich, und drei weitere Männer, standen stumm an einem langen, groben Tisch. Diese Männer wirkten gepflegter, und ihre Bärte und Frisuren waren kurz geschnitten, so wie es Sitte und Brauch der Abendländer war.

»Gott auf all Euren Wegen«, grüßte Gwyn höflich in

Deutsch und verbeugte sich ein wenig. Dabei zitterte er von der anstrengenden Kletterei.

»Gott ist unser Herr. Er sei gepriesen alle Zeit. Wer seid Ihr?«, fragte der Größte der anwesenden Männer, der außer einem Kettenhemd und einem langen Beinkleid nichts weiter trug.

Ein blankes Schwert lag griffbereit neben ihm auf dem Tisch. Dieser Mann war von den Wachen geweckt worden, mit dem Hinweis, dass ein Mann, wohl ein Christ, die Mauer heraufgeklettert war. Gwyn stellte sich erneut vor und berichtete, dass seine Gefährten am Fuße der Mauer auf ihn warteten.

»Ihr seid die Mauerwand heraufgestiegen?«, wollte der Mann wissen, und seine Stimme verriet Unglauben.

»Ja, Herr«, sagte Gwyn.

»Welche Kühnheit! Aber verzeiht, ich vergaß, mich vorzustellen«, sagte der Mann. »Ich bin Ritter Wolfram von Augheim, in meiner Heimat ein Chevalier, und so nenne ich diesen Krak und meinen Namen mein Eigen. Ich entstamme einem alten Geschlecht am Rhein. Aber nun sagt, wer eilt uns zu Hilfe?«

Gwyn stellte ihm die übrigen Männer mit schnellen Worten vor. Als er die Namen der Araber nannte, erkannte er so etwas wie Unmut in den ansonsten regungslosen Gesichtern der übrigen Männer. Als er geendet hatte, schwiegen alle.

»Wir werden Eure Worte prüfen, Herr Carlisle. Dies ist kein Misstrauen gegen Euch, sondern nur Vorsicht. Ich bitte Euch, wartet so lange hier.«

Gwyn musste eine ganze Weile warten.

Er verschränkte seine Arme und vergrub seine zerschundenen Hände unter seinen Achseln. Er wollte nicht, dass einer der Männer sah, wie erschöpft er war und wie er vor lauter Erschöpfung und höchster Anstrengung zitterte.

Die Männer flüsterten leise, befragten den Wächter, der Gwyn zu ihnen gebracht hatte. Sie schickten einen weiteren Mann fort, der bald darauf wiederkam und ebenfalls mit den Männern leise sprach.

Der Chevalier wandte sich an Gwyn. »Es ist ein Wunder, kühn und christlich, was Ihr getan, Herr Carlisle. Und es zeigt neben den Wundern, die Gott, unser Herr, uns gewährt, dass er uns nicht vergessen hat. Wahrlich, das Wort eines Christen gilt noch in dieser Zeit.«

»Dort unten wartet der Anführer unserer Gruppe«, erinnerte der Goldschmied, »er ist ein Muselman. Ein Mann von Ehre!«

Der Ritter grunzte statt einer Antwort. Die übrigen Männer murrten leise. Dass den Männern um den Ritter von Augheim solcherlei Hilfe nicht genehm sein konnte, war offenkundig. Aber die Zeit und die Umstände drängten und ließen ihnen keine andere Wahl.

»Seine Hilfe tut er im Namen Christi. Er sei uns willkommen«, entgegnete der Ritter knapp.

Gwyn glaubte in dem Ton die gleiche Verachtung und dieselbe Überheblichkeit der Christen gegenüber den Arabern zu erkennen, wie sie bereits Walter von Zwingenspiel und seine Begleiter an den Tag legten. Aber es war leicht möglich, dass er sich bei alledem täuschte.

Der Mann befahl mit knappem Ton, die übrigen Männer, welche am Saum der Mauer warteten, heraufzulassen. Zuerst kletterte Fennek herauf. Als er sich über den Sims schwang, griffen die Wartenden wie ein Mann zu ihren Schwertern. Erst als Gwyn näher trat und dem Berber seine Hand anbot, ließen die Männer ihre Waffen stecken.

»*Allah akbuar*«, murmelte der Berber und drückte Gwyn die Hand.

»Gott der Herr, Er allein ist groß«, knurrte einer der Männer, und die übrigen Männer murrten.

Als Nächstes erschien der Kopf des Churers über dem Mauersims. Der ließ es sich angesichts des beschwerlichen Aufstieges sehr wohl gefallen, dass der Berber ihm nun die Hand reichte und gemeinsam mit einem der Burginsassen den schwergewichtigen Ritter heraufzog. Kaum über der Mauer, ließ der Mann sich an deren Rand nieder und atmete heftig und stoßweise. Trotz des fahlen Mondlichtes wusste Gwyn, wie stark der massige Mann schwitzte, denn er roch nach Anstrengung und Angst. Nun kletterten die übrigen Kämpfer herauf. Nur Yusuf, welcher der Letzte war, schaffte es alleine. Der Churer erhob als Erster das Wort. »Der Herr sei unser Hirte …«

»In Ewigkeit. Amen!«, antwortete der Wortführer.

Sie nannten sich gegenseitig Rang und Namen, und bei der jeweiligen Nennung verbeugten sich die Männer voreinander. Bis der Ritter Wolfram von Augheim auf Yusuf blickte.

»Niemals wollte ich einen Muslim in meinem Hause dulden. Nicht einmal dann, wenn er mir Waffenhilfe gewähren sollte. Aber Ihr seid ein Gefährte des Herrn von Zwingenspiel, so will ich es Euch nachsehen.«

»Ich führe diese Gruppe zusammen mit ihm, edler Herr. Mein Name ist Yusuf ibn al-Mansur, und meine Männer sind freie Männer. Und jeder meiner Männer dient Gott. Seinem Gott.«

Darauf wusste niemand etwas zu sagen. Der Ritter von Augheim nickte kurz und führte seine Gäste durch die Öffnung eine steinerne Treppe hinunter in einen weiteren Raum. Dort stellten Knechte tönerne Krüge mit frischem Wasser und ein paar Becher aus gebranntem Ton auf einen Tisch. Dazu reichten sie frisches Brot.

»Stärkt Euch, Ihr Männer«, forderte der Hausherr, und keiner der Angesprochenen ließ sich dies ein zweites Mal sagen.

Der Krug wanderte reihum, und jeder der Männer nahm einen langen Zug. Als Gwyn aus seinem Becher trank, bemerkte er mit Freude, wie kühl und rein das Wasser schmeckte.

»Herrlich, dieses Wasser«, sagte er.

»Wir haben einen eigenen Brunnen, der tief in den Berg führt. Bis zum heutigen Tag liefert er uns sauberes Wasser, so sauber, wie Ihr es trinkt. Es ist das Einzige, was wir bislang noch immer im Überfluss haben: Wasser.«

»Dann ist mir nicht bang«, dröhnte Walter von Zwingenspiel plötzlich laut, »immer ist es das verdammte Wasser, was man in diesem Land sparen muss.«

Gwyn wusste, dass der Ritter nicht umhinkonnte, gegen das Land und seine Bewohner zu sticheln, wann immer sich eine Gelegenheit dazu bot. Doch Yusuf blieb gelassen. »Herr Ritter«, wandte er sich höflich an den Burgherrn, »wann werden wir mit dem Angriff beginnen?«

Der Ritter von Zwingenspiel sah auf den Gastgeber. Der begann zu sprechen. »Wir sind hier 60 Männer, welche ein Schwert oder eine Axt führen können. Einige meiner Knechte sind auch gute Bogenschützen. In all der Zeit habe ich die Kämpfer sich im Waffengebrauch üben lassen. Wir sind bereit, jederzeit.«

»Wir auch«, beeilte sich von Zwingenspiel zu antworten, nicht ohne einen Blick auf den Araber geworfen zu haben. Doch der schwieg nur. »Mein Vertrauter ist der Herr vom Stein«, erklärte der Churer daraufhin laut, »und er wird sich auf ein Zeichen von uns einen Weg durch die Belagerer bis hin zum Haupttor schlagen. Wir tun dies zur selben Zeit von hier aus und kommen ihm entgegen. Was haltet Ihr von dem Plan?«

»Er hört sich gut an«, antwortete der Ritter bedächtig.

»Das müsste reichen, um Eure Burg zu entsetzen!«, setzte der Ritter aus Chur mit lautem Stolz hinzu. Dies hatte er gesagt, weil noch immer keiner der übrigen Männer sprach. Alle warteten auf das Wort ihres Anführers, des Ritters Wolfram von Augheim.

»Ihr habt wohl recht«, meinte der Hausherr, »aber mir wäre trotzdem wohler, die Anzahl der Feinde zu wissen. In all den Monaten ist es uns nicht gelungen, dies zu erfahren.«

Seiner Stimme war das Bedauern darüber anzumerken, wie sehr es den Belagerern in all der Zeit gelungen war, die eingeschlossenen Christen in der Burg über diese Tatsache im Unklaren zu lassen.

Es war Yusuf ibn al-Mansur, der in die Stille sprach. »Ich weiß, wie stark der Feind ist!«

Die übrigen Ritter sahen den Mann an, und Gwyn staunte erneut, wie schmutzig und vergleichsweise verwahrlost sie alle angesichts des noch immer eleganten und stolzen Arabers wirkten.

»Selbst wenn dies der Fall sein sollte, Herr Yusuf ibn al-Mansur, so vergesst nicht unseren Kampfesmut«, entgegnete der Hausherr höflich.

»Genauso ist es. Wir befreien diese Burg. Das haben wir geschworen«, beeilte sich auch der Churer zu sagen. Mit seiner Stimme war der Mann so, wie Gwyn ihn kannte: laut, polternd und von großem Stolz.

»Ich danke Euch, Ihr Herren, … dafür danke ich Euch«, beeilte sich auch der Herr der Festung zu erklären. »Ihr sagt, Ihr wisst die Anzahl?«, fragte Wolfram von Augheim den Muslim.

»Ja, bis auf den Mann genau, der nicht mehr kämpfen kann, weil der Faber bereits den ersten Feind getötet hat.«

Die Männer nickten Gwyn freundlich zu.

»Das ist kaum zu glauben«, entgegnete nun der Ritter von Zwingenspiel aufgebracht. »Wie wollt Ihr dies wissen?«

»Wir können zählen, Herr, auch wenn wir nur gottlose

Heiden sind«, entgegnete Yusuf sanft.

»Sei's drum«, warf von Zwingenspiel ein, »so viele können es nicht sein. Und sie sind keine großen Kämpfer. Dann wären sie längst Herren dieser Burg.«

»Da hat der Ritter recht«, entgegnete auch der Hausherr.

Yusuf zuckte nur mit den Schultern und überließ es der Neugier der anwesenden Männer, mehr zu erfragen.

»Aber nun sagt schon, wie viele sind es?«, fragte der von Zwingenspiel.

Yusuf ibn al-Mansur sah lange in die Runde, und wieder erkannte Gwyn sein leises Lächeln, das nur dann zu sehen war, wenn man sein edles Gesicht aufmerksam genug betrachtete.

»500! Es sind 500 Krieger.«

Da schwiegen die Männer, und Gwyn blickte in mehr als ein erschrockenes Gesicht ringsum. Schnell trank der Goldschmied noch einmal einen großen Schluck aus seinem Becher.

Und jetzt konnte es jeder sehen: Yusuf ibn al-Mansur lächelte spöttisch.

7

Im Burghof kniete der Herr der Festung, Ritter von Augheim, zusammen mit Rittern und Knechten in einem Halbkreis auf dem Boden. Alle hatten ihre Schwerter gezogen und hielten sie in die Höhe, als der Burgkaplan vor einem Kreuz die Männer und ihre Waffen segnete.

Yusuf und seine Männer standen abseits. Stumm und ohne eine Regung beobachteten sie die Zeremonie. Und Gwyn, der ebenfalls kniete, seinen Bogen vor sich auf dem Boden liegend, beobachtete den Araber heimlich.

»Großer Gott, der Du uns Hilfe gesandt hast, hilf uns, siegreich in diesem Kampf zu bestehen. Hilf uns, Herr! Denn Dir zu dienen, ist unsere Aufgabe hier in diesem Land.«

Die versammelten Männer murmelten ein Amen.

Da fielen auf einmal die beiden Araber, Fennek und der schweigsame Nubier, neben ihrem Anführer Yusuf auf die Knie. Sie zogen ihre Schwerter, hielten sie und küssten die Klingen. Und dann ergriff jeder der Männer den Saum des Gewandes von al-Mansur und küsste den Stoff. Mit kaum verhohlenem Abscheu beobachteten die übrigen Ritter das seltsame Vorgehen. Nur die Mienen des Burgherrn und Walter von Zwingenspiels blieben wie versteinert.

Aber Yusuf ibn al-Mansur lächelte für einen winzigen Moment.

Auf einen Wink des Burgherrn hin traten ein paar Frauen, Mägde wohl, aus den Reihen der Wartenden. Sie trugen große Krüge und reichten diese an die knienden Männer weiter. Ein jeder von ihnen hob ihn an und trank einen Schluck. Dann reichte er den Krug an seinen Nebenmann weiter. Auch Gwyn trank. Es war Wein, kühl und schwer. Der Burgherr winkte mit einer kurzen Geste einer der Frauen und wies in die Richtung der wartenden Araber.

Die Frau verstand. Aber als sie vor Yusuf stand, wagte sie es nicht, dem stolzen Araber den Krug anzubieten. Fennek jedoch griff schnell danach und nahm einen langen, gierigen Zug. Als er absetzte, griff der Nubier zu und trank ebenfalls in großen Schlucken. Gwyn sah sich um. All die Männer ringsum wirkten nicht wie Kämpfer. Er wusste, dass der überwiegende Teil der hier versammelten Männer Waffen- und Pferdeknechte waren. Der Burgherr aber hatte jedem von ihnen Ehrungen, ja sogar Ritterwürden in Aussicht gestellt, wenn er nur tapfer genug kämpfen würde. Dies und die Aussicht, die monatelange Belagerung aufzuheben, ließ die Männer fast ungeduldig auf den Kampf warten. Seit Stunden hatten der Schmied und seine Gehilfen Kettenhemden ausgebessert, Helme überprüft und schadhafte Waffen geschliffen, Speerspitzen heiß geglüht. Jetzt aber stand auch er mit seinen Gefährten und Helfern, wie alle Männer in der Burg, bereit und bewaffnet, um den letzten und zugleich verzweifelten Ausfall zu tun.

»Haltet euch bereit«, befahl der Ritter von Augheim in seiner Sprache, die seine Herkunft aus den Gauen des Rheins nicht verhehlen konnte.

Er sprach nicht allzu laut, so als könnten die Belagerer rings um die Mauern seine Stimme hören und den Beginn des Kampfes erahnen. Die Ritter stiegen auf ihre Pferde.

Da trat Yusuf zu dem Burgherrn. »Chevalier, Herr dieser Burg, Ritter von Augheim. Vergesst nicht das Licht am vorderen Teil der Mauer.«

Der Ritter nickte. Er war einverstanden gewesen mit der Taktik, welche ihm Walter von Zwingenspiel geschildert hatte. Jedoch, mit keinem Wort hatte der Ritter erwähnt, dass dies eigentlich Vorschlag und Idee des Muselmanen gewesen war. Überhaupt hatte der Ritter immer wieder versucht, den Araber als bloßen Helfer und nicht als gleichberechtigten Anführer zu behandeln. Doch Wolfram von Augheim wusste es besser. Der Respekt vor dem großgewachsenen ibn al-Mansur war ehrlich.

»Wir haben es nicht vergessen, Herr Yusuf ibn al-Mansur. Aber wir haben nicht genug Holz. Doch was soll's. Für den Sieg ist uns nichts zu schade.«

Er lachte leise und befahl den Aufbruch. Die Männer setzten sich wie eine Karawane in Bewegung und folgten schweigend dem Weg die innere Mauer entlang bis zum Haupttor. Die christlichen Ritter, etwa ein Dutzend an der Zahl, saßen alle zu Pferde, und Wolfram von Augheim hatte auch dem Araber ein Pferd geliehen. Alle übrigen Männer gingen zu Fuß.

Nur einige offene Wachslichter gaben etwas Licht und erhellten die gespenstisch anmutende Szenerie aus Menschen und Tieren. Aber nichts sollte den draußen lauernden Heiden Hinweis darauf geben, was in der Burg gerade vor sich ging. Den Pferden waren die Augen verbunden worden. So scheuten die Tiere nicht, denn viele von ihnen kamen seit Monaten das erste Mal wieder aus ihren Ställen. Einen Großteil der Tiere hatten die Eingeschlossenen längst verzehrt. Nur die starken Kampfrösser waren bislang verschont geblieben, so als wüssten die Belagerten um diesen einen Tag der Befreiung.

Gwyn hielt sich an der Seite der Knechte. Einmal glaubte er, dass sich Yusuf im Sattel nach ihm umwandte. Aber er war sich nicht sicher. Er spürte, dass es ihm viel ausmachen würde, sollte dem edlen Araber etwas zustoßen. Und dieses seltsame Gefühl verwunderte ihn.

Der lange Trupp war an zwei Türmen angelangt. Wie zwei mächtige Schatten flankierten sie ein großes schweres Tor, hinter dem sich die letzte Mauer befand. Die Belagerer waren in den letzten Monaten dreimal über diese gelangt und hatten sich vor dem Tor blutige Kämpfe mit den christlichen Verteidigern geliefert, und doch waren sie jedes Mal zurückgeschlagen worden. Nach jedem Angriff beklagten beide Seiten viele Gefallene. Jetzt wusste niemand zu sagen, wie nahe die Belagerer an die Mauer herangerückt waren und ob sie wussten, dass die Eingeschlossenen einen Ausbruch wagten. An beiden Türmen sammelten sich die letzten Knechte. Sie hatten hier Wache gestanden, aber nun brauchte der Burgherr für den Ausfall jeden Mann. So traten sie aus den Schatten der dunklen Tore heraus und reihten sich stumm ein in die lange, dunkle Reihe marschierender Knechte und Pagen, Handwerker und Pilger, welche seit Monaten in der Burg ausharrten.

»Da, sagte ich es Euch nicht? Wir haben es nicht vergessen, Herr Yusuf ibn al-Mansur.« Der Ritter deutete auf einen riesigen Berg aus Reisig und Stroh, Werg, alten Decken und allerlei Plunder, zum Verbrennen gerade gut genug. »Seht selbst! Für einen Sieg ist uns nichts zu schade.«

Alle erkannten in dem fahlen Licht des Mondes und der wenigen Fackeln die schweren Möbel. Da lagen die Teile eines mächtigen Bettes, Kästen und Truhen, reich geschnitzt, Bänke, dazu die langen Tische, Sessel und Hocker, nicht minder schön und sicher kostbar, denn in diesem Land war Holz so selten wie Wasser. Dazu waren mehr Krieger im Heiligen Land als Handwerker. Es gab kaum Möbelschreiner, Holzschnitzer, Zimmerleute, Tischler und Holzhauer.

Der Ritter opferte einen Teil seiner kostbaren Möbel.

Yusuf ibn al-Mansur nickte dem Mann zu.

»Der Herr Gerwulf vom Stein wird das Signal sehen, und er wird wissen, was zu tun ist, nicht wahr?« Yusuf richtete die Frage an Walter von Zwingenspiel, der nur mit einem unflätigen Grunzen antwortete. Da sprach Yusuf weiter, während er die Zügel seines Pferdes noch kürzer nahm. »Wenn der Herr vom Stein nicht kommt, sterben wir alle heute Nacht, die Letzten von uns an diesem Platz.«

Bei diesen Worten schauderte es Gwyn, und er fröstelte. Als er die Männer ringsum betrachtete, sah er, wie sich etliche von ihnen bekreuzigten, andere sich die schweißnassen Hände an ihren Gewändern abwischten oder sich noch einmal verstohlen mit den Ärmeln über die gleichfalls schwitzenden Gesichter fuhren.

»Seid ohne Sorge! Er kommt, Yusuf ibn al-Mansur, er kommt«, antwortete der Ritter von Zwingenspiel grimmig. Dann wandte er sich an den Herrn der Burg. »Wir sind bereit, Herr Wolfram.«

Da befahl der Ritter aus dem Rheingau, das Holz in Flammen zu setzen. Knechte schoben ihre brennenden Fackeln von allen Seiten in den Stoß, und es begann, aus dem Inneren hell und heller zu werden. Die Flammen fraßen sich gierig durch das dürre Holz, und plötzlich schoss eine lange Lohe aus der Spitze des Holzhaufens hervor und tauchte die Männer und alles ringsum in ein unwirkliches Licht. Das Feuer wurde schnell größer und größer, und die Hitze ließ die blinden Pferde unruhig werden. Die Männer kniffen die Augen zusammen vor der sengenden Helligkeit.

Dieses Feuer sah man weit, sehr weit.

Für einen Moment erinnerte sich Gwyn an seine Heimat Britannien, als er bei der Verteidigung der Stadt Bath an der Seite von Stadtknechten kämpfte. Und so wusste er, dass das, was jetzt kommen würde, so furchtbar und barbarisch war, wie ein Krieg immer sein würde.

Und der Goldschmied fürchtete sich, so wie sich ein Mensch nur fürchten kann.

Als das letzte Tor geöffnet war, marschierten sie hinaus. Der Ritter von Augheim zuerst. Er ritt ein mächtiges Schlachtross, und sein massiger Körper auf dem grobknochigen Tier, dazu das gespenstische Licht der Fackeln ringsum und die riesige

Feuerlohe im Rücken, ließen den Frankenritter noch größer und mächtiger erscheinen, als er es in Wirklichkeit war. An beiden Seiten seines Pferdes liefen zwei Waffenknechte. Jeder von ihnen trug zwei Schwerter, dazu je eine Streitaxt auf dem Rücken und einen der gefürchteten Morgensterne. Sollte der Ritter im Kampf eine Waffe verlieren, würden seine Knechte ihm ein neues Eisen reichen, notfalls unter Einsatz ihres eigenen Lebens. Dies war eine der vielen Aufgaben eines Waffenknechtes und eines Mannes, der sich die Meriten der Ritterschaft verdienen wollte.

Walter von Zwingenspiel folgte ihm, ebenfalls auf einem kräftigen Streitross. Der stolze und zugleich rauhbeinige Churer hatte es geschickt verstanden, so neben dem Burgherrn zu reiten, dass er noch vor dem geschmähten Muslim, Yusuf ibn al-Mansur, ritt, der eigentlich genauso Anführer in diesem Kampf sein sollte wie er selbst. Aber auch dies war wieder einer der Momente, die der Churer scheinbar gedankenlos wählte, um seine standesgemäße Überlegenheit über den Araber zu zeigen. Nur genau beobachtende Geister wussten um den wahren Grund und könnten, sollte man sie fragen, versichern, dass es genau bedacht und mit voller Absicht geschah. Hinter Yusuf ritt eine weitere Schar bewaffneter Ritter, die meisten aber ohne ihre persönlichen Knechte. Der Burgherr hatte verfügt, dass die Knechte, als eigene Truppe ausgerüstet, den Ansturm decken und gleichzeitig die Flanken sichern sollten. Fennek und der dunkelhäutige Nubier waren die Letzten im Tross der vorausreitenden Ritter. Nur waren sie beide ohne Pferd. Sie trugen ihre langen Krummschwerter, und sie schienen in ihrer lauernden Bereitschaft die gefährlichsten Kämpfer zu sein. Gwyn war froh, diese beiden Männer nicht als Gegner zu haben. Einmal sah der Araber sich um und entdeckte den Faber weit hinten. Er schien zufrieden und hielt das Tempo.

Die Schar war einen schmalen Weg, kaum breiter als zwei Schinderkarren, hinuntermarschiert. Es galt, so viel Boden wie möglich wettzumachen. Links und rechts des Weges fiel der steinige, schotterübersäte Boden jäh ab, um erst wieder viele Längen weiter sanft in ebenen Boden überzugehen. Wer hier abrutschte, machte eine rasche und unangenehme Fahrt den steinigen Hang hinunter. Der Weg selbst führte fast eine englische Meile weit wie ein Damm hinauf bis zum ersten Tor der Burg.

Aber noch immer waren ihre Feinde nicht zu sehen, doch sie waren zu hören.

»*Allah akbuar!* – Gott ist groß!«

Der Ruf schallte erst weit und schien rasend schnell näher zu kommen. Und es war kein Laut wie aus menschlicher Kehle, sondern eher ein Grollen und Brausen. Eine Drohung, die die anrückenden Männer wie ein erstes Hindernis empfing.

»*Allah akbuar!* – Gott ist groß!«

Gwyn schauderte, obwohl ihm der Schweiß erneut übers Gesicht lief. Die Nacht war seltsam schwül, und der Schotterweg ließ sie stolpern und straucheln und zugleich müde werden in ihrem steten Laufschritt. Gwyn trug einen Schild, den ihm ein Knecht gegeben hatte. Er würde ihn brauchen, hatte der Mann versichert, und dies schien nun der Fall zu sein.

»Pfeil!«, schrie eine Stimme in der Dunkelheit.

Sogleich rissen die dahineilenden Männer ihre Schilde hoch. Einige wollten anhalten und sich an Ort und Stelle niederkauern, und darauf warten, bis der Gegner seine tödlichen Geschosse abgesandt hatte. Aber der Anführer der Knechte trieb sie an. »Weiter, ihr Hasenfüße! Weiter!« Die Männer hasteten den Burgweg hinunter. »Niemand bleibt stehen!«

Sie keuchten laut von der Anstrengung. Jeder von ihnen trug mindestens 20 Pfund Eisen, sei es als Kettenhemd,

Helm, Schild oder Waffe.

»Schneller, schneller!«, brüllte der Mann wieder.

So rannten und stolperten sie, den Weg vom Mondlicht ein wenig beleuchtet. Erneut war ein schrilles, pfeifendes Geräusch in der Luft über ihnen zu hören.

»Pfeil!«

Die Knechte und Waffenträger hielten sich die Schilde während des Laufens über die Köpfe.

»Niemand bleibt stehen!«

»Pfeil!«

»Auf, ihr Missgeburten! Zeigt den Heiden, was ein Krieger Gottes ist!«

»Pfeil!«

Die todbringenden Geschosse kamen über ihnen aus der Dunkelheit und prasselten wie ein Regen auf sie nieder. Zahlreicher, dann wieder weniger, aber nur für den Augenblick, den die gegnerischen Bogenschützen in der Dunkelheit vor ihnen brauchten, um neue Pfeile aufzulegen, zu spannen und abzuschießen. Die prasselnden Holzschäfte machten ein seltsames Geräusch.

»Pfeil!«

Die Angreifer mussten unmittelbar vor ihnen sein.

Ganz nah.

Gwyn keuchte immer mehr. Er glaubte, nicht genug Luft zu bekommen, und seine Seite schmerzte von dem heftigen Laufen auf dem steinigen, harten Boden. Neben ihm zuckte ein Mann zusammen. Ein Pfeil hatte ihn getroffen. Aber der Goldschmied konnte nicht erkennen, wo, es war zu dunkel. Er sah nur, wie der Mann zu Boden fiel und liegen blieb. Die übrigen Knechte stiegen eilig über ihn hinweg.

Dafür hörten sie alle plötzlich den dröhnenden Ruf der vorauseilenden Ritter. Sie schrien laut im Chor. »*Deus lo volt!* – Gott will es!«

Die Ritter jagten, mit eingelegten Lanzen, den Schild haltend, in die ersten Reihen der muslimischen Bogenschützen. Die wichen den Reitern aus und stellten sich dem Kampf. Die Knechte folgten dichtauf, die Ritter aber jagten weiter, so als könne sie niemand aufhalten.

»Haut euch eine Gasse!«, schrie der Anführer der Waffenknechte. Dann umklammerte er sein Schwert mit beiden Fäusten und rannte los. Er war der Erste, der die Bogenschützen erreichte. Der Mann musste ein Veteran sein. Denn so, wie er sein Schwert führte, war es nicht der erste Kampf, den er focht. Der Morgen brach langsam an, und der Kampf um die Burg des Wolfram von Augheim begann.

Die Ritter jagten weiter durch die Reihen der Gegner. In ihren hohen, engen Sätteln, mit den eingelegten Lanzen versehen, war ein solcher Reiter kaum aufzuhalten. Wer von den Muslimen nicht sogleich auswich, den ritten die schweren Schlachtpferde einfach nieder. Laut schreiend folgten noch immer dichtauf die Knechte. Sie droschen mit allen Waffen um sich, die sie den steilen Weg von der Burg herabgetragen hatten. Gwyn war plötzlich von Knechten umringt, so dass er sich kaum bewegen konnte. Wie eine Masse schoben und drückten sie in eine Richtung, Schulter an Schulter, ihre Waffen an sich gepresst, laut schreiend. Gwyn wurde samt seinem Schild in der Menge der Leiber hin- und hergeschoben und gedrückt. Vor sich erkannte er Yusuf, der behende an den schwer gepanzerten Rittern vorbeiritt und mit einem wilden Schrei in die Reihen des Gegners einbrach. Er teilte mit seinem *Scimitar* links und rechts ein paar genaue Streiche aus und bewegte dabei ständig sein Pferd. Pausenlos stieß er dem Tier seine Fersen in die Seite und trieb es hin und her. So konnte keiner der Gegner nahe genug an ihn herankommen, kein Bogenschütze sicher zielen, keine Lanze ihn genau treffen. Sein Pferd war in all dem Lärm ringsum wild geworden. Da riss ihm der Araber das schützende Tuch von den Augen, und das Tier sah gerade genug, um wirklich Angst zu haben. Da trat das Pferd um sich und hinderte jeden Mann, der bereits geschlagen, aber nur verletzt am Boden lag, daran, wieder in den Kampf einzugreifen. Als es einem der Belagerer trotzdem gelang, mit einem langen Spieß auf ibn al-Mansur einzustürmen, zwang der sein Pferd blitzschnell auf die Hinterhand und stieß mit seinem gestreckten Bein dem Angreifer die Lanze zur Seite. Bevor der Mann die Waffe erneut aufrichten konnte, war Yusuf direkt neben ihm, und ein blitzschneller Streich mit dem Krummschwert beendete das ungleiche Duell. Seinem Pferd aber troff der Schaum in großen Flocken aus dem Maul.

Ringsum setzte nun ein Gebrüll und Geschrei ein.

Es schrien die Männer, die unter den erbarmungslosen Streichen fielen, und es schrien diejenigen, die zum Angriff übergingen. Doch mehr und mehr war der Widerstand der Belagerer zu spüren. Es waren zu viele, und sie waren auf dem engen Weg im Vorteil. Mit ihren Spießen hinderten sie die Frankenknechte am Angriff. Die arabischen Bogenschützen hatten nun genug Licht, um gezielt zu schießen und zu treffen. Und sie führten bereits berittene Muselmanen heran. Die Ritter um den Rheinländer und den Churer drohten aufgesplittert und damit geschwächt zu werden.

»Schieß …«, schrie eine Stimme neben ihm, bevor sie plötzlich erstarb.

Es war ein Knecht, den ein muslimischer Bogenschütze getroffen hatte. Der Mann sank in die Knie. Bevor er wusste, wie ihm geschah, rollte er den steilen, von groben Steinen übersäten Abhang neben der Straße hinunter. Gwyn sprang einen Schritt nach vorne und ließ den schweren Schild zu Boden fallen. Dann sprang er einen weiteren Schritt vor, riss seinen Bogen hoch und zielte. Er spürte die plötzliche Ruhe, eine stille Sicherheit, die er immer dann erlebte, wenn er mit dieser alten Kriegswaffe schoss. Das Geschoss ließ den Sattel eines heranstürmenden Pferdes verwaist zurück.

»Folgt mir!«, brüllte Yusuf ibn al-Mansur mit mächtiger Stimme.

Erneut stieg sein Pferd auf die Hinterhand, und für einen Moment glaubte Gwyn, einen Dämon, in eine sandgelbe Rüstung gehüllt, mit hellem Tuch um den spitzen Helm, Hentze und Zaumzeug wie Feuer, vor sich zu sehen. An dem noch immer galoppierenden Pferd jagten nun die Ritter vorbei und schlugen eine Gasse. Und die christlichen Knechte stürmten hinterher.

»Deus lo volt!« Dieser Ruf war plötzlich weit vor ihnen zu hören.

Das mussten die Männer um den Ritter vom Stein sein. Der Churer stellte sich in den Steigbügeln seines Schlachtpferdes auf und schrie mit seiner lauten, weittragenden Stimme. »Gott sei mit uns! Der Sieg ist unser!« Dann ließ er seine Lanze fallen und zog sein langes Schwert. So stürmte er den Weg weiter.

»Der Herr vom Stein ist da!«, brüllten die fränkischen Knechte ringsum.

Gwyn sah, als er einen weiteren Pfeil abschoss, wie Bracko, der Serbe, sich einen Weg durch die zurückdrängenden Muslime bahnte. Er bleckte die Zähne bei jedem Streich, wie ein grimmiger Schnitter, der sich von nichts und niemandem bei seiner grausigen Ernte aufhalten lassen will.

»Deus lo volt!« Diesmal schrie es der Ritter von Augheim.

Die Waffenknechte folgten dem Rheingauer und seinen Rittern. Die gegnerischen Krieger wollten den Christen erneut ausweichen, aber dieses Mal war ihr Manöver nicht mehr möglich. Die vorwärtsstürmenden Männer hieben nun todesmutig auf jeden Angreifer ein, die Schlachtpferde der Ritter drängten, unterstützt von den schweren Lanzen der Ritter, die Muselmanen links und rechts die steile Böschung hinunter. Wie Puppen, die ein zorniges Kind mit einer Handbewegung von einem Tisch zu Boden fegt, stürzten die Belagerer den Hang hinunter, sich überschlagend und am Fuße des Hanges bewegungslos liegen bleibend. Wild um sich keilende, herrenlose Pferde machten das Getümmel perfekt. Der Weg in das Lager der Angreifer war frei.

Im Lager der Araber rannten Knechte, manche verletzt, manche laut schreiend, zwischen den niedrigen Zelten der Geflohenen umher. Kämpfer, taumelnd, weil sie sich bereits betrunken hatten, weinten. Andere Männer kauerten angesichts ihrer schweren Verletzungen hilflos am Boden und wussten, dass ihnen nicht mehr zu helfen war. Noch immer flüchteten arabische Krieger zwischen den Zeltgassen, dazwischen rannten Frauen, kleine Kinder an den Händen haltend, voller Angst um ihr Leben, gefolgt von herrenlosen Schlachtpferden, die selbst panisch vor Angst nach allem traten, was sich bewegte.

Vor einem prächtigen Zelt hielten die christlichen Ritter. Zwei Knechte stützten den Ritter von Sax, der bei dem Versuch, den Männern aus der Burg zu Hilfe zu eilen, eine Verletzung davongetragen hatte. Noch war er bei Bewusstsein, aber sein Kettenhemd glänzte vor Blut. Den Ritter hatte ein Schwerthieb am Hals getroffen. Wohl war der Hieb durch das massive Kettenhemd gemildert worden, trotzdem war die Verletzung ernst und wollte nicht aufhören zu bluten. Der Ritter Walter von Zwingenspiel schwang sich erstaunlich behende aus dem Sattel. Seine Beine kaum auf dem Boden, war schon einer seiner beiden Waffenknechte bei ihm und stützte ihn. Aber er wehrte ab. »Lass gut sein, Bursche. Mir fehlt nichts.« Der Mann schrie laut und ungestüm, und seine Stimme dröhnte weit über dem morgendlichen Lager, das von den Reitern und Knechten der Burg bereits geplündert wurde. »Halleluja! Der Herr war mit uns!«

»Ja, und er ist es noch, Herr von Zwingenspiel, er ist es noch«, lachte jetzt auch der Burgherr, doch dies geriet ihm mühsam.

Auch er blutete aus einer Wunde an der Schulter. Seine Lanze war beim Sturm in die gegnerischen Reihen beim Aufprall zerbrochen, der Ritter war nach vorn gestürzt und mit der Schulter in das gesplitterte Ende gefallen. Als einer seiner Knechte auch ihm helfen wollte, wehrte er den Mann mit einer Geste ab. »Lass nur, Viktor! Solange mir die Fliegen nicht zu schaffen machen, kann ein solcher Kratzer warten.«

Er stieg von seinem Pferd ab, aber bedeutend langsamer als der Churer, und schwankte. Er musste bereits viel Blut verloren haben. Seinen Helm trug er nicht mehr, den hatte er sich längst vom Kopf gerissen. Barhäuptig war er die letzten Meter zu dem großen Zelt geritten. Dort wartete der junge Gerwulf vom Stein. Sein Gesicht glänzte vor Schweiß, aber er lachte glücklich, als er den Burgherrn sah. Er sprang aus dem Sattel, und in einer plötzlichen Geste umarmte ihn der fränkische Ritter. Dann wandte er sich um und befahl mit einer Geste seinen übrigen Männern: »Seht zu, dass dieses Zelt nicht zu brennen beginnt. Es ist Teil der Beute. Ich will nicht, dass es Schaden nimmt.« Die Anordnungen des Burgherrn klangen mühsam.

Zwei seiner Diener nickten und eilten um das Zelt, bereit, jeden der betrunkenen Knechte notfalls mit Gewalt am Niederbrennen des Zeltes zu hindern. Walter von Zwingenspiel hielt mit blutbespritzter Hentze eine Zeltbahn, die gleichzeitig Eingang war, auf, mit einer Geste auffordernd und dann wartend, bis der Burgherr den ersten Schritt in das eroberte

Zelt machen würde.

»Wo ist der Muslim?«, fragte dieser und drehte suchend den Kopf.

Er sah angestrengt zwischen den eilig hin und her laufenden Männern nach der schlanken, hohen Gestalt Yusuf ibn al-Mansurs.

»Weiß nicht, wo er ist«, grinste von Zwingenspiel und zuckte die Schultern.

»Weiß nur, er hat seinen Anteil an der Beute verloren. Denn es war meine Hand, welche dieses Zelt zuerst berührte. Und nicht nur Ihr allein, Herr von Augheim, seid Zeuge.«

Der Burgherr sog die Luft mit einem hässlichen Geräusch ein und hustete. Ein immer dichter werdender Rauch legte sich über das eroberte Heerlager und machte das Atmen schwer. Die Knechte hatten alles, was ihnen zu schwer oder unnütz erschien, bereits angezündet. Später würden sie noch die Leichen der Erschlagenen in die Flammen werfen. Der einfachste Weg, drohenden Seuchen zu entgehen und sich das mühselige Verscharren der Toten zu ersparen. Dicker Rauch zog schwer durch die Zeltgassen. Der Burgherr trat in das Zelt, gefolgt von Walter von Zwingenspiel.

Dort staunten sie über den Anblick, der sich ihnen bot. Das Zelt war mehr als drei Männer hoch und erstreckte sich in einer rechteckigen Form. In seiner größten Länge betrug der Abstand von Zeltwand zu Zeltwand mindestens 20 Manneslängen. Die Zeltdecke verlief, gestützt durch zwei kräftige Hölzer, spitz zu, und fein gearbeitete Ölleuchter aus Messing hingen an schweren Ketten herab und tauchten das Innere in ein angenehmes und warmes Licht. Der Boden war dicht mit Teppichen belegt. Ringsum an den Wänden waren hölzerne Gestelle errichtet, auf denen prächtige Rüstungen aus dem Abendland wie auch aus dem Morgenland hingen. Dazwischen lehnten Schwerter und Lanzen, teils mit feinen Bannern bestückt. Aber alle Waffen waren besonders ausgesucht und kostbar. Überall standen Truhen aus feinem Holz, oft prächtig mit Messing oder Silber beschlagen. Ein Teil der gegenüberliegenden Längswand war offen. Die Zeltbahn war dort in Mannshöhe zur Seite gezogen worden, wie der Vorhang einer Bühne. Von dort aus bot sich den erstaunten Betrachtern ein weiter Blick über das Land, das sich rings um die Burg erstreckte. Wären nicht der Lärm der plündernden Knechte und der stickige Rauch gewesen, all dies hätte genügt, um den Stil und die Raffinesse des Mannes zu unterstreichen, der hier während der Belagerung gelebt hatte, immer geduldig wartend, wann sich eine Gelegenheit ergeben sollte, die Burg des von Augheim zu stürmen. Der Anführer der Araber, wohl ein Scheich, hatte die prächtige Lebensweise seines Standes nicht verhehlen können. Und die staunenden Ritter, die ihre Augen in dem Zelt umherschweifen ließen, wussten, dass sein Besitzer dies auch nicht beabsichtigt hatte.

»Diese Muselmanen«, sprach von Zwingenspiel leise und schüttelte sichtlich beeindruckt den Kopf. In seiner Stimme schwang die mühsam unterdrückte Bewunderung mit, angesichts dessen, was er hier sah. Die Männer schritten langsam weiter, ihre blanken Schwerter in der Hand, vorsichtig hinter die unzähligen künstlichen Wände aus feiner Seide und schwerem Brokat blickend. Ein Teil dieser Vorrichtungen ergab eigene, kleine Räumlichkeiten, in denen sich mit feinem Stoff bezogene Liegen, geschnitztes Gestühl wie auch kleine Tische mit blanken metallenen Platten, über und über ziseliert, befanden. Wohin das Auge auch blickte, sah es Luxus und Geschmack, prächtig und raffiniert, von einer Art, wie es den Männern aus dem Abendland fremd war.

»Das Zelt des Scheichs Osman, dessen Familie einst dem Emir von Mossul diente«, sagte auf einmal Yusuf ibn al-Mansur, der mit einem Teil seiner Männer das Zelt betrat.

»Der Mann verstand zu leben«, entgegnete der Burgherr anerkennend.

»Ja, obwohl er ein Räuber war«, entgegnete Yusuf mit leisem Spott.

»Genau, ein Räuber!«, polterte der Ritter von Zwingenspiel laut.

»Aber er und seine Männer haben gekämpft wie Ritter von Ehre. Obwohl er doch nur ein Räuber war, ein ganz gewöhnlicher Räuber …«, entgegnete Yusuf erneut mit der ihm so eigenen, sanften Stimme.

Der Burgherr nickte nur und griff sich an seine blutende Schulter. Er strich mit der Hand darüber und betrachtete dann seinen Handschuh. Das Leder war rot vor Blut. Schwer atmend ließ sich der Mann jetzt auf einem prächtigen Sessel nieder. Yusuf ibn al-Mansur trat vor den Ritter und zog einen kostbaren Seidenschal aus seinem Ärmel. Strahlend weiß glänzte der Stoff. Der Araber knüllte die Seide zusammen und drückte sie auf die heftig blutende Wunde des Burgherrn. Da nickte der Ritter dankend, griff selbst nach dem Tuch und drückte es fest auf seine blutende Schulter.

»Das Zelt eines Fürsten. Kein Räuber, ein Fürst …«, keuchte von Augheim anerkennend. Die Antwort des Ritters kam schwer, aber noch war seine Stimme fest. Der Blutverlust und die Erschöpfung schwächten den Mann zusehends.

Da grunzte Walter von Zwingenspiel und zog seine Nase mit einem hässlichen Geräusch hinauf. Von den übrigen Männern aber sprach keiner ein Wort.

Gwyn schritt durch das Heerlager der Araber. Der Qualm reizte seinen Hals, so dass zu seinem großen Durst noch ein würgendes Gefühl kam. Er hoffte, irgendwo etwas zu trinken zu finden. Es schien derlei zu geben, denn viele Männer ringsum tranken oder waren bereits betrunken. Die Araber hatten Wein in großen Mengen zurückgelassen. Wein wie auch Schweinefleisch war ihnen als Nahrung verboten, so hatte es der Prophet verkündet. Doch dies hinderte die Männer nicht, zumindest den Wein zu erbeuten und ausgiebig zu kosten.

»Kommt, Faber, kommt, trinkt mit uns!«, schrie ein Mann, der aus einem großen Stoffballen einen Krug gezogen hatte. Er winkte ihm mit seinem Arm. Weitere Knechte umstanden ihn. Sie winkten und lachten ebenfalls und drängten dann den Mann, den Krug zu öffnen, damit sie alle davon kosten konnten.

Gwyn wollte erst nicht, aber der Durst war groß, und so trat er näher. Er erschrak, als er am Boden zwischen den blutbespritzten Knechten eine Gestalt liegen sah. Der Mann, der Gwyn soeben aufgefordert hatte, mit ihnen zu trinken, sah den Blick des Goldschmieds und verzog sein Gesicht zu einer schiefen Grimasse. Gwyn bemerkte, dass dem Burschen, nur wenig älter als er, bereits alle Zähne fehlten.

»Wollt mich nicht trinken lassen. Aber dies ist meine Beute!«, grinste er, und die umstehenden Männer grunzten wohlwollend.

»Nun mach schon, Jakob, mach den Krug auf und lass uns saufen.«

»Ja, saufen, saufen!«

Der Knecht riss einen Stopfen herunter und hob das Gefäß an die Lippen.

»Mach schnell …«

Er tat einen tiefen Zug, und ein Teil der Flüssigkeit rann ihm links und rechts am Kinn herunter, hinterließ dunkle Spuren in dem staubbedeckten, dichten Bart und tropfte dann auf sein Wams und sein Kettenhemd. Aber nur einen Moment später spie er den Inhalt wieder aus. Die Flüssigkeit sprühte durch die Luft, und Gwyn roch es, bevor der

Mann laut schreiend und heftig hustend bestätigte, worum es sich handelte. »Essig!« Die Männer ringsum lachten gemein. »Diese Teufel! Horten sauren Essig, und ich denk mir, es ist Wein!«

Die Männer ringsum johlten vor Schadenfreude.

Gwyns Magen rebellierte angesichts des scharfen Geruchs des Essigs, dem Anblick der Erschlagenen ringsum und dem dichten, schweren Rauch des brennenden Lagers. Er ließ die Männer stehen und stieg über die Leiche des erschlagenen Arabers. Hinter einem Berg von weiteren Waren waren er und einige weitere wohl hastig dabei gewesen, Lasttiere zu beladen. Dann waren die christlichen Ritter wie ein Sturm herangefegt, und wie so viele Muslimen wollte er bloß noch flüchten.

Eine ganze Reihe Krüge standen oder lagen auf dem Boden. Einige waren zerbrochen. Aus anderen liefen Flüssigkeiten aus, und am Geruch wie auch an der Schar von Fliegen ließ sich ahnen, was der Inhalt dieser Krüge gewesen war: Weine und dicker Sirup, Honig, aber auch Wasser mit Essig vermischt, damit es nicht faulte. Aber Gwyns Durst war groß, und er wollte nicht mehr länger warten. Er legte seinen Bogen zu Boden, griff nach dem liegen gebliebenen Dolch eines geflohenen Kriegers und schnitt den Verschluss des größten Kruges auf. Der Verschluss der weiten Öffnung war mit einer dünnen Haut aus Pergament bedeckt. Eine dicke Schnur, geflochten aus Werg, hielt den Krug verschlossen. Gwyn entfernte die Schnur und blickte in das Innere des Kruges. Sicher war es der Inhalt, aber auch die Anstrengung der Schlacht, der Durst, die Hitze und vieles mehr. Gwyn hatte keine Zeit mehr, darüber nachzudenken, denn auf einmal war eine plötzliche Stille um ihn. Er sah nur noch die erstaunten Gesichter der Knechte, und dann wurde es schwarz um ihn her.

»Legt ihn dort auf die Kissen!«, befahl der Ritter.

Die Männer gehorchten und betteten den schlanken Leib des ohnmächtigen Fabers auf eine prächtige Bettstatt. Fennek goss aus einem Ziegenschlauch Wasser in das totenbleiche Gesicht des Fabers.

Langsam kam Gwyn wieder zu sich.

Als er die Gesichter der Männer über sich sah, dauerte es ein paar Augenblicke, bis er wusste, was geschehen war und warum er hier lag. Der Berber gab ihm einen schweren Becher. Gwyn setzte sich auf und trank. Es war Wasser mit etwas Wein, kühl. Er fühlte sich noch ein wenig benommen und spürte sein Hemd, das nass an seinem Körper klebte.

»Faber, war es die Hitze, die Euch den Atem raubte, oder der Durst?«, fragte der Burgherr freundlich, aber mit vor Schmerz ächzender Stimme.

Bevor Gwyn auf die höfliche Frage antworten konnte, sprach der Churer. »Wohl beides ...«, meinte der Ritter von Zwingenspiel, und auch er lächelte dabei ein wenig.

Gwyn atmete langsam, und die Erinnerung war wieder da. Aber bevor er den wirklichen Grund für seine plötzliche Ohnmacht erklären konnte, erklärte Yusuf: »Nein, der Faber hat sich nur ein wenig erschreckt, nicht wahr? Ich meine, deshalb ...«

Zwei seiner Männer trugen zwei Krüge herein und stellten sie auf den Boden. Auf ein Kopfnicken des Arabers hin öffnete jeder der Männer den Verschluss, griff hinein und zog den Inhalt ein wenig heraus. Es waren die abgeschlagenen Köpfe zweier Männer.

»Heilige Jungfrau unseres Herrn«, entfuhr es Walter von Zwingenspiel.

Die übrigen Ritter blickten starr.

Gwyn schloss die Augen. Nur Fennek, der Berber, murmelte etwas in seiner arabischen Sprache. Auf einen Wink ibn al-Mansurs verschlossen die Knechte die Krüge wieder. Yusuf ging daran vorbei und blickte aus dem offenen Teil des Zeltes über die Landschaft, die in der heißen Sonne des frühen Vormittags lag und deren Umrisse in der Hitze flimmerten.

»Was ist dies für eine barbarische Sitte?«, fragte der Churer in die Stille, aber niemand antwortete ihm. »Scheint zu stimmen, was man sich erzählt«, höhnte er weiter in seiner stolzen Art. Er wandte sich in der Runde um. »Ihr Muselmanen fresst nicht nur Wildbret …«

»Hütet Euch bei dem, was Ihr da sagt«, antwortete der Araber, ohne sich umzusehen. Er sprach mit seiner gefährlich sanften Stimme, von der längst nicht nur Gwyn wusste, wie leichtsinnig es war, sich den Zorn des stolzen Arabers zuzuziehen. Er wandte sich plötzlich um, sah in die Gesichter der übrigen Männer. »Dies …«, er deutete auf die beiden Krüge, »… waren die Boten des Sultans von Ägypten!«

Diese Nachricht löste bei den wartenden Männern sichtliche Bestürzung aus. Die Ritter murmelten entrüstet und zugleich entsetzt. Gwyn erhob sich, und nach den ersten zwei Schritten spürte er so etwas wie neue Kraft in seinen Gliedern.

»Aber dies kann nicht sein!«

»Warum nicht, Faber?«, wollte Yusuf wissen.

»Man sagte mir, die Boten des Sultans sind sicher. Was immer geschieht, sie sind Personae non gratae. Im ganzen Morgenland weiß dies jeder Muslim und jeder Christ.«

»Wer immer die Männer getötet hat, hat den Frieden gebrochen«, sagte einer der wartenden Ritter düster, bevor Yusuf antworten konnte.

Der Burgherr nickte mühsam. Erst jetzt gestattete er, dass sich ein kundiger Knecht seiner Verletzung annahm.

»Und wer immer dies getan, wollte nicht, dass Venedig Handel treibt. Wenn der Sultan dies erfährt, wird er zornig sein. Und er wird es keinem Christen gestatten, seinen Fuß in dieses Land zu setzen, nur um Handel zu treiben«, entgegnete Yusuf kühl.

»Dann erkämpfen wir uns dieses Recht eben! Das Königreich Jerusalem dient nur Gott und nicht einem Sultan!«, polterte der Churer los, bevor jemand aus der Gruppe um den Franken etwas darauf entgegnen konnte.

»Und wie soll dies geschehen, Herr Ritter?«, wollte der Araber wissen. »So wie hier? Wollt Ihr jede Seldschukenarmee so angreifen, jedes arabische Dorf so bekämpfen, wie wir es heute getan? Wann, glaubt Ihr, habt Ihr dieses Land dann erobert? Wie lange dauert ein neuer Krieg zwischen den Christen und den Muslimen?«

»Gott ist mit uns. Mit seiner Hilfe werden wir siegen! So wie heute!«, entgegnete der Churer stolz.

»Jawohl, und noch die Kinder Eurer Kindeskinder werden für jeden Schritt auf diesem Boden bluten und sterben müssen!«, gab der Araber grimmig zurück.

Der Churer wollte nach diesem Ausbruch des Mannes etwas sagen, aber Gwyn kam ihnen zuvor. »Yusuf, die Boten wurden getötet. Sagt mir, was soll ich jetzt tun?«

»Tun? Faber, kehrt zurück in Euer Heimatland. Einem Boten des Sultans von Ägypten Gewalt anzutun, ist ein schweres Vergehen. Ihn und seine Begleitung sogar zu töten, ist noch niemals vorher passiert. Was jetzt weiter geschieht, ist von einer neuen Größe. Vielleicht werden die Bücher einmal darüber berichten, wer weiß. Aber eins sei gewiss, Faber! Es wird keinen Handel zwischen Venedig und dem Morgenland geben.« Mit diesen Worten wandte der Araber sich um und verließ das Zelt. Seine Männer folgten ihm stumm.

Niemand fand die Körper der beiden erschlagenen Boten des Sultans von Ägypten. Der Großteil der Araber war geflohen, nur einige Dutzend muslimische Kämpfer, die sich den

Christen ergeben hatten, waren gefangen genommen worden. Der Churer wollte sie foltern lassen, damit sie sagten, was den Boten geschehen war. Aber selbst die Androhung der Tortur ließ die Männer schweigen. Als sie um Gnade baten, war sie ihnen gewährt worden. Den Gefangenen war wohl bewusst, dass sie der Sitte entsprechend als Sklaven verkauft werden würden. Obwohl die Christen den Sklavenhandel verurteilten, mussten sie diese Art des Geschäfts dulden. Mehr noch, es gab die Annahme, dass auch die christlichen Burgherren, ähnlich wie die Byzantiner, sich Sklaven auf ihren Burgen hielten.

Die Gefangenen mussten helfen, die Toten zu verbrennen. Dies sollte so rasch wie möglich geschehen, denn die Hitze war gefährlich, und Seuchen und Krankheiten brachen schnell aus. Die gefallenen Christen beerdigten die Männer um den Churer und den Lehnsherrn selbst. Fast 30 Männer waren gefallen. Unter ihnen der Waffenschmied der Burg und der Mann, der Gwyn als Erster an der Mauer willkommen geheißen hatte. Am Mittag wollten die Ritter zurück in die Burg. Aber noch hatte der Herr des Lehens die Verteilung der Beute nicht angesprochen. Und da er durch seine schwere Verletzung zu fiebern begann, wollten die übrigen Ritter aus Respekt noch warten. So betteten sie den Mann in das prächtige Zelt des Scheichs Osman und beschlossen, bis zum Abend abzuwarten. Dann, so hofften seine Getreuen, würde sein Zustand wenigstens so stabil sein, dass er den mehr als zwei Meilen langen Weg zurück in die Burg schaffen könnte. Die übrigen Gefangenen waren von den Knechten in die Festung zurückgebracht worden, nicht ohne vorher von Yusuf und seinen Männern aufmerksam betrachtet und gezählt worden zu sein. Yusuf erklärte, dass zwei Sklaven mindestens so viel wert wären wie ein Reitpferd, auf ein besonders gutes Tier kamen sogar drei der gefangenen Männer. Bracko und seine Männer hatten unter der Obhut des Gerwulf vom Stein tapfer gekämpft.

»Ein Quell, mit frischem sauberem Wasser!«

In der brütenden Hitze ließ die Nachricht alle Männer aufhorchen.

Ibn al-Mansur wollte mehr von Bracko, seinem Getreuen, hören. Der schilderte den wartenden Rittern den Weg.

»Eine Weile reiten wir den Weg an diesem Hügel entlang. Dann kommt ein flacher Talgrund, kaum breiter, als zwei Reiter nebeneinander Platz haben. Dort liegt in einer Senke ein großer Fels und in einem Rund eine Quelle. Es gibt dort auch frisches Gras. Die Räuber haben da ihre Pferde und Ziegen getränkt. Die Felsen sind steil, so dass nicht einmal eine Wache nötig war.«

Nach diesen Worten brachen die Ritter sogleich auf. Yusuf ließ einen Teil seiner Männer als Wächter für den Burgherrn im Heerlager zurück.

Die Quelle war so, wie sie Bracko beschrieben hatte.

Ein fast kreisrundes Becken, in den Fels eingebettet, das Wasser türkisgrün und klar, wie ein riesiger, glattpolierter Stein. Ein kräftiger Wasserstrahl aus dem Fels füllte das künstliche Becken. Nur an einer Stelle floss das Wasser ab, um nach wenigen Schritten in dem felsigen Boden zu verschwinden. In diesem kargen Land war solch eine Quelle mehr als ein Geschenk einer zurückhaltenden Natur. Die Bewohner der Gegend, Hirten und Bauern, tränkten an diesem Wasser nicht nur ihr Vieh. Hierher kamen sie auch, um zu beten oder Zwiesprache mit Allah oder Jahwe zu halten. Aber dies hatten die Hirten lange nicht mehr getan. Seit der Belagerung der Festung waren sie nicht mehr hierhergekommen. Nur wenige mutige Männer hatten sich des Nachts auf den Weg gemacht, um in langen Schläuchen aus Ziegenleder das kostbare Wasser für die kleine Dorfgemeinschaft zu holen. Sie waren keine Krieger und hatten nichts mit den waffenstarrenden Rittern aus der Burg gemein, welche diese versteckte Quelle wohl kannten, aber seit langem nicht mehr nutzten, da sie in ihrer großen mächtigen Burg genug eigenes Wasser besaßen. So waren sie sich an dieser Stelle kaum begegnet, die Bewohner des kleinen Weilers und die rauhen, hochmütigen Ritter aus dem fernen Land über dem Meer.

Aber dann waren Reiter aus der großen Wüste gekommen, wo der Wind große Mengen von Sand über ihre kargen Felder blies. Die Bewohner, welchen Gott sie auch immer verehrten, meinten, er hätte manchmal Mitleid mit ihnen und schickte einen kurzen Regenguss hinterher.

Diese Reiter aus der Wüste waren anders.

Es waren Araber, und sie glaubten an die Worte des Propheten, aber sie sprachen die Worte des Landes schwer. Ihre Sprache klang mit einem Stolz in der Stimme, der einherging mit einem Stolz in ihrem Gebaren.

Es waren keine Nomaden.

Denn diese kannten die Bewohner des kleinen Dorfes. Aber die Männer aus der Wüste waren Seldschuken gewesen. Krieger wohl, aber Versprengte unter dem Kommando eines Anführers, den sie Scheich Osman nannten. Räuber, nach dem Gesetz des Sultans von Ägypten, aber von ihm und seiner Justiz geduldet. Sie waren zahlreich und hatten die Festung hinter den Hügeln angegriffen. Es war nicht die erste christliche Burg, welche diese freien Araber erobern wollten. Deshalb duldete der Sultan diese Banden. Die Muslime aus der Wüste aber waren in große Verwunderung und später heillose Wut geraten, als sie erkannten, dass diese Ritter ernsthafte Gegner waren, rauh und zäh. Sie wollten nicht verhandeln, wie die bisherigen Gegner.

Jetzt aber lag wieder ein Bewohner des kleinen Ortes oben

in den Felsen versteckt. Er beobachtete die Männer dort unten an der Quelle, die Sieger der Schlacht, die an diesem frühen Morgen geschlagen worden war.

Der Ritter von Zwingenspiel war einer der ersten Reiter gewesen, der sein Pferd bis fast an den Rand des großen Beckens traben ließ. Nun rutschte er aus dem Sattel, gefolgt von seinen beiden Knechten, die ihm eilfertig weiche Decken, ein langes Tuch, weiß und aus Leinen, und seine Waffen trugen. Das Pferd hielt am Rand des Wassers, beugte den Hals und begann, in langen gierigen Zügen zu saufen. Dem Ritter folgten Yusuf, Bracko und Fennek, dazu eine Reihe weiterer Ritter aus der Burg wie auch Männer des Arabers. Auch Gwyn hatte den Weg nicht gescheut, nur war er, wie die Waffenknechte, zu Fuß gegangen. Als die christlichen Knechte das Wasser sahen, waren sie allesamt nicht mehr zu halten. Johlend und schreiend stürmten sie an den wartenden Reitpferden der Ritter vorbei. Noch im Laufen rissen sie sich Helme und Schuhe vom Leib, ließen Beinkleider und ihre Waffen dort fallen, wo sie gerade standen, und einer nach dem anderen sprang in das Wasser. Etliche vergaßen dabei, dass sie noch Brünne und Kettenhemd trugen, und gingen unter wie Steine. Hätten einige Ritter nicht rasch ihre Spieße gesenkt oder gar eigenhändig zugegriffen, viele Knechte wären wohl ertrunken.

»Sind wie tolle Hunde«, zischte Ritter Rufus verächtlich, »ohne Wert, meine Knappen … berauscht von Wein und Blut.«

Er senkte einen kurzen Sauspieß, um seinem Waffenknecht zu helfen, der hilflos im Wasser strampelte. Doch der Mann war wohl zu aufgeregt oder gar zu betrunken, und es gelang ihm nicht, nach dem rettenden Halt zu greifen. Da stieg der Ritter von seinem Pferd, trat, so wie er war, bis zum Gürtel in das Wasser und packte den Mann am Kragen und schleifte ihn an das Ufer. Der Knecht spuckte und hustete das geschluckte Wasser aus. Der Ritter, sonst die Ruhe selbst, zog nun sichtlich wütend sein Schwert und schlug mit der flachen Klinge auf seinen Knappen ein. Stumm prügelte er den Mann so lange, bis der sich nicht mehr rührte.

»Schlagt ihn nicht tot, Herr Rufus, ein neuer Knappe kostet Euch so manche Müh«, rief der Churer lachend.

Seine Knechte halfen einigen anderen der angetrunkenen Männer aus dem Wasser heraus. Die übrigen Ritter waren wie der Rufus allesamt wütend über das unwürdige Gebaren ihrer betrunkenen Knechte und Dienstboten. So prügelten alle mit Peitschen und Pferderiemen auf die Männer ein, die nach ihrem ungebührlichen Benehmen triefnass und nach Luft schnappend auf dem sandigen Fels lagen, sich hin und her wälzten unter den heftigen Hieben und um Nachsicht bettelten. Yusuf ibn al-Mansur blickte dem Treiben verächtlich zu. Nicht einer seiner Männer rührte sich, um ebenfalls in das einladend kühle Wasser zu steigen, bis ihr Anführer mit einer knappen Geste die Erlaubnis dazu gab. Erst jetzt beschlossen auch die Ritter, ein Bad zu nehmen. Ein Teil ihrer Männer waren wohl wieder einigermaßen nüchtern. Eifrig bemühten sie sich, das zu tun, was sie am besten konnten: Sie dienten ihren Herren. Sie halfen ihnen aus der Rüstung, kleideten die Männer aus, bewachten die Kleider und die Waffen. Die Ritter stiegen nackt oder nur mit einem Lendentuch bekleidet in das Wasser, ließen sich darin treiben oder tauchten gar behutsam darin unter, denn keiner von ihnen konnte schwimmen.

Gwyn entkleidete sich etwas abseits. Hier, an dieser Felswand, war es schattig, zugleich war der Boden glatt und sauber, wie frisch gefegt. Es tat wohl, sich in dem klaren Wasser auszustrecken, die schmerzenden Glieder zu kühlen und all die kleinen Wunden der vergangenen Tage zu pflegen. Er schloss die Augen und hörte einen Moment lang nichts von dem fröhlichen Lärmen, dem Lachen der Männer und ihren derben Scherzen. Er wünschte sich nur, dass alles so bleiben könnte. Es war seltsam, denn um dies zu genießen, mussten sie erst einen stärkeren Gegner angreifen und ihn in die Flucht jagen.

Im Gegensatz zu den übrigen Männern konnte Gwyn gut schwimmen. Eine Fähigkeit, die nur wenige Menschen jener Zeit beherrschten. Seeleute lehnten es sogar ab, diese froschähnlichen Bewegungen zu lernen. Sollte je einer von ihnen über Bord fallen, ganz gleich ob dies in einem Sturm oder bei einem Schiffsmanöver geschah, war die Aussicht auf Rettung gleichermaßen gering, und dann sollte nichts die Leiden des Unglücklichen verlängern. Gwyn hatte bereits als Kind in London, zusammen mit den Gassenjungen aus der Umgegend, das Schwimmen in der Themse gelernt. Und mehr als einmal hatten sie es gewagt, die Reusen der Fischer zu plündern, um die kargen Mahlzeiten ihrer Familien aufzubessern. So ein Bad in der Themse war eigentlich immer möglich gewesen. Nur wenn der Fluss Eis führte, hatten die Jungen es gelassen, denn dann waren die Netzfischer zu Hause geblieben. Daran musste Gwyn für einen Augenblick denken.

Als er sich umwandte, stieg der Araber Yusuf neben ihm ins Wasser. Es war das erste Mal, dass Gwyn den stolzen Muslim ohne Kleidung und Rüstung sah. Er war jetzt barhäuptig, und seine schlanke braune Gestalt war muskulös und von den Narben unzähliger Kämpfe bedeckt. Er tauchte unter und sogleich wieder auf. Dann schüttelte er den Kopf, drehte sich auf den Rücken und glitt fast unbeweglich durch das glasklare Wasser. Wassertropfen glitzerten in seinem dunklen, kurzgeschorenen Haar, und sein Bart sah aus, als wäre er voller winziger, hell glitzernder Perlen, die alle in der Sonne glänzten. Dann wandte sich der Araber um, tastete mit den Füßen nach dem Grund und watete ans Ufer. Als Gwyn das Wasser ebenfalls verließ, sah er, wie Fennek seinem Anführer einen prächtigen Teppich auf dem Stein ausbreitete. Dann stellte er ein Teegefäß, Becher und eine Schale mit frischen Datteln auf ein Tablett. Er wartete stumm, bis der erstaunte Goldschmied aus dem Wasser kam. Yusuf hatte sich, nass, wie er war, bereits auf dem so kostbar belegten Boden niedergelassen.

»Ich bin sehr unhöflich«, begann der Araber in seiner angenehmen Stimme zu sprechen, »aber ich habe Euch noch gar nicht gefragt, ob Ihr meine Gesellschaft wünscht.«

Gwyn lächelte ein wenig und wrang sein Haar aus, das ihm fast in den Nacken reichte.

»Yusuf … nein … Ihr irrt.«

Der Mann lächelte und sprach weiter. »Ich hoffe, Ihr verscheucht mich nicht, Herr Carlisle.«

»Nein, Eure Gesellschaft sei mir willkommen, bitte bleibt«, entgegnete Gwyn höflich.

Da verneigte sich Fennek, der Berber, respektvoll und schritt den schmalen Weg um das Wasserbecken zurück. Er ließ sich nieder, zog sein Schwert, legte es quer über seine Knie und verharrte unbeweglich wie eine steinerne Figur.

Gwyn hatte dies beobachtet. Yusuf lachte leise.

»Fennek wacht über uns. Er ist ein Krieger und immer misstrauisch«, erklärte er dem Goldschmied freundlich. Mit einer einladenden und zugleich galanten Handbewegung forderte der Araber Gwyn zum Niedersetzen auf. »Kommt, setzt Euch zu mir und leistet mir ein wenig Gesellschaft.«

Gwyn kam der Einladung nur zu gerne nach.

»Trinkt Ihr mit mir Tee?«, wollte der Araber wissen.

»Gerne, Herr«, antwortete Gwyn höflich.

Der Araber reichte dem Goldschmied ein kleines, prächtig verziertes Gefäß aus Messing. Damit sich der Faber nicht die Finger verbrannte, war der Becher mit einem feinen Band aus Bast umwickelt. Der Tee war heiß und schmeckte süß.

Schweigend tranken sie.

»Ihr habt tapfer gekämpft«, ergriff Yusuf nach einer Weile das Wort.

»Wie ein Krieger?«

»Nein, wie ein Mann, der kämpfen muss. Ihr seid kein Krieger.«

»Nein …?«

»Nein! Und Ihr werdet auch kein solcher.«

»Ist dies schlimm?«

»Der Prophet sagt, Allah, sein Name sei gesegnet, bestellt jeden Menschen auf den Platz, wo er sein muss.«

»Warum tut Allah dies?«, wollte Gwyn wissen.

»Der Prophet sagt, weil es ihm, dem Allmächtigen, so gefällt.«

»Und jeder muss auf diesem Platz bleiben?«, fragte Gwyn.

Der Araber antwortete nicht, sondern atmete tief ein und wieder aus. Gwyn tat es ihm gleich. Die Luft in diesem kleinen Tal war angenehm kühl und schmeckte nach dem Duft der hier wachsenden Kräuter und dem Dunst, der von dem kühlen Wasser ausging. Nach all den heißen Tagen war es köstlich, hier zu sitzen und den Rittern in dem Becken zuzusehen. Die meisten Knechte wateten nun wieder in das Wasser, aber jetzt bedeutend stiller und vorsichtiger.

»Will Euch nicht drängen, Faber. Was werdet Ihr für mein Schwert brauchen?«

»Schwert …?«

Gwyn musste erst einen Moment nachdenken. Zu weit weg waren all die Ereignisse der letzten zwei Tage.

»Mein Schwert, Herr Carlisle. Ich hoffe doch nicht, Ihr habt Euer Wort vergessen?« Der Araber fragte es nicht tadelnd, sondern eher wieder in jenem leisen, spöttischen Ton, der ihm eigen war. Gwyn erinnerte sich längst wieder an sein Versprechen.

»Nein, Yusuf, ich habe es nicht vergessen. Nur meine Gedanken waren etwas müßig. Bitte verzeiht mir.«

»Ich habe Euch nichts zu verzeihen, Faber«, entgegnete der Araber sanft. Wieder schwiegen sie eine Weile. »Ihr habt meine Frage nicht genau beantwortet. Was braucht Ihr für Eure Arbeit?«

»Ich habe noch nicht alles überdacht. Aber ich denke, es wird neben den feinen Steinen und reinem Silber auch ein kleiner Ofen sein. An Werkzeug habe ich selbst das Wichtigste dabei. Was mir fehlt, werde ich je nach Gebrauch selbst fertigen können.«

»Ihr sollt alles bekommen«, versprach der Araber.

Gwyn wandte sich dem Mann zu und sah ihn an. »Euer Anteil der Beute? Sie wird bald verteilt, nicht wahr? Sagt, wann wird dies geschehen?«

»Bald. Der Herr von Augheim ist der Mann, dem die Verteilung zusteht. Ich vertrau auf seine Weisheit.«

»Herr ibn al-Mansur?«

»Herr Carlisle?«

»Ihr könnt den Ritter gut leiden, nicht wahr?«

»Ich vertraue ihm«, entgegnete der Araber knapp.

»So wie Ihr mir vertraut?«

»Täte ich dies nicht, Ihr dürftet mein Schwert nicht einmal berühren«, antwortete der Mann stolz. Aber so, als hätte er gemerkt, wie sehr seine Worte verletzen konnten, strich er Gwyn mit den Fingerspitzen über die Hände. Und da war seine Stimme wieder sanft, so wie Gwyn sie kannte, wenn Yusuf ibn al-Mansur sprach. »Ihr wärt ein guter Muslim«, fügte er hinzu.

»Ich bin Christ, Herr.«

»Allah ist auch mit den Unvollkommenen.«

»Auch dies sagt der Prophet, nicht wahr?«, fragte Gwyn.

Der Araber lachte, und Gwyn tat es ihm gleich.

»Noch Tee, Gwyn?«

Es war das erste Mal, dass der Araber den Goldschmied bei seinem Vornamen nannte, anstatt ihn mit seinem Stand anzureden.

»Ja, Herr ibn al-Mansur, ich bitte Euch noch um einen Becher.«

Der Araber nahm die Kanne und goss den dunklen Tee mit einer eleganten Bewegung ein, so dass das Getränk in dem Becher kurz aufschäumte. Dann reichte er das Gefäß Gwyn, und der trank. So saßen sie erneut stumm nebeneinander, in einer seltsamen, stillen Vertrautheit.

Dies alles hatte der Mann oben in der Felswand beobachtet. Jetzt begann er, so leise und geräuschlos hinter den schützenden Felsen hinunterzuklettern, wie er es auch bei seinem Aufstieg gemacht hatte. Den kurzen scharfen Dolch nahm er mit.

Der Araber erhob sich, reckte und streckte seinen Körper und gähnte dabei so herzhaft, dass Gwyn glauben musste, er würde gleich den Kiefer knacken hören und Yusuf könnte den weit geöffneten Mund nie wieder schließen. Er wandte sich an Gwyn, der noch immer entspannt auf dem prächtigen Teppich im milden Schatten saß. »Ich werde mich ein wenig zurückziehen. Ihr erlaubt doch?«

Der Goldschmied nickte. Der grimmige Aufruhr im Bauch des Muselmanen war ihm bereits seit einer geraumen Weile nicht entgangen. Der Araber schlang sich sein Lendentuch noch enger um die Hüften und verschwand barfüßig in einem engen Einschnitt der unweit steil aufsteigenden Felsen. Fennek sah dies und wandte den Kopf. Dann verharrte er wieder in der stillen, aber gespannten Aufmerksamkeit des Wächters. Gwyn lehnte sich mit dem Rücken gegen den Felsen. Der Stein war warm und glatt. Er schloss die Augen und döste in der warmen und milden Luft vor sich hin. Wie angenehm die Luft war, wie gut es hier roch. Keine Spur von Rauch und Blut, kein Hauch von Verwüstung und Zerstörung.

Der Mann, oben auf dem Felsen, verborgen all die Zeit, war nun auf derselben Seite des Felsens angelangt wie der Araber und beobachtete ihn. Yusuf ibn al-Mansur kauerte hinter einem Felsen und erleichterte sich. Dies sah der Mann, und er musste still für sich lachen. Der mächtige Yusuf ibn al-Mansur, verletzlich und wenig stolz und vor allem ohne Waffe. Nur ein Säugling ist in solch einem Moment noch hilfloser. Der Mann wusste, was er nun tun würde. Er war etwa drei Manneslängen hoch im Rücken des Arabers. Nun richtete er sich an seinem Platz ein klein wenig auf, gerade genug, um den Sprung auf den dort Kauernden wagen zu können. Ihm mit den Füßen ins Genick springen und dabei gleichzeitig das lange dünne Messer in den nackten Körper rammen, war seine Vorstellung und sein Plan. Dies würde genügen, den Mann nicht mehr schreien zu lassen. Zum Sterben konnte sich Yusuf ibn al-Mansur dann einen Augenblick Zeit lassen.

Der Plan war aber nur scheinbar perfekt.

Denn noch im Sprung merkte der Mann, wie sein Plan scheiterte. Yusuf wirbelte blitzschnell herum und griff noch in der Luft nach ihm. Der Mann prallte schwer mit seinem Körper gegen den Felsen, und ein stechender Schmerz fuhr ihm durch das rechte Bein bis hinauf zu seinem Kopf. Der Araber hatte ihn immer noch fest gepackt und riss ihn mit Wucht zu Boden. Dort drehte er ihm den Arm auf den Rücken, bis der Mann das Messer fallen ließ, und zerrte ihn die wenigen Schritte bis zum Wasser. Er versetzte ihm einen Tritt, und der Mann flog wie ein Stein in das Wasser, wo er sofort versank.

Fennek war mit einem Sprung auf den Beinen.

Gwyn, der nur einen Schatten ins Wasser und diesen sogleich versinken sah, sprang ebenfalls auf. Als der Mann wieder an die Wasseroberfläche kam, war der Berber bereits bei ihm, sein Scimitar über dem Kopf schwingend. Yusuf schrie einige Worte in arabischer Sprache, daraufhin ließ der Berber die Waffe augenblicklich sinken, und stattdessen packte er den Mann und schleifte ihn zurück ans Ufer, direkt vor die Füße ibn al-Mansurs.

Die übrigen Ritter und Knechte kamen, aufgeschreckt durch den Lärm der Ereignisse, neugierig näher, die blanken Schwerter in den Händen. Erst jetzt schlang sich Yusuf sein Lendentuch in aller Ruhe fester um seine Hüften, während Fennek mit der blanken Klinge seines Schwertes über dem Mann stand.

Der Mann stöhnte.

Er schien schlimme Schmerzen zu haben. Sein Kopf war von einem weißen Tuch verhüllt, und nur seine Augen waren zu sehen. Die hielt er geschlossen.

»Was ist geschehen?«, wollte Walter von Zwingenspiel wissen.

»Das Land ist voller Vipern, gefährlich sind besonders solche auf zwei Beinen und mit einem Messer«, meinte Yusuf ungerührt.

»Einer der Belagerer?«, wollte der Ritter wissen.

Yusuf schüttelte den Kopf. »Kein Muslim mit Verstand, kein Muslim … aber …« Yusuf beugte sich vor und riss dem Mann das Tuch vom Gesicht. »… der hier ist kein Muslim.«

»Thassos!«, staunte Gwyn.

»Ihr kennt den Kerl?«, fragte der Ritter Rufus Gwyn verwundert.

»Ja«, entgegnete Yusuf ruhig. »Thassos der Mönch. Thassos der Byzantiner. Thassos der Betrüger, Thassos der Händler. Ganz wie es Euch beliebt.«

Der Mann stöhnte leise und hielt sich das Bein. Gwyn sah, wie seltsam es unter dem Leib des Mönches lag. Er musste es sich gebrochen haben.

»Ein Mönch will Euch ans Leben?«, fragte von Zwingenspiel kühl.

Thassos antwortete nicht.

»Warum, du Hund?«, wollte Fennek wissen und trat den Byzantiner brutal in die Seite.

Thassos stöhnte auf, aber er gab keine Antwort.

»Ihr solltet ihn erschlagen ...«, meinte von Zwingenspiel ungerührt an Yusuf gewandt.

Die übrigen Ritter nickten zustimmend. Gwyn schüttelte den Kopf, aber er war nicht fähig, etwas dagegen zu sagen.

»Warum wolltest du mich töten?«, fragte Yusuf ibn al-Mansur ruhig und trat nun zu dem am Boden liegenden Byzantiner.

»Du hast mich beleidigt!«, zischte der Mönch auf einmal böse.

»Ein Wort von Euch, *Saiyid,* und der Kerl ist tot«, ereiferte sich Bracko und trat näher, sein Schwert in der Faust.

»Gemach, Bracko, ich will erst wissen, wer ihn geschickt hat«, befahl der Araber.

»Geschickt?«, fragte Walter von Zwingenspiel erstaunt.

»Aber warum geschickt? Der Kerl hat Händel mit Euch und wollt Euch abstechen wie ein Stück Vieh. Er sagte es gerade, Ihr hättet ihn beleidigt. Erschlagt ihn oder hängt ihn auf. Was wollt Ihr noch von ihm wissen?«

»Herr von Zwingspiel!« Yusuf sah den Ritter an, und seine Stimme war nun voller Argwohn. »Dieser Mann ist ein Feigling, und selbst jetzt stinkt er vor Angst. Niemals würde er es wagen, seine Hand gegen mich zu heben, um mich zu töten. Außer ...« Der Araber machte eine kleine Pause, bevor er weitersprach. »... außer man hat ihn gekauft.«

Er zischte ein paar Worte in seiner Sprache. Daraufhin bückte sich der Berber und tastete dem Mönch mit geübten Fingern über den Körper. Dabei schien er etwas gefunden zu haben. Er zerrte an einem breiten Gürtel aus dickem Stoff und durchtrennte ihn mit einem Streich seiner Waffe. Er richtete sich wieder auf und reichte den Gürtel seinem Anführer. Yusuf riss den Stoff auf, und eine Anzahl Münzen fielen auf den Boden. Sogleich begannen sich die Knechte ringsum nach dem Geld zu bücken.

»Also doch! Wer gab dir diese fette Börse, Thassos?«

Der Mönch stöhnte erneut und schloss wieder seine Augen.

»Wer hat dich gekauft?«

Thassos antwortete nicht, aber er stöhnte leise.

»Rede, Thassos! Rede!«

Der Mönch schwieg und knirschte mit den Zähnen. Er musste große Schmerzen haben. Da beugte sich der Araber ein wenig über ihn. »Hör zu, du Missgeburt! Du weißt, dein Leben ist verwirkt, aber ich schenke es dir, wenn du mir sagst, wer dich für diese Tat bezahlt.«

Thassos versuchte, sich aufzurichten, aber es gelang ihm nicht. »Du lässt mich am Leben?«, fragte er auf einmal.

Der Araber nickte. »Du hast mein Wort. Alle Herren hier sind Zeuge. Nun rede!«

Da trat Walter von Zwingenspiel plötzlich vor und sah erst auf Thassos und dann auf Yusuf. »Wartet! Der Kerl wollt Euch ans Leder. Wir sind Waffengefährten. Und nie lasse ich zu, dass meinem Waffengefährten ein Leid geschieht.«

Er hielt dem noch immer hilflos am Boden liegenden Mönch sein Schwert an die Kehle, lächelte den Araber in einer seltsam falschen Freundlichkeit an und stieß dann plötzlich zu. Der Mönch streckte noch einmal sein gesundes Bein und lag dann still. Langsam zog der Ritter die schwere Klinge zurück und sah in die Runde. Seine beiden Knechte, wie auch die übrigen Männer, hatten stumm zugesehen. Gwyn hielt sich bei dem Anblick beide Hände vors Gesicht.

»Eure Feinde, Herr Yusuf ibn al-Mansur, sind auch meine Feinde«, entgegnete der Ritter mit grimmigem Lächeln.

»Ihr werdet verstehen, Herr Ritter, dass ich Euch für diese Tat nicht danken kann«, zischte der Muslim eisig.

»Das erwarte ich nicht.«

Die beiden Männer sahen sich unverwandt an, und Gwyn erkannte eine kaum noch unterdrückte Wut im Gesicht des Arabers.

»Der Mann war mein«, sagte Yusuf schneidend.

»Er bedrohte Euer Leben.«

»Eure plötzliche Fürsorge verwundert mich.«

»Eure Feinde sind auch meine Feinde«, wiederholte Walter von Zwingenspiel mit aufreizend höflicher Stimme. Die Ritter ringsum senkten ihre Waffen, und Walter von Zwingenspiel ließ Yusuf einfach stehen. Er schritt um den kleinen Weiher herum zurück zu seinem Platz und begann sich anzukleiden.

Der Goldschmied hob eine der Münzen auf, welche die Knechte beim Einsammeln übersehen hatten. Und er wunderte sich sehr. Denn es war eine venezianische Goldmünze.

Von diesem Ereignis an war die Stimmung zwischen den beiden Gruppen gespannt. Nur aus Rücksicht auf den schwerverletzten Burgherrn unterblieb jeglicher Streit. So warteten die Männer geduldig auf eine Veränderung des Burgherrn. Die Ritter kehrten einen Tag nach dem Kampf zurück in die Burg. Yusuf und seine Männer aber wollte man nicht als Gäste dulden. Die Ausreden dafür waren billig, und der stolze Araber verstand. Mehr denn je bestand die Gefahr, dass aus den Waffengefährten plötzlich erbitterte Gegner, ja Feinde wurden. Yusuf fügte sich mit seinen Männern den Wünschen der Ritter, bestand aber darauf, dass nichts von der Beute in die Festung geschafft wurde. Wegen ihrer überstürzten Flucht hatten die besiegten Araber nicht nur das kostbare Zelt zurücklassen müssen, sondern auch weitere, reichliche Beute. Es fanden sich große Mengen kostbarer Stoffe, fein geknüpfte Teppiche, eine Reihe prächtiger Pferde und eine große Ziegenherde. Dazu kamen feiner Schmuck und reichlich silberne wie goldene Armreifen. Diese waren nicht nur Schmuck vieler Frauen, sondern Zeichen und Symbol von Reichtum oder auch die Mitgift für ein Mädchen, welches heiraten wollte, und nicht zuletzt Zahl- und Tauschmittel. Dies alles und große Mengen an verschiedenen Waffen, Schilde und Rüstungen verblieben im Lager. Dort verweilten auch Yusufs Männer und der Goldschmied. Den Ritter von Augheim behielten sie bei sich, denn er war noch immer nicht so weit genesen, dass er den Umzug in die knapp zwei Meilen entfernte Burg überstehen konnte. Seine Schulterwunde hatte sich entzündet, und ein Teil der Holzsplitter war noch in der Wunde. Yusuf schickte zwei seiner besten Leute aus, nach einem Medicus Ausschau zu halten. Oft waren in umherziehenden Pilgergruppen heilkundige Mönche oder gar kundige Frauen zu finden. Aber die Männer waren ohne Erfolg zurückgekehrt. Das Einzige, worauf sie alle hoffen konnten, war, dass immer dann, wenn der fiebernde Ritter wieder in tiefen Schlaf fiel, sie seinen Verband öffnen konnten, um die vielen Splitter aus der eitrigen Wunde zu ziehen. Doch dabei verlor er jedes Mal Blut, und die Gefahr, immer mehr geschwächt zu werden, wurde immer größer. So warteten und hofften sie die nächsten vier Tage.

Gerwulf vom Stein, der junge Ritter aus der Gegend um Brixen, war der einzige Pilger ohne eigenen Knappen. Ihm zur Seite stand nicht einmal ein Pferdeknecht. Nicht, dass niemand für ihn arbeiten wollte. Der Ritter vom Stein galt als stiller, angenehmer und frommer Mann, noch sehr jung und von ansprechendem Äußeren. Aber vom Stein war zu arm, um selbst die wenigen Groschen für einen Diener zu bezahlen. Alles, was der Mann bei sich trug, war sein bescheidenes Eigentum, und das war nicht viel: ein Kettenhemd, alt und viele Male ausgebessert, ein Schwert und ein Schild, zwei Paar Beinkleider und zwei Hemden. Eines mit langen und eines mit kurzen Ärmeln, ein Paar Reitstiefel aus Leder, allerdings ohne Sporen. Die hatte er vor Wochen bereits in Caesarea gegen Brot und Fisch, etwas Wein und einen Sack Hafer für sein Pferd getauscht. Selbst sein Pferd war nicht sein Eigen. Es gehörte von Zwingenspiel, der es ihm nur geliehen hatte. Jetzt kniete der Ritter in dem prächtigen Zelt vor dem Lager des Burgherrn und pflegte den Mann.

Gwyn, der mit seinen Vorbereitungen für die Arbeit am Schwert des Arabers beschäftigt war, ließ sein Werkzeug immer dann liegen, wenn es darum ging, Gerwulf vom Stein mit helfender Hand zur Seite zu stehen. So kamen sie sich näher, und Gwyn lernte bald die bescheidene und höfliche Art des Ritters schätzen.

Zusammen hatten sie den Burgherrn verbunden. Dabei war der Mann bei Bewusstsein gewesen, hatte ein paar Dankesworte gemurmelt, um gleich wieder in tiefen Schlaf zu fallen. Aber Gwyn und Gerwulf waren beide guter Dinge. Die schreckliche Wunde begann, sich zu schließen. Wohl waren nicht alle Splitter der geborstenen Lanze aus dem Fleisch gezogen, aber alles, was sie mit einfachen Geräten fassen konnten, hatten sie gemeinsam aus der Wunde entfernt. Was jetzt noch verblieb, waren winzige Holzfasern, die mit bloßem Auge kaum noch zu sehen waren. Alles Weitere würde eine Operation nötig machen, für die sie keinerlei Wissen und Gerät hatten. Sie hofften sehr, dass Bracko doch noch einen Medicus finden würde.

Nun war er zurückgekommen, aber allein. Darauf war er mit einem Teil der Männer auf Jagd in die umliegende Gegend gezogen. Ein Rest Männer bewachte das Lager und hoffte insgeheim auf die rasche Genesung des Burgherrn. Denn nur er konnte die Beute verteilen, und nur er konnte die Verpflichtung des Waffenganges beenden. So verlangte es das Gesetz der Ritterschaft.

»Ich denke, er wird bald gesunden«, stellte Gwyn fest, »nun schläft er tief und ruhig seit letzter Nacht. Und er hat wieder Appetit.«

Der Ritter Gerwulf nickte und riss einen handbreiten Streifen weißes Leinen ab, um die Schulter des Mannes einzubinden. »Ja, das Fieber ist auch gefallen. Ein gutes Zeichen. Der Herr ist mit uns«, meinte der Ritter.

Gwyn murmelte ein Amen und schlug mit der Hand ein Kreuz.

»Herr Gerwulf, erlaubt mir, Euch etwas zu fragen«, sprach Gwyn.

»Nur zu …«, antwortete der Ritter.

»Wie kommt es, dass ein Mann wie Ihr dem Herrn von Zwingenspiel dient?«

»Ich diene ihm nicht. Ich bin sein Waffengefährte und folge ihm als Gefolgsmann«, verbesserte der Ritter. Er begann, die blutigen Reste des alten Verbandes in eine Tonschale zu schichten, dann entzündete er den Inhalt und stellte das Gefäß vor den offenen Eingang des Zeltes. Er wartete stumm, bis aller Stoff verbrannt war und nur noch ein Rest schwarzer Asche übrig blieb. »Als Gefolgsmann bin ich einem Ritter nur Wort und Tat schuldig, die meine Ehre als Ritter gutheißen. Der von Zwingenspiel führt unsere Pilgerschar nach Jerusalem.«

»Er ist ein strenger Anführer«, bemerkte Gwyn.

»Wohl ist er das. Aber er ist der Mann, der uns alle wieder nach Hause geleiten wird.«

»Eure höflichen Worte ehren Euch …«, begann Gwyn.

Der Ritter winkte mit einer Handbewegung ab. »Ich

schulde dem Herrn von Zwingenspiel Respekt, bis meine Pilgerfahrt zu Ende ist.«

»Ihr kehrt nach Hause, wenn …?« Gwyn zögerte nun einen Moment. Was er wissen wollte, war sehr persönlich und fast schon ein wenig neugierig.

»Herr Carlisle, ich will gern mit Euch ein paar Worte reden. Eure Gesellschaft ist mir sehr angenehm. Aber erlaubt, wir machen es uns recht bequem dort drüben auf diesen Kissen und trinken einen Schluck Wein. Dies muss wohl besser sein, als hier zu sitzen und das Wort nicht laut zu richten.« Der Ritter deutete auf den schlafenden Burgherrn.

Sie erhoben sich beide leise. Während Gwyn zwei Becher mit rotem Wein füllte, welchen die Belagerer zurückgelassen hatten, wusch der Ritter Gerwulf sich in einer Schale mit frischem Wasser langsam die Hände. Gwyn beobachtete ihn dabei. Alles, was dieser Ritter tat, tat er bedächtig und voll wacher Aufmerksamkeit. Wäre er nicht in seiner Rüstung, immer angetan mit einem Dolch und seinem Schwert, so hätte Gwyn ihn für einen Gelehrten halten können. Nichts an der Art des Gerwulf vom Stein hatte etwas von einem Kämpfer und Ritter. Auch Gwyn sah sich suchend nach frischem Wasser um. Gerwulf bemerkte dies und ergriff einen Krug und ein weißes Tuch, und Gwyn verstand. Das Wasser war angenehm kühl. Dann nahmen beide Männer bequem Platz.

Gerwulf begann zu erzählen: Er war der jüngste von drei Söhnen eines kleinen Lehnsherrn, der bescheiden ein befestigtes Haus seine Burg nannte. Dort bestimmte der Burgherr im Stande eines Grafen über drei Dutzend Bauern und ihre Familien in einem Tal. Das Lehen war zu klein, um drei Brüdern eine sichere Zukunft zu gewähren. Gerwulf blieb nur die Möglichkeit, sich als Ritter bei einem Lehnsherrn zu verdingen oder gemäß der Familientradition einmal nach Jerusalem, an die heiligen Stätten der Christenheit zu pilgern, dort zu beten und dies stellvertretend für seine Familie zu tun. Wann seine Rückkehr beginnen sollte, wusste niemand zu sagen. Am allerwenigsten der Ritter Gerwulf vom Stein.

»Wenn Eure Pilgerfahrt zu Ende, was gedenkt Ihr dann zu tun?«, wollte Gwyn wissen.

»Ich gehe zurück nach Brixen.«

»Das ist weit.«

»Wohl ist es das«, seufzte Gerwulf.

»Plagt Euch auch manchmal das Herzeleid, wenn Ihr an zu Hause denkt?«, wollte Gwyn wissen.

»Ja, aber es ist nicht nur das Heimweh. Hab dort einer lieben Maid versprochen, dass ich wiederkehre.«

Für einen Moment musste Gwyn an seine eigene Vergangenheit denken. Auch auf ihn warteten in Britannien eine Frau und ein Kind. Und in Gedanken war er bei einer weiteren Frau, die ihm und seinem Eheweib geholfen hatte. Und dieser Frau war er genauso zugetan, wie ihn die Sehnsucht nach seiner eigenen Frau immer mehr bewegte. Er schüttelte den Kopf ein wenig, als ob er die Gedanken daran gleich verdrängen konnte.

»Erzählt mir von ihr … Herr Gerwulf«, bat Gwyn freundlich.

Und der Ritter strahlte plötzlich über sein ganzes Gesicht und ließ sich nicht lange bitten. »Sie ist eine reizende Maid. Ein engelsgleiches Wesen, wenn Ihr Euch dies vorstellen könnt. Ihr Gesicht ist gar fein, und dazu hat sie herrliches Haar, blond und mit Locken, eben wie ein Engel. Ohne Tadel ist ihr Mund, ihre Nase, ihre Wangen, ja alles, was sich so schauen lässt. Dazu einen Busen fein und ihre Hände wie aus schneeweißem Bein.«

»Ihr seid Euch versprochen?«

»Noch nicht, Goldschmied, noch nicht. Hab ihren Vater

noch nicht um ihre Hand gebeten. Aber ich kenne ihn gut, und so hoff ich sehr, dass er mich anhört.« Gwyn nickte zum Verständnis. »Aber wir sind uns allen Glücks gewiss. Ich sah sie jeden Tag, heimlich, müsst Ihr wissen, bevor die Pilgerfahrt begann. Seht her, was ich von ihr habe.« Er griff in den Kragen seines Waffenrockes, und seine braungebrannte Hand verschwand fast darunter, und zog ein langes grünes Band aus Seide hervor. Frauen verwendeten es gerne, um ihr Haar damit zu binden oder ihre Hauben züchtig zu befestigen.

»Das gab sie mir zum Abschied. Sie wollt es wiederhaben, wenn ich zurückkehr, und dann tragen bis in alle Ewigkeit.« Der Ritter legte eine kleine Pause ein, und sein Arm mit dem Becher in der Hand machte eine weit ausholende Geste. »Ich habe gekämpft, und ich weiß um meinen Anteil an der Beute.« Jetzt lächelte der Mann versonnen. »Dann, Herr Carlisle, kauf ich ein Lehen bei Disentis. Es ist nicht groß, aber es ist ein liebliches Land mit fettem Boden, Wäldern und viel Wasser. Der jetzige Herr dort ist alt. Er hat keine Nachkommen, und die Herzöge der Lombardei brauchen Geld. Als Ritter führ ich den Titel eines Grafen vom Stein und hab meinen eigenen Boden. Und ich bin noch jung genug für ein Lehen.«

Er nahm einen tiefen Schluck, und Gwyn sah an dem zufriedenen Gesichtsausdruck des Mannes, wie gut er sich sein weiteres Leben bereits zurechtgelegt hatte.

»Was glaubt Ihr, haben wir große Beute gemacht?«, fragte Gwyn.

»Ja, dies haben wir. Und darum freut es mich tief im Herzen so sehr. Es wird genug sein, dass ich beim Herrn von Zwingenspiel keine Schulden mehr habe. Denn jedes Brot und jeden guten Schluck zahlt er mir. Aber nun zahl ich die Fahrt heim nach Genua aus meiner eigenen Börse.« Jetzt strahlte der Ritter sichtlich zufrieden und sah den Faber an und nickte ihm zu. »Aber wir reden nur von mir. Was ist mit Euch? Erzählt mir von Euch, Herr Carlisle.«

Gwyn nickte, trank noch einmal einen Schluck aus seinem Becher und begann dann zu erzählen. »Ich bin ein Goldschmied aus Britannien, ein Meister meines Fachs. Hab gelernt, in vielerlei Art und Weise zu schmieden. Das Handwerk ist mein Leben. Hab ein Gelübde getan und mein Heim verlassen. Will nicht darüber reden. Bin im Land der Deutschen gewesen und nach Venedig gegangen. Der Rat der Stadt schickte mich aus, um Handelsplätze hier an der Küste wie anderswo im Land der Muslime zu bitten. Aber jetzt sind die Boten tot …« Gwyn schwieg, denn wie sollte er dem Ritter begreiflich machen, dass all seine Pläne nichts mehr wert waren? Wie sollte er ihm darüber berichten, dass an eine Heimreise nach Britannien, in die Stadt Bath, in der er lebte, im Augenblick nicht zu denken war, solange er seinen Auftrag nicht erfüllt hatte?

»Der Sultan will sicher wissen, was aus seiner Botschaft geworden ist. So wie es Yusuf sagte, so schlimm wird es wohl nicht sein. Es werden neue Boten kommen …«, antwortete der Ritter Gerwulf tröstend.

Gwyn schüttelte den Kopf. »Nein, Herr Gerwulf, der Mann hat recht. Der Sultan ist ein mächtiger Herrscher. Er wird diese Schmach nicht vergessen. Es schmerzt mich sehr, zu wissen, dass dieser feige Mord Anlass sein könnte für einen neuen Krieg.«

»Mord? Ihr glaubt wirklich, der Tod der beiden Boten, … es geschah mit schändlichem Vorsatz?«, fragte der Ritter.

Gwyn nickte heftig. »Ihr wisst um den Versuch, Yusuf zu töten. Thassos, der Unglückselige. Jemand hat ihm venezianisches Geld gegeben. Warum? Wo war der Mönch all die Zeit? Warum folgte er uns? Woher sollte er wissen, wo sich Yusuf und seine Männer aufhalten? Und wer sollte Absicht haben, dass Venedig und Ägypten nicht Handel treiben? Seht Euch um. Wie viele Eiferer im Glauben es gibt! Wie viele sind blind vor lauter Hass, und doch glauben sie so innig an ihren Gott. Es sind schon so viele gestorben, und gebe Gott, dass es nicht stimmt, aber ich denke wohl, es sind nicht die letzten Seelen gewesen.«

Gwyn bemühte sich, seiner Stimme nicht zu viel Düsternis zu geben, aber es gelang ihm nicht. Zu viel Ungereimtheiten hatten die Ereignisse um das versuchte Attentat reichlich verworren gemacht. Aber eine seltsame Absicht stand hinter alledem. Nach diesen Worten schwieg er lange, und der Ritter Gerwulf vom Stein wagte nicht, weitere Worte an ihn zu richten. Aber er sah, wie der Goldschmied über etwas nachdachte, was ihn sehr beschäftigte. »Ich gehe nach Bagdad und bringe dem Sultan von Ägypten die Botschaft der Stadt Venedig, die Bulle des Papstes und …«, sagte Gwyn auf einmal.

»Halt ein, Faber, halt ein«, unterbrach ihn der Ritter Gerwulf vom Stein. »Er wird Euch nicht anhören. Zudem ist der Weg lang und gefährlich.«

»Ich werde tun, was ich tun muss, denn es ward mir aufgetragen.« Gwyn war über sich selbst ein wenig erstaunt, über die Zielstrebigkeit und noch mehr über seine eigenen Worte. Er wusste um die Größe dieser Aufgabe. Und noch viel mehr wusste er um die Zeit, die er für dieses Unternehmen brauchen würde. Seine Hoffnung, in die Heimat zurückzukehren und Agnes, sein Kind, den kleinen Peter, und vielleicht auch Glenda wiederzusehen, würde nicht so bald erfüllt werden. Aber diese Aufgabe war ihm von Venedig übertragen worden. Und er hatte feierlich und unter Eid zugesagt, diese Mission für die Stadt zu tätigen.

8

Der Ritter Walter von Zwingenspiel sprach wie gewohnt mit seiner lauten und dröhnenden Stimme. »Trotz Gottes Güte, die den Ritter genesen lässt, werdet Ihr verstehen: Wir können nicht länger warten. Wollen weiter nach Kapernaum und dann nach Jerusalem, um dort zu beten und unser Gelübde zu erneuern. Wir sind christliche Ritter, keine Söldner ohne Ziel und Weg«, erklärte von Zwingenspiel.

So laut der Ritter in seiner Rede war, so grob seine Manieren, so verstand er es immer wieder, seine Zunge genau dann zu spitzen, wenn es darum ging, gegen Yusuf ibn al-Mansur ein Wort zu richten, um ihn und seine Männer mit schmähenden Worten zu treffen. Der Ritter saß auf einem Sessel, und seine Männer umstanden ihn und schwiegen. Aber ihre Mienen waren zustimmend. Yusuf saß drei, vier Schritte ihm gegenüber im Schneidersitz auf dem Boden. Fennek und Bracko standen in kurzem Abstand neben ihm. Zwei Schritte hinter ihnen die übrigen Söldner. Aber nur der Araber war in diesem Moment Zoll für Zoll ein Fürst und Anführer. »Ich diene dem Herrn von Augheim, bis er mich aus diesem Pakt entlässt. Und er ist noch nicht genesen«, bemerkte Yusuf kühl.

»Das weiß ich selbst sehr wohl. Aber ich sagte es bereits. Wir sind Pilger und weilen bald ein Jahr in diesem Land. Auf mich wartet ein Lehen, ein Weib, und auf die übrigen Ritter auch.«

Gwyn blickte bei den letzten Worten schnell auf Gerwulf vom Stein und sah, wie der Mann die Augen schloss und für einen Moment selig lächelte. Der Ritter war wohl durch die Worte des Churers einer kurzen, süßen Erinnerung erlegen.

»Wie, Herr von Zwingenspiel, würdet Ihr die Verteilung der Beute vornehmen? Habt Ihr darüber bereits nachgedacht?«, wollte Yusuf wissen. Nach diesen Worten war es still auf dem Platz vor dem mächtigen Zelt des geflohenen Scheichs Osman.

»Das kann ich Euch sagen«, entgegnete der Ritter und zog dabei ein Pergament aus dem weiten Ärmel seines Waffenrockes.

Die Männer um Yusuf blickten auf ihren Anführer, und die Verwunderung war in jedem Gesicht zu sehen. Der Churer hatte also längst in aller Heimlichkeit begonnen, die Beute zu teilen! Er entrollte den Bogen und blickte erst in die Runde, bevor er das Geschriebene verlas. »Jeder Mann erhält einen Anteil im Wert von 100 Dirham.«

»Hurra …!«, riefen seine Knechte.

»Ruhe, ihr Hundsfötte!«, schrie von Zwingenspiel laut. Als die Männer wieder schwiegen, las er weiter. »Ritter und Anführer wie auch Männer von Adel die doppelte Summe in Gold, Silber oder gleichem Wert in Sachen. Dazu erhalten die christlichen Ritter einen Anteil im Gegenwert von weiteren 100 Dirham. Einmal als Faustgeld für die Hilfe, welche dieser Burg zuteil, und dann als Entschädigung dafür, dass alle Ritter mit eigenem Boden, welche sich innerhalb der Festung geflüchtet, keinen Zehnten erhalten, mindestens aber eine Ernte verloren haben und zudem auch den Verlust ihrer Knechte und Tiere ausgleichen müssen.«

Diese Forderung war nicht unüblich, aber der zusätzliche Anteil der christlichen Ritter dreist in seiner Höhe. Die Männer ringsum murmelten. Yusufs Männer schienen unruhig. Sie sahen auf den Araber, der noch immer unbeweglich und ohne Regung dasaß. Der Ritter von Zwingenspiel begann, höhnisch zu grinsen.

»Mir scheint, dies erregt den Unmut Eurer Knechte, Yusuf ibn al-Mansur. Aber seid versichert, ich pflege über derlei Anteil meiner Beute nicht mit einem Knecht zu reden.«

»Was entspricht dem Gegenwert von 100 Dirham?«, wollte der Araber wissen. Seine Stimme blieb kühl und sachlich, und niemand konnte erkennen, in welcher Verfassung sich der stolze Araber befand.

»Diese Summe entspricht etwa diesem Zelt samt Inhalt. Und ich war es, der es als Erster eroberte. Der Abdruck meiner Hand, welche voll Blut, ist noch am Eingang zu sehen. Erinnert Euch an unsere Abmachung.«

»Ihr wollt sagen, dies Zelt sei Euer?«, fragte Yusuf.

»Genau, wie Ihr sagt – mein. Aber seid versichert, der Inhalt ist gerade gut genug, damit ich meine Vasallen und Knechte davon mitbezahlen werde. Ihr werdet keine Kosten haben.«

»Und was, Herr Ritter von Zwingenspiel, habt Ihr als *meinen* Anteil der Beute gedacht?«

»Weiß noch immer nicht, was Ihr seid? Söldner oder gar … einerlei. Ihr versteht Euch auf den Handel, und da in dieser Gegend der Handel mit Sklaven so manche Börse füllt, warum nicht die Eure, Yusuf ibn al-Mansur? Mein Angebot: Ihr sollt alle Gefangenen haben. Für jeden Mann und jedes Weib, die seit unserem Sieg in Gefangenschaft verstorben sind, eine Ziege oder zwei Schafe.«

Die Männer um Yusuf begannen nun, lauter zu murren, und der Zorn war spürbar wie ein kalter Lufthauch. Längst war allen Anwesenden klar, dies war keine Verteilung mehr, sondern der Ritter wollte den Araber mit der Nennung seines Anteils beleidigen und demütigen, mehr noch, ihn vor seinen Männern zum Gespött machen. Eine solche Verteilung anzunehmen, bedeutete die Unterwerfung.

Die Ritter um den Churer waren wohl nicht alle einverstanden, denn ehrenvoll war dieses Angebot an ihren Waffengefährten und seine Männer wahrhaftig nicht. Aber sie waren dem Churer im Wort und auf Ehre verpflichtet. So griffen sie nach den Schwertern, und es sah ganz so aus, als würden jeden Moment beide Parteien aufeinander losgehen. Gwyn fiel kein besänftigendes Wort mehr ein. Der Vorschlag der

Verteilung war zu grotesk gewesen, obwohl sich Gwyn erst nicht unzufrieden gefühlt hatte. Er wusste noch nicht, ob man seine Dienste als Knecht oder als Ritter einschätzen würde. In beiden Fällen aber hätte er gewonnen. 100 Dirham in Gold waren eine stolze Summe, von der ein Mann mit seiner Familie lange und gut leben konnte. In dieser Gegend konnte man sich ein gutes Haus mit Dienstboten kaufen oder gar eines dieser Güter, welche die Römer noch lange Jahre nach dem Fall Roms behalten hatten. Ihre Nachkommen bauten heute noch Wein und Oliven an und lebten gut davon. Gwyn hatte lange nichts mehr verkauft, und mit dieser Summe konnte er unbesorgt bis Bagdad weiterreisen.

Aber alle wartenden Männer ringsum wussten, der Araber konnte und durfte sich dies nicht gefallen lassen. Und so schwiegen sie erwartungsvoll, als er zu antworten begann. »Herr Ritter von Zwingenspiel, Euer Vorschlag erscheint mir in manchen Punkten nicht recht fein. So denke ich, werden wir doch warten, bis der Herr von Augheim gesundet ist. Dann soll *er* noch einmal über die Verteilung entscheiden.«

Yusufs Männer und, wenn auch verhalten, etliche von den Männern um den Churer nickten zustimmend. Aber Walter von Zwingenspiel grinste nur böse und schüttelte dann energisch den Kopf. »Ich sagte Euch schon, wir sind Pilger. Wir können auf die Gesundung des Herrn von Augheim nicht warten, auch wenn ich wer weiß was gäbe, würde er so rasch wie möglich genesen. Wir nehmen unseren Anteil und ziehen weiter.«

»Ist dies Euer letztes Wort, Herr von Zwingenspiel?«, fragte Yusuf ibn al-Mansur, und alle hielten unwillkürlich den Atem an.

»Wohl mein letztes Wort … Muslim«, knurrte der Ritter verächtlich.

Da schloss der Araber seine Augen, sog langsam die Luft ein, und jeder sah, wie sich sein Brustkorb füllte, und er begann zu sprechen. Als er antwortete, sprach er ruhig und ohne bösen Ton, und seine Stimme war nicht lauter als sonst, aber sie war von jener gefährlichen Kühle, die nichts Gutes verhieß, wenn Yusuf ibn al-Mansur so sprach. »Herr Walter von Zwingenspiel: Meine Männer wie auch der Prophet sind Zeuge. Viel zu lange habe ich mir Eure Beleidigungen und Bosheiten, gesprochen von Eurer falschen und bösen Zunge, angehört. Ihr führt etwas im Schilde, von dem ich noch nichts weiß. Aber seitdem Ihr Thassos erschlagen habt und mich Eure falsche Fürsorge beleidigt hat, widert mich Euer Anblick an. Die Pest soll Euch holen, Ritter. Verfault bei lebendigem Leib. Ab jetzt sind wir keine Waffengefährten mehr, sondern Feinde auf Leben und Tod. Dies wollt ich Euch sagen.«

Gwyn schluckte nach diesen Worten, und er schmeckte einen schalen Geschmack. Er wusste um den unversöhnlichen Hass der beiden Männer. Der Ritter grinste noch immer höhnisch. »Yusuf ibn al-Mansur, es ist an der Zeit, Euch die Sitten der christlichen Ritterschaft beizubringen.«

Der Ritter zog seinen Handschuh aus und warf ihn vor sich auf den Boden. Dann setzte er sein Schwert an und schleuderte den Handschuh mit einer Bewegung hin zu dem noch immer reglos sitzenden Araber. Die Bewegung war heftig gewesen, und die Hentze traf den Mann an der Brust, bevor sie in seinem Schoß liegen blieb. Bracko und Fennek stießen zur gleichen Zeit einen Wutschrei aus und rissen beide ihre Schwerter heraus. Aber Yusuf streckte links und rechts seine Arme aus und rief kurz einen Befehl in arabischen Worten. Daraufhin traten die beiden Männer zurück und ließen ihre Waffen sinken.

»Ich kenne Eure Gebräuche, Herr von Zwingenspiel! Ihr habt mich soeben gefordert. Vor Zeugen. Ich nehme diese Forderung an. Wann immer Ihr es wünscht, werden wir kämpfen.«

Selbst jetzt blieb der Araber höflich. Obwohl er es war, den der Churer beleidigt hatte, ließ er dem Christen den Vortritt und die Wahl der Waffen. Der Ritter blickte noch immer grimmig, nickte und wollte antworten. Da trat auf einmal Gerwulf vom Stein zu ihm und flüsterte lange mit ihm. Gwyn sah, wie sich die Miene des Ritters zu seinem bekannten, höhnischen Grinsen veränderte und wie er beifällig nickte, als vom Stein geendet hatte und wieder einen Schritt zurücktrat. Er dachte einen Moment nach, und dann sprach er. »Hört, ich bin Ritter und Landgraf von Chur, Erster in der Erbfolge derer von Zwingenspiel und Herr über das Lehen von Zwingenspiel. Mein Stand erlaubt es mir, einen Stellvertreter für Eure Forderung zu wählen. Der Herr vom Stein wird auf eigenen Wunsch diesen Kampf fechten und dabei meine Farben tragen.«

Gwyn war überrascht. Was der Churer da tat, war erlaubt, wenn auch in solch einem Fall eher ungewöhnlich. Aber es passte mehr und mehr in das Bild des hochmütigen und despotischen Mannes.

»Der Herr Gerwulf vom Stein?«, fragte Yusuf ruhig.

»Ja, er ist mir wie ein Sohn«, antwortete der Churer höhnisch.

Der Araber nickte. »Damit bin ich einverstanden.« Er wandte sich an den Ritter, der neben den von Zwingenspiel getreten war. »Welche Waffe wollt Ihr führen, Herr Gerwulf?«, fragte der Araber freundlich.

»Das Schwert, Herr ibn al-Mansur. Mein Schwert und einen Schild. In den Farben des Herrn Walter«, antwortete Gerwulf.

»Ich bin einverstanden, Herr vom Stein. Und wann wollt Ihr gegen mich reiten?«

Der Ritter vom Stein blickte noch einmal auf seinen Anführer, dann für einen Moment auf Gwyn, der nur ungläubig den Kopf schüttelte. Aber der Ritter schien es nicht wahrgenommen zu haben und sah dann Yusuf an. »Sogleich, wenn es Euch beliebt, Herr Yusuf ibn al-Mansur.«

»Auch damit bin ich einverstanden, Herr vom Stein.«

Der Ritter nickte.

Yusuf erhob sich behende, und seine beiden Vertrauten traten näher an ihn heran. »Herr von Zwingenspiel, ein Wort noch.«

»Ja …?«

»Auf meine Ehre und damit auf Leben und Tod!«

»Auf Leben und Tod!«, nickte der Ritter grimmig und sah auf seinen Vertreter in diesem Waffengang.

Der nickte still und wirkte in diesem Moment so einsam und fehl am Platze wie kein Mal zuvor in ihrer gemeinsamen Zusammenkunft.

»Auf Leben und Tod, ihr Herren.«

Gwyn war verwirrt über die Entscheidung des Ritters vom Stein. Und zugleich war er zornig über die Haltung des Churers, obwohl er wusste, wie sehr sich der Mann im Recht befand bei seiner Entscheidung, sich für einen solchen Kampf einen Vertreter zu wählen, der seine Interessen vertrat, notfalls auf Leben und Tod.

Die übrigen Männer hatten sich abseits gestellt. Außer den Waffenknechten war niemand bei den beiden Kämpfern. Yusuf schnürte sich ruhig und ohne Hast seinen ledernen Brustpanzer. Fennek stand bei ihm und reichte ihm seine Waffen, half ihm, die ledernen Riemen zu binden, und befestigte die kleinen Sporen an der Ferse der Stiefel. Bracko zog den Sattelriemen von Yusufs Pferd enger. Gwyn aber trat neben den Ritter Gerwulf, denn der hatte keinen eigenen Waffenknecht. Er rüstete sich ohne Hilfe. Seine Waffe, das Schwert, prüfte er selbst. Plötzlich blickte er auf und lächelte den Goldschmied freundlich an. »Herr Carlisle, wärt Ihr so freundlich und würdet mir bei meinem Schild ein wenig helfen?«

Er trug das Kettenhemd über seinem Hemd. Die kapuzenartige Kopfbedeckung hing ihm schwer in den Nacken. Er schwitzte nicht, und seine Bewegungen waren von jener Ruhe und Gelassenheit, die Gwyn so sehr an diesem Mann schätzte. Da lag der große Schild des Ritters. Darauf befand sich das Kreuz, das bekannte Zeichen aller Kreuzritter, wie all der Ritter, die in das Heilige Land pilgerten und dabei ihre Waffen führten. Doch dieser bevorstehende Kampf stand nicht im Zeichen des Kreuzes. So war der Ritter vom Stein berechtigt, seine oder stellvertretend die Farben seines Lehnsherrn zu führen. Der Schild war gekalkt worden. Mit einem Schwamm aus getrocknetem Werg war es leicht, den dünnen Firnis mit einer Mischung aus Essig und ein wenig Wasser abzureiben. Gwyn tat dies so lange, bis das Wappen des Churers zum Vorschein kam: Blutrot der Grund des Schildes, in einer Hälfte ein weißes Kreuz, in der anderen Hälfte ein schwarzer Greif, der eine Laute wie nach einem soeben beendeten Spiel in seinen Fängen hält.

Er hasste diese Farben von diesem Augenblick an.

Der Ritter Gerwulf öffnete den Lederriemen, mit dem der Helm unter dem Kinn geschlossen wurde.

»Warum Ihr?«, fragte Gwyn plötzlich.

»Ich versteh Eure Frage nicht, Herr Carlisle?«

»Warum kämpft *Ihr*, für ihn …?«

»Nun …«, hub der Ritter an, aber Gwyn unterbrach ihn leidenschaftlich.

»Das ist eine Sache zwischen dem Araber und dem Herrn Walter!«

»Nein, Gwyn, das denkt Ihr.«

»Wohl, Herr Gerwulf. Jeder hier weiß dies. Zu viele böse Worte sind zwischen Yusuf und dem Ritter gefallen.«

»Gwyn, es ist mehr als ein Waffengang für mich.«

Er trat näher an Gwyn und fasste ihn freundschaftlich am Arm.

»Herr Carlisle, wisst Ihr, wie gern ich ein Künstler geworden wäre? So wie Ihr? Aber die Tradition unseres Hauses verlangt, dass alle männlichen Nachkommen die Ritterschaft anstreben. Herr Carlisle, das Wertvollste in meiner Familie ist unser Name, den einst mein Urahn von Karl Martell in der Schlacht um Tours erhalten hat. Das Schwert meines Ahnen und sein Schild hängen seitdem als Symbol unserer Familie in der Halle meines Elternhauses.«

»Warum erzählt Ihr mir das?«

»Weil ich heute frei sein werde! Frei, Herr Carlisle!«

Der Ritter strahlte. Seine Augen leuchteten vor Freude und Glück, dessen Grund sich der Goldschmied angesichts des bevorstehenden Kampfes nicht erklären konnte.

»Erinnert Euch: Was erzählte ich Euch über meine Liebe, die zu Hause auf mich wartet?«, fragte der Ritter mit strahlendem Lächeln.

»Ihr Gesicht, … gar fein und … dazu hat sie Engelshaar, ganz blond. Ohne Tadel ist ihr Mund, ihre Nase, ihre Wangen …«

»Ja, Gwyn, ja …« Gerwulf wandte sich ein wenig zur Seite, und sein Kopf nickte in die Richtung des noch immer wartenden Ritters aus der Gegend um Chur. »Da seht, dort sitzt der Vater meiner Braut.«

»Er …?« Gwyn begann zu stottern. Dann schloss er die Augen und schüttelte den Kopf. Wie blind war er gewesen! Jetzt wurde ihm alles bewusst, schienen ihm die Zusammenhänge zwischen dem Ritter Gerwulf und dem Ritter aus der Gegend um Chur klarer. Jetzt wusste er auf einmal, warum Gerwulf um diesen Kampf bat. Und Gwyn spürte für einen Moment eine seltsame Sorge, dem Yusuf ibn al-Mansur wie auch dem jungen Gerwulf könne bei diesem Kampf ein Leid geschehen.

Aber vom Stein lachte plötzlich, und es klang fröhlich. »Ja, der Ritter ist mein Nachbar. Versteht Ihr jetzt?« Bevor Gwyn antworten konnte, sprach Gerwulf weiter. »Ich war sein Page, diente an seinem Tisch. Dann ward ich sein Waffenknecht und sein Schildknappe. Er selber schlug mich zum Ritter. Aber er tat's, weil ich mir den Stand verdient hatte und er nicht anders konnte. Goldschmied, heute werd ich frei sein, und ein neues Leben beginnt für mich.« Gerwulf zog den Gürtel um sein langes Gewand etwas enger. Dann sprach er weiter. »Ich tu dem von Zwingenspiel einen Dienst. Dafür muss er mir auch einen tun. Er muss mir seine einzige Tochter geben. Mir, dem Gerwulf vom Stein.«

Er lachte und zog sich das Kettenhemd langsam über den Kopf, so dass es nur noch Augenbrauen, die Augen und ein wenig vom Mund unbedeckt ließ. Der Rest verschwand unter dem fein geschmiedeten, eisernen Hemd, zusammengefügt aus vielen Kettengliedern, geschmiedet von kundiger Hand eines Waffenschmiedes, geschneidert als ein besonderes Gewand für einen Ritter. Gerwulf streifte sich eine Kappe aus dickem Tuch über den Kopf. Dies sollte den Helm sicher halten und den Schlag schwerer Hiebe auf den Kopf mildern. Er streckte die Hand aus. »Mein Helm, ich bitt Euch, Herr Carlisle …«

Gwyn nickte. Er trat näher und setzte dem Ritter den Helm auf, langsam, so als wäre der Helm eine Krone. Dann schnürte er den Kinnriemen fest. Der Ritter griff den Helm und bewegte ihn. Er saß fest. So schien er zufrieden und nickte.

»Gott mit Euch, Herr Gerwulf«, sagte Gwyn auf einmal.

»Lasst den Herrn, und erlaubt mir, Euch Gwyn zu nennen.«

»Natürlich …«

Da umarmte ihn der Ritter plötzlich, drückte ihn an sich und hielt ihn für einen Moment fest, bevor er zurücktrat.

Noch einmal richtete er sein Schwert. Gwyn fühlte, wie ihn ein Unbehagen beschlich, von dem er nicht wusste, was der Grund dafür war. Beide Kämpfer, Yusuf wie Gerwulf, waren ihm angenehm, jeder für sich in einem besonderen Maß. Für keinen von beiden empfand er den Wunsch, er möge in dem Kampf unterliegen. Der junge Ritter wandte sich um und trat zu seinem Pferd. Er überprüfte noch einmal den Sitz des Sattels und tätschelte dann den Hals des Tieres. Dann saß er auf. Gwyn reichte ihm den Schild hinauf, und als die Sonne das Gesicht des Gerwulf beschien, strahlte der Ritter, und sein Gesicht war von einer glücklichen Vorfreude, so wie es Menschen an sich haben, wenn sie wissen, die Welt ist ihnen wohlgesinnt und gehört für einen Moment ihnen ganz allein.

Auch ibn al-Mansur war mit seinen Vorbereitungen fertig. Der Stolz des Arabers war weniger sichtbar. Gwyn spürte, dass es ihm nicht recht war, den Kampf gegen den jungen Ritter Gerwulf zu führen. Ihm ging es um einen anderen Gegner. Aber der saß da, beide Hände auf sein Schwert gestützt, unbeweglich, noch immer den Rest jenes höhnischen Lächelns im Gesicht, mit dem er zuvor gezeigt hatte, dass es ihm gelungen war, den Araber zu fordern, ohne sich dabei selbst stellen zu müssen und doch sein Gesicht zu wahren. Denn ein anderer nahm den Kampf für ihn auf. Sein ehemaliger Knappe und zukünftiger Schwiegersohn. Aber dies wusste der eitle Mann aus Chur noch nicht.

Alle wartenden Männer traten zurück und bildeten einen weiten Kreis. Der Araber hielt sein Pferd an einem Ende an. Des Ritters Pferd trabte zur anderen Seite, so als ob das Tier genau wusste, wo der Kampf zwischen den beiden Rittern beginnen sollte.

Dort angekommen, wendete der Gerwulf sein Tier. Er zog sein Schwert, hielt es mit geschlossenen Augen an seine Stirn und verharrte einen Moment lang. Wohl betete er zu Gott.

Der Ritter Rufus fungierte als Richter.

»Ihr Herren! Dies ist ein Kampf auf Ehre zwischen dem Ritter Walter von Zwingenspiel, der vertreten wird von dem Ritter Gerwulf vom Stein, und dem Ritter Yusuf ibn al-Mansur. Erlaubt sind Schwert und Schild. Ersatz für ein gefallenes Pferd oder für verlorengegangene Waffen gibt es nicht. Der Kampf endet mit der Niederlage eines der Streiter.«

Er wandte sich noch einmal in die Runde. Es war still, und die Männer verharrten regungslos. Die beiden Pferde tänzelten nervös. Yusuf ritt sein eigenes Tier. Eine prächtige braune Stute; ein junges elegantes Tier, nervig und schnell in seinen Bewegungen, gehorchte es seinem Reiter augenblicklich. Gerwulfs Pferd war ein typisches abendländisches Schlachtross. Es war ebenfalls ein noch junges Tier, aber gröber in seinem gesamten Abbild, gewohnt, ein schweres Gewicht zu tragen und dem Befehl seines Reiters sofort willig zu folgen.

»Ihr Herren, seid Ihr bereit?«, fragte Rufus laut.

Gerwulf nickte, und auch Yusuf deutete mit einem kurzen Kopfnicken an, dass er bereit wäre.

»Dann kämpft … jetzt!«, rief der Ritter.

»Mohammed, unser Prophet!« Der Araber schrie laut und stieß seinem Pferd die Fersen in die Seite. Wie ein Pfeil stob das Tier los und jagte auf den Ritter Gerwulf zu. Der kam nicht mehr dazu, einen Schlachtruf auszustoßen. Als sein Tier zwei Schritte gemacht hatte, war der Araber bereits neben ihm, und ein furchtbarer Hieb mit dem Scimitar wäre beinahe sein Ende gewesen. Dem Ritter gelang es gerade noch, seinen mächtigen Schild schützend hochzureißen und den Hieb so zu parieren. Gwyn sah, wie die Waffe des Arabers im Schild des Gerwulf eine tiefe Kerbe hinterließ. Doch der Ritter war nicht unbeweglich geblieben. Er stieß seinen Schild nach dem Araber. Der musste zurückweichen. Der Ritter setzte nach, und sein Schwert fuhr nun auf Yusuf nieder. Die

Klinge prallte an seinem rasch hochgerissenen Schild ab und streifte seine lederne Rüstung.

»Aaahhh …!« Dieser eine Schrei kam aus den Kehlen der wartenden Männer.

Der Ritter riss sein Pferd herum, gab seinem Tier die Sporen und galoppierte nun erstaunlich schnell auf die Seite des Kampfplatzes, von der vor einem Augenblick der Muslim losgeritten war. Dort wendete Gerwulf sein Pferd und hieß es auf der Stelle stehen. Auch Yusuf hatte sein Pferd auf der Stelle gewendet. Aber er griff nicht wieder als Erster an. Gerwulf ließ den Zügel fahren, hielt stattdessen in der einen Hand sein Schwert, in der anderen den blutroten Schild, stellte sich in den Steigbügeln zu voller Größe auf und schrie: »Für meine Maid Maria Annegret, die künftige Gräfin von und zum Stein!« Dann jagte sein Pferd los.

Gwyn glaubte, bei der Nennung des Namens seiner Dame beim Ritter von Zwingenspiel ein verblüfftes Gesicht gesehen zu haben, aber er war sich nicht sicher. Aber eines war zu sehen: Er lächelte auf einmal nicht mehr so wie zuvor, sondern sein Blick war mürrisch, so wie Gwyn ihn kannte.

Der Ritter vom Stein jagte auf den Araber los, der ebenfalls mit einem lauten Befehl sein Pferd antrieb. In der Mitte des Kampfplatzes trafen sie aufeinander. Gerwulf schwang sein Schwert, aber der Araber tauchte behende mit seinem Körper unter der gefährlichen Klinge hinweg und galoppierte davon. So jagten beide Pferde an die Enden des Kampfplatzes, um dort schnell zu wenden. Das Manöver begann erneut. Wieder wich der Araber dem gefährlich schnellen Schwerthieb mit einer sicheren Körperbewegung aus. Der Streich des Gerwulf ging ins Leere.

»Gib auf deinen Schild acht, Junge, deinen Schild …«, raunte der Ritter von Zwingenspiel.

Noch einmal probierte Gerwulf denselben Angriff. Diesmal stellte er sich im Sattel auf und trieb sein Pferd noch dichter an das Tier des Arabers heran. Damit sollte die Wucht des Schwertstreiches noch erhöht werden, außerdem war Gerwulf so ein wenig größer als der Araber, der nach wie vor aufrecht in seinem Sattel sitzen blieb.

Der Streich der Klinge war fürchterlich.

Aber er traf den Araber nicht.

Denn im selben Zug stieß der seinen eigenen Schild in die Höhe. Mit dem Rand traf er mit großer Wucht das Kinn des Ritters. Der Stoß war heftig genug, dass Gerwulf, für einen Moment benommen, mit einem plötzlichen Ruck aus dem Sattel fiel.

»Offene Deckung … das hast du nun davon …«, zischte Walter von Zwingenspiel halblaut vor sich hin.

»Du Dummkopf … wirst es nie lernen …«

Yusufs Männer aber feuerten ihren Anführer laut schreiend an. Das Pferd des Ritters war davongestoben und wurde erst am Rande des Feldes langsamer.

»Haltet es fest«, befahl der Ritter Rufus.

Ein Knecht griff nach den lose hängenden Zügeln des Pferdes und führte es zur Seite. Gerwulf aber war wieder auf den Beinen. Er wirkte etwas benommen, wohl durch den Sturz auf den Boden. Von seinem Kinn lief Blut herab. Möglicherweise hatte er sich bei dem Stoß in die Lippe oder Zunge gebissen oder gar ein paar Zähne eingebüßt. Aber dann stand er für einen neuerlichen Angriff bereit, die Beine leicht gespreizt, den Schild in Augenhöhe und das Schwert blank, darauf wartend, dass der Araber wieder anreiten würde.

Jeder, der öfters Zeuge solcherlei Kämpfe gewesen war, wusste, dass ein Reiter zu Pferd einem Mann zu Fuß meist überlegen war, denn gegenüber der Gewalt eines heranstürmenden Steitrosses war ein zu Fuß Kämpfender immer im Nachteil. Er konnte solch einer Attacke nur ausweichen oder aber versuchen, zuerst das herannahende Pferd zu töten. Aber Yusuf ibn al-Mansur griff nicht wieder an. Stattdessen lenkte er sein Pferd ganz langsam zwei Schritte vor den wartenden Ritter, zügelte es, bis das Tier ruhig stand, und sprang dann blitzschnell aus dem Sattel. Mit der flachen Hand hieb er dem Tier auf den Rücken, bis es mit zwei, drei langen Sätzen ohne seinen Reiter davonsprang. Ein Raunen ging durch die wartenden Männer. Es war nun Fennek, der das herrenlose Tier seines Anführers am Zügel ergriff und festhielt.

Alle, die diesen Kampf beobachteten, wussten um den Grund: Der Araber wollte so fair wie möglich kämpfen. Den Vorteil, den er hatte, nutzte er nicht. Er trat dem Ritter mit blankem Schwert und seinem Rundschild entgegen. Ein Schwertkampf Mann gegen Mann. Damit waren die Rollen wieder gleich.

Diesmal begann Gerwulf vom Stein mit dem Angriff. Der Araber wartete die erste Attacke ab und hatte so Zeit, seinen Gegner genau zu studieren. Er wehrte die ersten Schwertstreiche ab, rückte aber dabei immer näher an den Ritter heran. So weit Gerwulf mit seinem Schwert auch ausholte, die Streiche waren nicht mehr von derselben Wucht. Der Araber dagegen wehrte nicht mehr länger ab, sondern ging jetzt zum Gegenangriff über. Gwyn sah, wie der linke Arm des abendländischen Ritters mit dem Schild daran immer langsamer in die Höhe kam, und dass es nicht mehr lange dauern würde, bis der Araber diese offene Blöße ausnutzen konnte. Es schien als hätte der junge Gerwulf keine Kraft mehr in seinem linken Arm.

»Hat sich die Hand gebrochen«, raunte Bracko, der neben Gwyn stand, »beim Sturz vom Pferd.«

Der Ritter musste schlimme Schmerzen haben. Da trat der Araber einen schnellen Schritt zurück und ließ sein Schwert sinken.

»Herr Gerwulf! Wollt Ihr Euch Eure Hand verbinden lassen?«

Der Ritter schüttelte den Kopf. »Nein …«

»Seid Ihr Euch dessen sicher?«

»Ja … es ist nichts …«

»Dann kämpfen wir weiter?«

»Ja … weiter.«

Mit einem blitzschnellen Streich griff der Ritter an. Trotz der Schmerzen beherrschte er sein Handwerk. Aber Yusuf war ein erfahrener Gegner. Er parierte diesen und jeden weiteren Hieb. So trieben sie sich eine Weile gegenseitig hin und her, und Gerwulf vom Stein wurde allmählich müde.

Plötzlich versuchte er noch einmal, den Kampf zu beenden. Wie einen Dreschflegel schwang er sein Schwert gegen die Beine seines Gegners, aber Yusuf war nicht so müde wie der Ritter. Er sprang in die Höhe, wich damit dem Hieb aus und griff, kaum wieder auf den Beinen gelandet, seinerseits mit demselben Hieb an. Gerwulf war wohl zu müde oder zu schwach, diesem schnellen Streich auszuweichen. Die Klinge des Arabers traf die Schienbeine Gerwulfs mit voller Wucht. Seine Beine knickten sogleich ein, und er fiel auf den Boden, rollte dann auf den Rücken. Dabei verlor er sein Schwert. Erneut schrien die Männer auf. Yusuf trat zu dem am Boden liegenden Mann.

»Euer Schwert, Herr Ritter, Euer Schwert.«

»Ja …«, keuchte Gerwulf.

Er schloss einen Moment seine Augen. Der Schmerz in seiner Hand musste groß sein. Seltsam verdreht, ragte sie unter dem Rand des Schildes hervor. Dazu kam der böse Hieb auf seine Beine.

»Erlaubt, dass ich es hole …«, sagte Yusuf höflich.

»Bitt Euch darum … Herr ibn al-Mansur.«

Der Araber ging zwei Schritte zurück, bückte sich und ließ

seinen runden Schild vom Arm gleiten, ließ ihn liegen und nahm dafür das Schwert des Ritters. Dann trat er erneut zu ihm und stieß es neben ihm in den Boden, trat zurück, darauf wartend, dass Gerwulf vom Stein die Waffe ergriff. Aber der tat es nicht. Einen Moment lang warteten sie alle. Yusuf, die Männer ringsum, Ritter Rufus als Kampfrichter und Walter von Zwingenspiel. Der letzte Hieb gegen die Beine hatte den Ritter Gerwulf übel verletzt, denn in dünnen Fäden sickerte von allen Seiten Blut aus seinen Beinen, die mit langen Stoffstreifen umwickelt waren. Er atmete schwer. Gwyn sah auf Herrn Rufus, doch der griff nicht ein. Er wusste, warum. Es gab keinen Grund dafür. Yusuf trat an den am Boden liegenden Mann.

»Bittet um Gnade«, raunte Yusuf kaum hörbar.

Der Ritter schüttelte den Kopf.

»Herr vom Stein, bittet mich um Gnade …«

Die Worte des Yusuf waren kaum noch zu hören.

»Mein Schwert«, keuchte der Ritter mit schwacher Stimme, »bitt Euch nur um mein Schwert, Herr ibn al-Mansur.«

Um seine Beine bildete sich eine Blutlache. Und wohl nicht nur Gwyn betete in diesem Moment insgeheim dafür, der Ritter möge sich dem Araber ergeben.

»Bittet um Gnade«, bat Yusuf erneut.

Der Ritter schüttelte wieder den Kopf. »Ihr wisst, dies kann ich nicht«, antwortete er kaum hörbar. Er atmete schwer. »Bitte, Herr ibn al-Mansur, gebt mir mein Schwert«, bat er mit schwacher Stimme.

Yusuf trat mit der Fußspitze gegen die Klinge, bis diese sich auf die Erde senkte und der Griff an der Hand des Ritters zu liegen kam.

»Gebt auf …«, sagte er noch einmal.

»Ich kann nicht. Die Farben, Herr, die Farben sind nicht die meinen … ich kann nicht«, keuchte der Ritter.

»Ergebt Euch … tut es …«

Der Araber sah zu Rufus.

Der senkte ein wenig den Kopf und blickte dann auf den Ritter von Zwingenspiel. Immer mehr Augen sahen auf ihn, den Anführer der pilgernden Ritter aus Chur. Aber kein Wort kam über seine Lippen, und mit keiner Geste half er, den ungleich gewordenen Kampf zu beenden. Stumm blickte er auf die beiden Kämpfer. Da seufzte der Kampfrichter Rufus, wissend, was er nun antworten musste.

»Auf Leben und Tod, Yusuf ibn al-Mansur!«, rief er dem noch immer wartenden Araber zu.

Der nickte stumm und wandte sich wieder um.

»Auf Leben und Tod«, bestätigte der am Boden liegende Ritter und lächelte den Araber dabei an.

Seine Faust umschloss jetzt den Schwertgriff und hielt ihn fest.

Da hob Yusuf sein Schwert und rief laut: »Mögen alle Engel des Himmels dich bis zu den Pforten des Paradieses geleiten … Ritter Gerwulf Graf vom Stein!«

Dann stieß er zu, und der Ritter starb.

Nun war es still.

Kein jubelndes Geschrei wie sonst nach einem Sieg. Niemand sprach ein Wort. Gwyn atmete schwer. Er spürte, wie alles in ihm in Aufruhr war vor Zorn und Schmerz zugleich. Er wollte schreien, laut, um ganz sicher zu sein, dass dies, was dort soeben geschehen war, nur Trugbild oder Schimäre in der heißen flimmernden Luft war. Aber er blieb stumm. Denn ein unsagbar trauriges Gefühl schnürte ihm die Kehle zu, eng und enger. Er wandte den Kopf zu dem Walter von Zwingenspiel. Der begegnete seinem Blick. »Warum glotzt Ihr mich so an, Faber?«

Da schrie Gwyn plötzlich laut. »Will sehen, ob Ihr weint, Herr Ritter! Ob Ihr weint … ob Ihr weint!«

Da wandte der Churer sich ab, erhob sich, und sein Blick war regungslos. Aber er weinte nicht.

Yusuf schleuderte sein blutbesudeltes Schwert weit von sich, bis es irgendwo klirrend auf dem steinigen Boden aufschlug. Fennek trat zu ihm und legte ihm einen Umhang um, denn der Muselman zitterte, als ob es ihm kalt wäre.

»Ich bin das Licht der Welt!«

Der Burgkaplan begann sein Gebet mit diesen Worten, während sie den Ritter vom Stein begruben, unweit der Stelle, an der er gefallen war. Von hier reichte der Blick über das flimmernde Land ringsum, jenes ausgedörrte, Heilige Land, in dem der Ritter aus dem Abendland seine letzte Ruhe fand.

»Mein Reich ist nicht von dieser Welt!«

Alle Ritter aus der Pilgergruppe waren gekommen und alle Männer um den Araber. Gwyn vermisste Yusuf. Der Burgherr fehlte ebenfalls, denn er lag noch immer in tiefem Schlaf, wenn auch sein Fieber von Stunde zu Stunde fiel.

Als sie die kleine Grube wieder schlossen, trug jeder der Männer einen großen Stein, mehrere Pfund schwer, und häuften sie auf dem Grab auf, so lange, bis sich ein kleiner Hügel über der Ruhestätte ergab.

»Ich bin der Weg, die Wahrheit und das Leben!«

»In alle Ewigkeit!«, murmelten die Männer.

Der Ritter von Zwingenspiel stand lange mit gefalteten Händen dabei. Als der letzte Stein aufgeschichtet war, wandte er sich um und schritt mit großen, ausholenden Schritten zu den wartenden Pferden. Dort stieg er auf und trabte allein den Weg hinauf in die Burg, wo er und seine Männer logierten. Gwyn sah ihm lange nach. Dann beugte er sich über das frische Grab und legte ein paar frisch geschnittene Zweige darauf. Er hatte sie nicht weit von der Quelle von einem Baum geschnitten. Es war das einzige Grün, was er ringsum in dem kargen Land gefunden hatte.

»Nun bist du frei, Gerwulf! In alle Ewigkeit!«

Dem Ritter Wolfram von Augheim ging es zusehends besser. Sein Fieber war so weit gesunken, dass er sich aufsetzen konnte und etwas heiße Suppe schlürfte. Gwyn war seit einer Woche bei ihm geblieben. Er versorgte den Kranken, so gut es ging. Zu seiner Arbeit, am Schwert, kehrte er dann zurück, wenn der Mann wieder schlief. Yusuf war seit einer Woche nirgends zu sehen. Gwyn wusste nicht, wie er sich dem Mann gegenüber verhalten sollte. Er hegte keinen Groll gegen ihn, aber er würde niemals vergessen, wie er den Ritter Gerwulf getötet hatte. Eines bereitete ihm Sorge: Der Araber hasste Walter von Zwingenspiel, und er wusste, wie sehr Hass Menschen verändern konnte. Fennek war bei Gwyn geblieben. Der Berber wich keinen Augenblick mehr von Gwyns Seite, half ihm beim Verbandwechsel und beim Füttern des Kranken. Aber er sprach nicht. Gwyn war es recht, dass er schwieg. Um die Hilfe war er ihm dankbar, denn oft wusste er nicht so recht weiter, und die geschmeidigen, stummen Gesten des Berbers halfen ihm.

Wolfram von Augheim verspürte Appetit. Er war blass und hatte etliche Pfund verloren, aber noch immer war er der Herr der Burg. Seine übrigen Ritter huldigten ihm und beglückwünschten ihn zu seiner Genesung. Nun umstanden sie sein Lager in dem prächtigen Zelt des Scheichs Osman und sahen ihm zu, wie er mit großem Appetit ein kaltes, geräuchertes Huhn verspeiste.

»Habt mich umsorgt, Herr Carlisle, Ihr und der Ritter Gerwulf«, sagte der Mann fröhlich. »Wo ist er? Ich seh ihn nicht mehr?«

Gwyn wollte antworten, aber einer der Ritter trat vor und sprach. »Erlaubt, Herr Carlisle, dass ich meinem Herrn Rede und Antwort stehe, denn er ist gesundet und soll seine Aufgaben bald schon wieder wahrnehmen.«

Gwyn nickte nur und erhob sich. Der Ritter berichtete von Augheim in schnellen Worten, und er unterließ jedes Wort der Parteinahme für eine Seite. Er bemerkte nur, wie sehr sich ibn al-Mansur bis zuletzt ritterlich und großherzig benommen hatte.

Der Ritter endete mit seinem Bericht und schwieg. Wolfram von Augheim nickte nur versonnen. Im Zelt war es still, und die übrigen Ritter schwiegen ebenso und warteten, was ihr Herr und Anführer nun sagen würde.

»Er war noch so jung. Ich nehme die Verteilung der Beute morgen nach dem Gebet vor. Es ist besser, wenn Yusuf ibn al-Mansur und seine Mannen weiterziehen, sonst gibt es nur böses Blut. Und dieses Land braucht den Frieden.«

Die übrigen Männer nickten stumm.

Der Ritter sah auf Gwyn. »Euch dank ich sehr, für Eure Hilf⊠, Herr Carlisle. Wenn ich Euch etwas tun kann, dann sagt es mir.«

Gwyn aber lehnte nur dankend ab.

So wie es der Ritter gesagt hatte, geschah es. Über die Beute war nicht mehr viel gesprochen worden. Walter von Zwingenspiel erhielt seinen Anteil in Gold. Und er schwieg dieses Mal. Yusuf tauchte eines Abends wieder bei ihnen auf. Er wirkte müde, und Gwyn bemerkte seine staubige Kleidung. Woher er kam, darüber sprach weder er noch einer seiner Begleiter. Yusuf erhielt statt seines persönlichen Anteils in Gold und Waren das prächtige Zelt und fast das gesamte Mobiliar daraus. Dies war ein guter Tausch. Nun war er ausgestattet wie ein Fürst, und sein Maß an persönlicher Eitelkeit war mit diesem Zelt wohl für eine ganze Weile restlos gestillt. Die übrigen Männer seiner Gruppe hatten den vereinbarten Teil von 100 Dirham in Gold erhalten, dazu noch einmal dieselbe Summe in Juwelen, Stoffen oder Waffen. Damit waren alle

Männer einverstanden. Es war genug Beute vorhanden, um aus jedem Kämpfer einen wohlhabenden Mann zu machen. Die Anteile der Gefallenen wurden zum Schluss aufgeteilt. So erhielt jeder Mann noch einmal einen erheblichen Teil, denn die Zahl der getöteten Christen war nicht gering gewesen. Die Gefangenen wurden freigelassen. Yusuf hätte sie gerne als Sklaven verkauft, aber der Ritter von Augheim forderte von ihm das Versprechen, diese Menschen gehen zu lassen, wohin es ihnen beliebte. Einige Knechte wollten bei dem Araber bleiben, um ihm zu dienen. Da er für den Aufbau des Zeltes kundige Hände benötigte, willigte er ein. Bracko und auch der Nubier überwachten diese Leute, aber sie verhielten sich ritterlich, und Yusuf verbat ihnen vor Zeugen laut jegliche Willkür.

Gwyn wollte nichts von all der Beute. Er bat den Ritter von Augheim nur, seinen Anteil in das Heimatland Gerwulfs zu schicken. Der Burgherr versprach ihm das auf seine Ehre.

»Ihr wollt den Weg der Boten nehmen, Herr Carlisle?«

»Ihr wisst davon?«

»Ich weiß es nicht, ich hörte nur davon.«

Gwyn fragte nicht, denn er wusste genau, von wem allein der Ritter dieses Wissen haben konnte.

»Es ist ein langer und weiter Weg«, bemerkte der Ritter.

»Ja, Herr.«

»Ich hoffte, Euch als meinen Gast in meiner Burg beherbergen zu können. Dies, solange es Euch beliebt.«

»Ich danke Euch für dieses freundliche Gebot und die Ehre, die Ihr mir damit erweist. Aber mein Entschluss steht fest.«

»Herr Gwyn Carlisle, ich bin nun schon seit der Erstürmung von Jerusalem in diesem Land. Niemals zuvor hörte ich, dass ein Christ so eine weite Reise getan. Denn kein Mann aus dem Abendland ist je auf solch eine Reise gegangen. Bis Bagdad, der Hauptstadt des Sultans, ist es weit, sehr weit. Karawanen sind angeblich viele Wochen unterwegs. Da braucht Ihr auch Geld, denn jeden Schluck Wasser müsst Ihr bezahlen, und mit Brot und Datteln, und mit jedem Stück Fleisch ist es ebenso.«

Gwyn nickte nach diesen Ausführungen des Ritters. »Mich ehrt Eure Fürsorge, Herr von Augheim, aber ich diene mit meiner Mission Venedig. Nun will ich nicht aufgeben.«

»Euer Mut ist groß. Ich habe Respekt vor Eurem Entschluss. Aber bitte helft mir auf, ich will Euch etwas zeigen.«

Gwyn stützte den Ritter, der seine Schulter immer noch dick eingebunden hatte. Die Wunde war fest verschlossen, aber manchmal nässte sie. Und dann waren beim Wechsel des Verbandes noch feine Splitter von Holz zu sehen, welche das Wundsekret aus der großen Wunde ausstieß. Aber die starke Konstitution des Ritters und sein Wille, so schnell wie möglich wieder zu gesunden, unterstützten die Heilung. Der Ritter führte Gwyn in ein anderes Zelt. Es musste einem ranghohen Anführer des Scheichs Osman gehört haben, denn auch dieses war prächtig und geschmackvoll ausgerüstet. Es war nur kleiner und bescheidener in seinen Abmessungen. Gwyn staunte aber noch mehr über die reichen Beutestücke. Da lagen viele Teppiche, feine Stoffballen aus allen Teilen der Welt, Waffen und große Mengen an Goldschmuck. Gwyn entdeckte auch eine Reihe lederner Hüllen und ein paar Bücher. Auf Gwyns Blick hin antwortete der Ritter. »Bücher und Handschriften aus Pergament und einem Material, das die Muslime *Papier* nennen. Aber ein Krieger ist selten ein Freund solch geistvoller Dinge. Das meiste ist verbrannt worden, weil niemand damit etwas anfangen konnte.« Der Ritter seufzte wie zu einer Entschuldigung und deutete auf ein verkohltes Buch. Gwyn konnte den Titel noch lesen. *Liber de gemmis.* Er schüttelte den Kopf, und an seiner gequälten Miene sah der Burgherr, dass Gwyn dieses Buch kannte.

»Marbod, der Bischof von Rennes, soll es verfasst und eigenhändig verziert haben. Es erzählt von der Poesie der edlen Steine und ist voller Wissen«, erklärte Gwyn traurig. Er bückte sich und blätterte in dem Band. Aber die Seiten zerfielen zu Asche. Wolfram von Augheim führte Gwyn zu zwei großen, mächtigen Truhen. Sie waren aus schwarzem Holz, über und über reich mit Silber beschlagen. Diese Truhen, jede so groß, dass sich ein Mann bequem darin verbergen konnte, waren ein prächtiger und wertvoller Anblick.

»Nehmt dies als Geschenk, ich bitt Euch sehr darum, Herr Carlisle. Für Eure Waffenhilfe und als meinen persönlichen Dank.« Der Ritter deutete mit seinem gesunden Arm auf die beiden Truhen. Da musste Gwyn ein wenig lächeln.

»Ich dank Euch sehr, Herr von Augheim. Aber ich besitze nicht genug, dass ich damit eine Truhe füllen könnte. Und als Reisegepäck ist es mir zu groß.«

»Wer sprach davon, Herr Carlisle? Seht selbst …«

Der Ritter schnippte mit den Fingern. Der Befehl ging an zwei Knechte, welche einen Teil der Beute aus dem Zelt schafften, um es davor aufzuschichten.

»Öffnet …!«

Die Männer traten jeder an eine Truhe und öffneten sie.

»Gott der Herr sei mit uns …«, stammelte Gwyn erstaunt.

»… und mit ihm sein Sohn Jesus Christus und der Heilige Geist«, lachte der Ritter gutgelaunt.

Die Truhen waren voller Werkzeug. Werkzeug für einen Gold- und Silberschmied. Zudem waren beide Truhen voller Fächer und Schatullen, kleiner Schubladen. Jede war mit all dem gefüllt, was ein Goldschmied für seine Arbeit braucht. Jedes Stück, jeder Hammer, jeder Stichel, jede Feile hatte seinen festen Platz. Nichts davon fehlte in den mit feinem Leder ausgeschlagenen Behältnissen. Dazu kam, dass jedes Werkzeug für sich wie ein besonderes Kleinod geschaffen war und fast ein wenig zu schade für den kundigen Gebrauch. Die hölzernen Hefte waren mit Elfenbein und feingemaserten Hölzern versehen, die Befestigungen der Sägen waren vergoldet, und die Stichel ruhten in fein geformten Betten aus Seide.

Niemand vermochte zu sagen, woher diese Werkstatt stammte. Gwyn wusste nur um die Pracht der Materialien. So eine Werkstatt musste einstmals einem sehr wohlhabenden Goldschmied aus Arabien gehört haben. Diese Faber galten als kundige und künstlerisch versierte Handwerker. Sie beherrschten viele Dinge, die im Abendland kaum bekannt waren und deren Techniken neu und raffiniert erschienen. Gwyn hatte sich von jeher für diese Art der Kunst begeistern können und keine Gelegenheit ausgelassen, sie zu studieren und sie sich anzueignen. Seine natürliche Gabe, einmal erfahrenes oder erlebtes Wissen sogleich umsetzen zu können, ließ ihn in seinem Stand als Handwerker und Künstler damit gleichermaßen größer und größer werden.

»Wir dachten uns alle, dies kann nur einem gehören. Was immer Ihr sagt, Herr Carlisle, bedenkt, wenn Ihr dieses Geschenk zurückweist, bin nicht nur ich Euch, sondern jeder der Ritter ist Euch gram.«

Gwyn aber war für einen Moment lang ein glücklicher Mensch.

»Kein Gedanke, dies zurückzuweisen, Herr von Augheim.« Er lachte, während seine Hände über den Rand und den Inhalt der prächtigen Truhen glitten. »Es ist mir eine große Ehre, von Euch solcherart beschenkt zu werden.«

Der Ritter nickte zufrieden und trat zurück. Einer der Knechte rückte ihm einen Stuhl näher, und so sah er zu, wie Gwyn jedes der Werkzeuge genau begutachtete, wie ein Mensch, dem man mit einem prächtigen Geschenk mehr als nur eine Freude macht. Jede Kiste war allerdings so schwer, dass mindestens zwei Männer zu tun hatten, um sie auf den

Rücken eines Kamels zu heben und dort festzubinden. Nur mit großem Geschrei war dann das Tier zu bewegen, sich zu erheben und die Last zu tragen.

Der Goldschmied hatte sich in die Nähe jener Quelle unweit des Lagers zurückgezogen, in der die Ritter und die Knechte gebadet hatten. Nach dem Ende der Feindseligkeiten und der überstürzten Flucht der Belagerer war diese Quelle wieder zugänglich für die Menschen aus dem kleinen, namenlosen Dorf. Nun fanden wieder kleine Gruppen von Frauen, jungen Mädchen, aber auch Knaben und kleine Kinder zu dem lieblichen Ort zwischen den hohen kühlen Felswänden und holten dort ihr Wasser. Die Frauen blieben tief verschleiert, und Gwyn erkannte nur an dem metallenen Geräusch ihres Schmucks, dass sie die Ersten waren, die am frühen Morgen eintrafen, um frisches Wasser aus der Quelle zu schöpfen. Bald aber umstanden sie den kleinen Platz einige Schritte weiter und sahen Gwyn bei seiner Arbeit an der prächtigen Klinge des al-Mansur zu. Sie richteten keine Frage an den Goldschmied aus dem Abendland. Ehrfürchtig und staunend sahen sie zu, wie er die wertvolle Klinge durch sein Geschick und seine Kunst in eine prächtige Waffe verwandelte. Fennek blieb ständig in Gwyns Nähe, argwöhnisch und misstrauisch gegenüber all den Neugierigen, gleichzeitig von jener Würde, wie er sie schon bei der Bewachung seines Anführers Yusuf ibn al-Mansur gezeigt hatte. Aber der Berber sprach immer noch kein Wort mit Gwyn. Nur einmal hatte er ihm einen Beutel aus Stoff gebracht, so groß wie ein Kopftuch für einen Mann. Als Gwyn den Beutel öffnete, musste er staunen. Da lagen goldene Ringe, silberne Fibeln, Tuchschnallen und Gürtelschließen aus feinem Silber, Ohrringe und etliche Armreifen aus purem Gold. Dazu kamen verschiedene Edelsteine und sogar einige sehr hübsche Perlen. Der Schmuck war zum großen Teil beschädigt, und die Edelsteine wie auch die Perlen sahen aus, als hätten rohe Hände sie mit Gewalt aus andren Kleinodien gebrochen. Zweifelsohne war es Beute, die verteilt worden war. Aber sie war kostbar und der Teil des Edelmetalls von großem Wert. Dies war das Material, das ihm der Araber versprochen hatte.

So arbeitete Gwyn an diesem Schwert. Das Geschenk, die prächtige Werkstatt, war dabei für alle Beobachter ein ständiger Hort, um zu staunen. Als einmal eines der Kinder vorwitzig mit seinen kleinen braunen Händen nach einem Stück greifen wollte, wohl nur, um es mit seinen Fingerspitzen zu berühren, sprang der Berber plötzlich auf und schrie einige Worte in seiner Sprache. Dazu verdrehte er die Augen. Was er sagte, verstand Gwyn nicht, wohl aber die umstehenden Zuschauer. An dem Gesicht des Wächters ließ sich ablesen, dass er eine fürchterliche Drohung ausgestoßen hatte, denn sie wichen allesamt einige Schritte zurück, und nie wieder wagte es auch nur einer von ihnen, an die geöffneten Truhen näher als zwei Schritte heranzutreten.

Gwyn fertigte einen Handgriff für die Waffe. Dazu nahm er ein Stück Bein, wohl der Zahn eines Flusspferdes. Er schnitzte es in vielen Stunden zu einem Griff, der an einer Seite feine Mulden aufwies. Hier sollten einmal die Finger Platz finden, um die schwere Waffe sicher zu halten. Als dies Werkstück so weit fertig war, sägte er den gesamten geschnitzten Zahn der Länge nach behutsam durch. Die beiden Hälften versäuberte und polierte er mit feinem Sand, etwas Öl und Wasser so lange, bis sie samtig weiß glänzten. In jede dieser Hälften bohrte er je ein Loch. Auf beide Seiten des bloßen Griffs lötete er einen goldenen Stift. Nun ließ sich der Griff auf beiden Seiten fein anpassen, gehalten von den so befestigten Stiften. Als er es lange genug probiert hatte, ob auch wirklich alles genau passte, kochte er einen dicken, zähen Leim, dessen Rezept er einst von Meister Lambert im fernen Augsburg erfahren hatte. Diese Masse strich er auf die Innenseiten der beiden Griffhälften. Dann passte er sie erneut an, ein letztes Mal. Zuletzt wickelte er, so fest er konnte, eine dicke Hanfschnur darum und befeuchtete diese mit reichlich Wasser. Als die Schnur in der Sonne zu trocknen begann, zog sie sich zusammen und presste die beiden Hälften mit großer Kraft aufeinander. So hielt sie, bis der zähe Leim erkaltet war. Als Gwyn den Hanf abwickelte, waren beide Hälften perfekt angepasst. Dann polierte er den Griff noch einen ganzen Nachmittag lang, bis er glatt und ebenmäßig glänzte.

Er merkte es erst, als das leise Lachen und die geflüsterten Worte der vielen Neugierigen plötzlich verstummten. Er sah auf, und da stand Yusuf ibn al-Mansur. Stumm, ohne Regung und zugleich jeder Zoll ein Anführer und Fürst.

Yusuf trug einen bei den Arabern sehr beliebten leichten Reiterhelm, ohne den Nasenschutz, mit einer goldenen Spitze darauf, darüber ein weißes baumwollenes Tuch, das ihm über die Schultern bis an die Taille reichte. Unter seinem sandfarbenen Leinenwams sah ein leichtes Kettenhemd hervor, das ihm jedoch nicht bis zu den Handgelenken, sondern nur bis zu den Ellbogen reichte. Er trug einen breiten Gürtel aus grün- und goldgewebter Seide, in dem ein langer Dolch mit krummer Klinge steckte. Sonst war er ohne eine weitere Waffe. Die langen, hellen Beinkleider waren an den Knöcheln gebunden. Darüber fiel ein Gewand, weit und von hellem Stoff, das ihm bis fast an den Boden reichte. An den Füßen trug er feine Stiefel aus Leder, reich verziert und an den Spitzen leicht in die Höhe gebogen.

Für einen Moment sah Gwyn dort das wahre Morgenland. Der Stolz, die Raffinesse und der feine Geschmack dieses Landes, das von einem Volk bekämpft wurde, welches aus

Ländern stammte, die es an Feingefühl manchmal missen ließen. Dort stand ein arabischer Fürst, und doch war er nur ein Söldner oder ein Räuber. Denn noch immer wusste dies niemand ganz genau.

Fennek hatte sich erhoben.

Wieder etwas, was Gwyn beobachtete und ihm half, das Bild über den geheimnisvollen Araber ein wenig deutlicher zu zeichnen. Niemals ließ einer seiner Männer es an Respekt dem Araber gegenüber mangeln. Niemals saß einer dieser Männer auf dem Boden, wenn es ihr Anführer tat.

»Herr Carlisle, bitte, erlaubt Ihr mir, näher zu treten?« Die Frage des Arabers ertönte in seiner tiefen, angenehmen Stimme. Gwyn ließ sein Werkzeug sinken. Dann nickte er und lud ihn mit einer Handbewegung zum Nähertreten ein. Aber er sagte nichts. Bevor Gwyn sichs versah, war Fennek wie ein Schatten herbeigekommen, rollte einen kleinen Teppich aus und wartete, bis sich Yusuf bequem im Schneidersitz darauf niedergelassen hatte. Dann trat der Berber zurück.

Gwyn saß auf einem kleinen Schemel. Er hatte sich recht schnell daran gewöhnt, dass schwere Möbel in diesem holzarmen Land selten waren. So arbeitete er wie all die Lederstecher, die Elfenbeinschnitzer, die Tuchschneider und die Schuhmacher, alle Handwerker in jener sitzenden Haltung auf dem Boden. Nur an den Schneidersitz hatte er sich noch nicht gewöhnt. Diese Art des Sitzens war ihm auf Dauer immer ein wenig unbequem geblieben. Zudem schliefen ihm dabei die Beine ein. Solch ein Missgeschick erzeugte große Heiterkeit bei den umsitzenden Muselmanen. Denn das gebrechliche Aufstehen eines jungen Mannes aus ebendieser Sitzposition sorgte für eine eher unfreiwillige Belustigung.

Gwyn schwieg noch immer.

Stumm arbeitete er weiter und bemühte sich, nicht einen Blick auf den neben ihm wartenden Araber zu werfen. So verblieben sie eine ganze Weile. Gwyn hörte das Lachen der Dorfbewohner, die einige Schritte weiter zwischen den Felsen das kühle, kostbare Wasser in große, tönerne Krüge schöpften und auf dem Kopf nach Hause in das nahegelegene Dorf trugen. Die Kinder und ihre hellen Stimmen, unbeschwert und fröhlich, wenn sie sich im Wasser nassspritzten oder gar von einem der Felsen in die etwas tieferen Stellen hinuntersprangen, um dort unterzutauchen.

»Fennek hat mir einen Tee gemacht«, bemerkte Gwyn höflich.

Der Araber lächelte.

»Er ist ein aufmerksamer und guter Diener«, stellte er fest.

Gwyn antwortete nichts darauf. Der Ausdruck im Gesicht des Arabers war für ihn neu. Yusuf blickte traurig, und dies dauerte den Faber. Erst nach einer Weile setzte er dazu: »Trinkt Ihr mit mir Tee?«

Gwyn stellte die Frage, und es mutete seltsam an, dass der Araber ihm dieselbe Frage erst vor kurzer Zeit gestellt hatte.

»Gerne, Herr Carlisle«, antwortete Yusuf ibn al-Mansur höflich.

Diesmal war es Gwyn, der den Tee ausschenkte und sich dabei bemühte, keinen Tropfen danebenzugießen. Das war nicht leicht, denn seine Hände zitterten. Gwyn spürte und wusste, der Araber wollte mit ihm sprechen. Aber nach all dem, was passiert war, glaubte Gwyn eigentlich, dass er nie wieder mit ihm sprechen wollte. Und doch war es ihm keineswegs unangenehm, den stolzen Araber nun plötzlich um sich zu haben. Er reichte Yusuf den frisch gefüllten Becher. Er wusste, wie sehr diese Geste in diesem Land als besonders aufmerksam galt. Und als besonders höflich.

Der Araber nickte nur dankend und wartete, bis Gwyn seinen Messingbecher ergriff und behutsam einen Schluck trank. Erst dann trank auch er.

»Ihr wärt ein guter Muslim, Herr Carlisle«, bemerkte ibn al-Mansur höflich.

»Dies sagtet Ihr mir schon einmal. Aber ich bin Christ.«

Gwyn bemühte sich, mit keiner Geste unhöflich zu wirken. Wieder schwiegen die beiden Männer, und Gwyn spürte, dass der Mann dort vor ihm nach Worten suchte und sie nicht fand. Ebenso wie er selbst. Aber sein geheimer Groll über all die Erlebnisse war längst noch nicht restlos verschwunden. So war es der Goldschmied, der mit seinen Worten fast hinausplatzte. »Warum besucht Ihr mich, Herr Yusuf ibn al-Mansur?«

»Ich wollte sehen, wie weit Ihr schon mit Eurem Auftrag seid.«

»Ihr habt mein Wort und damit meine Ehre als Goldschmied und Meister meines Faches. Euer Schwert wird fertig.«

»Daran zweifle ich keinen Moment.«

»Dann entschuldigt, wenn ich trotz Eurer Anwesenheit weiterarbeite.«

»Wenn Ihr mir gestattet, noch hierzubleiben?«

»Ihr seid mir willkommen.«

»Ich störe Euch nicht?«

»Nein, Herr Yusuf ibn al-Mansur, das tut Ihr nicht«, antwortete Gwyn mit höflichem Ton.

Und er entdeckte dabei insgeheim, dass diese Antwort nicht gelogen war. Wieder schwiegen beide Männer. Gwyn schien alle Aufmerksamkeit der Welt zu benötigen, um in eine feine Goldkrone kleine Löcher zu bohren. Diese Krone hatte die Form der muslimischen Gebetstürme. Dort, wo der Muezzin stand und die Gläubigen zum Gebet rief. Die Form und Gestalt dieser Dächer fand Gwyn vollkommen, und so bemühte er sich, eine ähnlich vollkommene Form zu fertigen. Sie sollte einmal das Ende des Schwertes, oberhalb des Handgriffs, sein. Er war mit der Arbeit an der prächtigen Waffe längst nicht fertig, aber es war bereits abzusehen, dass der Faber aus dem Abendland hier an diesem Ort in der judäischen Wüste ein weiteres Meisterwerk schuf.

Der Araber stellte sein Teegefäß vor sich auf den Boden. Es war leer, und nach dem Brauch musste der Gastgeber so lange nachgießen, bis der Gast einen winzigen Schluck davon übrig ließ. Erst dann wollte der Mann nichts mehr zu trinken. All diese Feinheiten hatte Gwyn im Laufe der Zeit in diesem Land erlernt. Er goss also noch einmal heißen Tee nach. Der Araber nickte dankend und trank dann einen Schluck.

»Herr Carlisle?«

»Ja ...?«

»Ist noch Zeit, einen besonderen Wunsch von mir zu melden?«

»Für Euer Schwert?«, wollte Gwyn wissen.

Der Araber nickte als Antwort.

»Ich müsst wissen, wie Euer Wunsch genau beschaffen«, entgegnete Gwyn, »erst dann kann ich sagen, ob es möglich ist.«

Yusuf ibn al-Mansur trank langsam seinen Becher leer und stellte ihn vor Gwyn auf den Boden. Es befand sich noch ein winziger Schluck darin.

Er griff in eine kleine verborgene Tasche in seinem Gürtel und zog daraus einen kleinen Beutel hervor. Der war aus Leder und mit einer Schnur verschlossen. Diesen Beutel legte er vor Gwyn auf den Boden.

»Bitte seht und prüft, ob dieses besondere Kleinod noch einen Platz an meinem Schwert findet.«

Gwyn ergriff den Beutel und wunderte sich über das geringe Gewicht. Und als er ihn vorsichtig drückte, fühlte er nur etwas Weiches. Das verwunderte ihn, denn er rechnete eher mit einem weiteren, besonders kostbaren Edelstein oder gar einer Perle. Er öffnete die Schnur, griff mit zwei Fingern in den Beutel hinein und zog den Inhalt hervor. Es war ein langes, grünes Band, aus feiner Seide, kaum breiter als ein Daumen. Und er erkannte es sogleich wieder. Gwyn hob den Kopf und sah den Araber an. »Woher …?«

Sein Herz klopfte bei den Erinnerungen, die ihm plötzlich einfielen. Denn natürlich wusste er genau, wem dieses Band einst gehörte.

»Euer Gespräch, Ihr und der Ritter vom Stein … ich belauschte Euch dabei. Aber ich tat es nicht mit Absicht, dies müsst Ihr glauben. Ich schlief gerade in jenem Zelt und erwachte von Euren Worten.«

Gwyn nahm das Band in seine Hand und ließ es zwischen seinen Fingern hindurchgleiten.

»Wo wollt Ihr diese Beute …?«

»Keine Beute«, entgegnete der Araber schnell, »nein, Erinnerung an einen tapferen Kämpfer und Mann der Ehre.«

Er deutete auf die Klinge, die neben Gwyn auf einem sauberen Tuch am Boden lag.

»Könnt Ihr mein Schwert damit schmücken?«

Der Goldschmied sah auf das Band und blickte dann Yusuf an. »Ja, wenn Ihr es wünscht.«

»Glaubt Ihr, es passt zu dem, was Ihr mit meinem Auftrag vorhabt?«

»Ja …«

»Denkt Ihr, Herr Gerwulf vom Stein würde gutheißen, dass ich sein Andenken so für immer bewahre?«

Jetzt nickte Gwyn, angesichts der frischen Erinnerung an den jungen Ritter aus der Lombardei. »Ja, *Saiyid* Yusuf ibn al-Mansur. Ich denke, dies würde er tun. Ganz bestimmt.«

Da war auf einmal ein Ausdruck von Ruhe und Zufriedenheit in dem traurigen Gesicht des Arabers zu sehen. Und Gwyn sah, wie dem Mann zwei Tränen über die Wangen liefen.

9

Als die Sonne gerade aufging, zogen die Pilger gen Norden über eine schmale Saumstraße Richtung Kapernaum weiter. Auf den Mauern und Türmen standen die Bewohner der Burg, die vielen Knechte und Mägde, die Burgfrauen und die Getreuen des Ritters von Augheim, und sie alle beobachteten schweigend den Abmarsch der frommen Pilger aus Chur. Der Ritter von Augheim verabschiedete den von Zwingenspiel und seine Getreuen voller Respekt, höflich, aber steif. Die Kühle und gleichzeitig die Entspannung ringsum, angesichts dessen, dass der unbeliebte Mann die Gegend endlich verließ, war allen Anwesenden anzusehen und zu spüren.

Der Ritter von Zwingenspiel sprengte plötzlich mit seinem Pferd auf Gwyn zu. Jeder konnte sehen, er wollte ihm etwas sagen. Er parierte sein Pferd vor dem Goldschmied und starrte ihn einen Moment lang unverwandt an.

»Was ich Euch noch sagen wollt. Ein von Zwingenspiel weint nicht. Niemals, hört Ihr!« Es waren die ersten Worte überhaupt, die Gwyn von ihm hörte, seit der junge Gerwulf unweit der Burg begraben worden war. Gwyn antwortete nicht, sondern sah durch den Churer hindurch, als wäre er aus Glas. Er wusste, dass es immer solche Leute geben würde, die zur Einsicht nicht fähig waren, weil ihr Stolz und ihr Dünkel sie daran hinderten oder weil sie es nie gelernt hatten. Der Churer wollte noch etwas sagen. Aber er erkannte wohl in der reglosen Miene des Goldschmieds, wie nutzlos dies wäre. Er riss sein Pferd herum und galoppierte an die Spitze des Zuges zurück.

Die Pilger hatten reiche Beute gemacht. Pferde, Kamele und ein paar Schafe. Jeder Mann trug schwer an seiner Beute im Wert von 100 Dirham in persischem Gold.

Der Weg nach Bagdad

Glücklicher Bewohner der Wüste,
bleibe, wo du bist:
Das Zelt beherbergt das Glück
und die wahre Freiheit.
Altarabisches Gedicht

10

Am Nachmittag desselben Tages waren auch die Männer um Yusuf marschbereit. Aber sie wollten nicht einfach aufbrechen, sondern sich einer Handelskarawane anschließen. Solch eine Gruppe zog derzeit, nur eine knappe halbe Tagesreise von ihnen entfernt, die Wüstenstraße über Hamadan nach Bostra weiter. Es waren Tuchhändler aus Tyrus, Öl- und Spezereienhändler aus Alexandria und Damietta, sowie Elfenbeinhändler von der westlichen Grenze zu Indien. Diese Händler reisten trotz der unsicheren Zeiten ohne Unterlass. Obwohl die ständigen Kriege zwischen den Seldschuken und den Fatimiden den Handel erschwerten, profitierten die Kaufleute von den verfeindeten Gruppen und machten gute Geschäfte mit beiden. In den von den Kreuzfahrern eroberten Ländern, Jerusalem, Tripolis und Edessa, waren Pilger wie Händler aus dem Abendland einigermaßen sicher. Aber der Angriff der fatimidischen Räuber auf die Burg war ein Beispiel dafür, wie leicht bewaffnete Gruppen in das Königreich Jerusalem eindringen konnten und über Monate hinweg eine christliche Kreuzfahrerburg zu belagern vermochten. Unbemerkt und zugleich ungestört, denn die Normannen als Herrscher in diesem Königreich führten Krieg gegen die Byzantiner genauso wie gegen die Fatimiden.

Yusuf ibn al-Mansurs Männer hatten längst mit dem Scheich der Karawane eine Vereinbarung besonderer Art geschlossen. Sie begleiteten die Karawane, unterstanden aber bei kriegerischen Auseinandersetzungen nicht dem Anführer der Händler. Yusufs Männer schützten die Karawane vor möglichen Angriffen feindlicher Seldschuken oder *aràbs*, räuberischen Nomaden. Dafür genossen sie das Gastrecht bei diesen *ahl al badija*, den Leuten aus der Wüste. So aßen und tranken Yusufs Männer an den Feuern der Händler ihr Brot und ihr

Wasser aus deren Vorräten. Gwyn wollte sich ihnen anschließen, was der Anführer der Karawane feierlich erlaubte.

Die Karawane des Scheich Hassan Il Sharif war groß und reich. 120 Kamele trugen Handelsware von der Küste bis nach Hamadan und von dort weiter zu ihrem fernen Ziel Bagdad. Die Tiere waren beladen mit Seidenballen und braunem Zucker, Rosenwasser in großen Urnen aus sandfarbenem Ton, Olivenöl, das in der Gegend von Samaria erhandelt worden war, Honig aus den duftenden Wiesenblüten von der fernen Insel Kreta, Salz aus Jaffa, und winzige Messingglöckchen, die, von den arabischen Frauen sehr begehrt, aus den Werkstätten in Aleppo stammten. Viele der Kaufleute hatten ihre eigenen Familien bei sich. Der Goldschmied aus Britannien war der einzige Christ und Abendländer unter ihnen. Yusuf und seine Männer begleiteten den Tross. Der weise Hassan Il Sharif schätzte ihn, zumal ihm Yusuf mit Respekt und Höflichkeit begegnete. Der Scheich war um die seltsame Reiseschar nicht so unglücklich, denn Yusufs Männer waren alle gut bewaffnet. Und sie sahen aus, als wüssten sie mit ihren Krummschwertern und Lanzen, mit ihren Äxten und Bogen gut umzugehen. Er war sich nicht sicher, denn weder er noch sonst jemand aus der Karawane hatte dies bei ihren Verhandlungen angesprochen. Aber er hoffte, wann immer die Karawane von feindlichen Stämmen oder Räubern angegriffen wurde, dass Yusuf ibn al-Mansur und seine Männer die Karawane wirklich beschützen würden. Dafür teilten sie das Wasser, den Tee und die Datteln und das Fleisch mit den Kriegern.

Und war Yusuf ibn al-Mansur nicht ein großer *Saiyid?* Dienten ihm nicht sogar *Rumis*, Ungläubige, mit Demut und Hingabe? Ritt er nicht ein prächtiges Pferd, und trug er nicht ein kostbares Schwert, kostbar und reich verziert? Reiste er nicht wie ein Fürst, in einem Zelt voller Pracht?

Vor ihnen lag für viele Wochen der Weg quer durch die arabische Wüste bis Bostra, einer Provinzstadt im Reich der Fatimiden. Von dort aus waren es wenigstens noch einmal 20 Tagesreisen bis Bagdad, der noch jungen Stadt am Fluss Tigris. Die alte Hauptstadt Ktesiphon mit ihrer rasch verfallenden Sassanidenresidenz verlor ihre Bedeutung von Jahr zu Jahr immer mehr. Noch lebten dort Menschen, meist die Mitglieder und Diener, Boten und Krieger der Sassaniden. Aber ihr Einfluss und ihre Macht waren vorbei. Der Scheich würde auch mit ihnen handeln, wenn sie es wollten, denn noch waren sie reich. Aber sie stellten seit Jahren keinen Emir mehr, der Einfluss und Geschicke bestimmen sollte. Doch schöne Frauen kamen noch immer aus dieser Gegend.

Bagdad aber galt als die wunderbare neue Stadt, in der sich mehr und mehr Menschen aus dem großen Reich drängten, auf der Suche nach Arbeit und Brot und einem besseren Leben als dem harten Dasein eines Bauern auf den kargen Feldern Arabiens. Der Stadtherr von Bagdad, der Sultan Sangar, Bewahrer des Wortes und ein treuer Anhänger Mohammeds und seiner Lehre, war gleichzeitig der Herrscher der mächtig gewordenen Seldschukendynastie. Er war Sultan von Ägypten und zugleich Kriegsherr. Pausenlos versuchten derweil die Fatimiden, die Macht an sich zu reißen. Es waren Nachrichten von Unruhen, die sich die Nomaden wie die Händler in den Karawanen erzählten.

Ihn, Sultan Sangar, wollte Gwyn treffen. Er hoffte auf eine Audienz. Und er hoffte, als Künstler und Handwerker, da Erfolg zu haben, wo die Abgesandten Venedigs kein Glück hatten.

Und so folgten sie dem alten Karawanenweg.

Gwyn reiste zu Fuß. Er schritt neben seinen Kamelen her. Seit er einmal versucht hatte, zusätzlich zu seinen schweren Kisten mit aufzusitzen, hatte er die eigentümlichen Tiere noch besser kennengelernt. Kamele sind nur mit Nachdruck zu bewegen, eine schwere Last und den Reiter dazu zu tragen. Fennek, der Berber aus dem fernen Mauretanien, hatte ihm geholfen. Er hatte ihm beigebracht, wie man ein Kamel dazu bringt, sich auf den Befehl seines Treibers niederzuknien, wie man ein Tier belädt und wie man ihm Packgeschirr und Sattel auflegt.

Immer am frühen Morgen bauten die Händler ihre Zelte ab. Dies machten sie so geschickt, dass es oft nur wenige Augenblicke dauerte, und das Gleiche, der Aufbau der Zelte, geschah auch in den Abendstunden, wenn ihr Anführer einen besonderen Platz zum Rasten und für die Nacht erspäht hatte. Üblicherweise taten dies die Frauen. Aber diese Karawane bestand aus Händlern und ihren Familien. Nicht aus freien Nomaden.

So errichteten hier die Diener zuerst ein Zelt für die Gäste, in dem Gwyn und einige von Yusufs Männern schliefen. Dann errichteten sie das Zelt ihres Scheichs. Es maß etwa 16 Meter in seiner Länge und war 7 Meter breit. Das Dach bestand aus dichten Decken, schwarz, gewebt aus dem Haar der Schafe und Kamele. Wie alle Zelte der Reisenden in der Wüste hatte auch das Zelt ihres Scheichs drei Eingänge. Einer nur für die Frauen, ein zweiter Eingang direkt neben den weidenden Kamelen, und der dritte Eingang war zugleich der für alle Gäste. Der Sitte entsprechend, war er so hoch, dass ein Mann zu Pferd hereinreiten konnte, ohne abzusteigen, und er lag gen Osten. Die Erfahrung und das Wissen über das Land halfen dem Scheich Il Sharif bei der Entscheidung, den richtigen Lagerplatz für die Nacht zu finden. Immer wieder wunderte sich Gwyn darüber, warum in der scheinbar trockenen und ausgedörrten Gegend ringsum ein bestimmter Platz so besonders war, dass nur er und kein anderer für die Rast und das Verbleiben in dieser Nacht günstig war. Der

Scheich schien dabei aber an alles zu denken: An die Beschaffenheit des Bodens, ob es wenigstens spärliche Reste an Grün als Nahrung für die Tiere ringsum gab, der Wind und aus welcher Richtung er blies, an den Sonnenstand. Und nicht zuletzt war auch immer da, wo es Wasser gab, ein Platz für die Nacht nicht weit. Am Anfang waren sie durch Gilead und Havran, uralte Provinzen, die bereits den Römern bekannt waren, gezogen. Das Land dort war karg, aber es gab immer wieder Wasser in kleinen Quellen, und Bostra lag auf dem Weg nach Bagdad.

11

Und Gott sprach: AUF DEINEM BAUCHE SOLLST DU GEHEN UND ERDE ESSEN DEIN LEBEN LANG.

Die Viper war groß. Vom Kopf bis hin zu ihrem Schwanzende maß sie die Distanz eines weiten Schrittes. Sie bewegte sich schnell und behende. Den ganzen Tag über war das Reptil, zusammengerollt unter einem großen Stein, still gelegen. Die heiße Sonne wärmte das Tier. Nun aber war es Nacht, und die Nächte in der Wüste werden kühl. Dann beginnt das Reptil, in eine schlafähnliche Starre zu verfallen, oder es jagt. Dabei wird die Viper in solch einer Nacht Meilen zurücklegen, immer auf der Suche nach Beute. Dann gleitet sie mit schnellen, geschmeidigen Bewegungen über den Boden. Stellt sich ein Hindernis ihrer witternden Zunge entgegen, bewegt sie ihren Leib darüber oder umkriecht es.

Außer sie spürt eine plötzliche Wärme. Wärme, die von Tieren oder Menschen ausgeht, die ihren Weg kreuzen. Nomaden, Händler, Pilger, Krieger.

So sprach Gott: UND ICH WILL FEINDSCHAFT SETZEN ZWISCHEN DIR UND DEM WEIBE UND ZWISCHEN DEINEM SAMEN UND IHREM SAMEN.

Die Pferde witterten das Reptil zuerst. Sie hoben die Köpfe, und ihre Nüstern blähten sich. Sie sogen die klare, kühle Wüstenluft ein, in der Hoffnung, etwas zu wittern, das ihnen beschreiben könnte, was da draußen in der Wüste näher kam, schnell und so behende. Aber sie rochen nichts, und doch spürten die Tiere die Gefahr. Jetzt hörten auch die Kamele mit dem Käuen ihres Futters auf. Sie hoben die Köpfe, ebenfalls in der Hoffnung, etwas zu wittern. Die Pferde wurden immer unruhiger. Sie scharrten mit ihren Hufen und hoben erneut die Köpfe. Der Wächter, ein wenig dösend, war auf einmal hellwach, denn er wusste, auf die Sinne der warnenden Tiere war unbedingt Verlass. Irgendetwas schlich sich an das Lager heran. Er sah sich um und lauschte.

Und Gott sprach: DERSELBE SOLL DIR DEN KOPF ZERTRETEN, UND DU WIRST IHN IN DIE FERSE STECHEN.

Sosehr er auch in die Stille der Wüstennacht lauschte, für ihn war nichts zu hören. Da trat er einen Schritt in die Dunkelheit. Das Reptil sah ihn nicht und er nicht die Schlange vor sich auf dem Boden. Die Sandviper war ein großes und erfahrenes Tier. Ihr Instinkt nannte das Wesen vor ihr keine Beute. Dafür war es zu groß. Es war auch kein Feind, wie der Bussard oder der Wüstenfuchs. Aber was immer es war, es würde auf sie, die Schlange, treten, jetzt, mit dem nächsten Schritt. Und so stieß sie nach vorne, mit einer blitzschnellen Bewegung.

Die Sandviper biss zu.

Der Wächter stieß einen leisen Schrei aus und sprang zurück. Er spürte nur den Schmerz, aber nicht, was ihn verursacht hatte. Es konnte ein Dorn sein oder eine scharfe Steinkante, in der Dunkelheit nicht zu sehen. Der Mann fluchte vor sich hin. Er wollte rufen, aber ein plötzliches heftiges Pochen seines Herzens hinderte ihn daran. Er fühlte eine Anstrengung dabei, die ihm fremd war. Dazu kam ein stetes Rasen in seinem Kopf. Er glaubte, sein Blut zu hören, wie es durch die Adern seines Körpers floss, schnell, so ungeheuer schnell. Eine ausgewachsene Sandviper verspritzt genug Gift aus ihrem Gaumen, um ein Pferd oder ein Kamel mit ihrem Biss zu töten.

Warum nicht auch einen Mann?

»Allah, eine Schlange!«

Der Mann rief es in Griechisch, und Gwyn verstand, was er sagte. Nach der Entdeckung durch einen weiteren Wächter am frühen Morgen waren alle zu dem Toten gelaufen, der dort auf dem Boden lag, unweit der Senke, wo die Karawane ihre Tiere für die Nacht angebunden hatte. Auch Yusuf war näher gekommen. Die übrigen Händler der Karawane umstanden den Leichnam, und einige hoben ihre Hände in stummer Demut und zugleich Klage gen Himmel.

»Vipern, die Geiseln der Wüste«, knurrte Yusuf.

Die übrigen Männer murmelten leise in ihrer Sprache. Gwyn bedauerte still den Unglücklichen.

»Das Biest hat ihn heute Nacht gebissen«, erklärte der Araber, »und dann seht, hat sie bei ihm gelegen, solange er warm war. Schlangen lieben es warm. Und jetzt liegt sie hier irgendwo und ist zufrieden.«

»Oh, welch ein Unglück!«, murmelten die Umstehenden.

»Es war Allahs Wille«, bekräftigte Hassan Il Sharif, der Scheich.

Er befahl einigen Männern, die Leiche des Toten zu verbrennen. Er musste seine Aufforderung wiederholen, denn die Nomaden der Wüste fürchten sich vor solchen Unglücken und sehen es in ihrem Aberglauben als böses Omen für die weitere Reise. So war die Stimmung an diesem Morgen gedrückt. Als die Weiber mit ihren Klagegesängen anfingen, war es auch Gwyn eigentümlich zumute. Er wollte nichts essen, obwohl er wusste, wie wichtig es war, etwas im Bauch zu haben, bevor der Marsch begann und die Sonne am Horizont aufstieg und alles in ihre glutheißen Strahlen tauchte. So lehnte er ein Frühstück aus Datteln, Teigfladen und heißem Tee ab und bemühte sich stattdessen, seine Kamele zu beladen. Fennek, stumm wie immer, half ihm dabei. Und als sie fertig waren, stieg der schwere Rauch des Scheiterhaufens auf und verdunkelte für einen Moment die Sonne.

12

»Goldschmied, Ihr seid unser Schutz.«

Seit Tagen waren sie unterwegs. Tagsüber folgten sie dem Weg nach Bostra, nachts lagerten sie in der Wüste. Jeden Abend lud ihn der Scheich in sein Zelt, ebenso wie Yusuf. Dann erzählten sie sich Geschichten oder lauschten solchen, die erzählt wurden. An diesem Abend blieb Yusuf der Einladung jedoch fern, denn er und seine Männer waren auf Beutezug gewesen und schliefen nun in ihren Zelten.

»Goldschmied, Ihr seid unser Schutz.«

»Aber ehrwürdiger Scheich, wie soll ich … ich kann noch nicht einmal ein Schwert führen. Jeder Eurer Männer führt den *Scimitar* besser.«

Gwyn war verwundert über die Behauptung des alten Mannes. Hassan Il Sharif nickte nur und nahm mit zwei Fingern eine Dattel aus einer Schale und betrachtete sie einen Moment. Dann steckte er sie in den Mund und kaute mit kleinen, wegen seines dichten Bartes kaum wahrnehmbaren Bewegungen.

»Yusuf liebt Euch.«

Der Mann spie den Dattelkern mit einer geübten Bewegung neben sich aus dem Zelt auf den Boden und ergriff eine weitere Frucht. Gwyn war von der Bemerkung des Mannes überrascht und zugleich verunsichert.

»Verzeiht, Scheich, dass ich Euch widerspreche. Aber ich habe keinerlei Händel mit ihm und meide allen Streit. Das ist wohl alles.«

Der Anführer der Reisenden lächelte höflich, kaute und spie dann erneut einen Kern aus. Mit einer Handbewegung forderte er den Goldschmied auf, sich zu bedienen. Gwyn tat es, denn er wusste, wie unhöflich es war, solch eine Einladung des bedeutend älteren und damit respektierten Mannes abzulehnen.

»Er liebt Euch, und er würde nichts tun, was Euch schadet. Bleibt Ihr bei uns, sind wir alle sicher«, bekräftigte Il Sharif.

Gwyn schüttelte heftig den Kopf. »Ihr irrt Euch. Mir graut vor diesem Mann, der so prächtig lebt und residiert, sich aber nicht scheut, Karawanen wie die unsere anzugreifen, nur um alles Leben zu töten. Er ist ein Räuber!«

»Ja, er ist ein Räuber. Aber er hat dieses Leben gewählt. Der Prophet sagt, Gott ist gerecht. Er lässt uns Menschen tun, was wir tun müssen. Auch das Böse tun die Menschen, weil es ihr freier Wille ist.«

»Und Euer Gott tut nichts, um das Böse zu verhindern?«

»Nein, Goldschmied. Warum sollte er? Gott will nur das Gute. So steht es geschrieben.«

Gwyn spürte, dass er bei diesem Gespräch kein Glück haben würde. Er hatte gehofft, von Hassan Il Sharif die Bestätigung zu hören, wie niederträchtig der Araber war. Stattdessen tolerierte der Mann die Handlungen der Männer um Yusuf ibn al-Mansur.

Gwyn wollte etwas sagen, und dem Scheich war im Gesicht des Goldschmieds der Unmut nicht entgangen. Gwyn kaute auf seinem Dattelkern herum, bis er ihn dann mit einer Bewegung des Mundes ausspie. Da lächelte Hassan mild. »Schmeckt Euch die Dattel, Goldschmied?«

»Ja, Scheich, aber warum fragt Ihr?«

»Ihr esst sie, obwohl ein Kern darin ist, der lästig ist. Denn man kann ihn nicht beißen. Ihr müsst ihn ausspucken.«

»Ja …«

»Aber Ihr werdet die Dattel nicht schmähen, nur weil sie einen Kern hat, den Ihr nicht kauen könnt?«

»Nein.«

»So ist es mit dem, was wir Menschen tun. Es ist nicht immer alles so, wie es Gott gefällt. Der Prophet sagt, dem einen von Euch steht der Sinn nach Beute, dem anderen nach dem Paradies.«

»Ich vermag Euch bei Euren Gedanken nicht zu folgen, Scheich.«

»Weil Ihr denkt wie ein Christ.«

»Ich bin Christ, Scheich.«

»Und ich bin Muslim. Trotzdem reden wir miteinander. Goldschmied, Allah ist immer nur das Gute. Wer dies glaubt und achtet, kann sein Leben leben. Das Gute heißt er gut und das Böse schlecht.«

Gwyn spürte, wie der Scheich bei ihm um Verständnis für das Handeln des Arabers warb. Dabei hatte der Faber soeben begonnen, dem besonderen Charme und dem Wesen des stolzen Arabers zu erliegen. Er glaubte zu wissen, dass er diesen Mann gern mochte. So wie man einen Menschen mag, ihn schätzt, sein Wesen, alles was er ist und tut, und es vermisst, wenn dieser Mensch nicht mehr bei einem ist. Yusuf ibn al-Mansur war das, was Gwyn an diesem Land und seiner Reise mochte. Seinen ständigen, leisen Spott, seine gewählten Worte in jeder Sprache, seinen Stolz und seine Würde und seine plötzliche Wildheit, wenn er leidenschaftlich sprach oder kämpfen musste. Und dann entpuppte sich Yusuf ibn al-Mansur letztlich doch als ein gewöhnlicher Räuber, ein gottloser Heide und Schlächter.

»Wir reden von Mann zu Mann, ehrwürdiger Scheich Hassan Il Sharif, weil ich Respekt hege vor Euch und Euren Worten.«

»Ich danke Euch, Faber aus dem Reich der Franken. Aber habt Ihr vor Yusuf nun weniger Respekt?«

»Ja …«

Gwyn nickte grimmig und spie seinen Dattelkern mit geblähten Backen aus.

»Lasst Euch erzählen, was ich weiß, und dann urteilt«, entgegnete Hassan milde.

Und er erzählte Gwyn, wie Yusuf und seine Männer eine

andere kleine Karawane beobachteten, nur eine Tagesreise von ihnen entfernt. Die Karawane war eine große Sippe, Beduinen mit großen Herden, aber keine Händler. Yusuf wollte diese Sippe überfallen, ihnen aber nur Vorräte rauben. Er und seine Getreuen beobachteten jedoch einen plötzlichen Überfall von räuberischen Nomaden auf ebendiese Sippe. Die Nomaden hatten sich nachts unbemerkt von der anderen Seite des Gebirges herangeschlichen und griffen die Beduinen in der Früh an. Bevor sie, Yusufs Männer, eingreifen konnten, war alles vorbei. Die Räuber töteten entgegen der Sitte der Wüste alle und machten reiche Beute. Yusuf ibn al-Mansur folgte den Räubern, als diese sich mit ihrer Beute wieder in das zerklüftete Wüstengebirge zurückziehen wollten. Bei einem überraschenden Angriff nahmen sie den siegestrunkenen Nomaden alles wieder ab. Der Scheich war mit seiner Erzählung zu Ende. Gwyn starrte wie in Gedanken aus dem Zelt und sah in der Ferne die schemenhaften Umrisse des Gebirges, das sie morgen vielleicht erreichen würden. Es sollte dort Dörfer geben, in denen sie tauschen konnten. Einfachen Schmuck gegen Mehl und Datteln, bunte Tücher gegen Halbedelsteine.

»Dazu gehört Mut, Faber«, sagte Hassan Il Sharif sanft.

»Mut?«

»Die Räuber waren zahlreich, und Yusuf und seine Männer zählen weniger als 20.«

»Sie haben alle getötet, nicht wahr, ehrwürdiger Scheich?«

»Ja, Faber. Alle, die noch Blut an ihren Schwertern hatten. Yusuf ist ein Räuber. Gott ist nicht für dieses Leben, aber er duldet es. So sagt es der Prophet. Für Yusuf wäre es ein Leichtes, es mit uns auch zu tun, so wie er es mit den Nomaden getan. Solange Ihr mit uns reist, kann meiner Sippe nichts geschehen. Denn Yusuf liebt Euch.«

Es war ein mühseliger Weg während der nächsten zwei Tage. Die Reste der bisherigen Straße waren verschwunden, und vor ihnen lag ein weites, trostloses Land, voller Steine, die wie zerbrochene Scherben in der endlosen Ebene lagen.

Erst jetzt, am dritten Tag, wurde das Geröll weniger, bis es ganz verschwand. Die Kamele schritten durch den reinen gelben Sand der großen Wüste, die weiter südlich Nefud genannt wurde. Es war heiß, wie all die Tage zuvor, aber diese Luft empfanden alle Reisenden als drückend und unangenehm. Die Männer auf ihren Kamelen sangen nicht mehr, und die Stille passte zu der Stimmung.

Die Sonne verschwand plötzlich.

Sie ging nicht unter, wie es gegen Abend immer geschah. Stattdessen verfinsterte sich der Himmel und wurde immer dunkler, zuerst grau, wie vor einem großen Regen, wechselte die Farbe in einen bräunlichen Ton über. So als ob der Himmel voller Erde wäre.

»Der Zorn Gottes!«, schrie der Anführer der Treiber.

Die Männer sahen bang in den Himmel und trieben die Tiere schneller. Die Kamele schritten mit langen ausholenden Bewegungen dahin. Die Lasten an den Höckern schaukelten im Rhythmus der schnell eilenden Tiere. Sie trabten so, als ob sie keine Lasten mehr trügen. Aber jeder wusste, dass die Karawane das Tempo in der schwülen und seltsam knisternden Luft nicht lange durchhalten konnte.

»Gottes Zorn, eilt euch!« Es war der Scheich Hassan selbst, der diesen Ruf ausstieß. Die Wolkenwand hinter ihnen war immer dunkler geworden. Gwyn war entsetzt und gleichzeitig fasziniert von diesem Schauspiel am eben noch hellen Himmel. Er hätte sich niemals vorstellen können, dass ein Sturm sich in solch kurzer Zeit und zugleich in dieser bedrohlichen Färbung bilden konnte. Aber aus dem Himmel war eine einzige finstere Wand geworden, und der Scheich versuchte, seine Furcht nicht zu zeigen. Yusuf parierte sein Pferd, und Gwyn beobachtete etwas, was der stolze Araber noch nie getan hatte. Er befahl seinen Männern, überall da zu helfen, wo Not am Mann war. Fennek, der Berber, war plötzlich neben dem Goldschmied. »*Jalla, jalla!* Lauf, Ingles, lauf! Und treib den Onkel und sein Weib, lauf.«

Immer, wenn Fennek erregt war, rollte er mit den Augen, und sein Gesicht bekam dabei etwas von einer burlesken Grimasse. Gwyn hielt sich am Sattelzeug des ersten Kamels fest und watete, so schnell er konnte, durch den knöcheltiefen Sand.

»Ein Sturm, Fennek …«

»Ja, Allah muss zornig sein auf uns. Er wird uns einen Sturm schicken … einen schrecklichen Sturm.«

Gwyn sah keuchend zur Seite auf den dahineilenden Fennek und erkannte zum ersten Mal, dass der Berber Angst hatte. Gwyn wandte sich um, und er wusste um den Grund. Bei dem Anblick, der sich ihm nun plötzlich bot, erschrak er zutiefst. Der Himmel war fast schwarz. Dazwischen sah er grüne und blaue Streifen aufblitzen, die sogleich wieder verschwanden, um an anderer Stelle unheimlich leuchtend wieder zu erscheinen. Er spürte einen heftiger werdenden heißen Wind, der ihm die Kleidung und sein Haar zauste.

»Lauft …«, schrie der Karawanenführer.

Da jagte Yusuf plötzlich heran und schrie einen kurzen Befehl in arabischer Sprache. Fennek nickte und sprang in den Sattel seines Pferdes. Mit einem lauten Schrei trieb er sein Tier an und jagte es an der übrigen Karawane vorbei. Er setzte sich weit an die Spitze und ritt, so schnell sein Pferd konnte.

Yusuf beugte sich über den Hals seines Tieres zu Gwyn hinunter und schrie ihm zu, denn der Wind war stärker geworden und trieb auf einmal den feinen Sand durch die Luft.

»Er wird einen Platz suchen, und gebe Allah, dass er einen

sicheren Platz findet, sonst sind wir alle verloren!«

Yusufs Pferd schnaubte und keilte nach allen Seiten aus. Das Tier fürchtete sich vor dem Sturm.

»Bindet Euch ein, Faber ...«

Gwyn nestelte an seinem Tuch, das seinen Kopf bedeckte, um ihn vor der sengenden Sonne zu schützen.

»Bindet Euch ein, Faber, Allah will uns prüfen ...«

Da ertönte ein Schrei, weit vor ihnen.

»Inschallah ... *Inschallah!*«

Das war Fennek, der an der Spitze geritten war. Jetzt wartete er, im Sattel seines Pferdes aufrecht stehend, oben auf dem Kamm einer mächtigen Sanddüne. Das Pferd war in dem stärker gewordenen Wind kaum zu halten. Er winkte mit dem Arm der übrigen Karawane zu. Er schien einen sicheren Platz gefunden zu haben.

»Eilt Euch, Faber, und seht Euch nicht um ...«, schrie Yusuf und hieb sein Pferd in die Seiten, dass es trotz des sandigen Untergrundes davonstob wie ein Blitz.

Der Araber ritt auf den wartenden Fennek zu und schrie dabei auf Arabisch immer wieder den dahinhastenden Menschen zu. Gwyn zog sich mit der freien Hand das Tuch vor sein Gesicht und stopfte die losen Enden unter sein Wams. Aber neugierig war er doch.

Und er wandte sich um.

Niemals würde der Goldschmied diesen Anblick vergessen können. So also sahen sie aus, die Mächte, die Gott der Herr regiert. Die Sturmfront hatte sie fast erreicht. Der Himmel war keine Farbe mehr, sondern nur noch Sand. Diese sich bewegende Front kam in rasender Geschwindigkeit näher und hatte sie fast erreicht. Da drehte Gwyn sich um und hastete durch den Sand, die Hand schmerzhaft im Sattel des ersten Kamels verkrallt. Der »Onkel« trabte mit weit ausholenden Schritten durch den fließenden Sand und zog ihn mit sich.

Nur nicht hinfallen, hämmerte es in seinem Ohr.

Beide Tiere begannen plötzlich, mit heiseren Lauten zu keuchen. Diese sonst so ruhig und gelassen wirkenden Lastkamele spürten den Sturm, und ihre Laute waren pure Angst. Gwyn hörte die Treiber schreien, und Kinder und Frauen kreischten vor Entsetzen. Das Heulen des Sturmes war immer lauter geworden und schwoll immer noch an. Jetzt hasteten sie alle, Menschen und Tiere, die Düne hinauf. Gwyn sah, wie sie die Lasten fahren ließen, wie sie ihre Kinder ergriffen, ihre Wassersäcke an sich pressten und den Hügel hinaufstolperten, immer wieder niederfallend in dem leichten und sich überall bewegenden Sand. Am Ende der Düne sah Gwyn nur noch schemenhaft eine Senke, umschlossen von den hohen Dünen. Der Wind war hier noch nicht so stark, und der Tanz der Sandwirbel noch erträglich. Dorthin, auf ebendiesen Grund, stürzten und stolperten die Menschen, zusammen mit ihren Kamelen und Pferden, ihren Ziegen und Schafen. Und dort kauerten sie alle nieder, die Tiere zuerst und die Menschen im Schutz der Leiber. Gwyn sah, wie Yusufs Männer ihre Pferde nicht länger an den Zügeln hielten und sich auf die Erde kauerten. Die Menschen der Karawane taten es ihnen nach. Manche schreiend vor Angst angesichts des feinen Sandstaubs, der über sie kommen sollte. Gwyn hielt noch immer seine Kamele, aber die Tiere blieben plötzlich einfach stehen und schrien in einem seltsam klagenden Laut. Dann knieten sie beide fast gleichzeitig nieder, erst mit den Vorderläufen einknickend, dann die Hinterläufe nachziehend. So lagen sie plötzlich und senkten die Hälse fast auf den Boden.

Gwyn verstand.

Er drängte sich an den Leib des ersten Kamels und zog den Rest seines Tuches über sich. Das Letzte, was er erkannte, war Yusuf ibn al-Mansur, der zwischen all dem Treiben zu ihm hersah und sich selbst erst dann neben seinem Pferd in den

Sand kauerte, als er sicher war, dass der Goldschmied seinen Platz gefunden hatte.

Und dann war der Sturm über ihnen.

Gwyn lag neben dem warmen Leib des Kamels und spürte, wie das Tier zitterte. Dann liefen Schauer wie lange gleichmäßige Wellen über den gespannten Leib. Er kniff beide Augen zu, und trotzdem glaubte er, der feine Sand dringe hinein. Es schien, als wollte er mit einer eigenen Gewalt Einlass in jede Pore seines Körpers verlangen. Gwyn spürte, wie ihm der Sand, heiß und scharf, in seine Ärmel drang, in die Beinkleider rieselte und unter seinen weiten Burnus blies. Der gewaltige Sturm rüttelte an seiner Kleidung, und er spürte, wie der feine Sand immer schneller überall eindrang, wie Wasser, das sich überall dort einen Weg bahnt, wo dies möglich ist. Dann wiederum glaubte er, der Sturm würde ihn ergreifen, wie mit unsichtbarer Hand, in die Höhe heben und fortwirbeln wie einen Fetzen Stoff. Immer, wenn er sich ein wenig bewegte, bewegte sich auch der Leib des Kamels neben ihm, und einmal glaubte er, das Tier lege sich auf ihn drauf. Aber das war nur, wenn der Hals des Tieres sich aus dem gröbsten Wind drehte und wenn es plötzlich, ein wenig Luft holend, zuerst den Sand ausblies. Das feine Sirren der Millionen winzigen Sandkörner erzeugte ein lautes, brausendes Geräusch, ein unheimliches Ächzen in der Luft.

Aber da war keine Luft mehr, denn die Luft war Sand.

Herr, halt ein, betete Gwyn stumm. *Lass gut sein, lass aufhören … aufhören … aufhören, bitte, Herr! Bitte!*

So hoffte er in seiner Angst, immer gewahr, von einem Augenblick zum anderen keine Luft mehr zu bekommen und zu ersticken.

Der Sturm heulte mit infernalischem Lärm weiter.

Allmählich wurde das Geräusch des Windes schwächer,

und bald bliesen die Böen nicht mehr so stark, dass sie große Mengen an Sand aufwirbeln konnten. Gwyn vermochte nicht zu sagen, wann, aber auf einmal fiel ihm das Atmen spürbar leichter. Er versuchte, sich zu bewegen, aber er spürte, wie schwer dies war. Erst glaubte er, eines der Kamele läge jetzt doch zu einem Teil auf ihm. Aber dann merkte er, dass dies der Sand war, den der Sturm um ihn herum angehäuft hatte, wie eine Wehe aus Schnee, die im Winter einen Mann einschneien kann, wenn er, Schutz suchend, sich so auf den Boden kauert, wie Gwyn und die Reisenden aus der Karawane es getan hatten.

Er hob den Kopf.

Sand rieselte ihm links und rechts vom Nacken herab. Gleichzeitig spürte er den Sand überall auf seinem Körper kleben, auf dem Rücken, dem Bauch und an den Beinen. Er hatte vor Angst geschwitzt, und er tat es noch immer. Seine tränenden Augen brannten, und er hoffte, dass der Sand sich rasch aus den Augen herauswusch, denn noch immer konnte er nichts richtig sehen. Als er tief Luft holen wollte, war da nichts außer Sand, und er hustete, bis seine Lungen schmerzten, als wären sie gefüllt mit heißem Sand. Er riss sich das dicht gewickelte Tuch vom Kopf. Ringsum hörte er das Husten und laute Keuchen vieler Menschen. Ein kleines Kind weinte herzergreifend. Die Kamele bewegten sich nun heftiger, arbeiteten sich aus dem Sand heraus und erhoben sich mit keuchendem Geräusch. Eine Hand packte ihn an seinem Burnus und zog ihn hoch.

»Ingles, bist du wohl?«

»Ja …«, hustete Gwyn.

Es war Fennek, die treue Seele, der ihn in die Höhe zog. Jetzt konnte Gwyn etwas erkennen. Der Himmel war hell, an manchen Stellen sah man sogar wieder ein freundliches Blau. Ringsum gruben sich die Mitglieder der Karawane aus dem

Sand, alle vor Erleichterung lachend.

»Gottes Zorn …«, wollte Gwyn sagen, aber er musste wieder husten.

Fennek lachte. »Allahs Zorn währt nie lange«, entgegnete der Berber mit kratzender Stimme. Er trank einen tiefen Zug aus seinem Wasserschlauch und reichte Gwyn das Leder. Auch Gwyn trank und glaubte dabei zu spüren, wie ihm das lauwarme Wasser den Staub aus seinem Hals schwemmte.

Die Frauen der Karawane waren die Ersten, die sich beherzt der Mitglieder ihrer Familien annahmen. Der Scheich schrie in arabischen Worten etwas, was wie ein Befehl für alle galt. Da knieten die Menschen nieder, und Gwyn verstand. Scheich Hassan Il Sharif wollte beten und Dank dafür sagen, dass Allah sie in dem mächtigen Sandsturm verschont hatte.

Und Gwyn kniete nieder und betete zu Gott dem Herrn.

Die Karawane wollte weiterziehen. Wie ein Wunder waren außer zwei Ziegen, die in dem Sturm verlorengingen, keine Opfer zu beklagen. Die Menschen hatten viel Sand geschluckt, und ein Teil der Ladung war verweht worden, aber es war niemandem ein Leid geschehen. Gwyns schwere Truhen waren mit langen Stoffbahnen umwickelt worden, aber nachdem er festgestellt hatte, in welch winzige Ritzen und Spalten der Sand durch die Gewalt des Sturmes hingelangte, war er sich nicht mehr so sicher, dass die Kraft des feinen Sandes sich nicht doch einen Weg in das Innere gebahnt hatte. Er wollte aber erst am frühen Abend die Truhen öffnen und sein Werkzeug überprüfen.

Nur eine halbe Tagesreise entfernt gab es eine grüne Oase, in einem Tal gelegen mit einer sauberen Quelle. Gwyn säuberte seine Kleidung und begann dann, alle Pfeile aus seinem Köcher zu nehmen. Als er den leeren Köcher umdrehte, musste er plötzlich lachen angesichts der Sandmenge, die sich darin befand. Erst dann vermisste er seinen Bogen.

Diese Erkenntnis verwirrte ihn für einen Augenblick. Sein Bogen war verschwunden. Er musste ihn irgendwo bei der schnellen Jagd, die große Düne hinauf oder dann beim eiligen Abstieg in die Senke verloren haben. Gwyn sprang auf. Er schirmte mit der Hand seine Augen ab und sah über den hellen Sand. Von einem Augenblick zum nächsten tastete sich die Sonne durch die dichten Wolken. Der Sandsturm zog nach Süden weiter, und das Licht kehrte zurück. Gwyn schluckte. Irgendwo hinter ihm, im verwehten Sand vergraben, lag sein Langbogen.

»Allah war mit uns, nicht wahr, Goldschmied?« Es war Yusuf, der sein Pferd neben dem Faber anhielt. Das Tier tänzelte noch immer nervös und blies ständig mit lautem Schnauben seine Nüstern aus. Gwyn sah auf. Der Araber saß im Sattel, so als ob nie etwas geschehen wäre. Mit keiner Spur verriet sein Äußeres, dass er, wie alle anderen hier, dem heftigen Sandsturm soeben entkommen war.

»Mein Bogen …«, murmelte Gwyn und sah wieder über die verwehte Spur hinter ihnen.

»Was ist Euch, Faber?«

»Mein Bogen, … ich hab ihn verloren …«

Gwyn war für einen Moment wie betäubt. Der Langbogen war wie ein Teil von ihm selbst. Er konnte sich nicht vorstellen, ohne diese Waffe seine Reise fortzusetzen. Der Araber stellte sich im Sattel seines Pferdes auf, als ob er so noch besser sehen könnte, und sah suchend über die glatte, vom Wind zugewehte Sandfläche.

»Was der Sand einmal begraben hat, gibt er nicht wieder her«, sagte ibn al-Mansur mit ehrlichem Bedauern.

»Aber nicht meinen Langbogen«, entgegnete Gwyn bestimmt.

Seinen Bogen aufgeben hieße so viel wie einen guten Gefährten aufgeben.

»Ich werd ihn suchen …«

»Faber, Ihr seid … hört, wir alle haben Durst. Wir müssen weiter und die Quelle aufsuchen, solange es noch hell ist. Wir wissen nicht, ob der Sturm auch das Wasser an der Quelle verschmutzt hat. Die Kamele und die Pferde sind durch den Sturm geschwächt. Wir alle müssen trinken!«

»Ich bleibe hier und suche meinen Bogen!«, entgegnete Gwyn knapp. »Er kann nicht weit sein, denn ich spürte ihn noch eine Weile beim Laufen …« Er wollte nicht weitersprechen, denn seine Antwort geriet kläglich genug, das wusste er. Wie sollte er seine Waffe hier wiederfinden? Zumal er nicht einmal genau wusste, wie tief im Sand verweht sie lag und vor allem, wo genau?

Die übrige Karawane war bereit zum Aufbruch. Yusuf befahl Fennek, die beiden Kamele des Goldschmieds für die Weiterreise fertig zu machen. Er selbst sprach mit dem Scheich.

Der Älteste der Karawane sah Gwyn lange an. Hassan Il Sharif war der Patriarch, und niemand durfte sich seinen Anweisungen widersetzen. Tat er dies doch, war er kein Mitglied mehr in der Gemeinschaft. Ein Ausschluss hier in der Wüste war fast gleichbedeutend mit dem Tod. Allein war es schwierig und für einen unkundigen Rumi, wie dem Goldschmied, sogar unmöglich.

»Die Waffe ist Euch ein so großes Opfer wert, Christ?«, fragte Hassan Il Sharif.

»Ja, Scheich, sie ist ein Teil von mir. Ein weiser und gütiger Mann lehrte mich den Umgang damit, und ich bewahre sein Andenken im Besitz und im Gebrauch dieses Bogens.«

»Ich verstehe Euch, Christ. Eure Gesinnung ist edel. Gesegnet seien diejenigen, welche ein Andenken bewahren können.«

Gwyn nickte dankend.

»Aber was Ihr vorhabt, ist Allah herausfordern«, bekräftigte Hassan Il Sharif.

»Warum?«

»Hätte Gott gewollt, dass Ihr Euren langen Bogen wiederfindet, würde er ein Zeichen senden, und er ließe Euch das verloren geglaubte Stück wiederfinden.«

»Ich *werde* ihn wiederfinden!« Gwyns Antwort war von einem leichten Trotz. Er wollte doch nur die Möglichkeit haben, nach der Waffe zu suchen, mehr verlangte er gar nicht. Gwyn, zu sich selbst ehrlich genug, glaubte eigentlich nicht daran, sie zu finden. Ein solcher Sandsturm, wie er ihn gerade erlebt hatte, blies schwerere Gegenstände wie seinen Bogen oft über eine Meile weit. Und niemand vermochte den Ort zu bestimmen, an dem Gwyn seine Waffe verloren hatte. Es war ein aussichtsloses Unterfangen. Aber beide Araber, der Scheich Il Sharif wie auch Yusuf ibn al-Mansur, waren zu höflich, um Gwyn dies unverblümt zu sagen.

»Christ, kein Muslim meiner Sippe wird Euch helfen. Denn sie glauben, was Ihr tut, ist Gott erzürnen. Wir warten hier, bis der Schatten meines Zeltes und der Schatten eines Eurer Pfeile eins sind. Dann ziehen wir ohne Euch weiter.« Der Scheich endete mit seiner Erklärung, und Gwyn nickte daraufhin zum Zeichen, dass er einverstanden war. Da klatschte der Scheich in die Hände. Einer seiner Männer zog langsam einen Pfeil aus Gwyns Köcher. Dann verbeugte er sich vor dem Scheich und trat aus dem Schatten des Zeltes in die heiße Sonne hinaus. Er schritt langsam über den Sand, bis der Scheich ihm mit einem erneuten Händeklatschen befahl, anzuhalten und den Pfeil in den Sand zu stecken. Der Mann tat dies.

Da begann Gwyn mit seiner Suche.

Die Sonne brannte unerbittlich, und Gwyn schwitzte sehr. Verbissen ging er, seinen langen Wanderstab wie ein Instrument gebrauchend, langsam durch den Sand, die mächtige Sanddüne hinunter. Dabei strich er mit dem langen Holz in bogenförmigen Bewegungen durch den Sand, immer hin und her. Von links nach rechts, so als wäre er ein Blinder, der mit dem Stab »sieht«, immer darauf hoffend, jedes Hindernis sofort zu spüren und zu erkennen.

Alle Mitglieder der Karawane waren ihm gefolgt. Sie warteten oben auf dem Saum der Düne, regungslos auf ihren Fersen hockend, ihre Gewänder als Schattenspender wie Zelte über die Köpfe gezogen. So beobachteten sie den verrückten Ingles aus dem fernen Land der Franken, wie er durch die mächtige Wüste schritt, seinen Bogen im alles verwehenden Sand zu suchen. Das war Frevel in den Augen der Anhänger des Propheten. Allah der Allmächtige würde diesen *Rumi* dafür strafen. Denn es war seine Schuld, dass sie hier warten mussten, anstatt den Marsch zu den Quellen von Ruthba zu machen.

»Allah ist nicht mit ihm«, sagte einer der arabischen Kaufleute plötzlich. Es klang verächtlich.

»Und was er tut, ist Allah spotten«, entgegnete ein weiterer Kaufmann.

»Allah hat Geduld, aber hat er auch Geduld mit einem *Rumi?*«, meinte ein anderer Händler.

»Allah ist *nicht* mit ihm«, wiederholte der erste arabische Kaufmann plötzlich.

Yusuf, der auf einem kleinen Teppich in der Sonne saß, von einem Baldachin geschützt, spie plötzlich aus und sprach, ohne sich umzuwenden. »Allah ist mit ihm!« Der Ton seiner Stimme machte jedem Zuhörer klar, dass er kein weiteres Wort gegen den Goldschmied dulden würde.

Da schwiegen die Kaufleute.

Gwyn aber suchte weiter, und die Anstrengungen des Sturmes, der Marsch des Tages über in der glühenden Sonne forderten allmählich ihren Tribut. Seine Kräfte schwanden, und er war am Ende. Der Rest Schweiß, den sein müder Körper zurückgehalten hatte, floss nun an ihm herab und mit ihm auch der Rest all seiner Kraft. Gwyn Carlisle war müde, und immer mehr sah der Boden überall gleich aus. Seine Augen schmerzten und brannten von dem angestrengten Starren auf den heißen Sand wie auch von dem Staub, der ihm in die Augen geflogen war und sie gerötet hatte. Seine Schritte wurden schwer. Er hatte das Gefühl, sie müssten mit einem Metall gefüllt sein, denn jeder Schritt geriet ihm mehr und mehr zur Qual. Sein Unterfangen war einfach hoffnungslos. Und während er dahinschlurfte, immer langsamer werdend, sah er auf einmal Menschen, an die er lange nicht mehr gedacht hatte. Er sah Peter Fallen, seinen Lehrherrn aus seiner Zeit als Lehrling in London. Dieser Mann mit dem scharfen und klugen Verstand, der auf seinen verkrüppelten Beinen kaum stehen konnte, war ein großer Bogenschütze gewesen, der ihm beigebracht hatte, wie man die alte angelsächsische Kriegswaffe spannt, um einen Pfeil über weite Entfernungen hinweg noch treffen zu lassen. Wie in so vielen Dingen war Gwyn auch hier seiner Gabe, rasch zu lernen, gerecht geworden. Er entwickelte sich zu einem sehr guten Schützen. Als sein Meister damals starb, starb er inmitten eines Feuers. Und mit ihm verbrannte bei jenem Ereignis auch sein Langbogen. Aber plötzlich meinte Gwyn die Stimme von Eldrige, dem alten Veteranen, der nach dem Tod seines Meisters so etwas wie ein Teil seiner Familie gewesen war, zu hören.

Einst ließ er zwei Bogen fertigen und bediente sich ihrer immer wechselnd. Beide Waffen waren wie Zwillinge. Einer ist verbrannt.

Halte diesen in Ehr und Würde, Gwyn.

In seinem Kopf hörte er ein Brausen, und er glaubte, die Hitze würde ihn auf der Stelle umfallen lassen. Er murmelte etwas und ergriff seinen Wasserschlauch, um einen Schluck zu trinken. Aber dies hatte er bereits vor einigen Augenblicken getan und einige Augenblicke davor. Der Schlauch war längst leer. Als Gwyn dies bewusst wurde, verspürte er nur noch den Wunsch, sich in den glutheißen Sand zu setzen und zu schlafen. Er fühlte sich erschöpft, aber weniger durch die Hitze, sondern mehr durch die Erkenntnis, seine Waffe in dieser Sandwüste nicht mehr zu finden. Als er sich umwandte, blickte er auf die lange Reihe von Menschen, die dort stumm sein Bemühen beobachteten. Sie waren ihm sicherlich nicht gram, denn der Scheich hatte es so bestimmt, und sein Wort war Gesetz in der kleinen Gemeinschaft. Yusuf breitete seine Hände langsam aus, und mit dieser Geste deutete er Gwyn an, wie nahe der Schatten des Zeltes bereits am Schatten des Pfeils war. Es war nicht mehr viel. Die Schatten wurden länger, und die Zeit verrann immer schneller.

Er hatte keine Zeit mehr.

Die Menschen hinter ihm auf der Düne erschienen ihm kleiner und kleiner. Noch waren sie zu erkennen, aber nur noch in ihrer Menge, nicht mehr die Gesichter und nicht mehr die Muster ihrer Kleider. Gwyn war allein. Niemand war so neugierig gewesen, ihm zu folgen. Denn die Hitze des Tages war nach dem Sandsturm erneut groß, und jeder sparte seine Kräfte für den Marsch zu den Quellen von Ruthba.

Gwyn fand den Bogen, als er schon umkehren und den Weg zurück auf die mächtige Düne nehmen wollte.

Aber eine innere Stimme trieb ihn, noch zu warten, noch ein, zwei Schritte zu gehen. Er tat es, und die Spitze seines Stockes spürte den Widerstand. Er stürzte sich nicht mehr darauf, so wie einige Male zuvor. Denn es war nicht das erste Mal, dass sein Stock Widerstand spürte. Einmal war es ein leerer Sack gewesen und ein andermal Steine, die aber schon seit ewigen Zeiten hier im Sand verborgen gelegen hatten.

Diesmal war es sein Bogen.

Gwyn kniete nieder und grub die Waffe vollständig aus. Behutsam säuberte er den Griff, fuhr mit den Händen über die leichte Krümmung der Bogenenden und befühlte die Sehne zwischen seinen Fingerspitzen. Die Waffe schien intakt. Da fühlte er sich nicht mehr länger müde und allein. All die Mutlosigkeit war vorüber.

Er sprang auf und schrie: »Jerusalem!« Seine Stimme krächzte, und er hörte sie und dachte, dies sei nicht seine Stimme. »Jerusalem!«

Und die Menschen auf dem Hügel sprangen auf und sahen, wie der Ingles dort unten durch den Sand eilte, so schnell er konnte. Und wie er das schwenkte, was er gesucht hatte, den Bogen aus seinem Heimatland. Und er schrie und jauchzte, und da schrien die Menschen ringsum mit ihm, und es war Fennek, der mit lauter Stimme anhub. »Allah akbuar!«

Und die Menschen ringsum schrien ebenfalls. »Allah akbuar – Gott ist groß!«

Gwyn hastete die mächtige Sanddüne hinauf, verlor den Boden unter dem gleitenden Sand, fiel auf die Knie und raffte sich sogleich wieder auf. Da streckten sich ihm hilfreiche Hände entgegen, zogen ihn in ihre Mitte, und von allen Seiten wollte jeder den Mann berühren, dem Allah wohlgesinnt war. Gwyn lachte erschöpft, aber glücklich. Die Menschen wichen erst alle zurück, als Yusuf auf den Goldschmied zutrat und ihm einen vollen Wasserschlauch entgegenhielt.

Gwyn hatte sich einst gesagt, nie wieder etwas von Yusuf, dem Räuber, zu nehmen. Aber jetzt nickte er dankend und trank mit langen, gierigen Zügen. Als er absetzte, lachten erneut alle ringsum, und dann folgten sie ihm wie eine Karawane, einer hinter dem anderen eilend bis zu dem Platz, wo der Pfeil im Wüstensand steckte. Noch war er in der Sonne.

»Faber ingles! Sag uns, was ist das Geheimnis dieses Bogens?«, rief Il Sharif. »Warum war er Euch so viel wert, dass Ihr beinahe Tribut zahlen musstet an die Sonne?«

Da schwiegen die Menschen ringsum. Die Frage des Scheichs war nicht von allen verstanden worden, denn er hatte Gwyn in griechischer Sprache angesprochen, und nicht alle aus der Karawane verstanden diese Worte.

»Es ist ein Vermächtnis, edler Hassan Il Sharif, das mir heilig ist«, entgegnete Gwyn.

Der Scheich nickte und befahl einem der Männer, den Pfeil, der als Markierung der Zeit dienen sollte, zu holen und Gwyn wieder zurückzugeben. Es bildete sich eine Gasse, als der Mann in dem glutheißen Sand zu jener Stelle lief, wo der Pfeil in dem gleißenden Sand steckte. Er zog den Pfeil heraus und lief durch die noch immer offene Menschengasse zurück. Dann hielt er Gwyn den Pfeil hin. Der nickte zum Dank und wollte den Pfeil nehmen, um ihn in seinen Köcher zurückzustecken.

»Mit Verlaub, Herr Carlisle, zeigt, was in diesem Bogen steckt!« Es war Yusuf, der in die allgemeine, aufmerksame Stille der wartenden Karawane sprach.

Der Araber trat näher, und erneut machten ihm die Menschen Platz. Er wandte sich um und deutete mit dem Arm auf eine niedrige, sandige Hügelkette, die in einiger Entfernung zu sehen war. »Faber, seht Ihr diese Senke dort?«

Gwyn schirmte mit der Hand seine Augen, und nach einem Moment angestrengten Sehens in die angegebene Richtung sah er, was der Araber meinte. Wie ein Hohlweg, eine Art Durchgang, waren die Sandhügel an einer Stelle unterbrochen.

»Ich sehe sie«, entgegnete Gwyn.

»Dahinter liegt *Wadi* Ruthba, eine Oase mit grünem Gras

und schattigen Bäumen. Wasser, soviel wir trinken wollen. Allah hat uns diesen Platz geschenkt, damit wir es uns dort wohl ergehen lassen.«

»Ja …«, murmelte Gwyn.

»200 Schritt, Herr Carlisle, vielleicht sind es auch ein wenig mehr.«

Er blickte Gwyn an und lächelte dabei. Da verstand der Goldschmied. Er sollte den Pfeil in jene Richtung abschießen, um mit einem solchen Schuss die wartenden Menschen ein wenig dafür zu entschädigen, dass sie so lange hatten ausharren müssen, bis er, der Ingles aus dem fernen Abendland, seinen Bogen wiedergefunden hatte. Gwyn musste sich wieder einmal über das Gespür des Arabers für Menschen wundern. Er wusste, was die Menschen nötig hatten, damit sie von einem Augenblick des Unmuts hin zum Augenblick des Staunens gelangten. Gwyn sah auf Yusuf, bevor er antwortete. »Es sind wohl ein wenig mehr. Aber in der heißen Luft fliegt ein Pfeil sicherlich länger.«

Da lachte der Araber, und man sah seine weißen Zähne. Er trat einen Schritt zurück, breitete die Arme weit aus und rief, sich nach allen Seiten umblickend: »Seht, Erhabener! Seht, ihr Männer und Frauen, ihr Kinder und Ehrwürdigen, den Faber ingles aus dem fernen England. Seht mit eigenen Augen, ob er weiter schießt als jeder Anhänger des Propheten mit einem türkischen Bogen!«

Die Menschen traten murmelnd zurück, ihre Müdigkeit schien wie weggeblasen. Alle wollten sehen, wie der Goldschmied, dem Allah so wohlgesinnt war, einen Pfeil schoss, der weiter reichte als alle Pfeile der arabischen Krieger weit und breit. Hatte dies nicht soeben der stolze Yusuf ibn al-Mansur behauptet?

Gwyn umwickelte sein linkes Handgelenk mit einem feinen, weichen Leder. Er musste dies tun, denn bei einem solchen Schuss über eine so große Distanz würde die zurückschnellende Sehne noch genug Kraft haben, um ihn schmerzhaft am Handgelenk zu treffen. Noch einmal überprüfte Gwyn seinen Bogen. Zoll für Zoll suchten seine Augen nach irgendeiner Unregelmäßigkeit auf dem glatten, bernsteinfarbenen Holz, auf irgendeine Beschädigung der straffen Bogensehne oder einer Stelle, an der das Holz schwach war. Aber er konnte nichts entdecken.

Gwyn war erschöpft und müde, aber die Herausforderung hielt ihn wach und gespannt. Und er wusste auch: Wie immer dieser Schuss ausgehen würde, danach würde er nur noch schlafen.

»Seid Ihr bereit?«, wollte der Araber wissen, der ihn bei seinen Vorbereitungen die ganze Zeit über beobachtet hatte.

Gwyn nickte. Da wandte sich Yusuf ibn al-Mansur wieder an die Menschen der Karawane. »Seid still! Nur die Wüste darf man hören. Der Ingles will schießen, so weit, wie sein Bogen es vermag!«

Alle Umstehenden schwiegen. Nun war wirklich nichts mehr zu hören außer dem leisen Säuseln des Windes. Nur die Kamele hoben ihre Köpfe, schnaubten dann und wann. Ab und zu hörte man eines der Pferde mit einem Geräusch, wenn es seine Mähne schüttelte. Die Tiere hatten Durst.

Gwyn hob seinen Bogen. Er zielte nicht lange, denn diesmal gab es kein Ziel, sondern nur eine Richtung. Ein Einschnitt in einem endlosen Sandmeer, der ein sanftes weites Tal umhüllte, in dem sich eine Oase befand. Er zog die Sehne zurück, so weit er es vermochte.

Dann ließ er los.

Der Pfeil flog davon. Er beschrieb einen hohen, weiten Bogen in die Richtung, welche Yusuf angegeben hatte. Die Köpfe der beobachtenden Menschen folgten seinem Flug, und als der Pfeil, sich der Erde nähernd, aber immer noch mit stetiger Geschwindigkeit fliegend, sich auf die fernen Sanddünen hin bewegte, begannen die Menschen, in vielerlei Lauten zu rufen, zu pfeifen und zu schreien.

Die Leute schrien noch, als der Pfeil hinter den angegebenen Dünen verschwand. Es war ein sehr weiter Schuss gewesen. Gwyn erinnerte sich nicht, jemals so weit geschossen zu haben.

Alle eilten zu ihren Tieren. Die Kaufleute ließen die Kamele aufstehen, Krieger sprangen ungeduldig in die Sättel, und Frauen hoben ihre kleinen Kinder zu ihren Vätern und Brüdern auf die Tiere, die Größeren folgten zu Fuß, Stöcke in den Händen, um die Ziegenherde zu treiben. Zuletzt bestieg der alte Scheich sein Kamel und ließ es aufstehen. Mit raschen Schritten lenkte er das Tier an die Spitze der marschbereiten Karawane. Dann setzte sich der Zug in Bewegung. Gwyn wollte nicht reiten. Obwohl er sich zum Umfallen müde fühlte, spürte er eine seltsame kribbelnde Freude in sich. So hielt er sich am Sattel von »Onkel«, dem ersten Kamel, fest und ließ seine müden Beine einfach laufen. Diese Karawane war wie eine Familie, und nach dem furchtbaren Sturm und nach dem Wiederfinden seines Bogens glaubte er mehr denn je, eines Tages Bagdad zu erreichen. Und während er noch darüber nachdachte, zogen sie durch den Hohlweg, den der Wind in der Zeit geschaffen hatte. Dann führte sie ein sandiger Pfad ein wenig aufwärts, und dort, am Ende, lag die Oase vor ihnen.

So wie es Yusuf ibn al-Mansur gesagt hatte: grüne, üppige Bäume, die ihre Zweige in der leisen Brise bewegten, der Sand ringsum glatt geweht vom Sturm, und zwischen den Zweigen schimmerte das Wasser der Quelle. Wasser, das Herz aller Oasen.

Allah hat uns diesen Platz geschenkt, damit wir es uns dort wohl ergehen lassen.

Und am Ende des Weges stak Gwyns Pfeil im goldfarbenen Sand. Bei diesem Anblick erscholl ein hoher seltsamer Jubelruf aus den Kehlen der Araber. Ein Ruf, den sie immer dann anstimmten, wenn sie über eine Sache besonders erstaunt und zufrieden waren. Übermütig ritten sie in einem großen Kreis um die Stelle, und Kinder bemühten sich, die Hunde von dem Pfeil zu verjagen, denn niemand sonst sollte sich diesem Zeichen nähern dürfen.

»*Allah akbuar!* – Gott ist groß!«, schrien sie nun alle, als Gwyn durch eine Gasse von Tieren und wartenden Menschen schritt, glücklich, zum Umfallen müde, mit Sand in seinen Schuhen und in seinen Kleidern, hin zu dem wartenden Scheich. Und er selbst war es, der Gwyn seinen Pfeil zurückgab, der so weit geflogen war wie kein Pfeil zuvor.

Von diesem Tag an nannten sie Gwyn respektvoll »Herr der Pfeile«.

Die Karawane lagerte nun den zweiten Tag in der Oase. Es war gut so, denn alle Beteiligten waren froh um diese Ruhepause. So saßen sie um die Feuer, tranken Tee und schwatzten, während die Kinder in dem klaren Wasser der Quelle spielten und die Frauen sich in ihre Zelte zurückzogen. Gwyn hatte Zeit, sich im Schatten seines Zeltes dem zu widmen, was er liebte: seinem Handwerk.

Er war noch immer damit beschäftigt, Yusufs prächtiges Schwert zu vollenden. Für die Hülle benötigte er Holz, fest gewachsen, trocken und doch elastisch genug, um nicht zu splittern oder gar zu brechen, sollte es einmal einen Stoß oder Hieb erhalten. War Holz schon selten genug in diesem Land, war sein Wunsch, für Yusufs Schwert Holz mit diesen besonderen Eigenschaften zu finden, ein fast aussichtsloses Unterfangen. Er hatte dem Scheich Hassan Il Sharif seinen Wunsch mitgeteilt. Der Anführer der Karawane hatte ihm versprochen, seinem Gast zu helfen. So schickte im Laufe der nächsten Tage jeder der Kaufleute einen seiner Diener oder Knechte, oder gar seinen eigenen Sohn zu Gwyn. Jeder brachte ihm ein langes Holzstück, das eigentlich für das allabendliche Lagerfeuer gedacht war. Auch Teile der Sättel wie auch der Zeltstangen wurden Gwyn unter freundlichen Gesten angeboten. Der Faber solle sich das beste Stück Holz aussuchen, um daraus seine Schwertscheide anzufertigen. Bald galt es als Ehre zwischen den Familien, dem Faber Ingles kostbares Holz anzubieten. Jeder hoffte, dass es sein Stück wäre, woraus der Faber die Schwerthülle fertigen würde. Aber sosehr sich Gwyn auch bemühte, kein Holz war geeignet.

Bis zu jenem Tag, an dem sie wieder einmal an einer Wasserstelle hielten, um dort ihre Tiere zu tränken und sich selbst ausgiebig zu erfrischen. Vor Zeiten hatte ein mächtiger Baum die Wasserstelle beschattet. Ein lang zurückliegender Sturm mit einem Gewitter hatte in dieser Gegend getobt, und damals schlug ein Blitz in den Baum ein und verbrannte ihn fast vollständig. Nur ein knapp mannshoher Strunk blieb übrig, dürr und an manchen Stellen noch ein wenig schwarz von der Kohle des Feuers. Alle Bewohner der Wüste, welche diese Wasserstelle bei ihrer Rast schätzten, hieben mit scharfen Klingen Späne aus dem verkrüppelten Stamm, um daraus Feuerholz zu gewinnen. Auch die Karawane um Il Sharif tat dies. Als auch Gwyn sich aufmachte, um Holz für seinen kleinen Schmelzofen zu sammeln, entdeckte er ein Stück in dem Stamm, das für seine Zwecke geeignet erschien. Eine ganze Weile mühte er sich ab, aus dem unversehrten Kern des Stammes ein langes Stück Holz herauszuschälen. Als er es gesäubert und geglättet hatte, war er zufrieden. Es war genau so, wie er es sich vorgestellt hatte. Trocken und hart, fest genug, aber noch elastisch genug, um es bearbeiten zu können. Er schnitzte und sägte es in Form der leichten Krümmung, die dem Maß des Schwertes entsprach. Wie auch den Griff, so sägte Gwyn das so gebogene Holz in seiner gesamten Länge in zwei Teile. Mit scharfen Beiteln und feinen Messern begann er nun, das Innere der beiden Hälften so auszuhöhlen, dass später einmal die Schwertklinge genau hineinpasste.

Dort, wo er das glatte Holz auseinandergesägt hatte, legte er ein langes ledernes Band dazwischen. Mit dem festen zähen Leim verklebte er beide Holzteile und das Leder zu einem Ganzen. Dann umwickelte er die Hülle mit feinem frischen Leder, welches er einem der Kaufleute für ein Stück Silber abgekauft hatte. Das Leder feuchtete er gut durch, spannte die Schwerthülle auf dem Boden fest und ließ es einen Tag lang von der Sonne trocknen. Das Leder trocknete in der Hitze rasch und zog sich zusammen. Dabei presste es die hölzernen Hälften so fest zusammen, als wäre alles in eine eiserne Klammer gespannt worden. Diese Schwerthülle würde Jahrhunderte überdauern. Von demselben Händler erstand Gwyn auch ein Stück fein gegerbte Rochenhaut, dessen gepunktete Struktur sich sehr gut für die Hülle eignete. Der Rest war für Gwyn dagegen fast schon einfach. Zwei Beschläge aus gehämmertem Messing und die Spitze der Schwertschneide mit einem Abschluss aus demselben Metall hatte er bald fertig. Er polierte das Metall erst mit feinem Sand, dann mit Bims, und zuletzt fettete er alle Metallteile, einschließlich der Klinge, mit feinem Öl.

Das grüne Band des Gerwulf vom Stein befestigte Gwyn am Griff der Waffe, denn das Band war lang genug, dass es der Goldschmied so um den beinernen Griff winden konnte, dass es nicht alles Weiß bedeckte. Beide Enden vernähte Gwyn sorgfältig.

Dann war die Waffe fertig.

Als er sie Yusuf ibn al-Mansur feierlich überreichte, traten seine Männer wie auch die Händler der Karawane näher und bildeten ehrfürchtig einen großen Kreis um den Goldschmied und den stolzen Araber.

Yusuf zog die Waffe, und die Menge ringsum brach in bewundernde Rufe des Staunens aus. Er ging strahlend ein paar Schritte hin und her, bewegte die Klinge, prüfte ihr Gewicht und hielt sie immer wieder in die Höhe, damit sie auch jeder sehen konnte. Der blanke Stahl funkelte in der Sonne, und immer wieder brachen die Umstehenden in begeisterte Rufe aus.

Als der Araber die Waffe an seinem breiten, seidenen Gürtel befestigte, klatschten und riefen die Mitglieder der Karawane durcheinander.

»Goldschmied, ich danke Euch für Eure Kunst.«

Gwyn lächelte, und er war nicht unglücklich über die Freude des Arabers. »Wenn Ihr mit meiner Arbeit zufrieden seid, bin ich es auch. Denn das Handwerk des Goldschmieds ist ein Teil von mir.«

»Ich bin zufrieden, Faber aus dem Land der Franken. Ich bin sehr zufrieden.«

Yusuf trat vor den Scheich und hielt ihm die Klinge entgegen. »Sagt, Erhabener, wird man sprechen von diesem Schwert?«

Hassan Il Sharif lächelte voller Würde, und er nickte freundlich. »Man wird sprechen von Yusuf ibn al-Mansur und seinem prächtigen Schwert.«

»Wohl überall …?«, wollte Yusuf wissen, und er gefiel sich sehr bei dieser eitlen Frage.

»Ja!«, entgegnete der Scheich weise.

Da schob Yusuf die Waffe in die Schwertscheide zurück und verbeugte sich tief vor Gwyn.

»Ich danke Euch für Eure Arbeit und für Euer Werk. Ihr habt Wort gehalten. Allah sei mit Euch, *Saiyid* Gwyn Carlisle, Meister der Goldschmiede.«

Abends luden sich die Kaufleute gegenseitig in ihre Zelte ein. Es galt als Wertschätzung wie als Aufmerksamkeit gleichermaßen, in solch einem Zelt zu sitzen, eine gebratene Ziege zu verspeisen, dazu Reisbällchen und gegrillte Innereien, Tee zu trinken und sich am Duft eines dunklen, braunen Pulvers zu erfreuen, das die Araber *caffé* nannten und aus dem sie manchmal ein würzig süß schmeckendes, starkes Gebräu kochten.

Gwyn hatte den Rest des Nachmittags geschlafen und am frühen Abend ein Bad in der Quelle genommen. Jetzt fühlte er sich wohl, und die Nacht in der Oase versprach mild und angenehm zu werden. Gerne hatte er die Einladung des weisen Scheichs angenommen. Damit niemand beleidigt war, lud der Scheich an diesem Abend alle Männer in sein Zelt ein. Seine Frauen, er hatte ihrer drei, hatten sich zurückgezogen, so wie es die Araber überhaupt vermieden, ihre Frauen bei solchen Männerrunden zuzulassen. Ein Brauch, der Gwyn bekannt war, den er aber als eine der wenigen Gewohnheiten und Sitten in diesem Lande wenig schätzte. Denn Gwyn war jung und einer kleinen Liebelei keinesfalls abgeneigt. Aber die Bräuche hier waren streng. Eher war der nackte Busen eines Weibes zu sehen, wenn sie sich bückte und Wasser schöpfte, als deren Gesicht. Wann immer er Frauen traf, gingen sie tief verschleiert, und nur ihre Augen sprachen stumm mit ihm.

»Allah ist Euch wohlgesinnt, Faber!«, bemerkte der Scheich, und die versammelten Männer ringsum murmelten zustimmend.

»Er hat Euch Euren Bogen wiederfinden lassen.«

Sie sprachen Arabisch, und Gwyn, der die Sprache leidlich sprach und verstand, konnte den Fragen des Scheichs folgen.

»Erhabener, wer sagt Euch, dass es Allah war? Mein Gott ist die Dreifaltigkeit selbst, der Herr, sein Sohn und der Heilige Geist.«

»Und Euer Zeichen ist das Kreuz, Faber. Ich weiß …«, antwortete der Scheich schnell, »der Prophet sagt, Allah ist mit allen, die ihn sehen wollen.«

»Das sagt unser Glaube über Gott den Allmächtigen auch«, antwortete Gwyn freundlich.

Der Scheich nickte wieder. Die übrigen Männer sahen auf die beiden, stumm, aber voller Aufmerksamkeit, denn der Scheich sprach mit einem Rumi über das, was sie alle bewegte, den Glauben und die überlieferten Worte des Propheten.

»Soll ich zu Allah beten, nur weil Ihr zu ihm betet?«, fragte Gwyn, und er sah sich in der Runde der sitzenden Männer um.

Der Scheich antwortete. »Dies verlangt der Prophet nicht. Mohammed sagt, wer Gott schauen will, der schaut den wahren Glauben.«

»Ihr meint, ich soll meinen Glauben ändern und ein Muslim werden?«

»Ihr Christen kommt in unser Land und sagt, jeder, der nicht an Euren Gott glaubt, ist ein Heide, ein Ungläubiger. Aber sagt selbst, Faber«, fragte der Karawanenführer, »was ist an Eurem Glauben so anders? Liebt Ihr anders, nur weil Ihr Christ seid?«

»Nein, ich glaube nicht, Scheich.«

»Nun, warum solltet Ihr dann einem anderen Gott huldigen? Denn es gibt nur einen Gott. Es wird lange dauern, bis wir Menschen lernen, dass es nur er selbst ist, zu dem wir beten, und nicht sein Name. Obwohl Euer Gott Jesus heißt und unser Gott sich Allah nennt. Dafür kämpfen meine und Eure Brüder. Dafür werden sie bluten und sterben, und undenkliches Leid wird über alle kommen. Und doch sind beide Gott.«

Die umsitzenden Männer murmelten, und in ihren Mienen las Gwyn Zustimmung zu dem, was der Scheich soeben sagte. Nachdem die Stimmen wieder leiser waren, sprach der alte Mann weiter. »Doch es wird eine Zeit kommen, dann sind alle erschöpft und angewidert angesichts des Schlachtens und Tötens nur um des Glaubens willen. Es wird nur ein kurzer Augenblick sein, in dem die Menschen innehalten. Aber er wird die Welt verändern. Erst dann wird es ein Volk geben, das sich *Mensch* nennt.«

»Wann wird dieser Moment sein?«

»*Inschallah?* Wer weiß das?« Der Scheich zuckte die Schultern. »Niemand weiß es, aber die diejenigen, welche diesen Augenblick erleben, werden es merken. Und dann hoffe ich, dass sie diesen Moment nutzen und …«

»Und bis dahin?«, wollte Gwyn wissen, wohl stellvertretend für alle Zuhörer im Zelt des Scheichs.

»Menschen werden wegen ihres Glaubens sterben, und ein Riss wird gehen durch Familien. Er wird diese trennen, Kinder ihre Eltern verraten lassen und Freunde zu unversöhnlichen Feinden machen. Und die, die dies tun werden, sind noch nicht geboren.«

»Aber Scheich, dies … dies ist entsetzlich.«

»Ja, dies ist entsetzlich, und deshalb hoffen wir, Allah weist uns den Weg.«

»Erhabener, Ihr glaubt, dieser Augenblick der Einsicht wird kommen?«

»Der Prophet hat es gesagt. Und er selbst erfuhr es von Allah dem Allmächtigen. Gott will nur das Gute. So steht es geschrieben.«

Die übrigen Männer nickten beifällig mit den Köpfen. »So steht es geschrieben …«

Der Palast der Freude

Ein gewöhnlicher Sterblicher durfte den Palast nicht betreten. Strenge Wachen hinderten jeden bei dem Versuch.

13

Ktesiphon war keine Stadt mehr.

Die Reste lagen am Rande einer breiten, flachen Ebene. Der Platz schien einst gut gewählt. Hier gab es Wasser, genügend fruchtbare Erde, um zu pflanzen und zweimal im Jahr köstliches Obst und Gemüse zu ernten. Das war viele hundert Jahre her.

Ktesiphon war keine Stadt mehr.

Wohl gab es hier glutheiße Tage, die bald unerträglich wurden, wenn der heiße Wüstenwind Staub und Sand durch die engen Gassen blies. Viele Häuser, verlassen und verfallen, verschwanden unter diesem Sand. In weniger als einem Dutzend Jahren sollte nur noch der Name an die einst so vornehme Residenz der Dynastie der *Sassaniden* erinnern.

Ktesiphon war keine Stadt mehr.

Nur der Stadtkern war noch übrig. Die wenigen bewohnbaren Häuser dort ließen bei genauer Betrachtung noch etwas von der einstigen Pracht ahnen. Als Bagdad kaum mehr als ein großer Treffpunkt am Fluss war, an dem sich die Karawanenrouten kreuzten, mit einem Kamel- und Sklavenmarkt, da war Ktesiphon eine sagenhafte und strahlende Stadt, Handelsplatz und Residenz. Wenige Nachkommen und solche, die glaubten, aus den berühmten Häusern von einst zu stammen, lebten noch in den engen verkommenen Gassen.

Ktesiphon freute sich sehr auf die Ankunft der Karawane.

So kam es Gwyn vor, als sie die einzige Straße entlangzogen, die, aus der Wüste kommend, auf das große verfallene Stadttor hinführte, begleitet von halbwilden, struppigen Hunden, die die Kamele heiser kläffend umkreisten. Die Frauen der Händler trillerten in jener eigenen Tonfolge eine seltsame Melodie, und immer wieder grüßten Männer und Frauen, die am Rand des Weges neugierig aufsahen, als Scheich Hassan II

Sharif und Yusuf ibn al-Mansur vorbeizogen. Es war so lange her gewesen, seit so viele Händler hier haltmachten.

Zwölf Tage lang waren sie durch die arabische Wüste gezogen, hatten den »Zorn Gottes« gespürt und Geschichten erlebt. Nun erreichten sie die Reste der »vornehmen Stadt des Emirs«, wie Ktesiphon einst genannt wurde.

»*Salam* Scheich Hassan Il Sharif.«

»Willkommen, Reisende!«

»Willkommen, Wanderer der Wüste!«

»*Salam!* Willkommen!«

Dutzende Hände grüßten die Menschen der Karawane, und mit Würde grüßten der Scheich Hassan Il Sharif und seine Männer zurück. Yusuf ibn al-Mansur grüßten die Menschen am Wegrand ebenfalls, aber an seiner Gegenwart und der seiner Begleiter sahen sie, dass diese Männer keine Händler waren. Und so zeigten sie besonderen Respekt.

»Ihr bringt Nachrichten?« Der Mann in der uralten, früheren Karawanserei wollte dies wissen. Er grüßte bei diesen Worten, und Hassan Il Sharif nickte.

»Wir bringen Geschichten und feine Waren. Aber alles zur rechten Zeit.«

Der Karawanserei lächelte, und erneut beschrieben seine Hände mit freundlicher Geste einen Gruß, der gleichzeitig Zustimmung dafür ausdrückte, dass reichlich Zeit vorhanden war. Sie waren so viele Tage unterwegs gewesen. Was sollten da all die Augenblicke noch für eine Rolle spielen, die gebraucht wurden, um die Tiere zu tränken, Waren abzuladen und ein wenig auszuruhen, nach dem Marsch durch die große Wüste? Nicht nur dieser Mann hoffte, dass sich mit einer so großen Karawane die Stadt wieder beleben würde. Aber seine Hoffnung sollte sich nicht erfüllen.

Ktesiphon war keine Stadt mehr.

Denn die Stadt war tot, und sie blieb es. Umso mehr, als

der Scheich Hassan Il Sharif in Wahrheit keinen Handel treiben wollte. Die Kaufleute wollten nur ihre Tiere tränken und spätestens am nächsten Tag nach Bagdad weiterreisen.

»In Ktesiphon haust ein mächtiger Dämon, und wer nicht von ihm befallen, der hat die Lepra. Allah hat seinen Blick längst von diesen Mauern abgewandt.«

So erzählten sie, und ihre Geschichten blieben an diesem Abend aus. Und da fiel Ktesiphon wieder ein Stückchen mehr in die Vergessenheit.

14

Nur drei Tage später erreichten sie Bagdad, die Stadt am mächtigen Tigris. Gwyn sah voller Staunen das Gewimmel der Menschen ringsum. Nach der langen Reise durch die Wüste war es seltsam, so viele Menschen auf einmal zu sehen, sie zu hören. Er war erstaunt darüber, wie laut sie waren. Wie sehr das Rufen und Schreien, das Lachen und Weinen, das Fluchen und Schimpfen dieser vielen Stimmen ihn beim Hören schmerzte.

Wie still war es in der Wüste gewesen.

Staunend schritt er durch die Straßen. Er war angekommen in der Hauptstadt des Kalifates. Hier residierte Sultan Sangar, Herrscher von Ägypten. Hier sollte er den Mann treffen, dessen Einverständnis den Handel zwischen dem Morgen- und Abendland besiegeln sollte. Hassan Il Sharif hatte ihm genau erklärt, wie er um die Audienz im Palast nachsuchen sollte, wie er sich zu betragen habe und wie tief die Verbeugungen sein mussten, damit sie höflich waren vor den Augen der *Kuttab*, der Sekretäre, die entschieden, was das Ohr des Kalifen erreichen sollte und was nicht. Und Geduld, das schärfte ihm der Scheich ein und ermahnte ihn, sich nicht auf die Gepflogenheiten seiner Heimat zu verlassen. Ungeduld ließ einen Mann in den Augen der Männer lächerlich erscheinen. So hatte sich Gwyn auf den Weg gemacht und war durch die Straßen der Stadt gewandert. Und um ihn herum brandete das Leben so heftig und so leidenschaftlich, wie er es so noch nie erlebt hatte.

Er sah die Gemüsehändler, wie sie in weiten Körben Gurken und Melonen, Linsen und Erbsen, allerlei Bohnen und *Kolokasien*, eine erdig mehlige Frucht, anboten. Er sah die Stände der Obsthändler, allerlei Äpfel- und Birnensorten feilbietend. Dazu persische Pfirsiche, Granatäpfel aus Syrien, Quitten aus der Gegend um Basra und Zitronen und Orangen, die in kleinen Hainen hier überall wuchsen, selbst auf den sonnigen ebenen Dächern der Häuser. Überall bot man Zuckerrohr an, aus dessen süßem Saft sich allerlei Naschwerk machen ließ. Wer Gelüste auf solcherlei hatte, der konnte an endlos scheinenden Ständen kosten und kaufen. Er sah die Teehändler mit ihren großen Urnen, prächtig ziseliert aus Messing oder Silber, darin der schwarze und der grüne Tee, der über das Meer aus allen Teilen des Reiches und aus Indien kam. Die Dolchschmiede, die ihre kleinen Werkstätten zur Straße hin öffneten und als Laden und Treffpunkt interessierter Käufer nutzten. Die Lederstecher, die aus dem frisch gegerbten Leder Gürtel fertigten. Die Sattler, die prächtige Sättel aus allerlei Leder nähten. Peitschenmacher, die Reitpeitschen aus der Haut von Nilpferden und Büffeln flochten, und die Werkstätten der Rüster, die allerlei Kriegsrüstungen fertigten. Dazu all das Gewimmel der Reiter und Treiber, der Hirten und Kinder, Hunde, Schafe, Ziegen. Und über allem schwebte ein verwirrender Duft. Denn auch dies machten die Muslime hier: Blumen pflanzen, um aus ihren Blüten und Samen Farben und Öle zu pressen. Und so roch es verschwenderisch und schwer nach Veilchen und Rosen aus Persien, Jasmin und Narzissen aus der Gegend, Safran und Indigo aus dem weiten, unbekannten Afrika, Henna aus Indien und schwerem Weihrauch aus dem Jemen. Und es gab Öl und Naphta, Oliven und Rosinen, Seide und feinen Sand, der sich entzünden ließ und rauchte und so roch, wie keine Nase es je vergisst.

Das war Bagdad, die wunderbare neue, lebendige Stadt.

Erst gegen Mittag gelangte Gwyn bei seiner Wanderung an die Ostpforte des Palastes. Die Gebäude versteckten sich zum Teil hinter hohen Mauern, über deren Zinnen die Kronen von mächtigen Bäumen ragten. Hassan und auch Yusuf, der schon einmal in Bagdad gewesen war, hatten ihm von den prächtigen Gärten des Sultans berichtet. Es sei ein einziges Wunder, und Hunderte von Sklaven hegten und pflegten die Gärten des Palastes. Sie seien so groß, dass der Sultan prächtige Reiterspiele oder ganze Schlachten nachspielen ließ und dies nur für sich und seinen engsten Hofstaat, ganz zur Freude und zu seiner Entspannung. Ein gewöhnlicher Sterblicher durfte den Palast nicht betreten. Strenge Wachen hinderten jeden bei dem Versuch.

Wer auf die Gunst des Kalifen hoffte, musste an seinen Sekretären vorbei. Jeder *Kuttab* war für ein bestimmtes Aufgabenfeld zuständig, und jeder teilte sich diese Arbeit mit willfährigen Helfern, Schreibern, Vertretern, Spionen. Ein *Kuttab* war sogar mächtiger als die Wesire, welche wohl sehr hohe Ämter bekleideten, aber nur auf den Prunk und ihre Pfründe sahen. Sie waren oft hilflos in ihrer Politik, vor allem dann, wenn der Mann ihres Vertrauens mächtiger und einflussreicher wurde als sie selbst.

Empfangen wollte man ihn nicht. Einer der Wächter nahm ein kleines Schreiben entgegen, das Hassan Il Sharif für ihn hatte aufsetzen lassen. Gwyn trug die Kleidung aller Türken und sprach mit niemandem über seine Herkunft oder gar seinen Glauben. Man gebot dem Goldschmied, am nächsten Morgen wiederzukommen. Gwyn willigte mit einer stummen Verbeugung ein, denn es gab keine andere Möglichkeit, um Gehör zu bitten. Dies hatte man ihm gesagt. Er war allein, denn Fennek, der ihn immer begleitet hatte, war ein Berber, und die galten als nicht gern gesehen. Unweit des Palastes fand sich eine Reihe von Schlafhäusern. Es waren weitflächige Hofanlagen, die lange Gebäude umschlossen. Jedes dieser Häuser zählte viele enge, kleine Kammern, in denen Hunderte von Menschen nächtigten, aßen und lebten. Wer genug Geld besaß, der lebte in luxuriösen Räumen, reich mit

Teppichen und feinen Stoffen ausgestattet, mit Baldachinen, welche von Sklaven ständig bewegt wurden, um die heiße Luft in eine angenehme Brise zu verwandeln. Die weniger Wohlhabenden teilten sich oft einen winzigen Raum oder schliefen im Freien, draußen in den weiten Höfen der Schlafhäuser. Der Luxus dieser Menschen beschränkte sich auf den Schatten in den Mauern dieser Häuser.

Aber allen war eines gleich.

Sie warteten auf eine Audienz im Palast. Jeder von ihnen hoffte, irgendwann an der Reihe zu sein und von einem der Diener der *Kuttab* in einen der Säle hinter der Pforte geführt zu werden. Dort wartete dann der Sekretär, der für ihn zuständig war. Manchmal waren das Warten und der Weg aber auch gänzlich vergebens. Jeden Morgen, bevor die Sonne richtig aufging, dann wenn es noch kühl und angenehm war, warteten die Menschen schon ungeduldig auf die Audienz. Die Wohlhabenderen unter ihnen gingen derweil eigenen Geschäften nach und bestellten Vertreter für ihre Angelegenheiten. Die Ärmeren hofften geduldig, dass das Warten auf Einlass an der östlichen Pforte nicht zu lange dauerte, denn das Leben in den Häusern rings um den Palast war auf Dauer teuer. Die Einzigen, die mit diesem Leben sehr zufrieden waren, waren die Besitzer der Schlafhäuser.

So wartete der Vertreter Venedigs, der Faber Gwyn Carlisle, eine Woche.

Gwyn machte sich auf den Weg zum Palast. Es war bereits hell, und die Luft war warm. Erneut wollte er versuchen, eine Audienz zu bekommen. Es war nicht weit bis vor die große Pforte, und sein Weg war so wie jeden Tag in den letzten sieben Tagen. Er war einfach gekleidet und trug nur die Bulle mit dem Bittbrief unter seinem Gewand, dazu seinen Bogen und ein Bündel Pfeile. Seine Waffe wollte er nicht im Haus der Gäste, jenem Warteplatz zurücklassen, weil er Angst um sie hatte. Seit er sie in der Wüste beinahe verloren hatte, war sie ihm wertvoller denn je geworden. Und eher verlor er all das kostbare Werkzeug, das Geschenk der Ritter um Wolfram von Augheim, als dass er noch einmal seinen Bogen aus den Augen ließ.

Er wusste, dass niemand den Palast der Freude mit Waffen betreten durfte. So hatte es der Sultan selbst verfügt. Als Gwyn näher an die Pforte kam, war wieder eine große Menschenmenge davor zu sehen, die sich fast bis an das hohe prächtige Tor herandrängte. Lautstark bat jeder der Bittsteller um Einlass. Gwyn wusste, dass es jetzt eine Weile dauern konnte, bis er sich durch die Menge hindurchgezwängt haben würde. Der *Kuttab* saß an diesem Tag vor dem Tor an einem kleinen wertvollen Tisch, hörte sich jeden einzelnen Bittsteller an und beschied dann mit blumenreichen Worten genauso wie mit zutiefst gelangweilter Miene dem Bittsteller, wie in seiner Sache weiter verfahren werde. Gwyn sprach das Arabische noch nicht so gut, aber er hoffte, man würde ihn verstehen. Mehr noch hoffte der Faber, dass der Sekretär auch andere Sprachen sprach – Lateinisch, Griechisch, vielleicht sogar ein wenig Französisch oder gar Englisch.

Es war heiß.

Die Menge ringsum drängte und stieß sich gegenseitig nach vorn. Aber niemand schien darüber erbost zu sein, viele sahen das Ganze als kleine willkommene Abwechslung. Es gab genügend Bittsteller, die sich sogar mit eigenen Wächtern einen Weg nach vorne bahnten. Junge Burschen aus Bagdad, Kerbela und sogar aus dem fernen Hilleh, gekräftigt durch allerlei Übungen, nutzten ihre Jugend, um ihren Herren auf Zeit einen Platz vorn möglichst nahe vor dem Tor zu verschaffen. Trat einer der Wartenden nicht gleich zur Seite, gab ein Wort rasch das andere, und es kam zu Handgreiflichkeiten. Jeder dieser jungen Burschen hoffte, dass der *Kuttab* eines Wesirs ihn sah und ihn für einen Posten in der Garde des Sultans vorschlug.

Gwyn wollte nicht mehr warten.

Er bahnte sich diesmal entschiedener als die Tage zuvor seinen Weg durch die laut schreiende Menge, und im Nu war er an der Pforte des Palastes angelangt. Die Leute ließen ihn gewähren. Er trug wohl das traditionelle Tuch der Nomaden aus der Wüste, aber sein braunes Haar, sein schmales, bartloses Gesicht, überhaupt sein ganzes Auftreten war doch ungewöhnlich. Den mannshohen Bogen in der Hand, wichen auch die letzten Wartenden mit vor Verblüffung offenen Mündern zurück, und sie ließen ihn durch ihre Reihen gehen.

Vor dem *Kuttab* blieb er stehen.

Der Mann, ein Würdenträger, mit dem kostbaren Gewand seines Standes gekleidet, dem hohen Turban und dem langen Kaftan, der ihm fast bis an die Waden reichte, dazu die grüne Schärpe, eine Farbe, die als Symbol der Edlen für die Muslime galt, mochte vielleicht 40 Jahre alt sein. Hinter ihm standen oder saßen weitere Schreiber sowie Eilboten. Er saß unter einem großen Schirm, den ein Sklave über ihn hielt und darauf achtete, dass der Sekretär des Wesirs von Ägypten immer im Schatten saß. Eine Reihe von Wachen bildeten einen großen Kreis um den Mann an der Pforte. Gwyn stand vor ihm und verbeugte sich. Der *Kuttab* unterbrach die Reden, die er mit anderen Männern ringsum hielt.

Als er Gwyn sah, der sich würdig und mit Eleganz vor ihm verbeugte, schmeichelte ihm diese Geste. Er wurde neugierig. Gwyn sah den Mann einen Moment lang an, ohne etwas zu sagen. Dann aber erinnerte er sich an die Worte des Scheichs und des al-Mansur. Und sorgsam überlegend, begann er zu sprechen. »Allah segne Eure Tage, *Saiyid Kuttab*! Er segne auch alle jene, die Euer Wohlwollen genießen, denn sie dürfen sich Eurer Gunst sicher sein. Eure Feinde, ehrwürdiger *Saiyid Kuttab*, sollen jedoch Eure Güte niemals erlangen können.«

Der Mann nickte huldvoll.

Gwyn konnte nicht feststellen, ob er ihn verstanden hatte. Aber der Goldschmied hatte sich sehr bemüht, deutlich zu sprechen. So beschloss er weiterzureden, denn er wusste auch, wie sehr ein Mann von Würde die langen und blumenreichen Begrüßungsreden liebte, ja sie erwartete. Denn sie schmeichelten seinem Amt und seinem Stand.

»Der Erhabene schenkt Euch sein Vertrauen, schenkt Ihr mir das Eure. Ich bin ein Mann aus einem Land, das sich England nennt.«

Gwyn schwieg jetzt.

Alles Weitere war Sache des Sekretärs. An seinem Verhalten ließ sich die Stimmung und auch das Interesse an der Person des Bittenden ablesen. Der Mann beugte sich vor, und während er dies tat, hörte Gwyn, wie die Menschen in seinem Rücken zu tuscheln und zu flüstern begannen. Die Dreistigkeit, mit der Gwyn sich an ihnen vorbeigeschoben hatte, nur um den *Kuttab* des Erhabenen persönlich anzusprechen, verdiente wohl ihre Hochachtung.

Der Mann dort auf seinem Sessel hatte sich bereits so weit nach vorne gebeugt, dass Gwyn glaubte, er würde gleich samt seinem kostbaren Tisch stürzen. Aber der Grund dafür war ein anderer. Der *Kuttab* hatte schlechte Augen und hoffte so, den Mann vor sich noch deutlicher zu sehen.

»Du bist Christ?«, wollte der Mann wissen, und in seiner Frage schwang der ganze Hochmut seines so wichtigen Amtes mit.

»Ja, *Saiyid*.«

Die Menschen hinter ihm murmelten. Es musste ihnen wunderlich vorkommen, denn Christen waren zu jenen Zeiten selten in den Gegenden um Bagdad.

»Was willst du von mir?«

»*Saiyid,* ich trage eine Botschaft der Stadt Venedig mit mir, seit bald 100 Tagen.«

Das Gemurmel hinter Gwyn wurde lauter. Die Leute verstanden, was er sagte, und flüsterten es an die hinter ihnen Stehenden weiter.

»Ein *Rumi!*«

»... ein Ingles!«

»Aus dem fernen Land ...!«

»... ein Ingles!«

»Ein Ungläubiger!«

»Ein *Rumi!*«

Der Mann klatschte ein paar Mal in die Hände, und wie auf einen Ruf hin schwieg die Menge. »Du hast ein Papier dabei?«

»Ja, *Saiyid.*«

»Gib es mir!«, verlangte der Mann gebieterisch.

»Verzeiht, *Saiyid*, aber ich gebe dieses Papier nur einem.«

Der Mann hielt sich eine Hand an sein Ohr, so als hätte er nicht richtig gehört.

»Für dessen Namen es bestimmt ist«, setzte Gwyn sanft, aber mit Nachdruck hinzu.

»Und wer sollte dies sein?« Die Stimme des *Kuttab* war noch immer voller Hochmut.

»Sangar, der Erhabene!«

Als Gwyn dies sagte, murmelte die Menge ringsum ehrfürchtig, und keiner der Diener und Boten, der Pagen und Sklaven, der Wachen und Schreiber um den *Kuttab* konnte den Blick von dem schlanken Faber aurifex aus Britannien wenden, der es wagte, den Namen des Erhabenen zu nennen, obwohl doch jeder es wusste: Nur der *Kuttab* selbst nahm jegliches Gesuch entgegen, um es seinem Herrn, dem Wesir von Bagdad, zu unterbreiten.

Gwyn begann zu schwitzen.

»Gib mir das Papier, und der Erhabene wird es erhalten!«, befahl der *Kuttab* gebieterisch.

»Ich danke Euch für Eure Freundlichkeit, ehrenwerter *Saiyid Kuttab*. Aber ich gebe es dem Erhabenen lieber selbst.«

Der *Kuttab* sah Gwyn höhnisch an, zupfte sich an seinem Bart und rief dann so laut, dass alle Umstehenden es leicht verstehen konnten: »Und warum glaubst du, dass ich es mir nicht hole? Sieh dich um! Die Männer hier …« Er deutete auf die Wachtposten, zweifelsohne Elitesoldaten der gefürchteten Palastwache. »Sie nehmen dir das Papier, weil ich, der *Saiyid Kuttab*, es befehle.«

Gwyn trat einen winzigen Schritt näher, wandte sich ein wenig zu der Menge um und sah die Leute an. Sie alle warteten seit Tagen, seit Wochen, und nun erschien da ein Mann, der einfach so Einlass begehrte. Diese Menschen waren aber auch Zeugen.

Gwyn blickte den Sekretär erneut an. »Ehrenwerter *Saiyid!* Glaubt Ihr, der Erhabene würde es gutheißen, wenn ein Mann, der so weit gereist ist wie ich, der eine Botschaft bringt, die dem Erhabenen wichtig ist, wenn Ihr diesem Mann droht?« Gwyn trat nun fast an den Tisch heran, beugte sich seinerseits vor die Gestalt des Sekretärs und sagte leise: »So viele Menschen haben uns gesehen, *Saiyid.* So viele Menschen haben uns gehört. Was immer hier geschieht, es hört und erfährt auch der Erhabene. Würde er Euer Handeln gutheißen?«

Der Mann sah Gwyn ungläubig an. Die Selbstverständlichkeit, mit der ihm dieser Christ begegnete, ließ ihn sprachlos vor Verblüffung werden. Er antwortete erst, als sich Gwyn wieder aufgerichtet hatte und mit einer leichten Verbeugung zurücktrat.

»Allah ist dir wohlgesinnt, Christ. Sei morgen wieder hier.

Warte nicht, sondern komm sogleich. Dann sage ich dir, ob mein Herr, der Wesir von Bagdad, Zeit für dein Gesuch hat.«

Gwyn nickte und verbeugte sich erneut. »Allah schenke Euch tausend Freuden. Ich danke Euch für Eure Freundlichkeit und Euer Wohlwollen, *Saiyid Kuttab*.«

Der Mann nickte und lehnte sich in seinem Sessel zurück. Gwyn drehte sich um und wollte gehen.

»Halt, du ...«

Gwyn blieb stehen. »Ja, Saiyid ...?«

»Welchen Namen führst du, wenn mein Herr mich danach fragt?«

»Sag ihm nur, ich bin der Herr der Pfeile, Saiyid. Alles andere sind Geschichten, die nur ich ihm erzähle.«

Der *Kuttab* nickte und ließ Gwyn gehen. Die Menschen machten ihm Platz, voller Respekt. Und mit einer eigenartigen Würde schritt Gwyn mit klopfendem Herzen durch die Menge der wartenden Menschen über den Platz und schlug seinen Weg durch die »Gasse der Färber« zum südlichen Stadttor ein. Und für einen Moment musste er lächeln bei dem Gedanken, was wohl der stolze Yusuf ibn al-Mansur zu diesem Auftritt gesagt hätte.

15

Die Karawane hatte eine besonders kostbare Fracht über Wochen hinweg quer durch die Wüsten bis Bagdad gebracht. Und jetzt, als sie endlich auf dem Hof des Händlers eintraf, war dieser Ort im Nu verwandelt, als wäre er ein Tollhaus. Aufgeregte und schreiende Treiber, schwerbewaffnete Wachen, alles Türken, dazu die Kamele, die auf ihren Rücken große Sänften trugen, mit Vorhängen und dicht gewebten Tüchern, die Insassen vor fremden Blicken gut geschützt, sie alle drängten sich in den gewiss nicht kleinen Hof des Sklavenhändlers. Erneut hub ein ohrenbetäubendes Geschrei und Gebrüll, Gezetere und Geschimpfe an. Die Karawane war angekommen! Sie brachte Sklaven für Buchtar, den Sklavenhändler. Buchtar, ein Mann, der aus dem fernen Syrien stammte, war kein gewöhnlicher Menschenhändler. Er hatte bereits vor langer Zeit begonnen, Männer, Frauen und Kinder aus dem Inneren des Kontinents Afrika gegen Stoffe, Waffen und Gewürze zu tauschen. Arbeitssklaven, die sich in den Haushalten wie auch den Feldern der Araber gut machten, denn diejenigen, die nicht mehr nach der alten Väter Sitte durch die Wüste zogen, frei wie die Beduinen nun einmal waren, lebten nun als Händler und Kaufleute, als Handwerker oder gar Künstler in den Städten am Rande der großen Wüsten. In Basra, Mekka und nicht zuletzt in Bagdad selbst gab es Arbeit genug.

Buchtar hatte mit vielen Leben gehandelt: Christen von den Küsten des Mittelmeers; Iberer aus dem europäischen Teil des Abendlandes, Franken und Normannen, gefangen nach dem ersten Kreuzzug, und immer wieder auch unterjochte Stämme aus den unbekannten Teilen Afrikas. Denn der Prophet verbot, eigene Menschen, also Muslime, als Sklaven zu pressen. Seit einigen Jahren handelte Buchtar jedoch nur noch mit Frauen, schönen Frauen. Ein einträglicheres Geschäft gab es für ihn seitdem nicht mehr. Der Bedarf an Schönheiten war seit dem Aufstieg von Bagdad ständig gestiegen. Die Kaste der *Kuttab*, die Riege der Wesire und Großwesire, der Sultan selbst verlangten alle nach Frauen. Und sie sahen es als Luxus an, sich Frauen zu kaufen, die aus fernen Ländern kamen, die nicht das dunkle Haar und die braune Haut ihrer Töchter hatten. Europäische Frauen, möglichst mit weißer Haut und hellem Haar galten dabei als besonders teuer und begehrenswert. Und Buchtars Karawanen schafften sie nach Bagdad. Drei- bis viermal im Jahr trafen seine »Schätze« ein. Buchtar selbst war ein alter, spindeldürrer Mann, gebrechlich und sehr reich. Er reiste nicht mehr selbst auf die zahllosen Märkte, um dort zu handeln. Warum sollte er die gefährlichen Raubzüge mitmachen, wenn junge Araber dies für ihn taten, um sich Ruhm und Geld zu verdienen? Dies war eine große Karawane. Sie hatte 135 Frauen dabei, über 100 von ihnen stammten aus den Sklavenmärkten von Damietta, Said und Akkaba. Frauen aus Griechenland und Byzanz, aus dem Königreich Jerusalem, tunesische Frauen aus der Cyrenaica, aber vor allem Frauen aus dem Abendland. Frauen aus der Lombardei, dem Reich der Sizilianer und aus der Normandie. Als Buchtar sie begutachtete, war er zufrieden.

16

Yusuf ibn al-Mansur saß in seinem prächtigen Zelt, immer in der Hoffnung, dass er Gwyn bald wiedersehen könnte. Der junge Faber war ein angenehmer Gesprächspartner und großer Künstler gleichermaßen gewesen. Aber seit ihrer Ankunft in Bagdad war er nur noch damit beschäftigt, rasch eine Audienz im Palast zu erhalten. Der Araber wusste, wie lange das Warten auf solch eine Audienz angesichts eines *Kuttab* dauern konnte. Und bei Gwyn würde es noch länger dauern, denn er kannte nicht die seltsamen Sitten und Gepflogenheiten. Er wusste nicht, wie sehr ein Geschenk eine Türe öffnen konnte, die sonst verschlossen blieb.

Als Fennek eintrat, sah Yusuf, dass der Mann eine Nachricht von einiger Neuigkeit überbrachte. Der Berber grinste wissend über sein braunes Gesicht. »Allah segne alle deine Tage, Saiyid.« Er hockte vor seinem Anführer nieder.

»Allah vergesse nicht, dies auch bei dir zu tun, mein Fennek. Was ist dir?«, antwortete Yusuf.

Der Berber strahlte nun über sein ganzes Gesicht. »Ich war bei Buchtar.«

»In seinem Haus?«

»Ja, Saiyid.«

»Und was hast du gesehen?«

»Schöne Frauen, sehr schöne Frauen!«

Yusuf lachte. »Was niemand vermag, du vermagst es zu sehen.«

»Man nennt mich Fennek. Fennek heißt Fuchs«, sagte der Mann mit einigem Stolz in der Stimme.

»Ich weiß! Wie könnt ich dies vergessen!«, lachte Yusuf gutgelaunt. »Sprich, was hast du noch für Nachrichten?«

»Ich habe auch mit Buchtar gesprochen.«

»Und?«

»Buchtar sagt, er wäre entzückt, dir die schönsten Blumen seines Gartens zeigen zu dürfen.«

»Buchtar ist ein alter, seniler Bock«, knurrte Yusuf.

Fennek grinste erneut und senkte den Kopf.

»Das ist nicht alles, Fuchs«, wollte Yusuf wissen. »Rede, was ist noch?«

»Eine Frau ist besonders.«

»Rede!«

»Sie ist schön.«

»Und?«

»Sie ist eine Ingles, wie der Faber.«

»Was sagst du?«

Fennek erzählte ihm, wie genau er dies erfahren hatte. Buchtars Agenten hatten auf einem Sklavenmarkt in Damietta 16 Frauen gekauft. Sie waren alle wohlhabende Pilgerinnen aus Britannien. Eine von ihnen war bereits etwas älter, groß und sehr schlank, mit schönem Leib und herrlichem Haar. Besonders ihr Haar. Es war feuerrot und fiel wie ein langer, kupferner Strom über ihren Nacken hinab bis fast zur Taille. Die Frau war trotz der Strapazen auf dem Rücken des Kamels sehr schön.

»Die Frauen wurde von korsischen Piraten auf See überfallen. Die Korsen rührten sie und ihre Gefährtinnen nicht an. Sie brachten sie nach Byzanz. Aber die Byzantiner verwehrten den Korsen die Einfahrt in ihre Häfen. Die Piraten waren darüber zornig. Sie segelten bis Damietta und verkauften alle Frauen und einige Männer auf dem Sklavenmarkt. Buchtars Agent erhandelte alle Frauen. Auf dem Weg durch die Wüste sind vier von ihnen, wohl krank, gestorben. Für den Rest hofft Buchtar auf ein gutes Geschäft.«

Als Fennek mit seiner Erzählung geendet hatte, befahl Yusuf ihm, sein Pferd zu satteln. Er wählte sechs seiner Männer aus, und ihr Weg führte sie nach Bagdad, in das Haus des Buchtar.

»Bist du Buchtar, der Händler?«

»Ja, Saiyid, der bin ich.«

»Höre! Ich bin Yusuf ibn al-Mansur, Scheich der *ahl al badija.* Mein Stamm ist berühmt. Ich selbst entstamme von den Nachkommen der Getreuen des Propheten. Als dieser einst um sein Wort kämpfen musste, waren meine Vorfahren an seiner Seite und kämpften für ihn.«

»Allah segne Euch und all Eure Nachkommen, großer Saiyid und Scheich der *ahl al badija.*«

Yusufs Auftreten, der Stolz und seine Worte verfehlten ihren Eindruck bei dem alten Händler nicht. Der verbeugte sich immer wieder und triumphierte insgeheim. Der Araber sah nicht arm aus. Das roch nach einem guten Geschäft. Der Prophet erlaubt einem Mann höchstens drei Frauen. Aber der alte Sklavenhändler wusste, dass es genug reiche Araber gab, die einen Teil des Jahres nach der Tradition ihrer Väter in der Wüste im Zelt lebten. Und dort lebten sie mit mehr als drei Frauen.

»Scheich, womit kann ich Euch dienen?«

»Du hast neue Frauen bekommen?«

»Das ist wohl richtig. Alle Frauen sind erlesene Ware, einwandfrei, gesund und schön.«

»Ich will sie sehen!«

»Ich bitte Euch, mir zu verzeihen, was ich Euch nun sage. Aber der Sekretär des Wesirs hat sich bereits angemeldet. Er hat das Recht der ersten Wahl. Er wird gehen und dem Erhabenen berichten.«

»Höre, ich will die Frauen zuerst sehen!«, erklärte Yusuf mit leisem Nachdruck.

»Scheich der *ahl al badija*, das ehrt mich. Aber ich sagte es, es ist nicht möglich.«

»Es ist möglich, Buchtar!«

»So, und warum, Scheich?«

»Weil ich dir dafür ein Geschenk mache.«

»Oh, ein Geschenk?«

Yusuf sah so etwas wie Gier in den Augen des Händlers, und er wusste, dass seine Erkenntnisse über den Mann richtig waren.

»Ja, ein Geschenk.«

»Was könnte dies für ein Geschenk sein, das mich dazu verleiten sollte, meinen größten und edelsten Kunden und Herrn zu vergessen, um Euch, geehrter Scheich Yusuf ibn al-Mansur die erste Wahl meiner Ware zu lassen?«, fragte Buchtar hochmütig.

Yusuf lächelte den Mann sanft an. »Dein Leben, Buchtar!«

»Was … was …?«

Der Mann geriet ins Stottern, und es war erstaunlich zu beobachten, wie seine Augen auf einmal groß wurden vor ungläubigem Staunen. Dann aber fasste er sich, und sein Gesicht verzerrte sich zu einer wütenden und zugleich hochmütigen Fratze. »Ihr wagt es, hierherzukommen, um mir zu drohen? Ihr, Ihr …, Scheich oder nicht, ich lasse meine Wachen rufen …«

Yusuf lächelte noch immer, und mit einer einzigen Geste seiner Hand schwieg der Händler. »Sei auf der Hut, Buchtar. Du stehst bereits auf dem Weg vom Leben zum Tod. Geh diesen Weg, wenn du willst. Aber er wird schmerzhaft sein.«

Fennek, der all die Zeit im Hintergrund gesessen war, stand plötzlich aufrecht und spannte einen kurzen türkischen Bogen. Der Händler sah entsetzt auf den Mann.

Yusufs Stimme war leise und von jener Gefährlichkeit, die nichts Gutes verhieß. »Wenn ich ihm ein Zeichen gebe, schießt er dir in deinen Wanst. Der Schmerz ist so groß, dass du nicht einmal schreien kannst. Und glaube mir, du wirst nichts mehr sagen können, bis dich Allah gnädig sterben lässt. Und nun höre, was ich dir sage. Du verkaufst mir eine deiner Frauen, denn ich möchte sie dem Sultan zum Geschenk machen. Ich werde den Preis für sie bezahlen, hoffe wohl, du bist dabei nicht gar zu dreist. Und … überleg dir gut, ob du dem *Kuttab* des Wesirs berichten willst, dass ein Scheich, der ein Nachkomme des Propheten und ein Freund des Hauses Sangar ist, hier war, um ein Geschenk von besonderem Wert zu kaufen. Oder ob es nicht besser ist, darüber zu schweigen.«

Der Mann nickte verstehend und zweifelte keinen Moment daran, dass dieser unbekannte Beduine seine Drohung wahr machen würde. Er fürchtete sich und begann, nach Worten zu suchen. »Ich … ich habe mich getäuscht, ich habe … ich tue, was Ihr wünscht, Scheich«, stotterte er.

Auf einen Wink des Yusuf hin ließ Fennek den Bogen sinken, und die Waffe verschwand unter seinem langen Gewand.

»Welche der Frauen wollt Ihr sehen?«, fragte der Händler erleichtert und tupfte sich mit dem Saum seines Kaftans kleine Schweißperlen von seiner Stirn.

»Die, welche Haare hat wie Feuer.«

»Oh, die Ingles!«

Jetzt lächelte der Sklavenhändler ein wenig.

»Mein Haus hat Ohren, und in Bagdad etwas geheim zu halten, ist wohl ganz unmöglich. Die Frau ist teuer, so teuer, wie sie schön ist. Und sie ist sehr schön. Sie stammt aus einem Land, das noch weiter liegt als das der Franken.«

»Zeig sie mir!«, verlangte Yusuf.

Buchtar wusste, was er seinem Ruf als größter und zugleich bester Sklavenhändler des Reiches schuldig war. Er wusste zudem, wie eine besondere Blüte seiner »Ware« zu behandeln war. Seine Wachtposten bewachten die Frauen ganz genau. Jeder, der im Hause glaubte, seiner Neugier nachkommen zu müssen, um die Frauen zu sehen, bezahlte dies mit seinem Leben. Buchtar ließ alle Frauen von Sklavinnen pflegen und ihre Krankheiten, welche die lange Reise immer mit sich brachte, behandeln. Dazu achtete er streng darauf, dass die Frauen jegliche Annehmlichkeit erhielten.

Aber Buchtar war kein Menschenfreund. Seine Interessen waren anderer Natur. Er war Händler, ein Menschenhändler und spezialisiert auf Frauen. Seitdem er die Hohe Pforte, den Palast des Sultans belieferte, war er auch in der Gunst der zahlreichen Wesire und Emire des Reiches gestiegen. Niemand hatte ein solches Angebot an schönen Frauen und jungen Mädchen wie auch blutjungen Knaben in seinem Hause wie Buchtar, der »Händler des warmen Fleisches«, wie man ihn nannte.

Er führte den schlanken Araber und seinen schweigenden Begleiter durch sein großes, weitläufiges Haus. In einem Saal bat er Yusuf und Fennek, auf ihn zu warten.

Da lächelte Yusuf kurz, und wieder sah man seine blendend weißen Zähne.

»Nein, Buchtar. Wohin auch immer du gehst, wir gehen mit dir. So sind wir uns gegenseitig versichert, nicht wahr?«

Buchtar machte eine Geste, die zustimmend sein sollte, aber den Zorn in seinen Augen konnte er nicht verbergen.

»Euer Misstrauen kränkt mich. Traut Ihr mir nicht, edler Scheich al-Mansur?«

»Nein.«

Buchtar biss sich wütend auf die Lippen und führte Yusuf und Fennek zu einer großen Türe. Davor lagen einige seidene Kissen auf dem glatten Boden. Er bot den beiden Männern an, sich zu setzen. Aber nur Yusuf ließ sich nieder. Fennek postierte sich so, dass er den Raum überblicken konnte. Erst dann nahm Buchtar ebenfalls Platz. Aber er bemühte sich, von Yusuf weit genug entfernt zu sitzen, dass er nicht in Reichweite des stolzen Scheichs war. Zugleich saß er nicht zu weit von ihm entfernt, um unhöflich zu erscheinen. Dann klatschte der Mann einige Male kurz in die Hände. Die Türe öffnete sich, und ein Eunuch trat ein.

»*Saiyid* Buchtar?«, fragte er mit seltsam klingender Stimme.

»Bringt die Ingles.«

»Alle?«

»Nein, nur die Rote.«

Der Eunuch blickte seinen Herrn an, verbeugte sich und schritt rückwärts wieder zur Türe hinaus.

»Höre, Buchtar! Ich brauche dich nicht zu erinnern, was passiert, wenn du falsches Spiel mit mir treibst«, sagte Yusuf mit sanfter Stimme.

»Ihr braucht mir nicht zu drohen«, antwortete der Händler zornig. »Ihr seid Kunde und zugleich Gast in meinem Haus. Das Gastrecht ist mir heilig.«

»Ich sehe, du verstehst mich.«

Buchtar schob Yusuf mit stummer Geste eine Auswahl Früchte auf einer prächtigen Schale hin. Aber der schüttelte den Kopf. »Erst die Früchte deines Hauses.«

Buchtar schwieg und zog die Schale wieder zu sich.

Erneut öffnete sich die Tür. Zwei Frauen, beide tief verschleiert, führten eine dritte Gestalt mit sich. Diese war prächtig gekleidet, mit langen, seidenen Beinkleidern versehen, die unter einem weiten Überrock hervorsahen und an den Fußknöcheln mit einem schmalen Band zusammengebunden waren. Die Frau war barfüßig, und ihre bloßen Füße waren schmal und hell. Auch sie war verschleiert.

Buchtar schnippte nur mit den Fingern, und die beiden Frauen traten zurück und hockten sich auf die Erde nieder.

»Die Frau, die Ihr sehen wolltet«, bemerkte der Sklavenhändler.

Yusuf nickte und sah die Gestalt vor sich an. Dann sprach er und bemühte sich, das Englisch ohne zu großen Akzent zu sprechen, denn er war stolz auf seine besondere Gabe, sich in zahlreichen Sprachen verständlich zu machen.

»Ich grüße Euch, Tochter des Abendlandes. Bitte, lasst den Schleier von Eurem Gesicht, denn ich will Euch ansehen.«

Nach diesen Worten erkannten die Männer die Verblüffung, denn zweifelsohne hatte die Frau dort nicht erwartet, in ihrer Muttersprache angeredet zu werden. Sie zögerte einen Moment und ließ dann den langen Schleier von ihrem Kopf fallen und behielt ein Ende in ihrer Hand, während das Tuch den Boden berührte.

Yusuf hielt unwillkürlich die Luft an. Buchtar lächelte, als er dies sah, und wusste, dass er ein gutes Geschäft machen würde, auch wenn ihn der Araber noch kurz zuvor bedroht hatte.

Vor den Männern stand eine große Frau, mit tadellosem Leib, rosig seidiger Haut, die Arme bis zu den Ellbogen nackt. Ihre Brust war nur von einer prächtigen Weste bekleidet, die mit zwei dünnen goldenen Ketten vor dem Busen zusammengehalten wurde. Sie hatte ein feines edles Gesicht, mit Sommersprossen auf dem Nasenrücken, die aussahen, als hätte sie sich dort mit feinem goldenen Puderstaub geschminkt. Das Schönste war ihr dichtes feuerrotes Haar, welches wie ein funkelnder Strom, durch feine Schnüre in allen Farben gebündelt, über ihren schlanken Hals fiel und sich auf einer Seite der Schulter wiederfand, wo sich die Spitzen bis über die Hüfte hin ringelten. Sie blickte stolz und fast ein wenig kühl, obwohl man bei näherem Betrachten die Ungewissheit und eine leise Furcht in ihren Augen sah.

Die Frau war sehr schön.

»Ihr sprecht meine Sprache?« Sie hatte eine angenehme Stimme, aber ein leises Zittern verriet doch, wie sehr sie sich vor den unbekannten Männern fürchtete.

»Erlaubt, mich vorzustellen! Aber zuerst, kommt bitte näher«, sagte Yusuf galant. Mit einer Handbewegung forderte er sie auf, näher zu treten. Sie tat dies. Er erkannte, dass sie nicht mehr jung war und trotzdem von einer Schönheit, die eigen und vornehm war. Sie setzte sich auf eines der Kissen, und als sie ihre bloßen Füße anmutig anzog, um sie ein wenig unter ihren Beinen zu verstecken, biss der Araber sich unwillkürlich auf die Lippen.

»Ich bin Yusuf ibn al-Mansur.« Er deutete auf den Sklavenhändler, der ihrer Unterredung mit argwöhnischem Gesicht lauschte, obwohl er kein Wort verstand. »Der Händler versteht kein Wort von dem, was wir reden. Seid Ihr gut behandelt worden?«

Die Frau lächelte traurig. »Wenn Ihr meint, es sei gut, meine Gefährtinnen und mich auf einer Pilgerreise zu rauben, uns durch all den Staub und Schmutz quer durch die Wüste bis hierher zu schaffen, um dann wie Vieh begutachtet und verkauft zu werden, dann bin ich gut behandelt worden.«

»Ihr seid verbittert. Glaubt mir, ich werde alles tun, damit Ihr keinen Grund habt, es weiterhin zu sein. Aber Ihr seid eine Sklavin und Eigentum dieses Mannes.«

»Das hab ich nicht vergessen, mein Herr.«

»Euer Leben soll wieder froh und voller Licht werden …«

Die Frau warf den Kopf in den Nacken, und für einen Moment blitzte ihr hellrotes Haar in dem warmen Licht des Raumes.

»Indem Ihr mich kauft wie ein Kamel oder ein Pferd? Damit ich Eure Sammlung an Frauen schmücken kann und in Eurem Harem auf Euch warte?«

»Ihr redet zu viel, Weib. Aber ich höre Euch trotzdem gerne zu«, entgegnete Yusuf, und seine Stimme klang sanft.

»Was sagt sie?«, wollte Buchtar auf einmal wissen.

»Nichts, ich habe sie nur gefragt, ob sie gut behandelt wurde.«

»Und was sagt sie?«

»Niemand hat sie berührt.«

Buchtar grinste, und dabei bleckte er eine Reihe dürrer gelber Zähne. »Buchtars Ware ist die beste!«, bemerkte er mit seltsamem Stolz in der Stimme.

Yusuf wandte sich wieder an die Frau. »Dort, wo Ihr herkommt, seid Ihr … seid Ihr dort vermählt?«

Jetzt lachte sie ein kurzes, spöttisches Lachen. »Als ob Euch Türken dies stören würde.«

»Bitte antwortet mir auf meine Frage!«

»Ja, Herr Yusuf ibn al-Mansur, ich bin vermählt. Vor Gott und dem Gesetz.«

»Wo ist Euer Mann?«

»Er ist fort.«

»Fort? Wo ist er?«

»Auf Reisen.«

»Wo auf Reisen?«

Sie zögerte einen Moment, und dann hob sich ihre Brust, und sie bekam plötzlich einen wehmütigen Blick.

»Er ist hier, irgendwo im Morgenland. Ich hoffte, auf meiner Pilgerfahrt zu erfahren, wo genau er ist.«

»Ihr seid aus Britannien?«

»Ja …«

Yusuf nickte nur und strich sich mit einer Hand über seinen sorgsam gepflegten Bart. Dann wandte er sich an den Sklavenhändler. »Buchtar, was verlangst du für dieses Weib?«

»Oh Scheich, seht selbst. Sie ist über alle Maßen schön und könnte jederzeit den Harem des Emirs schmücken, dazu kommt, dass sie …«

»Verschon mich mit deinem Geschwätz!«, knurrte Yusuf ungehalten. »Ich habe selbst Augen, um zu sehen. Was du für sie willst. Nur dies will ich wissen.«

Buchtar, in seiner blumigen Verkaufsrede unterbrochen, war derlei Verlauf des Gespräches bei seinen Kunden nicht gewohnt. Die Auswahl einer Sklavin war für einen wohlhabenden Mann eine besondere Freude und gleichzeitig ein teures Vergnügen. Dies ließ sich ein Interessent sehr wohl von den Reden Buchtars versüßen.

»500 Dirham!«

Buchtar grinste jetzt nicht mehr, sondern sein Blick war eher lauernd und berechnend. Der Preis war enorm hoch und sollte dem stolzen al-Mansur nur zeigen, wie weit entfernt auch für ihn die Möglichkeit war, solch eine Frau zu kaufen.

»Buchtar, du gieriger Schakal! Höre! Ich will, dass dieses Weib noch heute in den Serail des Sultans gebracht wird. Und ich will, dass dies so geschieht, dass er es nicht erfährt, hörst du? Denn ich selbst will es sein, der es ihm sagt. Denn das Weib ist ein Geschenk.«

Buchtar nickte und beugte den Kopf. »Wenn Ihr dies wünscht, so soll es geschehen.«

»Gut, dann zahle ich dir diesen Preis.«

Buchtar blieb reglos sitzen, das Kinn fiel ihm herab, und er war zu verblüfft, um etwas zu sagen.

»Was hat er gesagt?«, fragte die Frau.

»Den Preis, schöne Ingles. Euren Preis.«

»Nun, wie viel koste ich?«, fragte sie, und Yusuf überhörte nicht die Neugier und den koketten Ton in der Stimme der Frau.

»500 Dirham.«

»Das ist sehr viel Geld. Ich bin Euch so viel wert?«

»Ihr seid nicht für mich, sondern für den prächtigen Harem unseres Herrschers.«

Die Frau schwieg, und Yusuf konnte sehen, wie sie für einen Moment darüber nachdachte, ob dies ein besonderes Geschenk oder eine besondere Gunst für sie wäre.

»Ihr kauft mich für einen anderen?«

»Ja«, nickte Yusuf knapp, »für einen anderen.«

Er wandte sich an Buchtar. »Sie kann gehen, und sorge

dafür, dass sie dein Haus ausgestattet wie eine Prinzessin verlässt. Für so viel Geld kann ich dies verlangen. Alles an ihr soll prächtig sein, so dass einmal eines Tages jeder spricht von Yusuf ibn al-Mansur und der wunderschönen Frau, die er als eine besondere Zierde dem Sultan Sangar zum Geschenk machte.«

»Ja, Scheich«, entgegnete der Mann plötzlich, und er fiel vor Yusuf auf die Knie und verharrte so für einen Moment. Diese Frau allein würde ihm mehr Geld einbringen, als er für manch andere Karawane erlösen konnte.

Die beiden verschleierten Frauen hoben das Tuch der Britin auf, und sie schlang es über den Kopf, aber ihr Gesicht blieb frei. Da wandte sich Yusuf noch einmal zu ihr um und fragte sie. »Sagt mir! Euer Mann, was ist sein Stand?«

Die Frau sah ihn an, und dann sah er auf einmal den großen Stolz in ihrem Gesicht, als sie ihm antwortete: »Er ist ein Goldschmied.«

Die Audienz bei dem Wesir dauerte lange. Der Brief war geprüft worden, die lateinischen Worte übersetzt, und Gwyn hatte nicht versäumt, die weiteren Geschenke und die prächtigen Pferde zu offerieren, ohne gleichzeitig darauf hinzuweisen, dass die Tiere samt den Knechten an der fernen Küste warteten. Über das grausame Ableben der Boten des Sultans schwieg Gwyn. Der Moment sollte früh genug kommen, und dann würde dies Geschehene zu erklären mühsam genug werden.

Während Gwyn wartete, stellte er fest, wie unmöglich es war, im Palast des Sultans etwas geheim zu halten. Die Geschichte über die schöne Frau, die Buchtars Karawane aus Damietta gebracht hatte, machte die Runde. Gwyn hörte wohl die Worte und spürte die eigenartige Erregung, wenn Diener und Lakaien über sie sprachen. Er bedauerte die Arme einerseits, aber er hielt sich bereits lange genug in diesem Land auf, um zu wissen, dass dies hier üblich war und wie ein Gesetz alltäglich und damit niemandem mehr fremd. Er wurde erst hellhörig, als er hörte, dass die Frau nicht mehr so jung war. Er wusste aus Berichten, dass der Sultan immer auf der Suche nach jungen Frauen war, und seine Agenten und Vertrauten suchten alle Sklavenmärkte des Reiches ab und begutachteten jede Karawane, die Bagdad erreichte. Aber diese Frauen mussten neben ihrer Schönheit jung sein, blutjung. Und dies war jene Frau nicht. Und als er aus Erzählungen erfuhr, sie wäre eine christliche Pilgerin, die bei ihrer Fahrt in das Heilige Land von Sklavenhändlern gefangen genommen worden war, wurde er noch aufmerksamer. Und als sie ihm sagten, sie käme aus Britannien, begann sein Herz, vor Aufregung schneller zu schlagen. Zuletzt vermochte Gwyn seine Neugier einfach nicht mehr länger zu zügeln. Während seiner Audienz bei dem Wesir sah er dem Mann beim Lesen der Bulle zu, bereit, ihm auf Fragen zu antworten, welche der Mann an ihn stellen mochte. Als der Würdenträger fertiggelesen hatte, erhob Gwyn behutsam seine Stimme.

»Ehrenwerter Saiyid Wesir, bitte erlaubt mir eine Frage.«

Der Mann hob den Kopf, und die übrigen Berater hörten auf, mit ihm zu flüstern, und alle sahen auf den Goldschmied.

»Bitte, sprecht«, forderte der Würdenträger ihn höflich auf.

»Alle erzählen von einer schönen Frau, Saiyid Wesir.«

»Im Palast der Freude gibt es nur schöne Frauen.«

»Ich hörte davon, aber … diese wird neu im Serail des …«

»Ja?«

Gwyn zögerte, weiterzusprechen, und der Mann vor ihm sprach auf einmal für ihn weiter. »Eure Ohren müssen Euch getäuscht haben.«

»Nun, man erzählte es mir nicht. Ich hörte es nur.«

»Gerüchte, nichts weiter.«

»Ja, aber Gerüchte über eine Frau.«

»Ihr meint eine bestimmte Frau?«

»Ja, Saiyid Wesir … Die ich meine, ist eine Ingles, nicht wahr?«

»Ja, Faber. Aus dem Land, aus dem auch Ihr stammt.«

»Saiyid Wesir, wie heißt sie?«

»Ich weiß es nicht, und es tut nichts zur Sache. Der Erhabene kann ihr einen neuen Namen geben, wenn es ihm gefällt. Sie gehört ihm, so wie ihm dieses Haus gehört. Warum fragt Ihr?«

»Saiyid Wesir, ich glaubte für einen Moment, sie zu kennen, … vielleicht.«

Der Wesir sah ihn überrascht an, und auch die Hofbeamten um ihn warteten neugierig darauf, was Gwyn weiter darüber berichten würde.

»Ihr kennt sie, Faber?«

»Vielleicht, ich müsste sie sehen …«

Der Wesir lachte freundlich, und die Männer um ihn herum lächelten höflich mit. Er strich sich über seinen langen Bart, und die Geste war voll Würde und vornehmem Gebaren.

»Niemand, Saiyid Carlisle, niemand darf die Frauen des Erhabenen schauen. Nur Allah und der Erhabene selbst.«

»Es ist nur, weil ich sichergehen wollte, sie vielleicht aus meiner Heimat zu kennen …«, begann Gwyn von neuem.

»Hütet Euch vor solchen Gedanken. Kehrt in Euer Gemach zurück und wartet dort. Wenn es Allah gefällt, prüft der Erhabene Euer Gesuch.«

»Wann, Saiyid Wesir?«

»Die Ungeduld aller Christen«, lachte der Mann leise. »Vielleicht schon morgen, Faber. Seid immer bereit. Der Erhabene schätzt es nicht zu warten.«

Gwyn nickte gehorsam. Er erhob sich, verbeugte sich und schritt über den spiegelglatten Boden des Raumes bis zur

Türe. Als er an der prächtigen Pforte stand, wandte er sich noch einmal um. Der Wesir hatte sich auf seinem prächtigen Kissen zurückgelehnt und sah ihn an. »Was im Harem des Sultans lebt und einmal leben wird, ist sein. Nie wieder fragt nach dem, was dem Erhabenen gehört, hört Ihr? Nie wieder!«, entgegnete der Mann mit würdiger Stimme.

Gwyn beugte verstehend den Kopf und wandte sich zum Gehen. Er folgte den Schritten eines Wächters, denn allein würde er in dem riesigen Palast nicht zurück zur Pforte finden. Es gab hier zu viele Gänge und Zimmerfluchten, weite Hallen, die sich mit lieblichen Höfen abwechselten. Und überall saßen oder standen würdevoll blickende Männer in die Trachten der arabischen Stämme gekleidet und schwatzten. Andere spielten Schach oder würfelten, dazu tranken sie Tee.

An der Pforte wunderte sich Gwyn. Die Hitze, in dem riesigen Palast kaum zu spüren, wirkte hier mit unbarmherziger Kraft. Die Luft flimmerte, und die Hitze schien für den Goldschmied fast greifbar. Die breite Straße hinunter zogen Kamele und Reiter, und auf einem der Wüstentiere saß ein großer, dürrer Mann mit einem strohigen Bart und hässlichen Zähnen, die man immer dann sah, wenn die schwingende Bewegung des Kamels den Mann auf seinem Rücken zu einer seltsamen, verzerrten Bewegung des Gesichtes veranlasste.

»Buchtar, der Sklavenhändler«, bemerkten die Menschen ringsum.

Gwyn trat bis fast an den Rand der Straße.

Als die Karawane die letzten Häuser hinunter verschwunden war, kam ihm ein Gedanke. Er sprach einen kleinen Straßenjungen an, der, einen Korb mit frischen Pfirsichen auf seinem Kopf, nur einen Moment stehen geblieben war, um Buchtar und seiner Karawane nachzusehen, und nun weiterlaufen wollte.

»Du … warte!«

»Saiyid, eine Frucht? Süß und saftig?« Der Junge hob mit einer schnellen Bewegung den Korb von seinem Kopf, und seine kleine braune Hand wies artig auf die Auswahl in seinem Korb hin.

»Nein.« Gwyn schüttelte den Kopf.

Die Menschenmenge ringsum begann, sich wieder zu verlaufen.

»Oh, Saiyid, Ihr müsst kosten. Erst dann merkt Ihr, dass Ihr noch nie so gute Pfirsiche gegessen habt. In den Gärten der Freude findet man keine besseren«, entgegnete der Junge eifrig.

Gwyn lachte ein wenig über dessen beharrliche Bemühungen.

»Kennst du Buchtars Haus?«

»Ja, Saiyid.«

»Ist es weit?«, wollte Gwyn wissen.

»Nein, nicht weit, Saiyid.«

»Führ mich hin«, bat Gwyn den Jungen.

»Das kann ich nicht, muss meine Früchte verkaufen.«

»Wenn du mich führst, kaufe ich dir alle Früchte ab.«

»Alle?«, fragte der Junge ungläubig, und er begann, die Gestalt des Goldschmieds genauer zu betrachten.

»Ja … alle«, bekräftigte Gwyn.

Der Junge überlegte einen Moment, sah Gwyn dann erneut lange an und las in dem gebräunten Gesicht, dass dieser Mann ein besonderes Interesse an Buchtars Haus haben musste. Da strahlte der Pfirsichverkäufer übers ganze Gesicht, so als verstehe er genau. Er nickte zustimmend. »Ich führ Euch, Saiyid.«

Es war so, wie der Junge es gesagt hatte. Nicht sonderlich weit führte sie ihr Weg zu einer langen, einsamen Gasse. Sie hielten vor einer hell gekalkten, sehr hohen Mauer, über deren Sims die Kronen großer Palmen ragten. Der Besitzer schien damit das Haus seines wichtigsten Kunden zu imitieren, den Palast der Freude.

»Das ist Buchtars Haus«, erklärte der Junge. Er hatte seinen Korb auf dem Boden abgesetzt und deutete mit beiden Armen auf die lange hohe Mauer. Gwyn schritt weiter bis zu einer kleinen Pforte.

»Hee, Ihr … Saiyid!«, sagte der Junge auf einmal frech. »Was ist mit Eurem Wort?«

Gwyn beeilte sich, nach einer Münze zu kramen. Er fand einen halben Dirham, den er dem Jungen geben wollte. Er hielt ihm die Münze hin, und das Gesicht des Jungen blickte auf einmal ungläubig und erstaunt.

»Aber Saiyid, das ist zu viel«, entgegnete er.

Gwyn schüttelte den Kopf. »Verkauf mir auch den Korb dazu!« Bevor der Junge sichs versah, griff Gwyn nach einem ganzen Dirham in Gold und hielt die Münze dem Knaben hin. »Hier, für dich und deine Hilfe.«

Zögernd und zugleich ungläubig griff der Junge nach der Münze. Er biss vorsichtig darauf und strahlte auf einmal übers ganze Gesicht. »Allah, der Allmächtige segne Euch und alle Tage, die Ihr lebt, Saiyid«, stammelte das Kind glücklich.

»Schon gut«, lachte Gwyn, »nun verschwinde …«

Der Junge lachte und stob davon. Gwyn hatte für einen Dirham wenigstens 40 große Pfirsiche gekauft. Der Korb war damit gar nicht so leicht, aber für seinen Plan brauchte er ihn. Er trat an die kleine Pforte in der Mauer des Anwesens und hämmerte mit der Faust dagegen. Nach einer Weile öffnete sich in der Holztüre eine kaum handbreite Klappe, und zwei dunkle Augen musterten ihn.

»Ahlam wa saghlam!«, grüßte Gwyn höflich.

»Was willst du?«, fragte eine Stimme schroff.

»Pfirsiche! Euer Herr, der Saiyid Buchtar, bat mich um die

schönsten Früchte unseres Hauses für seinen Gaumen. Und hier sind sie.«

Gwyn hob den Korb ein wenig höher, so dass ihn die Gestalt hinter der Türe sehen konnte.

»Davon weiß ich nichts«, entgegnete die Stimme unhöflich.

»Ich traf Buchtar soeben auf der Straße. Er ritt zum südlichen Tor. Dort gab er mir den Auftrag, und hier bin ich.«

Noch immer musterten die beiden dunklen Augen den Goldschmied. Gwyn sah nicht aus wie ein Früchtehändler, aber sein Auftreten war still und unterwürfig.

»Du lügst. Unser Herr, Buchtar, trifft den Scheich Yusuf ibn al-Mansur. Da wird er doch keine Zeit haben, dir Früchte abzukaufen. O ja, ich bin sicher, du lügst.«

»Ich lüge nicht. Und, was kann er von dem Scheich schon wollen?«, fragte Gwyn in verächtlichem Ton.

Prompt fielen die beiden dunklen Augen auf die Worte des Fabers herein.

»Was er will …? Du bist wirklich nur ein geringer Bauer. Der Allmächtige verachte dich! Unser Herr verkauft seine Ware dem Scheich.«

»Nur eine Frau?«

Die Augen hinter der Klappe in der Türe leuchteten. »Einzig nur eine. Aber welche, ha! Sie ist eine Ingles! Mein Herr macht mit ihr ein gutes Geschäft.«

»Ah, die Ingles. Ich hörte, sie sei sehr schön.«

»Du hast gar nichts gehört.«

»Blond ist ihr Haar, wie alle Christenweiber es haben«, stichelte Gwyn erneut in einem betont gelangweilten Ton.

»Blond?! Nichts hast du gehört, gar nichts! Und du weißt auch nichts!«

Die Stimme hinter der Türe kreischte vor lauter Vergnügen bei dem Gedanken, mehr über dieses Geschäft zu wissen als der einfältige Obsthändler auf der heißen, staubigen Straße.

»Rot! Rot, sie hat feuerrotes Haar, sie …«

Die Stimme schwieg auf einmal. Denn wohl hatte er schon zu viel gesagt. Aber nicht nur deshalb.

Wie ein Geist war dieser seltsame Obsthändler auf einmal verschwunden. Als er die Tür öffnete, sah der Diener mit verwundertem Staunen, wie der Korb vor ihm auf dem Boden lag und die Pfirsiche durch den Staub rollten. Und als er aufsah, war der seltsame Händler längst verschwunden.

Gwyn rannte wie im Traum. Er rannte durch die Straßen der geschäftigen Stadt Bagdad, so als ob der Leibhaftige hinter ihm her wäre. Ein furchtbarer Verdacht quälte ihn, und nun war das seltsame Mosaik aus Vermutungen und Ahnungen fast perfekt. War diese seltsam schöne Frau, von der halb Bagdad sprach, wirklich seine Frau? War die Ingles Agnes Carlisle, die Witwe seines einstigen Brotherrn Randolph Borden? Er musste Gewissheit haben, und dies sofort. Selbst wenn er dabei sein Gesicht verlieren sollte und sich so lächerlich machte wie nie zuvor. Und deshalb rannte er, so schnell er konnte. Am südlichen Tor angekommen, stauten sich die Menschen in einem großen Pulk. Die Karawane des Buchtar wollte hinaus und mit ihm aber auch eine Menge anderer Leute. Eine große Schafherde drängte just zur selben Zeit an das Tor und wollte in die Stadt hinein. Es entstand ein großes Durcheinander inmitten der Schafe, zwischen deren Leibern sich die Menschen mit ihren Körben und Säcken, Bündeln und Tonkrügen einen Weg bahnten. Denn das Tor, wohl mit zwei riesigen Türflügeln versehen, war nur zu einer Hälfte geöffnet. Und während die Wächter auch die andere Hälfte öffnen wollten, wurden sie von Buchtars Männern wüst beschimpft, und weil es dem Sklavenhändler zu langsam ging, geschah dies laut und drohend. Die Torwächter, ihrer Rolle und ihres Standes wohl bewusst, wollten sich so etwas nicht gefallen lassen, und so fluchten sie laut zurück.

Gwyn verharrte nur einen Augenblick in all dem Durcheinander, und dann drängte er sich schnell durch die große Schafherde, die mit ihren struppig staubigen Leibern ein Durchkommen zusätzlich erschwerte. Bevor noch irgendjemand etwas merkte, war er durch das Tor, bahnte sich einen Weg durch die neugierig näher gekommenen Menschen und eilte die Landstraße hinunter. Vor ihm lag die Ebene. Und inmitten der staubigen trockenen Weiden lag das Lager des Yusuf. Gwyn sah sein Zelt mit dem hohen Dach, so hoch, dass es zwischen den übrigen Zelten herausragte. Erneut rannte Gwyn los.

Als er den Zelteingang erschöpft, verschwitzt und völlig außer Atem erreichte, stürzte er, ohne auf Fennek zu achten, in das Innere. Yusuf stand gerade vor einem großen, blankpolierten runden Schild und ließ sich von einem Diener ankleiden. Als er Gwyn sah, wandte er sich um, und sein Blick verriet nur so viel Erstaunen, dass er eine Augenbraue in die Höhe zog.

»Ich grüße Euch, Faber Gwyn Carlisle. Seid mir willkommen.«

»Yusuf … Buchtar kommt und will einen Handel mit Euch schließen«, entgegnete Gwyn hastig.

Yusuf schwieg einen Moment. Dann hob sich seine Brust, und er antwortete: »Einen Handel? Ja, ja, Ihr sprecht richtig.« Er drehte und wendete sich vor dem Spiegel und betrachtete sich darin.

»Er verkauft Euch ein Weib«, sagte Gwyn hastig.

»Eine Sklavin wohl«, bemerkte Yusuf spöttisch.

»Ich will wissen … ich muss wissen …«, stammelte Gwyn, und er merkte, wie ihm die richtigen Worte nicht einfallen wollten. Yusuf aber war voller Ruhe und zugleich stiller Würde.

»Was müsst Ihr wissen?«

Gwyn atmete schwer. Allmählich kam ihm sein Unterfangen dumm vor. Es musste an der Hitze liegen, dass er sich so hatte gehenlassen und dabei wie von Sinnen durch die Stadt gerannt war, ohne sicher zu wissen, was an all den Gerüchten dran war.

»Ich … ich wollt nur wissen …«, hub Gwyn an, aber seine Bemühungen gerieten ihm einfach zu kläglich.

So schwieg er. Zu sehr hatte er sich in dem Gedanken verstiegen, diese Frau, diese Sklavin könnte seine Frau sein. Aber nun erschien ihm die Vorstellung doch zu grotesk. Agnes war zu Hause, in Bath. Und er spürte auf einmal, wie der Gedanke, zurück nach Hause zu reisen, so übermächtig geworden war, dass er kaum mehr klar zu denken vermochte.

Der Diener hatte Yusuf weiter stumm angekleidet. Der stolze Araber setzte sich selbst seinen Helm auf. Es war derselbe, den er einst trug, als er Gwyn das grüne Seidenband des unglücklichen Ritters vom Stein brachte.

»Ihr wollt wissen, ob die rothaarige Frau aus Britannien Euer Weib ist?«, fragte der Mann milde.

Gwyn nickte und hauchte dann ein kaum hörbares Wort der Zustimmung. »Ja, Yusuf …«

»Sie ist es!«

»Was?«

»Sie selbst sagte es mir.«

Gwyn glaubte, dass ihm gleich schwarz vor Augen werden würde. Dieses Geständnis des Arabers verwirrte ihn.

»Wenn sie es ist, warum kauft Ihr sie dem Buchtar dann ab?«, fragte Gwyn, mühsam um Beherrschung ringend.

»Ist es nicht meine Sache, ein Weib zu kaufen, wenn mich solch ein Handel drängt?«

»Sie ist meine Frau«, antwortete Gwyn, nun sichtlich wütend.

»Sie ist eine Ungläubige!«, entgegnete Yusuf schnell. »Allah ließ sie mancherlei Unbill überstehen, damit sie hierhergelangt. So ist es nur sein Wille, den Harem eines Muslim zu schmücken. Vielleicht den meinen, wenn sie dem Sultan nicht gefällt.« Der stolze Araber hatte mit diesen Worten wohl nicht bedacht, was er bei Gwyn für eine Reaktion auslösen würde.

»Aber …«, stammelte Gwyn aufgebracht.

Die Ruhe des Mannes reizte ihn, und er spürte einen ungeheuren Zorn in sich.

»Es ist Allahs Wille«, entgegnete Yusuf fest.

»Allahs Wille?«, schrie Gwyn voller Zorn. »Ich … ich zeig dir Allahs Willen!«

Voller Wut stürzte er auf den Söldner zu. Yusuf bewegte sich nicht, und bevor Gwyn dem Mann an die Kehle gehen konnte, wurden ihm plötzlich von hinten die Beine weggerissen. Er stürzte vor Yusuf ibn al-Mansur zu Boden. Fennek war über ihm und hielt ihn fest.

Der Berber drückte Gwyns Gesicht so auf die Erde, dass er den Kopf nicht bewegen konnte. Mit der anderen Hand hatte der Mann den Faber am Handgelenk gepackt und kniete auf seinem linken Arm. So hielt er ihn fest, als wären seine braunen, schwieligen Hände Klammern aus Stahl. Wie von weit her hörte Gwyn die Stimme des Yusuf ibn al-Mansur.

»Fennek, ich will nicht, dass er den Handel stört.«

»Ja, Saiyid!«, antwortete der Berber gehorsam.

Kaum hatte Yusuf das Zelt verlassen, riss Fennek den Faber in die Höhe. Gwyn bemerkte erneut erstaunt, welche Kraft der kleine Berber besaß. Mit einer Bewegung zog er dem Goldschmied das lange Tuch, welches den Kopf vor der sengenden Sonne schützen soll, herunter, schlang es ihm ein-, zweimal um beide Hände und band ihn so an einem der mächtigen Zeltpfosten fest.

Gwyn atmete schwer.

Voller Wut starrte er den Berber an, der seine Kleider sorgfältig ordnete und sich dann ruhig vor ihm auf den Boden kauerte, in jenem landestypischen Schneidersitz. Er zog sein Krummschwert und legte die Klinge vor sich auf den Schoß.

»Bind mich los!«, fauchte Gwyn.

Der Berber schwieg.

»Du weißt deinen Herrn fein zu schützen«, zischte der Goldschmied wütend, »auch wenn er im Unrecht ist.«

Der Berber schwieg noch immer.

»Was seid ihr nur für eine seltsame Schar? Ihr betet nicht zu Gott und nicht zu Allah, sondern küsst Yusuf das Kleid. Was müsst ihr dafür tun? Böse Dinge wohl … ja, böse Dinge!«, sagte Gwyn verächtlich.

Doch der Berber antwortete ihm nicht.

»Seid ihr freie Männer oder seine Sklaven?«

Der Berber schwieg noch immer und ließ den Redeschwall des Goldschmieds über sich ergehen. Gwyn zerrte an seiner Fessel, so dass das Zeltdach zitterte, aber sie hielt. Seine weiteren Worte waren voller Wut. »Wohl Sklaven, denn nur diese beugen ihr Haupt auch vor dem Unrecht ihres Herrn. Denn sie können nicht anders, nicht wahr? Sag es, Fennek, sag es schon …!«

»Jeder von uns ist ihm verpflichtet«, erklärte Fennek plötzlich mit ruhiger Stimme. Gwyn schwieg, und sein fragender Blick war es wohl, der den Berber weitersprechen ließ. »Wir sind keine Knechte und keine Diener. Wir sind mehr«, sagte der Berber stolz.

»Was seid ihr schon?«, fragte Gwyn müde. »Räuber, die ihrem Herrn folgen und tun, was er ihnen befiehlt.«

Der Berber straffte sich, hob den Kopf, und in seiner Antwort klang ein feierlicher Stolz. »Jeder von uns ist ein Teil des

Yusuf ibn al-Mansur.«

»Erklär mir dies!«, bat der Goldschmied.

Nach einer kurzen Pause begann der Berber zu sprechen. »Jeder von uns würde die Sonne nicht mehr schauen. Jeder von uns hätte nicht all die Zeit des schönen Lebens verbracht, wäre er nicht gewesen. Jeder von uns verdankt Yusuf ibn al-Mansur sein Leben«, berichtete der Berber geduldig.

»Dafür dient ihr ihm?«, wollte Gwyn wissen.

»Wir alle stehen in seiner Schuld. Wir hatten nichts, um uns von dieser Schuld freizukaufen. Da bot uns Yusuf, unser Herr, einen Handel. Er verlangte von uns, dass jeder von uns ein Teil von ihm, unseres Herrn, ist, solange er lebt. Dafür sollen die Freuden eines herrlichen Lebens für uns nie versiegen.«

»Ein Teil …?« Gwyn war noch immer nicht verständlich, was der Berber da sagte. Aber auf einmal lächelte Fennek. Und Gwyn sah, wie die Augen des sonst so ruhigen Muslim zu leuchten begannen.

»Ja, so wie Ihr Eure Augen zum Sehen, Euren Mund zum Sprechen und Eure Ohren zum Hören habt, so hat unser Herr derer viele Augen, Münder, Ohren, Arme, Hände, Finger, Füße.«

»So, und was ist dann dein Teil?«, fragte Gwyn schnell und eher spöttisch als wirklich verstehend.

Aber entweder hatte der Berber seine Frage nicht als beleidigend empfunden, oder er war höflich genug, um auf den mühsam unterdrückten Spott in der Stimme des Goldschmieds nicht zu achten. »Ich bin die Augen des Yusuf ibn al-Mansur.«

Gwyn verstand noch immer nicht.

»Da, seht, Faber!« Fennek deutete mit dem Arm auf den offenen Zelteingang. Ein gutes Dutzend Schritte von dem Zelt entfernt stand ein weiteres Zelt. Die gesamte Front war offen, die Eingänge zur Seite gezogen. Ein Teil der Männer um ibn al-Mansur saß davor und reinigte Waffen. Auch Bracko saß dabei und goss ein paar Tropfen Öl auf seine Schwertklinge. Mit einem Stück Tuch rieb er den blanken Stahl ein.

»Seht auf Bracko, ein Rumi wie Ihr, Ingles. Aber nicht der schlechteste. Er war Sklave, und er stand zum Verkauf auf dem Markt von Damaskus. Der Scheich Mohamed Aoutchiki wollte einen guten Preis für ihn. Denn zweimal zuvor ist er den Sklavenhändlern entkommen, und beide Male haben sie ihn wieder gefangen. Sie peitschten ihn so lange, bis sie glaubten, er wäre nicht mehr am Leben.« Fennek lachte leise, bevor er weitersprach. »Aber Bracko ist ein Ochse. Er überlebte beide Male. Denn er ist stark. So stieg er in seinem Wert als Sklave. Der Scheich Mohamed handelte lang mit Yusuf. Dann zahlte unser Herr den Preis. Und Bracko blieb ein Teil von ihm.«

»Und welcher Teil ist Bracko?«, fragte Gwyn nun nicht mehr spöttisch, sondern eher verwundert.

»Sein rechter Arm.«

Der Berber deutete ernst auf die übrigen Männer, die dort lagerten, schwatzten und mit Sorgfalt ihre Waffen pflegten.

»William aus der Picardie ist sein Fuß, Gerenot der Franke, ein Ohr, so wie es auch der Nubier ist.«

»So ist jeder Mann dem Yusuf verpflichtet«, murmelte Gwyn, allmählich verstehend.

»Ja, so wie Euch Euer Auge, Euer Mund, Euer Ohr und Euer Leib, Eure Arme und Beine verpflichtet sind. Euch, Gwyn Carlisle, dem Ingles. Denn sie sind ein Teil von Euch, und sie dienen Euch. So, wie wir unserem Herrn dienen.«

Gwyn nickte angesichts dieser seltsamen Übereinkunft, und er fürchtete und bewunderte zugleich den Mann. Zweifelsohne wusste Yusuf ibn al-Mansur, wie man Menschen an sich bindet und sie verpflichtet.

»Fennek!«

Der Berber sah Gwyn an.

»Fennek, bind mich los.«

Da lächelte der Mann. Endlich erhob er sich. Er steckte sein Schwert zurück in seinen breiten Gürtel und band den Faber los.

»Der Zorn ist nur eine kurze Raserei«, bemerkte der Mann sanft.

Gwyn nickte, dann drehte er sein Tuch, um es wieder nach Landessitte um seinen Kopf zu schlingen.

»Fennek?«

»Ja …?«

»Wer ist Yusufs Herz?«

Da senkte der Berber auf einmal seinen Kopf und Gwyn verstand ihn kaum, als er murmelte: »Niemand. Das Herz ist er selbst.«

Gwyn sah weder den Sklavenhändler noch Yusuf. Er hörte nur, wie die Karawane des Buchtar in der späten Nacht und unter großem Lärm das Lager wieder verließ. Fennek berichtete ihm, dass Buchtar bis zum Euphrat reisen wollte. Es drängte ihn sehr, und deshalb war er noch jetzt, bei tiefer Dunkelheit, aufgebrochen und wollte in sein eigenes Lager, das in einem Seitental lag. Dort warteten seine Diener auf ihn. Nach dem glänzenden Geschäft mit dem Araber war er in dem Gedanken, der größte Sklavenhändler weit und breit zu werden, geradezu gewachsen, und er hatte bei einem Festmahl darüber endlose Monologe gehalten. Yusuf hatte nur stumm zugehört, denn seine Abneigung dem Buchtar gegenüber war übermächtig geworden. Um den Mann zu würdigen, hatte Yusuf die Gesetze der Gastfreundschaft nicht vergessen und eine Reihe von Scheichs eingeladen, die bei dem Festschmaus dem Händler huldigen sollten.

Es war spät, als Yusuf in sein prächtiges Zelt zurückkehrte. Gwyn hatte auf einem Diwan gelegen, und dort war er eingeschlafen, immer beobachtet von Fennek. Yusuf würdigte den Goldschmied mit keinem Blick. Gwyn erwachte und setzte sich auf. Er sah den stolzen Araber, wie ihn zwei Diener stumm entkleideten.

»Warum habt Ihr das getan?«, fragte Gwyn unvermittelt.

»Was …?«

Mit einer Handbewegung befahl Yusuf den beiden Dienern zu gehen. Sie verbeugten sich und verließen das Zelt. Fennek erhob sich und entzündete zwei Ölleuchten. Das Zelt war auf einmal in ein wundersam warmes und angenehmes Licht getaucht. Die Flammen zeichneten Schatten an die straffen Zeltwände.

»Ihr … Ihr habt mein Weib verkauft.«

Yusuf seufzte, schloss müde für einen Moment seine Augen und zog sich dann eine prächtig gearbeitete Weste aus. »Sie ist eine Sklavin.«

»Sie ist mein Weib«, entgegnete Gwyn mit Nachdruck.

»Soll ein Weib nicht warten, bis ihr Gebieter zurückkehrt?«

»Sie ist mein Weib, nicht meine Sklavin. Sie ist frei.« Gwyn bemühte sich, seiner Stimme nicht wieder jenen wütenden Ton zu geben.

»Frei? Sie kann also tun, was sie will?«, fragte Yusuf. Nun war seine Stimme wieder von jenem bekannt spöttischen Klang.

»Wir Christen denken darüber anders«, entgegnete Gwyn beherrscht.

»Worüber? Über die Freiheit Eurer Weiber? Ihr sprecht die Unwahrheit. Nicht einmal in Eurem Glauben erlaubt Ihr Freiheit. Jeder, der nicht glaubt, den verfolgt Ihr mit Hass, und dabei eifert Ihr schlimmer als eine Horde Affen. Warum seid Ihr in dieses Land gekommen?«

»Ich hatte einen Auftrag!«

»Ja, ich vergaß. Venedig.«

Bracko trat ein, der vierschrötig wirkende, große, ehemalige Waffenknecht. Er trat vor Yusuf und beugte kurz sein Haupt. »Herr!«

»Sprich!«

»Er ist in seinem Lager.«

»Gut, ab jetzt ist es eure Aufgabe. Versagt nicht.«

»Nein, Herr.«

Gwyn sah verwundert von dem Söldner zu Yusuf ibn al-Mansur. Der Araber bemerkte seinen erstaunten Blick. Er lächelte und griff nach seinem Schwert. Er reichte es Bracko, der die Waffe sorgsam an ein prächtiges Gestell hängte.

»Buchtar hat zwei Fehler. Der Prophet weist auf die Fehler solcher Menschen hin. Und trotzdem gibt es sie.«

Jetzt grinste Bracko, und auch Fennek lächelte wissend vor sich hin.

»Fehler?«, fragte Gwyn.

»Er ist so gierig wie dumm. Und beim Andenken des Propheten, er ist sehr gierig. Aber er bringt die Ingles, Euer Weib, Gwyn Carlisle, in den Harem des Erhabenen.«

»Geht es ihr gut?«, wollte Gwyn wissen, und seine Stimme war leise.

Der Araber sah ihn lange an, und plötzlich glaubte Gwyn in den Augen des Arabers etwas wie Wärme und große Anteilnahme zu sehen. Aber es konnte auch sein, dass er sich täuschte.

»Es geht ihr gut«, nickte Yusuf.

Nach einem Moment trat er näher und hockte sich vor Gwyn auf eines der großen, prächtigen Kissen.

»Ihr wollt wissen, warum ich dies getan hab?«

»Ja.«

»Ich will es Euch sagen. So eine schöne Frau ist im Harem

des Sultans sicher. Der Erhabene wird sie nicht berühren, denn er ist nicht in seinem Palast. Er betet in einer Stadt, die uns Muslime sehr heilig ist. Sie nennt sich Mekka. Seine Rückreise ist in diesen Tagen. Dann wird über Eure Angelegenheit entschieden. Und es ist gut, den Erhabenen milde zu stimmen. Was bietet sich da besser an als ein schönes Weib?« Der Araber erhob sich. »Euer Weib oder Handel mit Venedig.«

»Aber niemals hätte ich mein Weib getauscht, niemals …«

»Dies ist ein Handel, und der heißt Politik. Zwischen Venedig und dem Morgenland. Nun geht. Ich will allein sein.«

»Yusuf, ich …«

»Geht!«, befahl er, ohne Gwyn noch einmal anzusehen. »Geht endlich, geht …«

Gwyn schwieg und erhob sich und schritt bis zum Eingang des prächtigen Zeltes. Dort wartete Fennek auf ihn. Der Himmel über ihnen war sternenklar und die Luft im Gegensatz zu den heißen Tagen trocken und angenehm mild. Der Weg bis nach Bagdad war nicht weit, und Fennek sollte ihn wohl begleiten.

»Fennek, warum tut er dies?«

»Goldschmied, er hat recht. Sie ist ein Pfand. Ein schönes Pfand. Und damit ihr nichts geschieht, ist sie als Christin nirgends sicherer als im Palast der Freude. Ja, es ist der sicherste Ort, den Ihr Euch vorstellen könnt.«

»Aber warum tut er dies? Was schert Yusuf ein Handel mit Venedig?«

»Für Euch, Goldschmied. Er tut es für Euch.«

»Für mich …?«

»Yusuf liebt Euch, Herr«, sagte Fennek, und seine letzten Worte klangen ein wenig wehmütig.

17

Mit einem Mal war der Goldschmied wach. Ein schwerer Traum hatte ihn wohl im Schlaf reden lassen, und nun war er aufgewacht. Er atmete schwer, so wie es ein Schläfer manchmal tut, wenn böse Träume ihn plagen und er erwacht. Und es dauert eine Weile, bis dieser merkt, es war alles nur ein Traum. Dann das befreiende Gefühl, die Glieder wieder strecken zu können, dem eigenen Atem zu lauschen und zu wissen, wieder ruhen zu können und die Schimären des Traumes nicht mehr dulden zu müssen. Nicht mehr an das zu denken, was ihm den Schlaf geraubt und ihn ängstigte, so sehr, dass dies vielleicht Grund dafür war, warum der Schläfer mit einem Schrei erwachte.

Gwyn tastete um sich und spürte, dass er heftig schwitzte. Er schlief nackt in diesen Nächten. In Bagdad kühlte die Luft in der Nacht kaum merklich ab, und dieser Teil des Palastes schien die schwülheiße Luft des Tages zu halten und sie aufzubewahren für den nächsten, erneut heißen Tag in der Hauptstadt des neuen Arabischen Reiches. So atmete er schwer, bis er – auf seinen Herzschlag hörend – allmählich feststellte, wie sich sein Blut beruhigte und seine Gedanken klarer wurden.

Und dann hatte er auf einmal das Gefühl, nicht allein in der Kammer zu sein.

Ein unbestimmtes Gefühl nur, nicht mehr. Aber je aufmerksamer er lauschte, mit angehaltenem Atem, umso sicherer war er sich. Kein Zweifel, da war jemand. In der tiefen Finsternis ließ sich nichts erkennen. Aber als sich seine Augen ein wenig an die Dunkelheit gewöhnt hatten, vermeinte er doch am Ende seiner Bettstatt einen dunklen, unbeweglichen Schatten zu sehen, aber dies konnte auch nur Einbildung sein. So blieb er liegen, unbeweglich und von einer seltsamen Furcht gehalten.

Ein leises Lachen klang aus der Dunkelheit.

Gwyn erschrak im ersten Moment so sehr, dass er sich nicht aufrichtete, sondern nur sein dünnes Laken von sich stieß. Zugleich wich er zurück, bis er mit dem Rücken an die Wand stieß. Mit den Fingerspitzen tastete er nach dem Rand seines Bettes.

»Beim heiligen Elegius …«, murmelte Gwyn leise für sich, und seine Stimme zitterte.

Da lachte es erneut leise vor ihm in der Finsternis.

»Wer … wer ist da?«, fragte er.

Wieder lachte jemand leise vergnügt. »Ich …«, antwortete ihm eine Stimme.

»Ihr … Ihr habt mich erschreckt …«, bekannte Gwyn ein wenig lauter, aber noch immer mit zitternder Stimme.

»Seid versichert, dies war nicht meine Absicht«, tönte die Stimme.

»Was wollt Ihr von mir?«

»Wart Ihr es nicht, der nach jemandem suchte, der Euch zu Diensten ist?«

»Ja, aber welcherlei Dienste …?«

Gwyns Augen versuchten, die Dunkelheit zu durchdringen. Aber er konnte nichts erkennen. Die Stimme sprach nicht zu laut und mit einem angenehmen Klang.

»Wo seid Ihr überhaupt?«, wollte Gwyn wissen.

Erneut lachte die unbekannte Stimme in der Dunkelheit vor ihm. Gwyn war hellwach. Behutsam schwang er seine Beine aus dem Bett und berührte mit den Fußsohlen den glatten Boden. Eine Hand tastete nach seinem Kleiderbündel. Darin befand sich sein Feuerstein. Er würde Licht entfachen, um so seinen seltsamen Gast betrachten zu können. Als hätte der Fremde seine Absicht erraten, sprach er plötzlich wieder. »Mögt Ihr die Dunkelheit nicht, Herr Carlisle?« Bevor Gwyn darauf antworten konnte, sprach der Unbekannte weiter.

»Was ich Euch zu sagen habe, braucht kein Licht. Ihr seht mich früh genug. Macht Euch nicht die Mühe.«

»Wie Ihr meint«, bemerkte Gwyn und zog die Beine an.

Allmählich glaubte er, dass ihm von diesem seltsamen, nächtlichen Gast keine Gefahr drohte.

»Wie seid Ihr hereingekommen?«

»Ihr seid im Palast der Freude. Hier gibt es eigene Wege, die niemand kennt. Aber ich ...«

»Ihr kennt sie«, vollendete Gwyn die Worte des anderen.

»Ja ... alle!«

Erneut gluckste der Mann dort in der Dunkelheit vor ihm.

»So sagt mir wenigstens Euren Namen«, bat Gwyn nun mit fester Stimme.

»Rifai.«

»Aus welchem Hause?«

»Nur Rifai, das genügt«, antwortete der Unbekannte.

»Ihr spracht von Diensten ...«, bemerkte Gwyn höflich.

»Sucht Ihr nicht nach einer schönen Frau mit langem, rotem Haar?«, fragte Rifai.

»Ja ...«

»Euer Weib, nicht wahr?«

»Das stimmt, woher wisst Ihr ...?«, wollte Gwyn wissen.

»Herr Carlisle, geb nicht gerne preis, wer mir die Nachricht sagte. Vielleicht war es eine Nachtigall? Die Gärten des Palastes sind voll mit diesen schwatzhaften Vögeln!«

Gwyn hatte im Moment wenig Verständnis für so poetische Worte. Die Vorstellung, endlich jemanden zu treffen, der ihm helfen konnte, belebte ihn, denn sie klang verlockend.

»Mein Weib ist im Harem des Sultans.«

»Ich weiß.«

»Niemand darf sie sehen, so sagte man es mir.«

»Ich weiß.«

»Wie wollt Ihr mir dann helfen?«

»Ihr werdet Euer Weib sehen. Wenn Ihr es wollt!«

Gwyns Herz begann, bei diesen Worten vor lauter Aufregung schnell und schneller zu schlagen. Er beugte sich ein wenig in die Richtung, in der er diesen Unbekannten namens Rifai vermutete.

»Natürlich will ich dies.«

»Dann lasst uns einen Handel machen.«

»Einen Handel? Sagt mir den Preis dafür, Rifai!«

Der so Angesprochene lachte erneut in die Dunkelheit. Es war noch immer so finster, dass Gwyn nur einen dunklen Schatten erkennen konnte, der am Fußende seines Bettes kauerte. Aber Gwyn hatte bei dieser seltsamen nächtlichen Unterredung zwei Dinge festgestellt. Dieser Mann, Rifai mit Namen, sprach ein sehr sauberes, fast ohne Akzent gesprochenes Englisch. Und er roch gut. Nicht zu stark und nicht zu schwach. Gerade so viel, dass es dem Faber auffiel, aber nicht so stark, dass der Geruch aufdringlich wurde. Er kannte diesen Geruch von den Märkten. Es war Sandelholz.

»Ein Handel, Herr Carlisle, wohl ein Handel.«

»Nun sagt schon, wie viel Ihr dafür haben möchtet.«

»Ich führe Euch zu ihr. Dort, müsst Ihr alles, was Ihr seht, mir sagen. Dies sei mein Lohn.«

»Sagen?«

Gwyn verstand die Worte des Unbekannten nicht recht.

»Ich führe Euch an einen heimlichen Ort. Dort werdet Ihr die herrlichsten Frauen des arabischen Reiches sehen, und Ihr werdet mir jede einzelne beschreiben. Wie sie essen und trinken, was sie tun und ob sie allein oder zu zweit oder gar … Ihr werdet mir alles berichten. Mit Euren schönsten Worten.«

Jetzt war es an Gwyn, leise zu lachen. Dieses Ansinnen war seltsam und zugleich zu ungewöhnlich, dass er ernst bleiben konnte.

»Euch beschreiben und berichten? Warum sollt ich dies

tun, wenn Ihr mich selbst begleitet und sie schauen könnt?«

Eine Weile hörte Gwyn nur ein leises Atmen. Aber dann sprach Rifai erneut mit so sanfter Stimme, die man immer wieder hören möchte, weil sie so angenehm sind. »Nun, kann doch nichts sehen, Herr Carlisle. Denn ich bin blind!«

Nach dieser überraschenden Erkenntnis blieb Gwyn stumm. Was geschah hier? Wer war dieser Mann, der sich Rifai nannte und nachts in sein Schlafgemach einschlich, nur um mit ihm zu sprechen? Ja, mehr noch, um ihm jenen seltsamen Pakt vorzuschlagen? War es am Ende gar eine Falle, die man ihm stellen wollte? Die Gemächer des Sultans und besonders seiner Frauen waren für niemanden zu sehen. Es galt sogar als gefährlich, nur darüber zu reden. Denn in Bagdad gab es genug Ohren, die solcherlei Wissen in den Palast trugen. Die Kaste der *Kuttab*, die Sekretäre des Sultans, mächtig, misstrauisch und meisterhafte Bewahrer ihrer eigenen Macht, waren willige Ohren für solche Gerüchte. Es wäre nicht das erste Mal, dass ein falsches Wort seinem Sprecher das Leben kostete.

Gwyn schwieg, weil er diesen Mann weiter erklären lassen wollte. Obwohl, die Vorstellung, Agnes endlich wiederzusehen, belebte ihn wie ein erfrischender Schlaf. Agnes! Wie gerne würde er sie in seine Arme nehmen, sie an sich drücken, so fest, dass es ihr fast den Atem raubte, und ihr so viele Dinge sagen, die ihm auf dem Herzen lagen, seit er sie verlassen hatte, damals in jener Nacht in Bath, als er sich aus dem gemeinsamen Haus schlich wie ein Dieb. Welch Kapriolen des Schicksals das Leben manchmal schlägt! Er musste erst in das Reich der Deutschen gehen und eine Wanderschaft beginnen, die ihn seit Jahren quer durch das Abendland und durch die halbe arabische Wüste bis hierher, nach Bagdad führte, um festzustellen, wie sehr er sie vermisste und begehrte. Auch alles, was der Grund dafür war, dass sie ihre einstige so leidenschaftliche Zuneigung füreinander aufgegeben hatten und er alles zurückließ, was ihm so lieb und teuer war: Agnes, seinen kleinen Sohn Peter, das Haus in Bath, die Werkstatt und so viele Erinnerungen an seine englische Heimat. Seit er wusste, dass sie hier war, dachte er nur noch eines: Wie und warum sie ihm nachgereist war. Was sie alles zu erzählen hätte! Und seit Yusuf sie für den Harem des Sultans erhandelt hatte, dachte er nur daran, sie wiederzusehen. Aber so war er all die Zeit bei ihr, zumindest schliefen sie unter demselben Dach. Auch wenn es ihm vorkam, dass sie beide augenblicklich weiter voneinander entfernt waren als je zuvor. Denn die Mauern des Serails sind undurchdringlicher als jede Burgmauer. Das erfuhr Gwyn, denn es war dieser Unbekannte namens Rifai, der ihm dies erzählte, der vor ihm in der Dunkelheit saß und ihm mit seiner angenehmen Stimme berichtete. Von der Strenge des Traktes, in dem sich die Frauen des Sultans aufhielten. In dessen Abgeschiedenheit lebten nach seinen Angaben über 200 Frauen. Alle waren sie der Besitz eines Mannes. Gwyn hatte gelernt, dass die blumenreichen und poetischen Erzählungen der Araber gerne die Wahrheit schönten. Jedoch die Vorstellung, dass in diesem Palast nur Frauen lebten, deren einzige Aufgabe es war, ihm, dem Sultan, zu Willen zu sein, wann immer er es wünschte, und die ihm von all seinen Schätzen zugleich doch die wertvollsten waren, war voller Farbe und pikantem Reiz.

Bewacht wurden die Frauen von eigenen Bediensteten, meist älteren Hofdamen, Frauen, die nicht mehr das Interesse ihres Herrschers weckten oder die ihrer Pflicht als Mutter seiner zahlreichen Kinder oder Amme nachgekommen waren und damit das Verdienst einer lebenslangen Versorgung im Palast der Freude genossen. Dazu kam eine Armee von Eunuchen. Männer, die bereits in ihrer Kindheit ihre Manneszier und damit später auch ihre tiefe Stimme einbüßten. So waren sie scheinbar geschlechtslos und konnten den Frauen im Serail nicht gefährlich werden. Trotzdem versäumte es Rifai nicht, von innigen und zugleich heimlichen Beziehungen zwischen solchen Eunuchen und Frauen aus dem Harem zu berichten. Jeder Mann, der die Frauen des Sultans von Ägypten unverschleiert sah, war des Todes. Und jeder Mann, der nur den Versuch wagte, sich ihnen zu nähern, und sei es nur, um sie zu sehen, büßte dies ebenfalls mit seinem Leben. Rifai erzählte solcherart und untermauerte seine Erzählung mit dem Hinweis, dass ein Vetter des Sultans zum Tode verurteilt worden war, nur weil er den Plan schmiedete, sich im Harem zu verstecken, um einen Blick auf die Lieblingsfrau des Sultans zu erhaschen. Obwohl dieser Mann ein Vetter und damit von seinem Blute war, handelte der Sultan unerbittlich. Als Rifai geendet hatte, schwieg er. Erst nach einer Weile stellte er Gwyn eine Frage. »Wollt Ihr Euer Weib noch immer sehen?«

»Ja, … aber ich will sie nicht nur sehen, sondern ich will sie zurückhaben!«

Wieder lachte Rifai sein leises Lachen. »Das ist nicht möglich, Faber. Der Erhabene ist ihr Herr.«

»Sie ist mein«, antwortete Gwyn ein wenig wütend.

Rifai kicherte erneut. »Denkt nicht weiter darüber nach. Denkt lieber, ob Ihr meine Dienste braucht.«

»Ich soll Euch die Augen ersetzen?«

»Ja, darum bitte ich Euch.«

»Gut, aber zuvor will ich Euch sehen!«, verlangte Gwyn mit fester Stimme.

»Dann seht mich, Goldschmied!«

In der Dunkelheit flammte plötzlich ein winziges Licht auf. Es war eine kleine Öllampe, die der Unbekannte die ganze Zeit unter einem weiten Burnus verborgen hatte. Er hielt das Licht unter sein Kinn, und Gwyn konnte Rifai sehen. Der

Anblick erschreckte und erschütterte ihn.

»Ihr habt Euch mich sicherlich anders vorgestellt, nicht wahr?«, fragte Rifai sanft.

Gwyn nickte und fügte dann erst ein undeutliches Gemurmel hinzu, nachdem ihm gewahr wurde, dass der Mann sein Nicken ja nicht sehen konnte.

Rifai war noch jung. Er musste einmal ausnehmend schön gewesen sein. Dies schloss Gwyn aus seinem ebenmäßigen Kinn, seinem feinen Mund und den prächtigen Zähnen. Dieser junge Mann musste einst ein sehr ansprechendes Gesicht besessen haben, jetzt aber war die obere Hälfte seines Kopfes von Brandwunden schwer entstellt. Er hatte kein einziges Haar mehr auf dem Kopf. Dort, wo einmal Augen und Ohren gewesen, war das Fleisch verwachsen und rot wie ein brandiges Geschwür.

»Wer … wer tat Euch dies an?«, fragte Gwyn, ein entsetztes Stöhnen einigermaßen unterdrückend.

Rifai lächelte. Der spärliche Rest seines Gesichtes wurde dabei zu einer unheimlichen und zugleich grotesken Grimasse.

»Ich, Rifai der Schöne, war einst Liebling meines Herrn, des Sultans von Ägypten, Patriarch von Bagdad, Herrscher aller Türken. Ich war sein Sklave und zugleich Teil seiner Gedanken. Er nahm meine Dienste gern in Anspruch, immer dann, wenn er seiner Frauen überdrüssig wurde, wenn sie ihn langweilten. Dann schenkte er mir seine Gunst. Mir allein! O ja, denn er liebte mich. Und, o Freuden, ich glaubte, jung und mit einem schönen Gesicht, ich, der Geliebte des Sultans, hätte alle Freiheit trotz meines Loses als Sklave. Ich fühlte mich nie als solcher. Warum auch? Alles erhielt ich, alle Wünsche waren mir erfüllt. Mir fehlte es an nichts. Aber was verboten, ist oft begehrenswerter als das Erlaubte.

Auch ich wollte seine Frauen sehen. Aber mein Herr sagte, wenn ich es täte, träfe mich sein Zorn. Das erste Mal in meinem Leben fürchtete ich mich davor, etwas zu tun, was nicht erlaubt. Ja, mehr noch, ich fürchtete mich so sehr, dass ich nie wieder einen Gedanken daran verschwendete. Ich wollte alles tun, um das Wohlwollen und die Gunst meines Herrn wiederzuerlangen. Denn meine Frage hatte ihn erzürnt, und er war mir gram. Ein Schatten hatte sich zwischen uns gelegt, und seine Liebe zu mir war nicht mehr dieselbe.« Rifai seufzte nun tief.

Aber Gwyn konnte in dem zerstörten Gesicht keine Regung entdecken.

Da sprach der Sklave weiter. »Böse Zungen gibt es in diesem Palast zur Genüge. Und jeder andere Jüngling, der dem Erhabenen einmal nahe war, ist ein Neider. Mein unvorsichtig geäußerter Wunsch, das Serail zu sehen, ließ all die Spötter, Eiferer und Speichellecker eine Intrige schmieden. Ränkespiel! Von solchen Wesen, ich spreche nicht von Menschen, wimmelt es in diesen Mauern. Es kann jeder sein. Jene Stimmen behaupteten, ich hätte seinen Harem geschaut. Aber beim Andenken an die Weisheit des Propheten, ich tat es nicht. Als mein Herr mich befragte, konnte ich meine Unschuld nicht beweisen, die Zweifel überwogen. Statt dem Tod ließ er mich nur blenden. Aber ich war glücklich, denn mein Herr liebte mich noch immer. Hätte er mir sonst mein Leben geschenkt?«

Gwyn atmete schwer.

»Wollt Ihr Euer Weib noch immer sehen?«, fragte Rifai sanft.

»Ja … ja, das will ich.«

»Dann zu niemandem ein Wort. Ich komme wieder, und dann seid bereit.«

Rifai blies die Lampe aus, und es war wieder dunkel ringsum. Gwyn spürte einen Luftzug und ein Geräusch, dann roch er noch einmal den Duft von Sandelholz, nicht zu stark.

Gerade genug, um zu wissen, dass jemand dort am Fußende des Bettes gesessen hatte.

»Rifai …«

Gwyn flüsterte den Namen nur, so als ob er die Befürchtung hegte, jemand hinter diesen Mauern könnte ihr Gespräch belauscht haben.

»Rifai! Seid Ihr noch da?«

Aber es blieb still. Gwyn legte sich langsam wieder nieder. Er starrte in die Dunkelheit, lauschte, aber es war nichts zu hören. Die Nachtluft war mild, doch Gwyn tastete nach seinem Laken, um sich zuzudecken, denn auf einmal fror er.

Nie zuvor hatte Gwyn solche Gänge gesehen. Sehr schmal und oft so hoch, dass er trotz des Lichtes deren Ende über sich nicht erkennen konnte. Die gemauerten Wände waren so eng, dass sich beide Männer mit dem Rücken an den Wänden entlangschieben mussten, weil ein Fortkommen anders nicht möglich war. Rifai schien jeden Durchgang, jede Öffnung zu kennen. Gwyn schauderte einmal bei dem Gedanken, sich hier blind und ohne Licht zu bewegen. Aber Rifai war blind. Für ihn war es immer dunkel, und seine Hände waren seine Augen, ebenso sein feines Gehör und die sorgsam tastenden Fingerspitzen. So folgten sie einem Weg, den der Sklave in vielen einsamen, stillen Nächten ertastet und erforscht haben musste. Rifai schien jede Abzweigung zu kennen, und an jedem Weg, der wenigstens zwei Richtungen anzeigte, fuhren seine Finger mit langsamen tastenden Bewegungen über die Steine, verharrten die Fingerspitzen jeweils für einen Moment daran, jede Unregelmäßigkeit jedoch wie ein besonderes Merkmal erkennend.

Die Gänge waren endlos lang. Sie waren dadurch entstanden, dass jedes Mal ein Mitglied aus der Dynastie der Seldschuken den Palast vergrößerte und umbaute, immer dann, wenn ein neuer, noch prächtigerer Trakt angebaut wurde. Dabei setzten die Baumeister die Ziegel nicht direkt an die bereits vorhandenen Wände, sondern ließen einen Abstand wenigstens von der Breite eines Mannes. So konnte die Luft zwischen den mächtigen Mauern durchstreichen und den steinhartem Lehm je nach Tageszeit wärmen oder kühlen.

Aber bereits seit Jahrhunderten nutzten findige Geister diese Gänge, um unerkannt durch den Palast zu gelangen oder rasch zu fliehen. Viele Öffnungen und Durchgänge waren wieder verschlossen worden, und Rifai war wohl der Einzige, der alle Gänge des Palastes für seine Wanderungen nutzte. Der Sklave lebte hier, und die Sicherheit, mit der er sich fortbewegte, die Unbekümmertheit, machten Gwyn deutlich, dass Rifai keine weiteren Wanderer in diesem Teil des Palastes vermutete. Dies war allein Rifais Reich.

Manchmal gelangten sie an Stellen, an denen Gwyn glaubte, hier wäre ihr Weg zu Ende, und sie könnten nicht mehr weiter. Oftmals dachte er, ein Mensch könne sich nicht in so enge Nischen oder Aufgänge zwängen, angesichts der Mauern, die sich plötzlich verengten. Aber Rifai machte es ihm vor, und es gab immer ein Durchkommen. Manchmal wurden die Gänge auch breiter, aber niedriger, dann mussten sie tief gebückt ihren Weg fortsetzen. Es war trocken ringsum. Die Luft war immer gut, denn von irgendwoher kam ein frischer Luftzug, kühlte hier drinnen ab und machte es angenehm, die trockene Luft zu atmen. Trotzdem ließ die Anstrengung Gwyn schwitzen.

Jetzt stiegen sie eine steile, vor Urzeiten gefertigte schmale Treppe aus Stein hinunter. Die einzelnen Stufen waren längst alle zerbrochen und die Stellen oft mit Schutt und Sand verborgen. Rifai bückte sich, tastete nach etwas Sand und warf eine kleine Brise davon mit einem kräftigem Wurf vor sich. Dann lauschte er.

»Wenn sich etwas bewegt, warte ich und geh nicht weiter. Manchmal hör ich Ratten. Bewachen wohl diesen Weg. Hierher verirren sich manchmal auch Skorpione … Schlangen seltener«, erklärte er, sein entstelltes Gesicht zu Gwyn gewandt. Dann lauschte er wieder angestrengt. »Wir können gehen«, beschloss er.

Erneut tastete er sich die Treppe hinunter. Gwyn, sein Öllicht haltend, folgte ihm.

Die Wand zu ihrer Linken war hoch und glatt. Die Luft war auf einmal feucht und angenehm kühl. Rifai erklärte, dass sich hinter dieser Wand die Bäder des Serails befanden. Auf der letzten Stufe der Treppe war der Boden glatt und mit einer dünnen Schicht Sand bedeckt. Wie ein Schatten huschte Rifai darüber und forderte Gwyn mit einer Handbewegung auf, ihm zu folgen. Sie schritten lange stumm dahin, und Gwyn bog immer wieder den Kopf in den Nacken, in der Hoffnung, eine Decke über sich zu sehen. Doch da war nur Stein. Vor ihnen erhob sich wieder eine Treppe. Sie musste vor langer Zeit einmal genutzt worden sein, denn sie war reich und breit gefertigt aus einem hellen glatten Stein, und es lag wenig Sand auf den Stufen. Rifai glitt ohne Geräusch die Stufen hinauf, mit einer behenden Bewegung, bei der die jeweilige Fußspitze die Stufe vor ihm ertastete. Am Ende der breiten und gar nicht unbequemen Stufen gelangten sie auf eine Art Galerie, an deren Ende ein dunkles Loch gähnte. Am Blendwerk aus Stein konnte Gwyn entdecken, dass hier vor Urzeiten einmal ein Tor gewesen sein musste. Dieses Tor hatten Maurer vor Zeiten verschlossen, und an dieser Öffnung blieb Rifai stehen.

»Wir sind da«, raunte er Gwyn zu, so als traue er der Stille ringsum nicht mehr.

Gwyn sah sich um. »Hier? Aber hier ist nichts …«, stellte er verwundert fest.

»Dort …«

Rifai deutete auf das Loch in der mächtigen Wand. »Dahinter ist ein Gang, eng und hoch wie ein Schacht. Dieser Gang führt frische Luft in die Bäder. Dieses Loch hab ich selbst gegraben. Viele Nächte lang, denn der Mörtel ist steinhart, und ich hatte als Werkzeug nur einen Dolch.«

»Der Herr muss Euch viel Geduld geschenkt haben«, bemerkte Gwyn nach dieser Erklärung ehrfürchtig.

Er wusste, einen Meißel oder eine Hacke hätte man gehört.

Rifai verzog das Gesicht, wohl um zu lächeln, aber es entstand erneut nur eine hässliche Grimasse. Er glitt auf den Boden und robbte durch die Öffnung, bis er gänzlich darin verschwand. Gwyn folgte ihm. Der Gang war eng und so niedrig, dass sie in der gebückten Haltung ausharren mussten. Kühle und mit allerlei Gerüchen vermengte Luft blies ihnen entgegen. Nach einer Weile erreichten sie eine weitere Öffnung in der Wand, die aber von einem Maurer mit geübter Hand erstellt worden war. Der Araber kroch hindurch, lauschte erneut und wandte sich dann zu Gwyn um. »Lasst das Licht hier stehen«, raunte er ihm zu. »Ihr seht bald genug.«

Gwyn tat, wie ihm der Blinde riet, und folgte ihm durch die niedrige, glatte Maueröffnung. Rifai richtete sich auf, und seine Hände tasteten erneut flink um sich. Gwyn richtete sich ebenso auf. Wieder standen sie in einem hohen Gang, in der Breite gerade genug, um mit angezogenen Beinen sitzen zu können. Ein fahles Licht kam aus großer Höhe und half Gwyns Augen, sich in dem plötzlichen Zwielicht zurechtzufinden. Endlos hohe Wände begrenzten den schmalen, lang erscheinenden Gang. Gwyn erkannte links und rechts hervorstehende Ziegel, die in regelmäßigen Abständen – wie Trittstufen beschaffen – aus der ansonsten glatten und gleichmäßig gemauerten Wand ragten. Rifai glitt sicher und behende weiter und hielt Gwyn dabei an der Hand. An einem dieser Steine an der Wand hielt er an, strich mit der Hand über den Ziegel und fühlte ihn, so als wäre dies das erste Mal. Aber die Bewegung war leicht und schnell, und Gwyn hatte den Eindruck, dass der Mann nicht nur diesen Stein aufs genaueste kannte.

»Hört, Goldschmied«, flüsterte der Mann.

Gwyn lauschte. Er glaubte etwas rauschen zu hören.

»Wasser!«, kicherte Rifai fröhlich.

Er hatte recht. Wie aus weiter Ferne war ein Geräusch zu vernehmen, wie wenn Wasser gemächlich durch ein breites glattes Flussbett fließt und dies als stetes Geräusch zu hören war. Und immer wieder vermeinte er das fröhliche Lachen einer Frau zu hören.

»Wir sind da!« Rifai lachte wieder sein vergnügtes Lachen.

Dann begann er, immer mit einem Fuß links und rechts abwechselnd, die glatte Mauer hinaufzusteigen, einen Stein als Stufe benutzend. Gwyn folgte ihm. So stiegen sie hinauf. Als sie fast unter der endlos hoch erscheinenden Decke dieses längst vergessenen Ganges ankamen, erhellte fahles Licht die Wände und ein schmales Sims vor ihnen. Rifai tastete über den Stein, der gerade so schmal war, dass sich ein Mann darauf niederlegen konnte, um durch eine schmale Ritze zu blicken, die dadurch entstanden war, dass beim ursprünglichen Mauern eine Reihe der Ziegel ausgespart blieb, um für stetig frische Luft zu sorgen.

Rifai kroch mit den Füßen zuerst auf den Sims und schob sich dann rückwärts die Mauer entlang. Am ersten Mauerspalt hielt er an und lauschte. Dann sah er auf, und sein zerstörtes Gesicht bedeutete Gwyn, mit dem Kopf voraus zu ihm zu kriechen. Gwyn tat es.

Als er vor dem blinden Araber zu liegen kam, wagte er doch einen Blick von dem Mauersims hinunter, die glatten Wände entlang, woher sie beide gerade heraufgekommen waren. Obwohl sich das fahle, schwache Licht in dieser Tiefe rasch verlor und sich auflöste in dunkles Nichts, schauderte Gwyn, denn sie mussten sehr hoch gestiegen sein.

»Kommt näher«, raunte Rifai.

Gwyn spürte, wie die Luft, die ihm entgegenschlug, angenehm feucht war und wie es plötzlich ringsum nach vielerlei Düften roch. Nach Rosenwasser und Mandeln, nach Zitronen und Pfirsichen, nach Sandelholz und Muskat. Und es roch nach Frauen.

»Es ist ein geheimer Platz«, bemerkte Rifai leise.

»Wie oft wart Ihr schon hier?«, wollte Gwyn wissen.

»Weiß nicht, wie oft. Sehr oft, unzählige Male. Aber immer nur konnte ich hören, und nun hoffe ich das erste Mal zu sehen. Kommt, schaut die schönsten Frauen der Welt im Palast der Freude.«

Rifais Worte klangen feierlich.

Gwyn bemühte sich, kein Geräusch zu machen. Aber er lag auf dem Bauch nur mäßig bequem.

»Sagt, was Ihr seht«, drängte der Blinde.

Gwyn wusste um sein Versprechen, und seine Neugier war mindestens so stark wie sein Herzklopfen, das ihn nun überfiel. Obwohl er nur eine Frau sehen wollte. Agnes. Und so richtete er sich ein wenig auf und blickte durch den schmalen Spalt. Aber Gwyn konnte im Moment nicht sprechen. Denn was er sah, hätte er sich in seinen kühnsten Träumen nicht vorstellen können. Nie zuvor hatte der Goldschmied aus Britannien eine solche Pracht gesehen. Bei alldem war die Anmut dieses Ortes wie aus einer anderen Welt. Er sah Dutzende von Frauen, die sich in den Becken badeten, sich streckten, sich mit fröhlichem Lachen mit Wasser bespritzten und dazu alle Anmut ihres Geschlechtes zeigten, sich einander darstellten und dies ohne störende Scham.

»Was seht Ihr, Faber?«

Rifai drängte sich so vehement an das Gesicht des Goldschmieds, dass er für einen Moment glaubte, sie würden beide den schmalen Mauersims hinunter in die Tiefe stürzen. Er hielt sich mit einer Hand an einem der freien Ziegellöcher fest, und mit der anderen Hand krallte er sich in das Gewand des Blinden.

»Haltet still! Wollt wohl, dass wir beide abstürzen?!«

»Nicht bevor Ihr mir gesagt, was Ihr seht«, entgegnete Rifai frech.

Gwyn rutschte noch etwas nach vorne. »Weiß nicht, wo ich beginnen soll«, raunte er.

»Braucht nicht so leise zu sprechen. Hier hört uns niemand. In dem Bad ist immer Lärm. Und nun seht, seht und berichtet«, drängte Rifai erneut.

Gwyn erkannte eine Ungeduld in den Worten des Blinden, die aber nicht typisch war für einen neugierigen Menschen, der seinem Wunsch und seiner Gier nach dem heimlichen Beobachten nachgeben will. Eher war es, als hätte dieser Mann lange Zeit einen Teil seines Lebens entbehren müssen. Nun sollte ihm für einen Moment wenigstens die Gnade gewährt sein, Augenblicke nachzuholen, die ihm durch die Blendung grausam für immer verschlossen bleiben sollten.

Und Gwyn begann zu berichten: »Es ist ein großer Saal. Fast rund wie eine Scheibe ist sein Grund. Von drei Seiten führen hohe Bögen in weitere Teile des Palastes. Jeder dieser Wege ist flankiert von großen Säulen, welche aus weißem Stein, und darüber ist der Stein wieder mit geschnitztem Stein bedeckt, über und über. Die Wände sind hoch und mit herrlichen Fresken geschmückt. Alles in den prächtigsten Farben: Einmal blau wie der Himmel, wenn er ganz klar und ohne Wolken. Ich seh Gold, wie die kostbarsten Becher, aus denen nur die Fürsten trinken, rot wie frisches Blut und vielerlei grün, so wie eine Palme niemals nur grün ist, sondern einmal heller und einmal dunkler, und doch ist sie grün. Könnt Ihr es Euch vorstellen?«

»Ja, sprecht weiter …!«

»Auf dem Grund ist ein großes Wasserbecken. Rund wie der volle Mond. Das Wasser darinnen ist von ganz hellem Blau, so wie der Himmel an einem Tag, an dem es kalt ist. Ringsum plätschert Wasser aus fein gefertigtem Stein herein. Heiß, denn es dampft wie frischer Tee. In der Mitte des Beckens ist wie eine Insel ein weiteres Rund aus Stein. Die Frauen gehen hinüber, denn das Wasser ist nicht tief. Über diesem Stein ist ein Dach aus feinem Tuch, wie ein Zelt aufgehängt. Da sind köstliche Kissen zu sehen, auf denen Frauen liegen und Naschwerk essen, Tee trinken und plaudern. Und alle tragen nur ihre Schönheit als Gewand.«

»Sprecht weiter!«

»In den Wänden ringsum sind Nischen, wie die Hälfte einer großen Muschel. Darin befinden sich breite Bänke aus glattem Stein, und darauf liegen schwere Kissen und feine Decken in allerlei Farben. Auch dort liegen Frauen, allein oder zu zweien, und schlafen. Der Boden ist glatt, und überall dort, wo Licht aus der Luft kommt, sind Blumen und bunte Vögel in großen Käfigen aus feinem silbernen Draht.«

»Weiter …«, hauchte der Blinde.

»Oh, da sind Frauen, so viele Frauen. Eine ist schöner als die andere. Sie sind nicht alle völlig nackt. Manche tragen ein dünnes Tuch um die Hüften oder ein seidenes Band in ihrem Haar. Dort sehe ich welche, die feine Schleier über ihrem Haar tragen. Andere Frauen tragen Ketten an ihren Fußknöcheln, aus Silber oder Gold, es klingt leise, wie winzige Glocken, wenn sie in die Becken steigen, ihre Fußspitzen so klein und fein. Sie tauchen diese erst in das Wasser ein, wohl prüfend, ob es nicht gar zu kühl. Aber dann waten sie hinein, Stufe für Stufe, bis das Wasser erst ihre Waden, dann die Schenkel und zuletzt all das umschließt, was so süß und angenehm. Da seh ich manchen Schoß, so wundervoll, und manchen Rücken, der zu Ende dort, wo sich das Fleisch gar köstlich wölbt.«

Gwyn konnte sich ein Seufzen nicht verkneifen, und er wunderte sich gleichzeitig, wie leicht es ihm fiel, diese Worte zu gebrauchen.

Rifai kicherte vergnügt. »Ihr seid ein Dichter. Sprecht, Faber, sprecht, lasst nichts aus, nichts, was Ihr seht …«

Erneut legte der Blinde sein Ohr direkt an die kaum handbreite Öffnung in der glatten Wand, um all den Geräuschen zu lauschen, die zu hören waren. Das Plätschern der zahlreichen Brunnen, das leise Klingeln der Schmuckstücke, das Zwitschern unzähliger Vögel. Dazu sangen die Frauen, und immer wieder hörten die zwei Lauscher fröhliches Lachen.

Und Gwyns Augen schauten weiter, und sein Mund erzählte jeden Moment: »Da seh ich ein Weib! Mutter unseres Herrn, Jesus Christus! Ich denk, dies muss ein Trugbild sein. Sie hat herrlich schöne Beine, lang und schlank, und ihre Arme sind ebenso. Wie Marmorstein, hell und glatt, und das Wasser perlt darauf herab. Ihr Busen ist klein, gerade so, dass eine Hand ihn umschließen könnt, und nichts von jener Zierde würde mehr hervorsehen. Ihr Schoß ist ebenso beschaffen und glatt mit einer Wölbung, kaum zu sehn. Aber das Allerköstlichste ist ihr Gesicht. Es ist schmal und so zart. Ihre Brauen sind nur zwei winzige Bögen und, wie ihr Haar, ganz blond. Überhaupt ihr Haar! Es ist gelockt, derart, dass es wie kleine, helle Spiralen ihr Gesicht streichelt, ihre Stirn bedeckt und …«

Gwyns Stimme war rauh, trotz der Feuchtigkeit ringsum.

»Sprecht weiter …«

»Nun fährt sie mit der Hand durch ihr Haar, wie mit einem Kamm. Ich kann ihr Ohr sehen. Sie trägt ganz unten, da wo das Fleisch schon durchscheinend wird, einen Ring, rund, golden und darin ein herrlicher Stein. Sie dreht den Kopf, und ich kann die Stelle sehen, ganz deutlich, denn es blitzt und funkelt im Licht. Das Köstlichste aber ist ihr Mund. Er ist so fein und so zart. Die Lippen aber so rot, als sind sie aus dem Fleisch einer Beere. Jetzt schreitet sie weiter ins Wasser. Sie lacht, denn sie hat wohl eine Freundin gesehen. Ein Mädchen, noch so jung und nicht minder schön. Nur ist ihr Haar ganz schwarz, und ihre Haut ist dunkler, fast wie das einer reifen Frucht, die uns als Olive bekannt.«

»Was tun die beiden?«

»Sie lachen und gehen aufeinander zu. Nun bespritzen sie sich mit Wasser. Und nun gleitet das erste Mägdelein auf ihre Freundin zu. Sie stehen voreinander. Oh …«

»Weiter, weiter! Redet, Goldschmied …«

»Das engelsgleiche Wesen küsst ihre Freundin auf deren Augen. Und nun den Mund, so …«

Gwyn schwieg, denn der Anblick berührte ihn sehr, und er spürte, wie ihn diese Szene plötzlich selbst mit Wünschen traktierte, die er doch unterdrücken musste, denn damit wären sie sogleich entdeckt. In diesem Moment wäre er gerne bei diesen beiden Frauen.

»Warum sprecht Ihr nicht mehr?« Rifais Frage war ängstlich.

»Beide Frauen gleiten nun durchs Wasser, als wären sie Wasserwesen, das Haar der blonden Frau liegt darauf. Es ist so leicht, dass all die Pracht nicht versinkt, sondern auf dem Wasser schwimmt, wie dünne Zweige mit den ersten Blättern eines Baumes. Und das andere Mägdelein reibt sich an ihrer Freundin, und beide lassen ihre Hände nicht ruhen. Sie schwimmen an den Rand des Beckens, und die, welche hat so dunkles Haar und so braune Haut, ruht mit ihrem Rücken dort am Rand und lässt die Freundin an ihrem Busen ruhen.«

Gwyn schwieg. Er schwitzte, und seine Gedanken waren nur noch ein Strudel aus Bildern, Gerüchen und Geräuschen. Aber er wollte nur sehen und nichts mehr sagen. Er schloss die Augen, aber der Mann zupfte ihn heftig an seinem Arm.

»Weiter, Herr Carlisle, ich bitt Euch …«

Und er berichtete weiter von den Frauen, die sich mit Ölen und Salben einsalben ließen, die sich die Nägel mit roten Pasten färbten, ebenso wie den Rücken ihrer Hände. Wie sie miteinander spielten, sich unterhielten und seltsame, oft traurige Lieder sangen. Wie sie Tee tranken und sich von kräftigen Eunuchen massieren ließen, oder mit diesen lachten und scherzten. Wie sie sich gegenseitig streichelten und herzten, sich küssten und von einer Art zueinander waren, welche die Menschen schön sein lässt bei jenem Tun. Und Rifai lauschte Gwyns Worten und sah wieder. Mit seinen Ohren und Gedanken gleichzeitig betrachtete er die Wunder im Palast der Freude.

In den nächsten Tagen waren sie noch zweimal an jenem heimlichen Ort. Gwyn erzählte, und Rifai schien in diesen Momenten der glücklichste Mensch in ganz Bagdad zu sein. Er konnte wieder sehen, denn Gwyns Erzählungen waren so genau und so blumig wie nur irgend möglich. Der Goldschmied erinnerte sich oft an die vielen Abende, die er auf seinen Reisen, aber auch während seiner Zeit als junger Lehrling in London in Tavernen verbracht hatte, den Geschichtenerzählern lauschend. Und er wusste damals schon, es gäbe wohl für die Menschen nichts Schöneres, als die vielen Geschichten zu hören, die so wunderbar und herrlich sind, wie ein richtiges Leben sie gern leben würde und doch nicht kann, weil ein Mensch sich oft genug dazu nicht getraut. Aber in der Phantasie war alles schicklich, und nichts davon war gefesselt. Wohl hatten die Mönche auch finstre und unkeusche Gedanken als Sünde geächtet, und die Priester verlangten die Beichte selbst solcher Gedanken. Aber wie soll man etwas beichten, was jedes Mal neu ist und doch so leicht und vergänglich, wie ein Gedanke nun einmal ist? Wie soll man Glück und Herzklopfen gestehen, das nur entsteht, weil Schönes geschieht, allein in den Gedanken?

Allerdings geriet der Weg in den Trakt des Harems zunehmend anstrengender. Der Marsch durch die Dunkelheit, durch die höhlenartigen, langen Gänge – oft so eng, dass Gwyn glaubte, die Wände würden ihn zerquetschen –, all dies forderte Tribut. Beide Männer ermüdeten, und machten sie sich auf den Rückweg, wurde dieser oft zur Tortur. Zurückgekehrt, fielen sie in Gwyns Kammer auf das Bett und sofort in tiefen Schlaf. Gwyn erlaubte, dass der Sklave die Nächte bei ihm blieb. Im frühen Morgengrauen stahl Rifai sich davon und verschwand in einem Loch über dem Dachboden. Dies war auch der Weg, auf dem er in der ersten Nacht zu Gwyn gekommen war. Was er tagsüber tat, wo er war und wie er es jedes Mal wieder zurück in die kleine Kammer des Fabers schaffte, wusste Gwyn nicht.

Und er wusste noch immer nicht, ob er Rifai trauen durfte.

18

Dumpfe schwere Paukenschläge kündigten die Zeremonie an. Eine Hinrichtung, so viel hatte Gwyn erfahren. Es war kein einfacher Mann aus dem Volk, denn er wurde nicht wie die gewöhnlichen Verbrecher zusammen mit anderen Menschen auf dem »Platz der tausend Tode« hingerichtet. Oft waren es bis zu 100 Verurteilte, und die Hinrichtungen dauerten den ganzen Tag. Es war ein entsetzliches Schauspiel, wie Gwyn fand, und er hatte es einmal zwei Delinquenten lang ausgehalten. Was ihn mehr verwunderte, war die ausgelassene Stimmung ringsum. Er kannte dies auch aus seiner Heimat, wo der Henker ein solches Spektakel als Schauspiel der besonderen Art darstellte. Doch dies hier war anders. Die Menschen kamen von weit her, um dabei zuzusehen, wie die Henker in oft ausgeklügelter Weise die Delinquenten vom Leben zum Tode brachten. Nur wenigen war vergönnt, mit einem Schwerthieb enthauptet zu werden. Die Mehrzahl der Verurteilten wurde zuvor bei lebendigem Leibe verstümmelt, geblendet, gehäutet oder teilweise verbrannt.

Dieser Verurteilte jetzt war ein hoher Würdenträger.

Gwyn betrachtete sein kostbares Gewand, seinen hohen Turban und den feinen Schmuck, den er trug. Er schritt, als der Lärm sich etwas beruhigt hatte, mit einer stillen Würde, fast hochmütig, die Stufen zu einem steinernen Podest hinauf, um sich dort gen Mekka zu verbeugen und so für einen Moment zu verweilen. Gwyn verstand das schnell gesprochene Arabisch ringsum nur undeutlich. Er traute sich jedoch nicht, einen der Zuschauer neben sich zu fragen. Bagdad war im Aufruhr, und die ständigen Meldungen von den Kämpfen der Fatimiden wie auch der Seldschuken gegen die Christen ließen die Anhänger des christlichen Glaubens in diesen Tagen nicht unbedingt beliebt erscheinen. Dies umso mehr, als die Türken ursprünglich eigentlich keine großen Vorbehalte gegen die Christen hegten. Aber trotzdem wollte Gwyn keine neugierigen Fragen provozieren, die er vielleicht nicht beantworten konnte. Der Mann dort oben war alt, mindestens 60 Jahre, und er trug einen sauber gestutzten Bart.

In diesem Augenblick roch Gwyn in der Menge der Leiber ringsum nicht nur den strengen Geruch nach Zwiebeln und Hirsebrei, nach ranzigem Öl und Fisch, sondern auch den feinen Geruch nach Sandelholz. Der Geruch war klar und sehr stark. Die Gestalt neben ihm war tief verschleiert.

»Ihr solltet Euch einen Bart wachsen lassen, Herr.«

Es war Rifais Stimme, die da neben ihm sprach. Er stand im Gewand einer Frau neben ihm, verschleiert, einen dünnen Stock aus Rohr in der Hand haltend. So wie er zogen viele blinde Bettler durch die Gassen der Stadt. Da fiel er nicht weiter auf. Nur dass Rifai trotz seiner schäbigen Kleidung sauber wirkte. Aber das war eine Eigenheit des blinden Sklaven.

»Warum ein Bart?«, wollte Gwyn wissen, die Frage leise raunend.

»Der Bart ist das Privileg des freien Muslim, und ihr fallt weniger auf. Nur junge Männer und Sklaven sind bartlos.«

Gwyn musste lächeln. »Was macht Ihr hier?«, wollte er wissen.

Jetzt war es Rifai, der lachte. »Ihr seht eine Hinrichtung. Sagt mir, was Ihr seht!«

Gwyn beugte sich ein wenig zu dem Blinden. »Nein, ich werd Euren Gelüsten nach solch Grausamkeiten nicht folgen.«

»Ihr versteht nicht, Herr Carlisle«, raunte Rifai, »der dort ist ein *Kuttab*, von hohem Rang, wohl vornehm und ein wichtiger Mann in der Hierarchie des Palastes.«

»Was ist sein Vergehen?«

»Er war zu sorglos und unterlag seinem Widersacher

in einem langen Ränkespiel. Der Sultan hat ihn zum Tode verurteilt.«

»Warum lässt er den Mann hier vor aller Augen richten?«

»Der Erhabene zeigt seine Macht. Alle bei Hof und ihre Familien, alle Türken des Reiches, selbst der gemeinste Bettler wissen nun, dass sie niemals etwas tun dürfen, was dem Herrn im Palast der Freude missfallen könnte. Der da ist einen Weg gegangen, den er nicht zurückgehen kann.«

»Was heißt das?«

»Er hat etwas getan, was nicht einmal ein Verzeihen ungeschehen machen könnte.«

Gwyn sah auf den Mann dort drüben, der sich auf ein prächtiges Kissen niederkniete.

»Er trägt kein Büßergewand und noch all seinen Schmuck«, bemerkte Gwyn mit trockener Stimme.

»Sein Herr gewährt ihm dies als besondere Gunst. Er verliert sein Leben als Muslim mit allen Würden, und seine Familie wird nicht geächtet. Sie darf sogar weiter im Palast leben. Trotzdem stirbt dort eine Natter.« Rifais letzte Worte waren böse.

Gwyn war verblüfft, denn er glaubte, der Henker würde den Mann dort mit einem Krummschwert enthaupten. Er zeigte dem Delinquenten wohl die Waffe, legte sie dann aber nieder. Stattdessen wickelte er nur eine lange, seidene Schnur auf. Der zum Tode Verurteilte nickte kaum merklich, und Gwyn sah in dem alten Gesicht so etwas wie stille Erleichterung. Der Henker trat hinter den Mann, schlang die Schnur um dessen Hals und zog blitzschnell zu. Das Röcheln und Keuchen dauerte nicht lange, und einen Augenblick später sank die untersetzte Gestalt des Alten seelenlos neben das seidene Kissen auf den Boden. Die Menge pfiff und johlte, als der Henker stumm die Schnur in die Höhe hob und damit den Tod des Mannes verkündete. Und auch Rifai johlte dazu und hüpfte wie ein Kind von einem Fuß auf den anderen.

Dann zerstreute sich die Menge, und Knechte wickelten die Leiche in ein Tuch.

»Bringen sie ihn fort?«, wollte der Blinde wissen.

»Ja«, entgegnete Gwyn knapp.

»Gott ist groß. Und er ist gerecht.«

»Gerecht?« Gwyn sah in die Richtung des Blinden.

»Wundert Ihr Euch, Herr Carlisle, warum ich so voller Freude bin?«

»Weiß nicht, ob ich mich wundern soll …«, entgegnete Gwyn knapp.

»Das war Buzurg ibn Sahriyar. Er verlangte einst meinen Tod. Aber mein Herr gab ihm nicht recht und verwandelte das Urteil in meine Blendung. Es war mein sehnlichster Wunsch, Buzurgs Tod zu erleben. Ein Wurm weniger, der durch den Palast kriecht und sein heimliches Auge auf die Frauen des Sultans wirft.«

Bevor Gwyn etwas erwidern konnte, folgte Rifai der dichten Menschenmenge, sein Stock klopfte an jedes Hindernis. Gwyn lief ihm nach und packte ihn am Arm. Dann zog er ihn an eine Hauswand. Die Menschen drückten und schoben sich an ihnen vorbei. Gwyn wandte sich an den tief verschleierten Rifai. »Was sagtet Ihr da gerade?«

»Nichts …«

»Das mit dem heimlichen Auge? Was bedeutet das?«

»Nichts, gar nichts …«

»Rifai, wir haben so viele Frauen gesehen, aber die meine war nicht dabei. Warum?«

»Habt Geduld!«

Der Blinde schüttelte den festen Griff des Goldschmieds ab und folgte dem Rest der Menschenmenge, die sich allmählich in den vielen Gassen und Toren ringsum verlief. Einen Augenblick später war er verschwunden.

19

Die Reiter hielten in einem Hain aus Dattelpalmen. Es war dunkel, aber die Umrisse der Bäume waren zu erkennen. Und überall dort, wo kein Grün auf dem Boden mehr wuchs, leuchtete die Erde in hellem schimmernden Schein. Das schwache Mondlicht sorgte für dieses eigenartige Licht, und ein schwacher Wind strich durch die dichten Wedel der Palmen. Dann war ein Geräusch zu hören, das wie jenes Rauschen klang, das Wellen verursachen, wenn sie ein Ufer, das aus Steinen besteht, hinaufrollen.

Alle Söldner waren gut bewaffnet. Yusufs Männer waren Veteranen, geübte Kämpfer. Jetzt stiegen sie lautlos von ihren Pferden und banden die Tiere ringsum an die Palmstämme. Nur Yusuf blieb im Sattel sitzen. Fast ohne Geräusch waren die Männer durch den Palmenhain bis an dessen Rand geeilt. Dort knieten sie nieder. Fennek blieb als Einziger neben seinem Herrn.

»Die Männer sind bereit, Saiyid«, raunte er.

Yusuf glitt mit einer einzigen geschmeidigen Bewegung aus dem Sattel. Fennek nahm die Zügel des Tieres und schlang sie um ein Gebüsch. Für das, was jetzt folgte, brauchten sie keine Pferde.

»Jalla«, raunte Yusuf halblaut.

Er zog sein Schwert, jenes Schwert, das ihm der Goldschmied geschmückt hatte, dann eilte er lautlos zwischen den Bäumen über den karstigen Boden. Seine Männer folgten ihm, einer hinter dem anderen. Unweit des Flusses lag die weite Ebene, der braune schlammige Boden mit einem dünnen Teppich aus Gras bewachsen. Es hatte wohl lange nicht mehr geregnet, aber das Wasser des Flusses genügte, um aus dem trockenen Boden schnell etwas Grün hervorzuzaubern. Denn die Erde war fett und fruchtbar hier am Ufer des Euphrat.

Die Männer eilten die wenigen Schritte in das Lager, zu den

Schlafenden. Buchtars Lager. Dort standen nur vier Zelte. Das größte davon war das des Sklavenhändlers. Zwei weitere gehörten seinen Agenten und Aufkäufern, im letzten Zelt schliefen die Wachen und Kameltreiber und die übrigen Diener. Yusuf ibn al-Mansur deutete mit der Hand und blickte auf Bracko. Der nickte verstehend, und drei Männer folgten ihm. William aus der Picardie sah seinen Anführer an. Als der mit der Hand ein weiteres, kaum merkliches Zeichen gab, folgte ein Teil der Männer dieser Richtung. Der Rest schloss sich dem Araber an, Fennek war der Letzte und deckte zugleich ihren Rückzug.

Bis jetzt waren sie geräuschlos in das Lager eingedrungen. Aber neben dem Zelt des Buchtar schlief ein Hund. Aufgeschreckt durch die lautlos näher eilenden Gestalten, sprang er auf und begann, wütend zu kläffen. Aber plötzlich, als ob er spürte, was ihm Schlimmes widerfahren sollte, rannte das Tier in die Dunkelheit davon. Durch das Gebell des Hundes aufgeschreckt, begannen die Pferde Buchtars, zu schnauben und unruhig an ihren Zügeln zu zerren. Yusuf war fast am Eingang des Zeltes, als der Stoff zurückgeschlagen wurde und ein Mann mit blankem Schwert in der Hand heraustrat. Als er Yusufs dunkle Gestalt vor sich sah, riss er beide Augen auf, und in diesem Moment war der Schrecken wohl zu groß, denn er vergaß zu schreien. Mit einem einzigen Schwerthieb tötete Yusuf den Mann. In den übrigen Zelten aber hatte heiseres Geschrei begonnen. Dazwischen immer wieder die laute Stimme Brackos, der bei seinem Tun äußerst brutal vorging. Yusuf stand nun in Buchtars Zelt und stürzte sofort weiter. Wer sich ihm in den Weg stellte, wurde Beute seiner gnadenlosen Klinge. Die Waffe, die wie ein riesiges Messer durch die Luft surrte, erzeugte das einzige Geräusch, das in den ersten Momenten zu hören war. Beim letzten Hieb spritzte Blut an die helle Zeltbahn der Zwischenwände. Mit einem weiteren Hieb zerteilte Yusuf den Stoff.

»Macht Licht!«, befahl der Räuber.

Einer der Söldner leuchtete mit einer Fackel. Vor ihm auf dem Boden stand ein Diwan, darauf lag Buchtar, noch ganz verschlafen. Als er den Kopf hob und in dem flackernden Licht Yusuf erkannte, begann er, nun sofort hellwach, laut zu kreischen. Der Söldner, die Fackel in der Faust, stürzte zu dem Mann und warf das Bett einfach um. Buchtar fiel auf den Boden und begann sofort erneut zu klagen.

»Bring ihn her«, befahl Yusuf dem Mann.

Der packte den Sklavenhändler und schleifte ihn in den Teil des Zeltes, in dem bereits erschlagene Wächter lagen. Aus den anderen Zelten stürmten die Männer des Yusuf und durchsuchten alles. Yusuf befahl zwei seiner Söldner zu sich, sie ergriffen den Händler, und starke Hände hielten den jammernden Mann fest.

»Hör mit deinem Jammern auf, feiger Hund, du!«, fuhr Yusuf den Mann an.

Der schwieg und drehte den Kopf in seiner hilflosen Angst zur Seite. William aus der Picardie trat vor Yusuf.

»Herr … haben getan, was du gesagt hast.«

Yusuf nickte und wandte sich an Buchtar. »Wo sind deine Frauen?«

»Frauen?«, stammelte der Händler.

»Ja, Frauen! Deine Weiber, wo sind sie?«

»Ich … dies ist eine Reise ohne Frauen … Geschäfte, da habe ich keine Frauen bei mir.«

Fennek trat in das Zelt. »Keiner ist entkommen, Saiyid.«

»Bis auf ihn hier«, nickte Yusuf und deutete mit dem Schwert auf den Mann. Dann trat er näher. »Das Geld! Wo ist es?«

»Welches Geld?«

Yusufs Stimme wurde leise und von jener gefährlichen Freundlichkeit, die nichts Gutes verheißt. »Frag nie wieder so dumm, Buchtar. Antworte nur auf meine Frage.«

»Oh, Scheich al-Mansur, oh, das Geld für die Ingles? Ihr

meint das Geld für die Ingles, die Rothaarige, nicht wahr?«

»Wo hast du es?«

Der Mann bewegte die Lippen, aber er war vor Angst nicht in der Lage zu antworten. Da setzte ihm Yusuf die Spitze der blanken Klinge an den Mundwinkel.

»Red lauter, Buchtar, sonst mache ich dir dein Maul gern weiter.«

Der Mann wimmerte und deutete dann mit den Händen hinter sich. Fennek hatte das Lager des Mannes durchwühlt und die Börse gefunden. Die Summe in reinem Gold wog schwer.

Yusuf blickte den Mann höhnisch an. »Du hast doch nicht etwa im Ernst geglaubt, ich lasse dir das Geld?«

»Aber Ihr habt dafür das Weib gekauft«, jammerte Buchtar.

»Sie ist mehr wert als 500 Golddirham. Aber das wirst du nicht verstehen«, antwortete Yusuf stolz und zugleich verächtlich.

»Ihr … Ihr habt das Geld, lasst mir mein Leben!«, flehte der Händler.

Yusuf sah auf den Mann, und sein Blick war kalt. »Das kann ich nicht. Es reicht, wenn der Himmel gesehen hat, was ich hier tun musste. Dabei soll es bleiben.«

»Aber mächtiger Scheich, erinnert Euch! Ich gewährte Euch die erste Wahl bei meiner Ware.«

»Das war ein anderer Handel. Wo ist die Ingles jetzt?«, entgegnete Yusuf.

»Im Serail des Erhabenen. Wie Ihr verlangt habt!«, antwortete der Mann schnell.

»Du lügst, Menschenhändler«, entgegnete Yusuf gefährlich leise.

Bracko trat einen Schritt näher. »Herr, lass mich ihn befragen … und er wird reden.«

Der Blick des Söldners musste Buchtar restlos eingeschüchtert haben. Denn erneut fing er an, laut zu kreischen.

»Sie ist auf dem Weg in, ja … in mein Haus. In mein Haus in den Bergen. Es liegt in den Bergen. Dorthin … hab ich sie … bringen lassen.«

Buchtar rang seine Hände, und die Angst ließ ihm sein dünnes Gewand am Körper kleben. Er war nass bis auf die Haut.

»Du wolltest«, begann Yusuf ruhig zu sprechen, »dieses Weib niemals dem Erhabenen bringen. Du hast es nur angekündigt. Aber als du gemerkt hast, dass niemand von ihr erfahren sollte, hast du sie fortgeschafft, um für sie noch einmal einen so guten Preis zu erhalten, nicht wahr?«

»Ja, Saiyid Scheich ibn al-Mansur«, antwortete der Mann mit kläglichem Blick, und es schüttelte ihn vor Furcht.

»Du wolltest mich also betrügen, Buchtar?«

»Ja! Ja, Schande über mich und meine Gier.«

Die Söldner in dem Zelt sahen auf ihren Anführer. Niemand, der Yusuf ibn al-Mansur kannte, würde sich einen solchen Betrug erlauben, denn er wüsste genau, der Araber würde sich für diesen Bruch des Wortes rächen. Yusuf ibn al-Mansur war stolz, und ein gegebenes Wort war für ihn bindend. Auf einen Wink hin ließen die zwei Männer den Buchtar los.

»Lasst uns neu handeln«, bat der Sklavenhändler mit flehendem Blick.

»Buchtar, du hast nichts mehr, was mich zu einem Handel reizt. Hörst du, nichts«, entgegnete Yusuf kalt.

Da begann Buchtar, lauthals in schrillem Ton zu kreischen. Dann schrie und bettelte er um sein Leben. Aber die umstehenden Söldner blieben stumm und ungerührt. Erst als Buchtar sah, dass ihm dies alles nichts mehr nützte, warf er sich vor Yusuf in den Staub und begann, zu wimmern und zu weinen.

»Wir sind bereit, Herr. Alles, was von Wert ist, tragen die

Pferde und die Kamele«, bemerkte Bracko, und sein Daumen fuhr über die scharfe Klinge seines Schwertes. Seine Hände und Teile seines Gewandes waren voll Blut.

»Bracko!«

»Ja, Herr?«

»Alles, was zurückbleibt, zündet an. Verbrennt auch die Toten!«

»Ja, Herr.«

Fennek wagte ein Wort. »Saiyid ...«

»Ja, mein Fennek?«

»Der Tag bricht bald an. Rauch wird dann weit zu sehen sein.«

»Bis es hell wird, sind wir weit fort.«

»Und was wird mit ihm?«

Fennek deutete auf den schluchzenden Mann.

Yusuf sah sich um. Zwischen einem Bündel mit allerlei Plunder niedergestreckt, lag einer der Wachtposten. Wortlos trat Yusuf zu dem toten Mann, nahm dessen Schwert und warf es vor Buchtar auf den Boden.

»Da, Menschenhändler! Nimm und kämpfe. Damit ich dich nicht wie einen Hund erschlagen muss.«

Erneut fing der Mann an, zu klagen und zu lamentieren. Die Männer um Yusuf verließen das Zelt und ließen ihren Anführer mit Buchtar allein zurück. Als sie wenig später auf ihren Tieren saßen, war es plötzlich still. Yusuf trat aus dem Zelt und stieg auf.

Als er Fenneks Blick begegnete, lachte er nur grimmig. »Er hat das Schwert nicht einmal berührt, dieser Feigling. *Inschallah!*«

Fennek nickte, und Yusuf führte, an der Spitze reitend, seine Söldnerschar aus dem Lager des Buchtar. Als sie zwischen den letzten Palmenhainen verschwanden, brannten bereits alle Zelte lichterloh.

20

Es herrschte Aufruhr am Hofe des Sultans. Soeben war er aus Mekka zurückgekommen, jenem heiligen Ort der Moslems, an dem sie Allah dem Allmächtigen nahe sind. Der Sultan war mit großem und prächtigem Gefolge zurückgekehrt. Um die Wichtigkeit seiner Person noch zu unterstreichen, waren hohe Würdenträger, wie der Emir von Ägypten und der Emir von Mossul, die als Gäste und Abgesandte zugleich in seinem Gefolge reisten, bereits eine Tagesreise vor ihm in Bagdad angekommen. Sie waren es auch, die dem Sultan jene Nachricht vom gewaltsamen Tode der beiden Boten der Hohen Pforte überbracht hatten. Seine Empörung über diese Tat sei groß gewesen. So wenigstens berichteten all jene, die Zeuge waren, als ihm die Nachricht überbracht worden war. Sie hatten auch von dem Kampf berichtet, den christliche Ritter und Muslime gemeinsam unter der Führung eines kühnen Arabers ausgefochten hatten. Doch dessen Namen wollte oder konnte keiner sagen. Dass Christen in diese Angelegenheit verwickelt waren, erzürnte den Erhabenen. Aber sein Zorn darüber verflog rasch, denn noch immer glaubte er an eine gegenseitige Duldung beider Religionen. Eine weitere Geschichte berichteten seine Vertrauten ebenfalls. Und diese Geschichte erzählte sich immer wieder neu und machte rasch die Runde. Mehr noch, sie eilte dem prächtigen Tross des Sultans von Ägypten, des Kalifen von Bagdad, voraus.

Eine Begebenheit um Christen, die sich den Zorn der Bewohner einer Stadt, alles Muslime und Anhänger der Lehre des Propheten, zugezogen hatten. Die Geschichte berichtete von einem Mann, einem christlichen Bischof, der sich aus lauter Furcht vor der aufgebrachten Menge in einem leeren Fass verbarg. Doch die Menschen fanden ihn. Zum Zeichen ihrer tiefsten Verachtung über seine Feigheit schnitten sie ihm den Finger mit dem Bischofsring ab. Dieses sichtbare Zeichen eines christlichen Würdenträgers warfen sie in den Staub, dann töteten sie den Mann. Der Ort, in dem dies geschah, ward Laon genannt.

Diese Geschichte verbitterte und erzürnte den Sultan.

Er kehrte in den Palast der Freude zurück, an der Spitze auf einem weißen Kamel reitend, denn seit alters her galt allen Nomaden im Orient das weiße Kamel als kostbar. Das Tier war reich geschmückt, und der Sultan saß darauf, gefolgt von einem Sklaven, der an einer langen Stange einen riesigen Fächer aus feinen Straußenfedern führte. Damit fächelte er dem Erhabenen Luft zu, auf dass die Brise ihn erfrischte. Ein weiterer Sklave an seiner anderen Seite trug einen großen Baldachin, der dem Erhabenen Schatten spendete. Ihm folgten zwei prächtig gesattelte Reitpferde, denn der Erhabene liebte es, während des Marsches von seinem Kamel auf eines der Pferde zu wechseln, um seine Falken steigen zu sehen oder um sich mit den Hauptleuten seiner Garde in wildem Rennen zu messen.

Die Kamele im Anschluss trugen schwer. Große Sänften, die prächtig verziert waren. Darin reisten die Lieblingsfrauen des Sultans, die, wie er selbst, die Reise nach Mekka gemacht hatten. Diese Sänften aber waren verschlossen. Keinen neugierigen Blick erlaubend, reiste ein Dutzend dieser prächtigen Sänften auf den sanft wiegenden Rücken der Kamele, begleitet von den Hofdamen und Dienern der Ehefrauen des Sultans. Danach folgten lange Reihen mit Kamelen, die mit Zelten, Küchengeräten, Waffen, Vorräten und Wasser beladen die Reise gemacht hatten. Der Sultan besaß wohl auf dem Weg nach Mekka zwei besonders schöne Residenzen, aber diesmal wollte er seinen Weg als Nomade tun. Denn er brauchte das Wohlwollen der stolzen Scheichs der Wüste, die nicht verstehen konnten, wie ein freier Mann in einem Haus

aus Stein leben konnte.

»Jalla!«, schrien die Treiber.

So erreichte der Zug das Stadttor. Und das Volk von Bagdad erwartete seinen Herrscher. Sie jubelten und winkten, sie schrien, und jeder wollte den Erhabenen sehen, wie er, flankiert von seinen Leibwachen, in die Stadt einritt, um zu seinem Palast zu gelangen. Dem Palast der Freude.

Dort ließ sich der Mann nicht lange aufhalten. Er befahl sogleich seine höchsten Hofbeamten zu sich. Zusammen mit seinen Wesiren, dem Emir von Ägypten und anderen Würdenträgern ließ er sich in seinem größten Saal auf einem mächtigen, seidenen Kissen nieder. Und dann befahl er den Boten aus dem Abendland, den Abgesandten Venedigs zu sich.

Und so erfuhr Gwyn die Neuigkeit, dass ihn der Erhabene, der Sultan von Ägypten, selbst sehen und sprechen wollte.

»Ihr seid der Bote der Stadt Venedig?«

Gwyn beugte höflich den Kopf. »So ist es, Erhabener.«

»Sagt mir, stimmt es, dass die Stadt Venedig mitten im Wasser liegt? Dass dort auch alle Straßen im Wasser liegen und die Menschen auf ihrem Weg darüber hinwegschweben?«

»Erhabener, die Stadt ist ein Wunder. Und sie liegt im Wasser. Und auch die Straßen sind das Wasser aus dem Meer. Aber die Menschen fahren mit Booten. Dort, wo kein Boot fahren kann, sind Brücken und Wege, auf denen die Menschen gehen.«

Die Umstehenden raunten sich leise Worte zu und betrachteten den Goldschmied mit einer Mischung aus Neugier und höflichem Staunen.

»Eine Stadt ganz im Wasser …«

»… im Wasser.«

»… Wasser.«

Der Sultan klatschte laut in die Hände, und die Höflinge ringsum schwiegen.

»Ihr kommt selbst, obwohl ich Euch nicht rufen ließ. Ich sandte zwei Boten nach Alexandria«, bemerkte er, jedoch ohne Vorwurf.

Erneut beugte Gwyn den Kopf. So wie es ihm der Scheich und Yusuf geraten hatten. »Erhabener! Eure Boten wurden von mir und meinen Gefährten sehnlichst erwartet.«

»Was geschah mit ihnen?«

Gwyn fehlten für einen Moment die Worte. Er wusste vage von dem Gerücht, dass dem Sultan die Umstände der tragischen Begebenheiten längst bekannt seien.

»Ja, was geschah mit ihnen?«, rief der Emir erregt, als besonderer Vertrauter des Erhabenen berechtigt, bei einer Audienz das Wort zu ergreifen.

Gwyn atmete tief durch, und dann sagte er ruhig: »Räuber überfielen und töteten sie.«

»Räuber?«, fragte der Sultan ungläubig.

Es klang nach wie vor unwahrscheinlich. Niemand würde sich an den so wichtigen Gesandten des Sultans vergreifen. Und doch war es geschehen.

»Jawohl, Erhabener.«

»Wohl christliche Räuber!«, betonte der Emir laut und mit erregter Stimme.

Gwyn wusste nicht, ob er auf diese Frage antworten sollte.

»Waren doch christliche Räuber, nicht wahr?«, wollte der Sultan bestätigend wissen.

Gwyn schüttelte erst zögernd, dann aber bestimmt den Kopf.

»Keine christlichen Räuber, Erhabener …«

»Bedenkt Eure Worte, denn Ihr sprecht unwahr!«, schrie der Emir zornig.

Die Menge der Höflinge und Würdenträger, der Diener

und Lakaien ringsum begann erneut, aufgeregt zu murmeln.

»Die Angreifer …«, sagte Gwyn laut, »… waren tatsächlich Moslems.«

Der Emir zischte daraufhin schnell ein paar Worte, die Gwyn nicht mehr verstand, sosehr er sich auch bemühte. Der Sultan machte eine Handbewegung, eine Geste voller Ungeduld, die jedermann sehen konnte. Er wollte die Unterredung selbst weiterführen. »Erklärt mir, was Ihr über diese Sache wisst!«, forderte er Gwyn auf.

»Erhabener«, begann Gwyn, behutsam zu sprechen, und er überlegte jedes Wort genau, auch weil er nicht so schnell Arabisch sprechen konnte.

»Christliche Ritter und der Yusuf ibn al-Mansur und seine Männer halfen mir, Gewissheit zu finden, was mit Euren Gesandten geschah. Wir mussten kämpfen.«

»Aber die Boten waren bereits tot?«, fragte der Mann düster.

»Ja, Erhabener.«

Da schwiegen die Höflinge in dem weiten Saal.

»Allah möge ihnen den Weg ins Paradies erlauben. Ihr aber seid tapfer«, bemerkte der Sultan.

Gwyn beugte dankbar den Kopf. »Ihr seid sehr gütig, Erhabener, aber ich wollte nur meinem Auftrag entsprechen.«

»Yusuf ibn al-Mansur ist …«, zögerte der Mann, bevor er den Goldschmied lange ansah. »… was ist er nun wirklich, Christ?«

»Erlaubt Ihr mir eine Frage, Erhabener?«

Der Sultan nickte voller Würde.

»Wie nennt man einen Mann, der tapfer ist und ein großes Herz hat? Den seine Feinde fürchten und seine Freunde ehren? Der aber frei ist, so frei, wie es ein Mann der Wüste sein kann?«

»Er ist ein Saiyid.«

Der Emir nickte bei dieser Antwort seines Herrschers zustimmend.

»Dann ist Yusuf ibn al-Mansur ein Saiyid«, antwortete Gwyn feierlich.

Der Sultan strich sich langsam und mit großer Würde über seinen langen Bart. Dann sah er auf einige Menschen, die unweit neben seinem Platz standen und auf einmal zur Seite traten.

Und da stand Yusuf ibn al-Mansur.

Er war allein. Als Gwyn ihn sah, schrak er ein wenig zusammen, überrascht, denn mit der Anwesenheit des Mannes hatte er nicht gerechnet. Aber als er in das Gesicht des Arabers blickte, sah er, wie der den Kopf beugte, nur für einen Moment, so als bedanke er sich für das Kompliment. Dann schritt er näher und verbeugte sich elegant vor dem Sultan. Er richtete sich wieder auf, eine Hand am Griff seines prächtigen Schwertes, den Blick stolz und ohne den geringsten Zweifel. So sah er seinen Herrscher an. Da begann der Sultan zu sprechen.

»Seid Ihr jener Saiyid Yusuf ibn al-Mansur, Scheich der *ahl al badija?*«

»Ja, Erhabener!«, antwortete der Gefragte.

»Ich kenne keinen Scheich aus diesem Geschlecht. Aber man berichtete mir von einem Räuber, der sich so nennt. Er sei die Geißel der Wüste. Er war nie aus großem Hause, sondern nur ein Fellache, der einen Räuber erschlug, um selbst ein solcher zu werden. Und seine Gefährten sind Räuber wie er.«

Yusuf schwieg und hielt dem Blick des Sultans stand. Die Menschen ringsum aber flüsterten. Gwyn spürte, wie sich plötzlich ein Kribbeln in seinem Nacken bemerkbar machte. Yusuf hatte sich dieses Mal wohl zu weit vorgewagt. Er war hier in der Höhle des Löwen. Der Sultan von Ägypten tolerierte die räuberischen Nomadenstämme der Wüste, aber er sprach niemals mit ihnen, noch dazu von Angesicht zu Angesicht.

Der Erhabene bat mit einer Geste um Ruhe, und augenblicklich war es still. »Euch, edler Scheich Yusuf ibn al-Mansur, mit diesem Gottlosen zu vergleichen, wäre wohl eine Beleidigung«, sprach er langsam, ohne den Blick von ibn al-Mansur zu wenden.

»Erhabener, die schönste Frucht könnte Schlupfwinkel eines Insekts sein, ohne dass dies ihr Aussehen oder ihren Geschmack verändert. Daraus zu schließen, die Frucht sei schlecht …«, bemerkte Yusuf galant in seiner angenehmen Stimme.

»… wäre törichtǫ«, vollendete der Sultan den Satz und lächelte.

»Ja, töricht«, bemerkte Yusuf heiter.

»Geht, Saiyid Yusuf ibn al Mansur«, befahl der Sultan, »Ihr seid sicher unter meinem Wort. Aber nur, bis Ihr Bagdad verlassen habt. Dann bleibt jeder ohne Strafe, der mir Euren Kopf bringt.«

Gwyns Herz schlug schneller nach diesem Wort. Erneut verbeugte sich Yusuf ibn al-Mansur, lächelte dann höflich und beugte noch einmal ein wenig den Kopf.

»Allah zeigt große Weisheit, wenn er Euch, Erhabener, den Herrscher aller Gläubigen, so sprechen lässt. Eure Tage sollen gesegnet sein. Ich werde Euren Worten folgen.«

Er wandte sich um, und schweigend machten ihm die Menschen Platz. Gwyn war sicher, dass sich so leicht kein Zeitgenosse finden ließe, der es wagen würde, dem stolzen Araber zu nahe zu treten.

Als sich Gwyn wieder dem Sultan zuwandte, winkte der ihn näher. »Sie nennen Euch ›Herr der Pfeile‹?«

»Ja, Erhabener!«

»Beweist es mir!«

Ein Wächter, der für Gwyn die Waffe beim Betreten des Audienzsaales verwahrt hatte, trat vor, verbeugte sich tief vor seinem Herrn und reichte Gwyn dann seine Waffe. Der ergriff seinen Langbogen. Seltsam, aber immer wenn seine Hand den Bogen ergriff, überkam ihn dieses eigenartige, ruhige Gefühl von Sicherheit und Zuversicht. Diese Waffe war Erinnerung an eine Zeit des Lernens und an die Zeit vor seinem Aufbruch aus seiner Heimat England. Zugleich war ihm diese Waffe Begleiter und Schutz gewesen. Mit ihr hatte er einst in der Schlacht um Bath gekämpft, mit dieser Waffe schoss er bei dem Sturm auf den Krak des Chevaliers, und mit dieser Waffe tötete er seinen schlimmsten Feind. Und er wäre in der Wüste lieber verdurstet, als diesen Bogen aufzugeben. Diese Waffe war ein Teil von ihm. Da musste er plötzlich leise lachen. Wie fremd und doch vertraut, wie still und zugleich aufregend seine Audienz bei dem Sultan war. Die Menge ringsum – wie sie ihn ansah, unverhohlen, mit Neugier und nicht eingenommen gegen ihn. Und doch führten Christen und Moslems Krieg gegeneinander.

»Woran denkt Ihr, Christ?«, fragte der Sultan sanft.

Gwyn ließ den Bogen sinken. Nicht so sehr wegen der gestellten Frage, sondern weil der Sultan auf einmal englisch sprach.

»Nur so ein Gedanke, ohne Ziel«, erwiderte Gwyn überrascht.

»Ein guter Gedanke?«, fragte der Sultan.

Gwyn zögerte mit der Antwort.

»Also ein schlechter Gedanke?«

Gwyn lächelte. »So könnte es sein, Erhabener!«

»Und trotzdem wagt Ihr solche Gedanken? Straft Euer Gott Euch nicht dafür?«

»Ja, Erhabener. Nur Gott kann meine Gedanken lesen.

Und er kann mich dafür bestrafen. Das ist gut so. Aber ein Herrscher ist darüber erbost. Was gäbe er dafür, die Gedanken der Menschen zu wissen, in ihnen zu lesen oder sie zu hören wie eine feine Melodie? Einerlei ob gut, ob böse.«

Der Sultan schwieg. Der Faber wusste, er hatte etwas gesagt, was diesen Mann getroffen hatte. Denn er wäre nicht der erste Mensch, den Gwyn in seinem Leben kennengelernt hatte, den dieser geheime Wunsch nicht schon das eine oder andere Mal bewegt hätte.

»Eure Gedanken sind mir etwas wert. Sprecht!«

»Angenommen, meine Antwort würde Euch nicht freuen.«

»Einerlei! Sprecht, Faber!«

»Ich denke gerade, wie leicht es wäre, Euch mit meinem Bogen zu töten. So wie Ihr, Erhabener, dem ibn al-Mansur drohtet, ihn töten zu lassen, wenn er Bagdads Grenzen noch einmal überschreitet.«

Für einen Moment schien der Sultan von Ägypten überrascht zu sein. Doch dann verriet das Gesicht des Mannes mit keiner Regung etwas über seine Gefühle. »Christ, ich herrsche. Schießt Ihr einen Pfeil gegen mich, dann rächt mich mein Volk augenblicklich. Nichts und niemand wird es in seiner Raserei aufhalten. Sie würden Euch mit ihren Zähnen und Nägeln zerreißen, und nichts würde übrig bleiben, um einen dieser Hunde satt zu machen.«

Er deutete auf einige prächtige Windspiele, die von Dienern an langen silbernen Schnüren gehalten wurden. »Was hättet Ihr dann gewonnen?«

»Erhabener, ich hätte nichts gewonnen. Denn ich habe es ja nicht getan. Ich habe es nur gedacht. Dies könnt Ihr mir nicht verbieten. Euer Name wird einmal in den Zeugnissen jener Tage vermerkt. Und doch, heute kann der Tag Eures Todes sein. Und ich wäre es, der den Lauf der Tage ändern könnte, Erhabener. Welch ein seltsamer Gedanke, nicht wahr?«

»Ja, ein seltsamer Gedanke …«, sinnierte der Sultan für einen Moment.

»Es sind nicht immer die großen und berühmten Menschen, die den Lauf der Welt ändern«, entgegnete Gwyn leise.

»*Saiyid* Yusuf ibn al-Mansur ist frei, und er wird es bleiben, wenn er meinen Wünschen gehorcht«, erklärte der Sultan auf einmal feierlich. Der Erhabene sprach nun wieder in seiner Sprache, und alle ringsum konnten ihn verstehen. »Euer Mut ist groß, Goldschmied. Ist er groß, weil Ihr Christ seid?«

»Ich weiß es nicht, Erhabener.«

Der Sultan lächelte, aber er sagte nichts mehr. Er hob seine Hand, und augenblicklich war es still in dem großen Saal.

»Schießt, Faber! Schießt auf diese Rüstung. Ich will wissen, ob die großen Bogen, die Ihr Christen Langbogen nennt, wirklich so stark sind, dass sie unsere Rüstungen durchschlagen.«

Er deutete auf einen Offizier der Palastwache, der sich in einiger Entfernung breitbeinig in Positur stellte.

Gwyn sah dem Mann zu, dann wandte er sich an den Sultan.

»Erhabener, ich kann nicht schießen.«

»Nein? Warum?«

»In der Rüstung steckt ein Mann!«

Die Menge ringsum lachte fröhlich.

»Dies weiß ich. Das ist Murat ben Barak, mein oberster Leibwächter. Er glaubt nicht an die Kraft deines Wunderbogens.«

Der Mann dort lachte stolz übers ganze Gesicht, und die Höflinge ringsum feixten.

»Wenn ich ihn treffe, töte ich ihn«, beharrte Gwyn.

Erneut lachten alle ringsum, und Murat winkte heftig mit dem Arm, er solle schießen. Er reckte nun seinen mächtigen Brustkorb noch etwas vor, und die Höflinge klatschten vor Vergnügen in die Hände.

»Er glaubt es nicht, Goldschmied. Es soll ein Versuch sein.

Schießt!«, forderte der Sultan Gwyn auf.

Als Gwyn sich wieder zu dem Soldaten umwandte, sah der ihn an. Stolz hatte er seine beiden Arme in die Seiten gestützt.

»Rühr dich nicht!«, rief ihm Gwyn zu und hob schnell den Bogen.

Da, wo die Ärmel an den Ellbogen des Murat endeten, endete auch das farbige Tuch des Gewandes, das der Soldat über seiner Rüstung trug. Sie war ähnlich wie die Kettenhemden der christlichen Ritter gefertigt, nur war die Ausführung feiner und ein kunstvolles Gewebe aus Metall und Leder. Jetzt hing eine breite Falte lose herab.

Gwyn spannte den Bogen. Beim Zurückziehen der Sehne wusste er um die Wucht, die der Pfeil brauchte, und er spürte, wie ihm diesmal, wie seit langer Zeit nicht mehr, der Arm schmerzte. Die Sehne ließ sich nicht mehr weiter bewegen. Gwyn zielte kurz und ließ dann los.

Und als die Sehne mit einem dumpfen Ton zurückschlug, noch ein wenig leise zitterte, wie die schwachen Wellen eines gerade verebbenden Lebens, wusste er, dass es ein mächtiger Schuss war, den er soeben gewagt hatte.

Der Pfeil hatte die Ärmelfalte durchschlagen und war fast hindurchgeflogen. Nur die Kiele hielten das Holz im engen Geflecht der Rüstung zurück, wie ein Strohhalm in einem Netz zurückbleibt, wenn ihn der Wind verspielt dorthin geblasen und dann vergessen hatte. Durch die Wucht des aufprallenden Pfeils war der Mann beinahe umgerissen worden. Ein Raunen ging durch die Menge. Murat hob langsam den Arm und betrachtete mit ungläubigem Staunen die Stelle, an der der Pfeil durch den losen Ärmel gefahren war. Langsam schritt er näher, sich allmählich bewusst werdend, dass er noch lebte. Er nahm den Pfeil und zeigte das Loch in seinem Ärmel. Alle schwiegen, und dann gab er Gwyn den Pfeil zurück. Das Gesicht des Murat war aschfahl, und seine Hand zitterte.

Gwyn nahm den Pfeil. Er war nicht mehr zu gebrauchen, denn die Spitze war verbogen und das Holz des Schaftes angebrochen. Beim nächsten Schuss würde dieser Pfeil beim Aufprall auf das geringste Hindernis zerbrechen. Aber in einer Schlacht gab es immer nur einen Schuss. Und das wussten die Araber ringsum.

Da bat der Emir Gwyn mit einer Geste, erneut vorzutreten.

»Den Namen ›Herr der Pfeile‹ tragt Ihr zu Recht. Ich bitte Euch, gebt ihn mir.«

Gwyn tat es, und ein Diener trat vor, nahm den Pfeil und überreichte ihn mit einer Verbeugung dem Sultan von Bagdad. Der Mann ergriff den Pfeil und zerbrach ihn. Es knackte laut, als das Holz brach, und dies war das einzige Geräusch, das in dem Thronsaal zu hören war.

»Hört, Goldschmied, Botschafter und zugleich Abgesandter von Venedig. Wir wollen Handel, und wir wollen ihn mit den Venezianern. Der Sultan von Ägypten und Kalif von Bagdad gestattet der Stadt im Wasser, Niederlassungen in unserem Land zu errichten. Hier habt Ihr ein Papier für Euren Sultan. Da steht darin, dass Ihr, Gwyn Carlisle, unter dem Schutz des Erhabenen steht. Kehrt heim und verkündet Venedig die Botschaft.«

Gwyn strahlte übers ganze Gesicht, als er das begehrte Dokument aus der Hand des Emirs entgegennahm. Die Entscheidung kam plötzlich, und nach all der Zeit des Wartens und der Ungewissheit berührte ihn diese Entscheidung des Sultans. Und als er sich umwandte, sah er die vielen freundlichen Augen der Muslimen und wie sie auf einmal in einen Ruf ausbrachen, der langsam lauter wurde und dann immer mehr anschwoll.

»Inschallah!«

Die Hunde sprangen ob des seltsamen Lärms auf und bellten, und der Sultan von Ägypten saß auf seinem prächtigen

Kissen, umringt von seinem Hofstaat, und sah auf Gwyn. Und er lächelte. Gwyn lächelte zurück.

Nun trieben Abend- und Morgenland friedlichen Handel miteinander. Und keiner der vielen Kreuzzüge, die noch folgen sollten, konnte an dieser Entscheidung je etwas ändern. Als sich die Menge wieder beruhigt hatte, richtete der Erhabene noch einmal eine Frage an Gwyn. »Ihr seid mein Gast. Ich glaube aber, dass ich Euch noch mehr schulde, und so möchte ich Euch ein Geschenk machen. Zudem, Ihr seid lang genug in unserem Land und sprecht unsere Sprache gut. Sagt, was Ihr begehrt.«

Gwyn war überrascht, aber er zögerte keinen Moment mit seiner Antwort. »In Eurem Hause gibt es eine Frau. Eine Ingles. Sie hat rotes Haar. Sie will ich.«

Nach den letzten Worten war es still geworden. An den betroffenen Mienen des Emirs wie auch den bestürzten Mienen ringsum erkannte Gwyn, dass er wohl einen unpassenden Wunsch geäußert hatte.

»Sie ist in meiner Obhut?«

»Ja, Erhabener.«

Ein *Kuttab* beugte sich neben den Erhabenen und flüsterte ihm leise ins Ohr. Die Miene des Sultans versteinerte immer mehr. Der *Kuttab* hatte lange zu dem Sultan gebeugt geflüstert.

»Warum willst du gerade sie?«, wollte er wissen.

»Sie ist mein Weib, Erhabener«, antwortete Gwyn sanft.

»Nein, sie ist in meinem Harem und damit mein.«

Gwyn antwortete nichts mehr darauf.

»Nun geht, Goldschmied!«

Gwyn verneigte sich höflich und schritt dann aus dem Saal.

Agnes

Feine Sommersprossen bedeckten ihre Wangen und ihren Nasenrücken. Mund und Wangenknochen wie auch die Wölbung der Augen waren weich und fein und formten ein schönes Gesicht.

Wenn der Aprilmond sanften Regen bringt,
Der Märzendürre an die Wurzel dringt
Und jede Ader mit solch Säften schwellt,
Dass diese Kraft erzeugt die Blumenwelt …
Wenn lust'ge Melodie das Vöglein macht,
Des offenen Auges schläft die ganze Nacht …
Dann treibt das Volk die Wallfahrtslust
Und Pilger, fortzuziehn zu fremdem Strande,
Zu fernen Heil'gen, kund in manchem Lande.

Canterbury Tales

21

Gwyn lief in seinem Gemach auf und ab, unschlüssig, was er weiter tun sollte. Das Dokument, ein Pergament, kunstvoll gefaltet und in ein Kalbsfell genäht, versiegelt und mit den Worten des Sultans versehen, brannte ihm auf der Haut. Er griff unter sein Wams und zog das kleine Paket hervor. Er starrte es an und schleuderte es dann wütend auf sein Bett. Da ertönte hinter ihm ein leises, vertrautes Lachen.

Gwyn fuhr herum.

Neben einer Nische in der Wand kauerte Rifai, der blinde Sklave.

»Aber, aber, Herr Carlisle. Warum so voller Zorn?«

Gwyn hatte sich für einen Moment erschreckt. Er wusste nicht, ob dies an dem Aussehen des Blinden lag oder weil er sich noch immer nicht an dessen geisterhaftes Eindringen gewöhnen konnte.

»Was tut Ihr hier?«, wollte Gwyn wissen.

»Muss Euch doch berichten, was passiert.«

»Wenn ich wissen will, gehe ich selbst und höre«, antwortete Gwyn grob.

»Dies würde ich an Eurer Stelle nicht tun. Auf den Straßen gibt es nur ein Wort, das jeder spricht. Ein Ungläubiger fordert ein Weib aus dem Harem des Erhabenen. Bagdad ist außer sich.«

»Aber sie ist mein Weib, wie oft soll ich dies noch sagen?«

»Ihr glaubt, dass sie Eure Frau sei«, entgegnete Rifai höflich. »aber selbst wenn sie es wäre. Jetzt nicht mehr. Nun ist sie die Frau des Erhabenen.«

Gwyn hob die Hände und seufzte dann hilflos. Müde lehnte er sich mit dem Rücken gegen die glatte Wand und schloss einen Moment die Augen. Als er sie wieder öffnete, sah er, wie Rifai näher glitt, mit den ausgestreckten Händen nach dem Bett tastend. Als er es erreichte, fuhren seine Fingerspitzen über den Strohsack, bis er das kleine, lederne Paket gefunden hatte. Er ergriff es und hielt es in Gwyns Richtung.

»Nehmt es wieder an Euch. Das Siegel des Erhabenen ist darauf. Damit reist Ihr sicher.«

»Wann soll ich Eurer Meinung nach reisen?«, fragte Gwyn müde.

»Noch nicht gleich, wartet, bis sich der Zorn gelegt hat. Das Siegel schützt Euer Leben, aber es schützt Euch nicht vor Eiferern und hämischen Worten.«

»Die treffen mich nicht, böse Worte in Eurer Sprache verstehe ich nicht alle«, antwortet Gwyn zynisch.

Rifai lachte vergnügt. »Hoffentlich versteht Ihr, dass Ihr bald fortmüsst.«

»Pah, hab ich den Erhabenen so sehr gekränkt?«

»Ihr habt ihn nicht gekränkt, Ihr habt ihn mit Eurem Wunsch beleidigt«, entgegnete Rifai sanft.

Gwyn kam näher und setzte sich auf die Kante seines Bettes. »Woher wisst Ihr davon?«

»Dies ist mein Palast …«

»Ach ja, ich vergaß, Rifai, der alle Wege kennt.«

»Genau …« Der Blinde kicherte wieder vergnügt. Dann aber klang seine Stimme ernst. »Niemand kennt den Erhabenen so gut wie ich. Ich teilte sein Lager; und er teilte dafür seine Gedanken mit mir.« Der Blinde machte eine Pause. Dann neigte er den Kopf in die Richtung, in der er Gwyn vermutete, und sprach mit leiser Stimme weiter. »Bleibt hier, rührt nichts an von dem, was man Euch zu essen bringt. Ich werde alles herbeischaffen. Ihr müsst bald fort, und Ihr müsst es heimlich tun. Ihr seid nur am Leben, weil Euch die Gastfreundschaft dieses Hauses schützt.«

»Rifai, versteht doch! Ich gehe nicht ohne meine Frau.«

»Seid kein Tor, Christ«, antwortet Rifai geduldig.

Dann kroch er näher und tastete nach Gwyns Händen. Und Gwyn ließ es geschehen. Der Blinde nahm seine beiden Hände und befühlte sie.

»Eure Hände sind sehr schlank, glatt und fein Eure Haut«, flüsterte er.

Gwyn atmete leise, aber er sagte nichts.

»Goldschmied, ich weiß gar nicht, wie Ihr ausseht. Erlaubt mir, Euch zu sehen«, bat Rifai leise.

Gwyn verstand. Die Hände des Blinden tasteten über sein Gesicht, verweilten an seinem Mund, tasteten sanft über seine Augen und Brauen, seine Stirn und glitten prüfend über seine Wangen.

»Ihr weint, Herr.«

Gwyn nickte leise. Er sah sich auf einmal in seinen Bemühungen am Ende. Und er wusste insgeheim, dass er alle Aufträge dieser Welt gäbe, wenn er dafür Agnes in seine Arme schließen könnte. Die Gewissheit über dieses Unvermögen, dabei das Wissen, hier mit ihr unter demselben Dach des Palastes zu leben und dabei doch weiter von ihr entfernt zu sein als je zuvor, dies alles ließ ihn weinen. Und als Rifai ihn an sich drückte und sanft in seinen Armen wiegte, genoss er die fürsorgliche Nähe eines Menschen so sehr wie schon lange nicht mehr.

Gwyn war eingenickt, und in einem seltsamen Traum sah er die Wüste. Und er sah sich selbst, wie er durch den endlosen Sand ringsum watete. Es war mühsam zu gehen, denn er sank ein, tief, bei jedem Schritt, und plötzlich erblickte er oben auf einer Düne Agnes.

Sie stand dort und winkte ihm, und ihr langes rotes Haar wehte wie ein weiter duftiger Schleier um ihr Gesicht. Gwyn unternahm allergrößte Anstrengungen, um zu ihr zu gelangen. Aber als er die Sanddüne endlich erklommen hatte, war sie verschwunden. Verzweifelt wandte er sich um und suchte sie nach allen Seiten. Bis er ein höhnisches Lachen hörte. Unter ihm, dort wo der Sand der Düne aufhörte und überging in festen Boden, jagte ein Pferd. Darauf saß Yusuf und er hielt seine Frau fest umklammert.

»Yusuf liebt dich«, flüsterte eine Stimme, und es war die Stimme von Fennek. *»Aber noch mehr liebt er dein Weib, Faber. Dein schönes, herrliches Weib!«*

Da lachte Fennek ein grauenvolles Lachen, das in seinen Ohren hallte und nicht mehr aufhören wollte. Und da erwachte Gwyn, und es dauerte, bis er merkte, dass alles nur ein Traum gewesen war. Er lag noch immer auf seinem Bett, auf dem er weinend eingeschlafen war. Von Rifai keine Spur. Mühsam setzte er sich auf. Sein Kopf schmerzte, und er fühlte sich, als hätte er Fieber. Neben dem Bett stand eine tönerne Schale. Darin befand sich Reis, gekocht und mit Öl übergossen. Darauf lag ein Brotfladen. Daneben lag ein Wasserschlauch, so wie ihn die Nomaden bei ihren Reisen durch die Wüste benutzen. Gwyn wusste nicht, von wem dieses Essen stammte. Aber er hatte Hunger und vor allem Durst. Als er nach dem Essen tastete, musste er an Rifais Worte denken.

Rührt nichts an von dem, was man Euch zu essen bringt!

Doch als er die Schüssel mit dem Brot nahm, roch er nicht nur das Öl, den Duft des Reises und das frische Brot, sondern auch den vertrauten Geruch nach Sandelholz. Und da aß Gwyn die Schüssel leer, aß den ganzen Brotlaib und trank das Wasser. Danach ging es ihm besser, und er schlief wieder ein.

Nur träumte er dieses Mal nicht mehr.

Gwyn dämmerte weiter vor sich hin. Er konnte sich nicht daran erinnern, je zuvor in seinem Leben so zutiefst niedergeschlagen gewesen zu sein. Er wusste nicht, was nun zu tun war. Eigentlich konnte er gehen, aber er musste das Wohlwollen des Sultans erbitten und abwarten. Nach seiner fatalen Frage nach der Frau, seiner Frau, war damit nicht so bald zu rechnen. Rifai erzählte ihm, dass der Sultan von Ägypten ein nachtragender Mensch sei. Nur die Rolle als Gesandter der Handelsnation Venedig hielt den Erhabenen davon ab, Gwyn für diese Lästerung zu bestrafen. Er spürte jedoch genau, wie gefährlich es war, weiter in Bagdad zu bleiben. Doch es blieb ihm keine andere Wahl, denn er wusste nicht, was er tun sollte. Nur eines wusste er sicher. Er würde den Weg zurück nach Hause, und sei er noch so weit, nicht ohne Agnes, seine Agnes, gehen. Und so saß er Stunden um Stunden auf dem kleinen Dach vor seiner Kammer und brütete vor sich hin. Dann blickte er hinunter auf das Gewirr der Gassen, das Gewimmel der Menschen, und manchmal glitt sein Blick hinüber zu dem großen Bau, der von einer hohen Mauer umgeben war. Der Harem des Sultans, der Ort, zu dem er nachts zusammen mit dem blinden Rifai geschlichen war. Aber bei keinem ihrer heimlichen Besuche hatte Gwyn seine Agnes zu Gesicht bekommen. So vergingen die Tage, und Gwyn entdeckte an sich selbst eine immer größer werdende Schwermütigkeit, die er zuvor nie gekannt hatte. Doch er fühlte sich außerstande, irgendetwas dagegen zu tun. Die brütend heißen Tage lasteten über Bagdad wie eine schwere, alles erstickende Decke. So trank er den ganzen Tag über nur Tee oder Wasser, ab und zu aß er etwas, aber nur, wenn er wusste, dass Rifai es ihm gebracht hatte.

Als an diesem Abend die Sonne wieder hinter der Ebene verschwand, stand Rifai plötzlich in Gwyns kleiner Kammer. Erneut war er völlig geräuschlos hereingekommen, und die schlanke, grazile Gestalt mit dem so entsetzlich zerstörten Gesicht kauerte auf seinem Bett und erwartete ihn dort. Als Gwyn in den Raum zurückkehrte, lächelte der Blinde. Da musste auch Gwyn lächeln, obwohl er wusste, dass dies von dem Blinden nicht gesehen werden konnte.

»Die Nacht kommt, und Ihr kehrt zurück«, bemerkte Gwyn müde.

Rifai kicherte wieder leise. »So ist es.«

»Wo seid Ihr den ganzen Tag?«

»Nun, ich habe zu tun. Ich muss stehlen, was ich zum Leben brauche. Denn niemand gibt einem Krüppel genug, dass er davon satt werden könnte.«

»Ich habe Geld, warum kauft Ihr nicht davon etwas?«, wollte Gwyn wissen.

»Weil Ihr Euer Geld brauchen werdet.«

»Wozu?«

Rifai glitt näher und zog den Goldschmied zu sich auf die Bettstatt. »Ihr seid müde und zugleich voll stillem Zorn. Aber glaubt mir, Euer Warten hat ein Ende. Geht fort aus Bagdad. Das Papier des Sultans schützt Euch. Ich bringe Euch aus der Stadt.«

Gwyn glaubte, nicht richtig zu hören. »Was sagt Ihr da?«

»Ihr verlasst Bagdad auf geheimen Wegen.«

»Wann?«

»Heute Nacht!«

Rifai führte ihn. Sie stiegen über das Dach des Palastes auf die andere Seite des Gebäudes. Dort folgten sie einem Weg zwischen zwei mächtigen Mauern. Erneut betraten sie jene Gänge, die sie oft in den letzten Wochen betreten hatten, nur dass ihm Rifai versicherte, dies sei das letzte Mal. Gwyn hatte alles dabei, was sein war. Die beiden Truhen mit jenem kostbaren Werkzeug musste er zurücklassen. Darum tat es ihm leid, nicht nur, weil sie ein Geschenk waren, sondern weil er mit diesem Werkzeug so gut hatte arbeiten können und weil es seinem Stand als Meister entsprach. Der Weg, den sie beide hier gingen, ließ solch schweres Gepäck nicht zu.

Sie stiegen hinunter und fanden sich weit unter dem Palast in einer mächtigen Kaverne. Die großen, hallenähnlichen Gewölbe, viele Meter hoch und endlos lang, schienen wie von titanischer Hand gebaut. Unzählige zierliche steinerne Bögen umspannten das Deckengewölbe, das auf den Steinen ruhte. Gwyn staunte, als ihm Rifai erlaubte, eine kleine Fackel zu entzünden. Die Hallen waren voll Wasser, und am Rand führte ein schmaler Weg an der mächtigen Wand entlang. Wie ein unendlicher See stand das Wasser in diesem riesigen Gewölbe. Es roch kühl, jedoch nicht so modrig und brackig, wie wenn Wasser lange steht und anfängt zu faulen.

»Es kommt von weit her, oben aus den Bergen«, erklärte Rifai. »Seit alter Zeit lassen alle Erhabenen des Reiches immer wieder an diesen Kavernen bauen. Es ist frisches Wasser, und der Palast braucht es, um zu trinken und seine Bäder zu füllen.«

»Es ist nur … ich habe niemals vorher so etwas gesehen«, entgegnete Gwyn beeindruckt. Rifai lachte dieses Mal nicht so amüsiert wie sonst.

»Es ist ein unheimlicher Ort«, flüsterte er.

»Nein«, entgegnete Gwyn. »Soll ich ihn Euch beschreiben?«

»Nein, nein!«, wehrte Rifai hastig ab, und sein Gesicht verzog sich zu einer entsetzten Fratze. Gwyn wunderte sich über die Worte des Arabers. Bislang, glaubte er, schien dem Blinden Angst fremd zu sein. »Ich komme nicht so gerne hierher. Viele Sklaven mussten hierfür sterben. Ihr Stöhnen und Klagen ist immer dann zu hören, wenn man zu lange hierbleibt.«

Gwyn fröstelte bei dieser Erklärung. Er bemühte sich, anzunehmen, dass dies von dem ungewohnt kühlen Klima hier unten und nicht von der Erzählung des Blinden herrührte.

»Kommt, folgt mir«, flüsterte Rifai.

Der Goldschmied folgte dem Mann.

»Wohin gehen wir?«

»Ich suche einen weiteren Gang.«

Rifai tastete sich an der glatten feuchten Wand entlang, manchmal stehen bleibend, lauschend und dann weiterhuschend, wenn er meinte, der Weg vor ihnen sei der richtige.

Gwyn löschte sein Licht nicht mehr. Er fürchtete weniger die Dunkelheit als die Überraschungen, die sich vor ihnen in der Finsternis auftun könnten, so ließ er lieber das Licht brennen und folgte dem blinden Sklaven. Am Ende des Wegs gelangten sie an ein Loch in der Ziegelwand. Dahinter war stetes Wasserrauschen zu hören, das jedoch wie von weit her klang.

Rifai glitt durch die Öffnung und verschwand in der Dunkelheit. Schnell folgte ihm Gwyn. Erneut waren sie in einem langen, finsteren Gang, der aber trocken war. Der Boden war fest und eben, er bestand aus hartem Lehm, und eine niedrige Decke wölbte sich über ihnen. Gwyn musste den Kopf einziehen. In dieser gebückten Haltung folgte er dem Blinden, der immer wieder stehen blieb und lauschte. Dann huschte er in geduckter Haltung mit schnellen Sprüngen den Gang hinunter. So folgten sie dem Weg eine ganze Weile, und Gwyn wurde allmählich müde. Das Gehen in der trockenen Luft reizte seinen Hals, die gebückte Haltung ließ seinen Rücken schmerzen, und zugleich musste er auf das Licht achten, das immer wieder zu verlöschen drohte. Beide Männer schwitzten. Als Gwyn sein Licht einmal näher an das Gesicht des Rifai hielt, sah er, wie auch der Blinde dicke Schweißperlen auf der unversehrten Hälfte seines Gesichtes hatte.

»Halt!«, befahl Rifai plötzlich.

Das Rauschen von schnell fließendem Wasser war zu hören, dieses Mal lauter und deutlicher als zuvor. Rifai glitt auf den Boden und kroch über die Erde, mit beiden Armen vor sich tastend. Dann spürte er an der Hand plötzlich einen

Luftzug. Im Boden vor ihm befand sich ein Loch, gerade groß genug, dass ein Mann darin verschwinden konnte.

Rifai hielt an und wandte sich zu Gwyn um. »Wir sind da!«

»Wo?«

»Wohin unser Weg uns führt. Kommt her zu mir!«

Gwyn kroch auf dem Bauch zu der Stelle im Boden. Als er sich darüber beugte, roch es faulig.

»Wo sind wir hier?«, wollte Gwyn wissen.

»Wasser«, erklärte Rifai, »von den Färbereien und aus den Gerbereien, aus den Gewölben der Schlachter, dazu das schlechte Wasser aus dem Palast.«

»Da sollen wir hinunter?«, fragte Gwyn zweifelnd.

Rifai nickte.

»Hierher kommt niemand. Ihr lasst Euch als Erster hinunter. Wenn Ihr Wasser an Euren Füßen spürt, lasst Ihr einfach los. Ihr werdet nicht versinken. Das Wasser geht Euch nur bis zu den Knien. Folgt immer der Richtung, in der es fließt.«

»Und Ihr, wo seid Ihr?«

»Ich bin hinter Euch.«

Gwyn zweifelte insgeheim an diesem Plan. »Wohin führt das Wasser?«

»In die Sümpfe. Dort werden wir sicher sein. Nun geht!«, drängte ihn Rifai.

Gwyn versuchte, im Gesicht des Sklaven irgendeine Regung zu erkennen. Aber warum sollte er Rifai ausgerechnet jetzt nicht vertrauen? Er ließ seinen Bogen neben dem Loch liegen und band sich den Köcher mit den Pfeilen und seinen Reisesack fester um. Dann hob er seinen langen Burnus so hoch wie nur möglich und knotete das Gewand dann fest.

Rifai reichte ihm die Hand. Gwyn griff danach und spürte den festen Händedruck des blinden Gefährten. Da ließ er sich, die Füße zuerst, hinunter in das finstere Loch gleiten. Erde und Sand lösten sich und rieselten herab, während er nach unten rutschte. Und auf einmal hingen seine Füße und gleich darauf sein ganzer Leib im Freien.

Seine Fußspitzen aber spürten die Nässe.

»Lasst los!«, rief Gwyn, denn sein Arm begann zu schmerzen, und da ließ der Blinde los.

Gwyn fiel nicht weit. Sogleich kam er in dem etwa knietiefen Wasser zum Stehen. Der Boden war fest, aber schlüpfrig. Das Wasser ringsum glitt langsam dahin, und dann roch Gwyn den fauligen Gestank. Er wagte kaum zu atmen, bog den Kopf in den Nacken und rief in die Dunkelheit hinauf. »Ich bin unten!«

»Allah ist groß!«, hörte er Rifai rufen. »Euer Bogen, Gwyn!«

Es war das erste Mal, dass der blinde Sklave den Faber mit seinem Namen ansprach. In dem fahlen Zwielicht sah Gwyn seine Waffe aus dem Loch in der Decke ragen. Der Blinde hatte die Fackel mit einem Fetzen Stoff daran festgemacht. Gwyn griff danach und nahm sie behutsam an sich. Er sah sich um. Am Rand der wasserdurchspülten, schmalen Rinne gab es eine trockene und ebene Stelle. Dorthin lehnte er den Langbogen und watete dann zurück zu dem Loch in der Decke.

»Rifai!«, rief er halblaut hinauf.

Keine Antwort.

»Rifai!«, rief er erneut, diesmal etwas lauter.

Aber es blieb still. Gwyn lauschte angestrengt, doch er konnte nichts hören. Nur das Wasser, das leise um seine Beine floss und manchmal an das Ufer plätscherte und dann einen klatschenden Laut ergab, der hier in diesem gut mannshohen Gang düster klang. Und er hörte das Quieken der zahllosen Ratten, für die solche Orte wie ein sicherer Hort sind. Als er noch einmal rufen wollte, rieselte ein wenig Erde und Sand aus dem Loch auf ihn hernieder.

»Rifai, ich steh hier. Ich halt Euch!«, rief er hinauf.

»Herr Carlisle …«, klang Rifais Stimme aus der Finsternis.

»Ja, nun kommt endlich.«

»Herr Carlisle, ich … ich komme nicht mit Euch …«

»Was redet Ihr da?«

»Ich komme nicht mit Euch.«

Gwyn glaubte für einen Moment, sich verhört zu haben.

»Aber Rifai …«

»Oh, wie süß mein Name aus Eurem Munde klingt, Gwyn Carlisle, Goldschmied aus einem Land weit hinter der Wüste.«

»Rifai, dies ist kein Ort für solche Gedanken. Hier stinkt es wie in der Hölle! Kommt endlich!«

»Geht den Weg, wie ich ihn Euch beschrieben habe, und Ihr gelangt hinaus, weit vor die Stadt. Dort beginnen die Sümpfe. Man wird Euch helfen. Denn ich komme nicht mit Euch.«

»Was soll das, Rifai, warum nicht?«

»Gwyn, lebt wohl! Allah schütze Euch!«

»Rifai! Rifai!«

Aber da war nichts mehr, kein Laut und kein Wort.

Gwyn leuchtete mit seiner Fackel hinauf in das dunkle Loch in der Decke.

»Rifai …!«

Es blieb still.

Sosehr Gwyn auch nach dem Gefährten rief, er erhielt keine Antwort mehr. Gwyn stand in dem knietiefen Wasser, das sich stinkend und träge an seinen Beinen vorbei in die Finsternis schob. Der Gestank in der engen Wasserröhre war entsetzlich. Sein Licht, eine Fackel, würde nicht mehr lange brennen, und der Versuch, in das Loch über ihm in der Decke zurückzuklettern, war aussichtslos. Die Öffnung lag zu hoch, und in dem winzigen Lichtschein ließ sich nichts erkennen, worauf er, einer Leiter gleich, hätte steigen können. Verwirrt beschloss er, den Worten des Blinden zu folgen. Er griff nach seinem Bogen und machte sich auf den Weg, nicht ohne noch ein-, zweimal anzuhalten und zu lauschen. Noch immer hoffte er, Rifai würde ihm doch folgen. Aber es blieb still. Nur das stete Rauschen des schmutzigen Wassers war zu hören. So watete Gwyn los. Der Marsch kam ihm endlos vor, und die Dunkelheit ringsum, nur unterbrochen von dem kleinen Lichtschein seiner Fackel, ließ ihn schaudern. Das Wasser wurde allmählich tiefer und das Gehen schwieriger. Er hoffte inständig, in der dunklen, schmutzigen Brühe nicht schwimmen zu müssen. Allein der Gedanke bereitete ihm Ekel. Dann watete er bis zur Brust im Wasser, und nach einer Weile sank der Wasserspiegel wieder etwas, bis das Wasser in kleineren Löchern seitlich in der Wand verschwand. Jetzt war es nur noch ein dünnes Rinnsal auf dem glitschigen Boden. Danach staute sich das Wasser an anderen Stellen, und einmal lag mitten auf seinem Weg etwas in dem dunklen Wasser. Als Gwyn leuchtete, glaubte er die Reste eines Leibes, von der Größe her wohl eines Kindes, zu sehen, aber er war sich nicht sicher. Nur der Gestank, der von diesem Etwas ausging, und ein paar große Ratten, die ihn in dem fahlen Licht mit ihren kleinen knopfähnlichen Augen musterten, trieben ihn rasch weiter. So stieg er darüber, mit einer Hand sein langes Kopftuch vor den Mund pressend, mit der anderen Hand die Fackel umklammernd. Er beeilte sich, schneller zu gehen, denn sein kleines Licht drohte jeden Moment gänzlich zu verlöschen. Die Vorstellung, in dieser engen Röhre in der Dunkelheit weiterwaten zu müssen, ließ ihn erschauern. Aber je schneller er durch das brackige Wasser ging, umso endloser erschien ihm sein Weg. Er vermochte kaum noch zu atmen. Der faulige, schwere Gestank, der aus dem Wasser aufstieg, bereitete ihm Schmerzen und ließ jeden Atemzug zur Überwindung werden. Er hoffte, bald auf das Ende dieses Schachtes zu stoßen. Eine kleine Ewigkeit später schien er es geschafft zu haben. Der Gang öffnete sich auf einmal, und über ihm erschien der sternklare Nachthimmel. Gwyn nahm das Tuch von seinem Mund und sog gierig die kühle klare Nachtluft ein. Es war eine Wohltat für seine Nase wie für seine Lungen. Aber der Weg aus diesem Wasser war nach wie vor unmöglich. Links und rechts hielten noch immer gemauerte glatte Wände das Wasser in der Rinne und zwangen den Goldschmied, weiter durch das allmählich tiefer werdende Wasser zu waten. Die stinkende Brühe reichte ihm nun erneut bis fast an die Brust.

Mit einem Mal, das Licht seiner Fackel war soeben erloschen, war die Rinne zu Ende, die Mauern links und rechts verfallen. Er sah niedriges Gebüsch, und er roch frisches Wasser, und dann war der Kanal gänzlich zu Ende, und das übelriechende Wasser ergoss sich in einem kräftigen Schwall in einen breiten Fluss. Gwyn kletterte am Rand zwischen den zerborstenen Ziegelwänden hinauf und gelangte dort zu einer Böschung. Er richtete sich nicht auf, wusste er doch nicht, wo genau er sich befand. Er kroch zu einem größeren Felsblock, und erst von dort aus blickte er sich um.

Vor ihm lag ein breiter Flusslauf, an dessen Ufer ein dunkles Meer dicht wogenden Schilfes wuchs. Nur dort, wo das stinkende Wasser aus Bagdad aus dem Kanal in den Fluss stürzte, wuchs nichts. Es war still ringsum. In der Ferne erkannte er einen dunklen Streifen, wohl Wald- oder Palmenhaine. Die Gegend ringsum war einsam, und weit und breit war kein Anzeichen einer menschlichen Seele zu erkennen. Er sah kein Licht eines fernen Herdfeuers, und er hörte auch keine Ziegen oder Schafe, und er beschloss, den Rest der Nacht hier zu verbringen. So gut es ging, wickelte er sich in sein langes Gewand. Seine Kleidung stank entsetzlich, aber er war zu müde, um sich daran zu stören. Und so schlief er ein.

Als er erwachte, kreisten Vögel über seinem Kopf. Es musste noch früh am Tag sein, denn die Sonne war noch nicht richtig aufgegangen, und ein Teil der Vögel saß noch in den umliegenden Bäumen und lärmte dort. Gwyn setzte sich auf. Ringsum lag überall Geröll. Dazwischen Spuren von Mauern, Reste von niedrigen Gebäuden, die aber wohl bereits seit langer Zeit verlassen waren. Alles wirkte einsam, und die Mauern ringsum waren verfallen. Er war allein. Als er seine Kleidung betrachtete, gefiel er sich selbst nicht mehr. Bis zur Brust hinauf war sein Gewand mit einem dicken braungrünen Schlamm bedeckt, der an manchen Stellen noch feucht glänzte. Gwyn riss sich das Gewand vom Leib, bis er splitternackt war. Dann raffte er alles zu einem Bündel zusammen, nahm seinen Reisesack und seinen Bogen und kletterte zwischen dem im dunklen Schatten liegenden Geröll hinunter zum Fluss.

An dem breiten Strom entlangzugehen, war nicht möglich, da an dieser Seite das Schilf bis weit in das Land hineinwuchs. Jetzt bei Tagesanbruch erkannte Gwyn im fernen Dunst das Glitzern der Dächer von Bagdad. Da musste er doch staunen. Er war ein schönes Stück weg von der Stadt, und die Vorstellung, die Strecke in dieser endlosen Nacht, zusammen mit dem blinden Rifai gegangen zu sein, überraschte ihn.

Rifai …

Aber von dem blinden Sklaven fehlte jede Spur.

Gwyn watete in den Fluss, und das kühle Wasser weckte seine Lebensgeister. Er beschloss, eine Weile durch das Wasser zu waten, wenigstens so lange, bis er zu einer Stelle kam, wo er ans Ufer gelangen konnte. Doch sosehr er auch Ausschau hielt, nirgends war das Schilf so durchlässig, dass er an das ferne Ufer gelangen konnte. Es fror ihn allmählich. Mehr als einmal überlegte er, ob er nicht an das gegenüberliegende Ufer schwimmen sollte. Aber als wenig später die Sonne endlich aufging, sah er deutlich, wie breit und reißend der Strom hier war. Auf der anderen Seite war das Schilf kaum zu sehen, dafür war die Gegend flach. Wie leicht konnte man ihn da entdecken. So blieb er auf dieser Seite des Flusses.

Endlich, als er schon nicht mehr daran glaubte, wich der breite, dichte Schilfgürtel zurück, und an einer Stelle konnte er eine lange, flache Sandbank erkennen, auf der Vögel eifrig nach Nahrung pickten. Gwyn watete vorsichtig darauf zu und musste die letzten Meter sogar schwimmen, denn der Boden unter ihm gab jäh nach, und das Wasser wurde tief. Ein wenig unbeholfen paddelte er durchs Wasser, seinen Reisesack mit den Pfeilen und den Bogen über dem Kopf haltend. Der Fluss war hier klar und sauber. Gwyn legte seine Ausrüstung auf den Sand, warf seine Kleidung ins Wasser und beschwerte sie sogleich mit großen Steinen.

Dann begann er, sich selbst von oben bis unten zu waschen, rieb sich sein Haar mit dem Rest der Asche ein, die noch an dem kurzen Fackelstiel haftete, und spülte dann das Haar in dem klaren Wasser aus. Allmählich glaubte er, den üblen Geruch losgeworden zu sein, den er immer noch zu riechen sich einbildete. Ihm war klar, dass er durch die Kloake von Bagdad gewandert war und dass er diesen Weg nie wieder gehen wollte. Allmählich verflüchtigte sich der Geruch, und die Sonne war heiß genug, um seinen ausgekühlten Körper wieder aufzuwärmen. Seine Kleidung schrubbte er nun Stück für Stück, und an der Stelle, wo er seine Sachen gewaschen hatte, war das Wasser noch eine Zeitlang trüb.

Als seine Kleider wieder jenes feine Weiß hatten, breitete er seinen Burnus, sein Beinkleid und sein Unterzeug, seine Dschellabah und seinen breiten Gürtel auf dem trockenen heißen Sand aus, denn bald würde die Sonne den Stoff getrocknet haben.

Doch bald begannen sich Fliegen und Mücken, deren Heimstatt die endlosen Sümpfe waren, auf ihm niederzulassen und ihn zu quälen. Und noch ehe die Sonne ihn ganz getrocknet hatte, zog sich Gwyn seine noch feuchte Kleidung über und bahnte sich einen Weg durch das mannshohe, dichte Schilf.

Das endlos scheinende Schilfmeer war lichter und lichter geworden, bis er das trockene Ufer erkennen konnte. Das Land war flach, und er wanderte über dichtbepflanzte Äcker. Mehr als einmal musste er sich vor pflügenden Bauern und ihren Knechten verstecken. So marschierte er den ganzen Tag. Gegen Abend begann erneut die Wüste. Es war steinig ringsum, und dazwischen erhoben sich felsübersäte Hügel. Zwischen den Felsen fand Gwyn eine geschützte Stelle, und obwohl er hungrig war, überfiel ihn Müdigkeit. Er wickelte sich in sein Gewand und schlief sogleich tief ein.

Er erwachte, als der frische Duft von heißem Tee in seine Nase stieg. Als er aufsah, saß zwei Schritte neben ihm ein Mann.

»*Salam!*«, grüßte Gwyn höflich und zugleich misstrauisch. Der Mann grüßte zurück, und Gwyn wusste sogleich, wer der frühe Besucher war.

»Fennek!«, sagte Gwyn überrascht. »Was tust du hier?«

»Trink Tee und iss«, forderte ihn der Berber auf.

»Und was geschieht dann?«

»Komm mit uns«, verlangte Fennek.

Als Gwyn sich erhob, sah er Bracko, der die Umgegend wachsam beobachtete.

Gwyn – hungrig, zerstochen von den Insekten und zugleich neugierig – tat, wie der Berber ihn geheißen hatte. Sie reisten den ganzen Tag über, und nur einmal gegen Mittag hielten sie für mehrere Stunden an, da die Hitze des Tages zu groß war. Später zogen sie weiter über eine endlos glatte Ebene, die sich mit hügeligem Land abwechselte. Die Landschaft war öde und einsam. Nur manchmal zeigten ausgetretene Pfade, dass hier Nomaden mit ihren Schaf- und Ziegenherden durch die heiße Einöde zogen. Mehrere Male wollte Gwyn wissen, wohin sie gingen, aber die Söldner blieben stumm. Fennek führte sie, und Bracko verschwand immer wieder, um zurückzubleiben und zu lauschen. So zogen sie in ein einsames, unwirtliches Gebiet.

Gwyn hatte keinen Moment lang so etwas wie Furcht verspürt. Nun erschien es ihm fast selbstverständlich, dass ein Teil von Yusufs Männern am Rande des mächtigen Schilfmeeres auf ihn gewartet hatten. Er wunderte sich nicht, dass sie ihn gefunden hatten. Es wunderte ihn auch nicht, dass sie wussten, dass er an dieser Stelle des Flusses in das Innere des Landes gehen würde. Nein, längst wunderte er sich über gar nichts mehr. Die Ereignisse in Bagdad waren plötzlich weit fort. Nur an Rifai musste er denken, und so etwas wie Wehmut befiel ihn. Warum war der Blinde nicht mit ihm gekommen? Stattdessen hatte er Gwyn zur Flucht verholfen und einen Gefährten und Sehenden aufgegeben. Gwyn schmerzte sein Hinterteil. Er war das Reiten nicht gewohnt, erst recht nicht über eine so lange Wegstrecke. Aber er wagte nicht, Fennek zu bitten, wenigstens einmal anzuhalten.

Ihr Weg führte sie nun durch eine hügelige, karstige Landschaft, die erst allmählich etwas grüner und damit einladender wurde. Und immer wieder musste man die Pferde antreiben, denn zu gerne wären sie stehen geblieben, um von dem frischen Gras zu fressen. Am Spätnachmittag erreichten sie einen lieblichen Talgrund, grün und voller niedriger Hecken und Büsche. Hier wuchsen Bäume, und es gab Wasser, das in kleinen Bächen zwischen den Steinen dahinplätscherte. Fennek ließ halten, um die Pferde zu tränken. Und auch die Reiter tranken von dem frischen klaren Wasser.

»Fennek, wohin reiten wir?«

Der Berber gab keine Antwort, sondern befahl den erneuten Aufbruch. So ritten sie noch etwa eine Stunde.

Das Lager mit den wenigen Zelten stand zwischen den spärlichen Resten von Steinen, die vor langer Zeit einmal Mauern gewesen sein mussten. Nur an wenigen Stellen war der Boden eben, und dort hatten die Männer die Zelte errichtet. Dazwischen floss das Wasser zahlreicher Quellen und sorgte für üppiges Grün ringsum, aber nur so lange, bis das Wasser im Erdboden der karstigen Wüste verschwand. Dann wurde der Boden nach wenigen Dutzend Schritten wieder trocken und staubig.

Das größte Zelt stand ein wenig erhaben. Es war prächtig anzusehen, das Zelt des Yusuf ibn al-Mansur. Als die Männer heranritten, schlugen die anwesenden Männer mit den Fäusten auf ihre Schilde. Fennek und Bracko antworteten auf dieselbe Art und behielten dies bei, bis der kleine Zug vor dem Zelt des Yusuf angekommen war. Dort hielten sie an, und Fennek sprang aus dem Sattel. Yusuf saß entspannt unter einem hellen Baldachin, der ihm Schatten spendete, vor seinem Zelt. Neben ihm lag ein herrliches Seidentuch in grüner Farbe, und darauf lag sein Scimitar, das prächtig verzierte Schwert des Arabers.

Bracko sprang von seinem Pferd und grüßte Yusuf. Der erwiderte den Gruß freundlich, dann beugte er den Kopf, was zu bedeuten schien, dass sich der Mann zurückziehen konnte. Als alle bis auf Gwyn in ihren Zelten verschwunden waren, bat Yusuf Gwyn, näher zu treten.

»*Salam,* Goldschmied! *Salam!*«

»*Salam!*«, grüßte Gwyn reserviert.

Der Araber winkte ihm, näher zu kommen. »Bitte, seid mein Gast!«

Gwyn beschloss, dem Wunsch nachzukommen. So würde er am ehesten erfahren, was dieses seltsame Spiel bedeuten sollte. Er setzte sich. Yusuf lächelte zufrieden, aber Gwyn hatte keinen Grund, den Araber zu schätzen. Er hatte noch weniger Grund, ihn als liebenswerten Gastgeber zu schätzen. Nicht nach all dem, was passiert war und woran nur er allein, Yusuf ibn al-Mansur, die Schuld trug. Aber sosehr er sich bemühte, Gefühle wie Zorn oder gar Hass wollten sich selbst jetzt, im Angesicht des Arabers, nicht einstellen.

»Trinkt Ihr mit mir Tee?«, fragte Yusuf sanft.

Nun musste Gwyn bei allem Groll doch ein wenig lächeln. Welche Erinnerungen an vergangene Tage ihm bei dieser Frage wieder kamen! Der Krak des Chevaliers, Thassos, die Ritter um den Mann aus Chur, Gerwulf und sein tapferer, zugleich doch aussichtsloser letzter Kampf. Wie weit lag dies alles zurück, und wie nah war es noch in seinen Erinnerungen.

»Ja, Yusuf«, antwortete Gwyn höflich.

Und der Araber begann mit der vertrauten Zeremonie. Als beide Becher gefüllt waren, reichte er Gwyn einen davon. Er schien sich an Gwyns Äußerem nicht zu stören, nicht daran, dass Gwyn schwitzte und sein Gewand verstaubt war.

Dann tranken sie beide schweigend ihren Tee. Es war Gwyn, der zuerst eine Frage stellte. »Warum bin ich hier?«

»Weil es ein schöner Ort ist«, entgegnete Yusuf sanft. Er deutete mit der Hand ringsum. »Niemand stört uns hier. Es ist wie unser Zuhause.«

»Warum …«

»Bitte, haltet ein mit Euren Fragen, bevor ich Euch antworte, trinkt noch etwas Tee mit mir.«

Gwyn schwieg und ließ es sich gefallen, dass ihm der Araber erneut Tee in seinen Becher goss. Wieder tranken beide mit winzigen Schlucken.

Und auf einmal begann der stolze Araber vor ihm, in englischen klaren Worten ein Gedicht zu rezitieren. **»Wenn der Aprilmond sanften Regen bringt, der Märzendürre an die Wurzeln dringt und jede Ader mit solch Kräften schwellt …«**

»Dass *diese Kraft erzeugt die Blumenwelt* …«, antwortete Gwyn ehrfürchtig.

Dann schwieg er. Erstaunt blickte er Yusuf an und entdeckte etwas völlig Neues in den Augen des Mannes: ein Aufblitzen, vergnügt und von leisem Schalk.

»Yusuf, woher kennt Ihr diese Worte?«

»Man lehrte sie mich!«, lachte er fröhlich.

»Wer tat dies?«

Yusuf lachte zufrieden, und sein Lachen war angenehm und gar nicht wie sonst von jenem spöttischen Unterton.

Dann beugte er sich ein wenig nach vorne und sprach leise weiter. »Gwyn, ich wollt, ich könnte dies alles einmal sehen. Den Regen im April, und wie er auf ein Land fällt, das überall grün ist, satt und grün. So muss das Paradies sein.«

»Woher kennt Ihr diese Worte?«, drängte Gwyn erneut.

»Von ihr. Sie sagte, dass Ihr sie einst gesagt habt und dass sie diese Worte nie vergessen hat.«

»Agnes«, hauchte Gwyn.

Yusuf nickte nur und fuhr ganz sachte mit seiner Fingerspitze über seine Lippen, und dann, so als täte er es in Gedanken, berührte derselbe Finger den Rand des Bechers, aus dem Gwyn soeben getrunken hatte. Dann deutete Yusuf auf ein Zelt, das zwischen den Felsen, umgeben von schattigen Bäumen, etwas weiter von ihnen entfernt stand. Auf einmal lächelte er leise.

Gwyn spürte ein Brausen im Kopf und wie ihm zugleich

schwindlig wurde, denn er verstand. Und er verstand noch mehr, als Yusuf weitersprach. »Wenn lust'*ge Melodie das Vöglein macht, das offenen Auges schläft die ganze Nacht* …«

Da sprang Gwyn auf, und er rannte los, in die Richtung, die ihm der Muslim soeben gewiesen hatte.

Als er das Zelt dort erreicht hatte, blieb er am Eingang stehen. Da war ein hölzerner Pfosten, der den Eingang abstützte. Es war nichts zu sehen und nichts zu hören. Nur das Murmeln der vielen kleinen Rinnsale klaren Wassers ringsum, das leise Rauschen des Windes in den Baumkronen und das Zirpen der Grillen in dem hohen Gras waren Geräusch.

Da begann Gwyn zu sprechen: »Dann treibt das Volk die Wallfahrtslust *und Pilger, fortzuziehn zu fremdem Strande.«*

Es antwortete auf einmal eine sanfte weibliche Stimme: *»Zu fernen Heil'gen, kund in manchem Lande.«*

Gwyn trat in das Zelt. Da saß Agnes und lächelte ihn an. In diesem Augenblick wusste er, dass er wieder heimgekommen war.

Er saß da und beobachtete sie. Er wusste, dies könnte er stundenlang tun, ihr zusehen, wie sie ihr herrliches rotes Haar bürstete, bis es glänzte und wie ein kupferner Strom ihren Nacken fiel bis zur Taille.

Sie erzählten sich viel, so viel. Aber immer öfter schwiegen sie, und nur ihre Augen erzählten weiter von all den Irrtümern und all dem nicht Gesagten, von all dem, was geschehen war und über das nun das erste Mal gesprochen wurde.

»Agnes?«

»Ja, Lieber?«

Er musste lachen. »Sag noch einmal, was du soeben gesagt hast.«

Jetzt lachte sie leise. Wie lange hatte er dieses Lachen nicht mehr gehört? Wie lange war es her, dass ihn diese Frau so genannt hatte?

»Was habe ich gesagt, dass du lachen musst?«, fragte sie ihn, und ihre Augen blitzten glücklich.

»Lieber. Sag es noch einmal«, bat er sie.

Statt es zu tun, lachte sie ihr schönes Lachen, und Gwyn lauschte.

»Lieber.«

Er setzte sich neben sie, nahm ihr den Kamm aus den Händen und küsste sie erst auf die Stirn und dann sanft auf die Augenlider. Da ergriff sie seine Hand und hielt sie fest, und die andere Hand zog ihn an sich. Und so saßen sie, wie in den letzten Tagen oft, vor dem Zelt und sahen über das Land, dorthin, wo nach dem Wissen der Söldner das Meer lag.

Dann erzählte Agnes von zu Hause, von Bath. Von ihrem Sohn Peter, von dem Entschluss, Buße für ihre große Schuld zu tun. Daher kam ihr Entschluss, Britannien zu verlassen, um eine Pilgerfahrt in das Heilige Land zu machen. Immer, wenn Agnes erzählte, erschienen in Gwyns Gedanken die Bilder von den grünen Hügeln der Midlands, den leisen Flüssen und den langen Hecken, den sanften Wiesen Britanniens, auf denen Schafe weideten, und vom Himmel und vom Regen, von der Sonne und von den kühlen Wäldern. Es war so lange her, dass Gwyn manchmal glaubte, sich nur mit einiger Anstrengung an die Zeit in seiner Heimat erinnern zu können. Fast drei Jahre waren vergangen, seit er in jener Nacht sein stattliches Haus in Bath verlassen hatte. Eine lange Zeit, in der er das warme Lager gegen kalte Nächte getauscht, die Worte seiner Frau nicht mehr gehört hatte. Ruhelos war sein Leben seitdem verlaufen, und es hatte ihn kreuz und quer durch das ganze Abendland, bis hierher an die Grenzen des Bekannten geführt. Die Berge weit in der Ferne waren in diesen Tagen zu sehen. Im Dunst dahinter lag Indien, das geheimnisvolle Land. Aus Erzählungen wusste er, dass es kaum ein Dutzend

Christen gab, die so weit gekommen waren.

Und nun lag Gwyn in diesem Zelt auf einer weichen Bettstatt und betrachtete seine schlafende Frau. Sie hatten einander festgehalten über lange Zeit hinweg. Und es wäre Gwyn einerlei gewesen, hätte er sie nie mehr loslassen müssen und so für immer an sich pressen können. Sie ertranken beide in der Nähe zueinander.

Gwyn glaubte in diesen Tagen, alle Schuld müsste von ihnen gegangen sein. Sie waren nach all der Zeit der Trennung und der Entbehrung frei für einen neuen, gemeinsamen Anfang. Jene Schuld, die sie beide auf sich geladen hatten, um einer Liebe zu folgen, die nicht recht war. Denn als Gwyn um Agnes gefreit hatte, war sie das Weib eines anderen gewesen, seines Brotherrn Randolph Borden, eines starken und stolzen Goldschmiedemeisters. Er lebte nicht mehr, und ihre Hochzeit kurz darauf, Gwyns Ernennung zum Meister und das baldige Hoffen auf Agnes' Niederkunft hätten damals für ein Glück vollauf gereicht. Aber da war noch dieses Geständnis, das Gwyn von Agnes fortgetrieben hatte, weil er glaubte, diese Sünde müsste sie beide zerdrücken und alles zerstören, was einmal so süß und gemeinsam begonnen hatte. Und jetzt war alles nur noch Erinnerung.

Es war lange her, dass sie beide sich so zufrieden und glücklich gefühlt hatten wie in diesen Stunden.

Mit wenigen leisen Worten hatte ihm Agnes erzählt, dass Yusuf sie mit seinen Söldnern aus den Händen der Wachen des Buchtar befreit hatte. Hier hatte sie auf Gwyn gewartet, denn auch die Flucht des Goldschmiedes war Teil des Planes, den der stolze Anführer dieser seltsamen Schar ausgeheckt hatte.

So lebten sie in dem grünen Tal, in dem großen Zelt, umsorgt und beschützt und zugleich allein, um Zeit zu haben, sich an alles zu erinnern, was sie einst glücklich vereint hatte.

Sie brachen auf, um durch die arabische Wüste zurück an die Küste des Mittelmeeres zu reisen. Yusuf ibn al-Mansur wollte sie mit seinen Männern auf dem schnellsten Weg durch die Wüste zurück in das Königreich Jerusalem führen. Der Weg vor ihnen war weit und gefährlich. Ob sie der Sultan verfolgen lassen würde, war ungewiss. Dass Gwyn unter seinem persönlichen Schutz reiste, war ihm versprochen worden. Zudem schützte ihn das *Papier*. Yusuf und seine kampferprobten Söldner anzugreifen, würde der Herrscher nicht wagen. Denn er brauchte sie, diese freien Nomaden der Wüste, obwohl der Erhabene selbst nicht davon überzeugt war, in Yusuf einen edlen Scheich vor sich zu haben, sondern eher einen Räuber. Das Land war nicht ruhig, und es herrschte kein Frieden. Nach wie vor führten Ejubiten und Sassiniden, Fatimiden und kleinere, wenig bekannte Stämme Krieg gegeneinander. Das Recht sprach der Emir der jeweiligen Provinz, aber er sprach es nur dort, wo er der Urheber und Verursacher habhaft werden konnte, denn das Land war weit, und es verbarg diese Männer mühelos.

So reisten sie quer durch die Wüste.

Sie ruhten nachts unter einem mächtigen Sternenhimmel. Bei Tag folgten sie dem Stand der Sonne. Bald nahm auch Agnes, wie bereits Gwyn bei seiner Reise mit Hassan Il Sharif, die Gewohnheiten der Nomaden an. So begann ihr Marsch am frühen Morgen und endete, wenn am späten Vormittag die Hitze am größten wurde. Dann schlugen sie die Zelte auf, um in ihrem Schatten zu sitzen und sich auszuruhen. Erst am Nachmittag, wenn erste Schatten die Sandtäler erklommen, wanderten sie weiter. Sie hatten nur wenige Kamele dabei, und auf den kräftigsten Tieren reisten Agnes und Gwyn. Dann folgten die Söldner. An der Spitze ritt Yusuf. Der Weg war beschwerlich, und jeden Tag hofften sie, so viel von ihrer Wegstrecke durchmessen zu haben wie nur möglich. Seitdem er Gwyn das Gedicht gesagt hatte, war Yusuf ibn al-Mansur nicht mehr zu ihm gekommen.

Es war der sechste Tag in der Wüste, als Agnes krank wurde. Sie bekam Fieber. Es stieg ständig, und bald war sie so schwach, dass sie sich kaum mehr in ihrer Sänfte halten konnte. Gwyn war bei ihr, gab ihr zu trinken, sorgte für Schatten und pflegte sie, aber das Fieber wollte nicht weichen.

Die Söldner saßen in dem großen Zelt um das Feuer. Fennek war nicht bei ihnen. Er und ein weiterer Mann hielten Wache über die Gruppe.

So sprach der blonde William aus der Picardie als Erster. »Die edle Frau Agnes hat das Fieber.«

Die Männer nickten stumm. Keiner sagte etwas. Sie saßen nur im Kreis und tranken ihren Tee. So wie sie es all die Zeit jeden Abend getan hatten, seitdem sie als verschworene Gruppe durch das riesige Land reisten.

»Muss ein schweres Fieber sein, es will nicht weichen«, fuhr er fort.

»Der Herr sagt, wir müssen schneller reisen«, entgegnete Babu, der dunkelhäutige Nubier, ein Mann, der sonst nie viel sprach, »zu einem Ort, wo es frisches Wasser und weißes Fleisch gibt. Dort kann sie gesund werden.«

»Die Tiere halten nicht mehr lange aus«, bemerkte Darius, ein Byzantiner, der als Schwertkämpfer einen legendären Ruf genoss.

»In Israa gibt's einen Medicus«, entgegnete Bracko.

Die übrigen Gefährten sahen ihn an.

»Woher weißt du das?«, wollte William wissen.

»Sind oft Ärzte aus Byzanz, die dort auf die Karawanen nach Isfahan warten.«

»Aber woher weißt du das?«, fragte William noch immer zweifelnd.

»Mich hat ein solcher Byzantiner mal zusammengeflickt, als mich Sklavenhalter bis aufs Blut gepeitscht haben«, grunzte Bracko vergnügt.

Dann trank er einen Schluck aus seinem Becher und schlürfte dabei laut.

»Byzanz! Oh, du wundervoller Ort der Weisheit und der Freude. Und deine Bewohner sind weise und wissend«, entgegnete Darius stolz.

»Ach, halt dein Maul«, entgegnete William auf einmal grob.

Bevor der gekränkte Byzantiner ihm ebenfalls eine Grobheit sagen konnte, sprach der Franke bereits weiter. »Israa ist ein Nest voller Ratten und Läuse, und die Weiber dort sind so hässlich, dass ihre Männer sie verstecken, aus Angst, niemand mache mehr halt an diesem Ort.«

»Du weißt ja gut, worauf man dort achten muss, Blondhaar«, sagte Darius spöttisch.

Die Männer lachten leise. Doch Williams heftiger Ausbruch schien nicht von langer Dauer, denn er senkte den Kopf und murmelte, gerade so laut, dass ihn die übrigen Männer hören und seine Worte verstehen konnten. »Bis Israa sind es noch viele Tage. Wir müssen durch Geröllwüsten. Von Tag zu Tag werden sie größer. Du hast recht, Darius, die Pferde und die Kamele halten dies nicht mehr lange aus.«

»Gemach, gemach, William!«, entgegnete Bracko laut.

»Aber er hat recht. Wir brauchen durch die kranke Frau mehr Zeit«, mischte sich auch Gerenot ein.

Er war noch ein junger Mann, dessen Eltern aus der Gegend um Aachen am Rhein stammten. Aber längst erinnerten nur noch seine blonden Haare an seine Herkunft. Noch ein Kind, reiste er im Tross seines Vaters, eines kleinen Landgrafen, bis Jerusalem. Sein Vater war in der erbarmungslosen und grausamen Schlacht um die Stadt gefallen. Sein Oheim nahm ihn daraufhin auf und lehrte ihn das Ritterhandwerk. Als er kurz vor seinem Ritterschlag stand, erschlug er im Rausch seinen Gönner, und von diesem Tag an trank er nie wieder. Seitdem war er unstet und rastlos im Morgenland unterwegs. Seine Heimat am Rhein hatte er nie wiedergesehen.

»Das Wasser wird allmählich knapp, und die Tiere müssen saufen. In Israa gibt es Brunnen«, fügte er hinzu, »und es ist nicht mehr weit bis zur Küste.«

Da schwiegen erneut alle, denn sie wussten, der Mann hatte recht. Schweigend starrten sie in das Feuer.

»Dieses Fieber wird nicht weichen!« Es war wieder der Nubier, der sprach.

Die Männer sahen erst den Sprecher und dann sich gegenseitig erschrocken an. Niemand von ihnen hätte es gewagt, dies zu sagen. Aber wenn er nun recht hätte? Sie alle fürchteten das starke, unheimliche Fieber, das unvermutet ausbrach und einen Mann töten konnte. Kein Medicus vermochte dagegen etwas zu tun.

»Wenn es ein schweres Fieber ist, muss die Frau zurückbleiben«, sagte William dumpf.

»Der Faber geht nicht ohne sein Weib«, bemerkte Gerenot, und er sprach damit laut aus, was alle dachten.

»Dann muss er auch zurückbleiben«, sagte William düster.

»Sagst du dies unserem Herrn?«, fragte Darius, und seine Miene war spöttisch.

Da schwieg der Mann erneut und senkte den Kopf. Niemand in der Runde der gesetzlosen Söldner sprach weiter. Der Respekt und wohl auch so etwas wie Furcht vor ihrem Anführer war größer als die Angst vor einer möglichen Krankheit, die sie alle treffen konnte.

»Unser Herr soll entscheiden!«

Darius sprach nur eine Hoffnung aus. Da sah ihn Bracko an und entgegnete mit lauter Stimme: »Unser Herr *muss* entscheiden!«

»Wenn wir ihn alle bitten, kann er keinem von uns gram sein«, entgegnete William langsam.

Die Söldner nickten ringsum beifällig.

»Wer wird mich begleiten, wenn ich vor ihn hintrete und ihn frage?«, wollte William auf einmal wissen.

Erst zögernd und dann entschlossen hob einer der Männer nach dem anderen die Hand, um zu zeigen, er sei dazu bereit.

Zuletzt hatten alle Söldner ihre Hand gehoben.

»Frau Agnes ist krank, Herr!«

»Bist du nur gekommen, um mir das zu sagen?«, fragte Yusuf, und mit keiner Miene verriet der Anführer, dass er bereits genau wusste, was der Grund für den Unmut seiner Männer war.

»Nein, Herr«, entgegnete der Söldner und bemühte sich, mit fester Stimme zu antworten.

»Bist du auf einmal ein Medicus, William, dass du mir dies sagst?«

»Nein, Herr.«

»Dann seid ihr alle etwa heilkundig?«

Die Männer ringsum, die mit William gekommen waren und nun vor ihrem Anführer standen, schüttelten die Köpfe. Immer dann, wenn Yusuf einen von ihnen betrachtete, senkte dieser seinen Kopf und vermied es, seinem Anführer ins Gesicht zu schauen.

»Sprecht, was wollt ihr?«, fragte Yusuf.

»Wenn es ein gefährliches Fieber ist, Herr, dann …«, begann William. Er stockte plötzlich in seiner Rede.

»Warum sprichst du nicht weiter, mein treuer William aus der Picardie?«, fragte Yusuf sanft.

Der Mann zögerte ein wenig. »Herr …« Er atmete schneller und knetete einen Zipfel seines Gewandes, aber er sprach nicht mehr weiter.

»Rede …«, befahl ihm Yusuf plötzlich laut.

»Es ist, … wir … die edle Frau ist vielleicht sehr krank.«

»Ist es das, was du mir sagen wolltest?«

»Wir sollten weiterziehen, Herr …«

»William!«

»Wohl allein, ist besser so für uns … uns alle«, fügte der Mann hastig hinzu.

»William!«

»Ja, Herr?«

»Du tatest einen Schwur, so wie ihr alle«, sagte Yusuf mit ruhiger Stimme.

»Ja, Herr.«

»Ich bin euer Herz!«

»Ja, Herr, ich hab es nicht vergessen.«

»Du, William, du bist mein Fuß, nicht wahr?«

»Ja, Herr.«

»Was glaubst du? Dass ich auf einen Fuß verzichten könnte?«

»Herr …?«

»Glaubst du dies?«

Auf einmal wurde Yusufs Stimme gefährlich leise, und zugleich von jener Schärfe, die jedem Angst einflößte und ihn auf der Stelle schweigen ließ.

»Glaubst du, ich würde mir nicht sofort meinen Fuß abhacken, eigenhändig, wenn ich wüsste, er wäre faul? Wenn ich wüsste, er würde mir mein Blut vergiften und mein Fleisch erhitzen, bis es brandig ist und voll Eiter? Denkst du, an einen faulenden Fuß würde ich noch einen Gedanken verschwenden?«

»Herr, ich bitt Euch … oh Herr!«

William fiel in die Knie und beugte den Kopf. Da trat Yusuf an ihm vorbei und vor die Front der übrigen Söldner.

»Ich sage euch allen: Es gilt nur mein Wort, weil es mein Herz sagt. Wer mit meinen Worten und Taten nicht einverstanden ist, der kann gehen. Für immer.«

Die übrigen Söldner standen wie ein Mann vor ihrem Anführer. Yusuf blickte auf sie und wusste um ihre Angst.

»Nun, wie entscheidet ihr euch?«

Da fiel einer nach dem anderen auf die Knie und bat mit leisen Worten um Verzeihung. Zuletzt trat Yusuf neben den Waffenknecht aus der Picardie und legte ihm die Hand auf die Schulter.

»William, du und die Gefährten seid wohl müde. Geht jetzt und träumt von den großen Zeiten der Freude und des Glücks, die noch vor uns liegen. Träumt, dass uns der Himmel weiterhin wohlgesinnt ist. Träumt, welch ein herrliches Leben noch vor uns liegt. Weil ich es euch schenke. Ich, euer Anführer, Yusuf ibn al-Mansur!«

»Verzeiht mir, Herr«, schluchzte William leise.

»Geh, William«, antwortete Yusuf wieder mit seiner sanften angenehmen Stimme und strich William übers Haar. Und der Waffenknecht aus der Picardie küsste den Saum des Gewandes seines Anführers. Dann erhob er sich, schritt hinunter zu seinem Zelt, und die Männer folgten ihm schweigend.

Nur Yusuf ibn al-Mansur stand lange an der Stelle und blickte ihnen nach. Und er lächelte sein stolzes Lächeln.

Gwyn erwachte, weil Agnes schwer atmend neben ihm lag. Er beugte sich zu ihr und fühlte ihre Stirn und ihre Wangen. Agnes hatte hohes Fieber.

»Agnes«, flüsterte Gwyn voll Sorge.

»Durst, Liebster! Ich hab solchen Durst.«

»Gleich, ich bring dir sogleich Wasser. Hab etwas Geduld.«

Gwyn entzündete eine der kleinen Öllampen, deren milder Schein ihr gemeinsames Lager beleuchtete. Agnes lag schwer atmend auf ihrem Bett, die wenige Kleidung nass und ihr herrliches Haar verklebt von all dem Schweiß. Schweißtropfen waren in ihrem schönen Gesicht zu sehen, und zugleich fieberten ihre Augen und waren von einem unnatürlichen Glanz, der Gwyn Angst machte.

Er ging zu einem der großen Tonkrüge, goss einen Becher voll und brachte ihn seiner Frau. In langen, ja gierigen Schlucken trank sie. Er tupfte ihr den Schweiß von der Stirn und aus dem Gesicht, tränkte Tücher, faltete sie und legte sie ihr kühlend auf die Stirn. Er umwickelte ihre Beine mit Tüchern und tränkte diese mit Wasser. Dies alles wusste er noch aus der Zeit, als seine Mutter es bei ihm und seinem Bruder so getan hatte, damals, als sie einmal krank gewesen waren. Um das hohe Fieber zu bekämpfen, wandte Gwyn all diese Mittel wieder an.

Dies tat er unermüdlich die nächsten zwei Tage. Agnes lag in ihrer Sänfte, und manchmal hörte er sie schwer atmen. Fennek kochte immer wieder Tee und brachte Essen und manchmal auch frisches Wasser. Gwyn schöpfte wieder Hoffnung, wenn das Fieber fiel und wenn Agnes erstaunlich frisch wirkte, lachte und ihn tröstete, ihn, der er doch gar nicht krank war! Dann schmiedeten sie Pläne und wussten um die Zeit, die vor ihnen lag in ihrer Heimat, mit ihrem Sohn Peter und dem Haus und der Werkstatt in Bath. Und ganz Bath sollte wissen, der Faber Gottes ist zurück. Und mit ihm sein Weib, die schöne Agnes Carlisle.

Yusuf hatte befohlen, an diesem Tag zu rasten. Sie mussten einen Tag bleiben und sich ausruhen. Es gab einen Brunnen, und hier hielten sie an und achteten argwöhnisch auf die Gegend ringsum. Die vielen Stämme der *ahl al badija* aus dieser Gegend waren kriegerisch und verteidigten ihre überlieferten Rechte an den Wasserlöchern erbittert. Lange konnten sie hier nicht bleiben. Der Brunnen war nicht tief und das Wasser schlammig. Aber wenn sich der Sand gelegt hatte, tranken es die Tiere, und die Menschen konnten es so weit filtern, dass auch sie es trinken konnten.

Sie errichteten ihre Zelte und beobachteten jede verdächtige Regung rings um ihr Lager.

Als Gwyn vom Brunnen zurückkam, standen die Söldner vor seinem Zelt. Sie schwiegen, und ihr Blick war ernst. Da blieb Gwyn stehen. Er wusste um den Unmut der Männer, hierzubleiben, alles wegen seiner kranken Frau, die ihnen mit dem hohen Fieber nur Unglück brachte. Er wusste auch um ihren Aberglauben. Entschlossen trat er näher an das Zelt und wunderte sich über die Ruhe der Männer. Was hatten sie vor?

»Geh nicht hinein«, sagte Yusuf.

»Warum?«

Der Araber schwieg, und als Gwyn Fennek und Bracko ansah, die ebenfalls neben dem Zelt warteten, blickte er in ernste Gesichter.

»Habt noch ein wenig Geduld«, sagte Gwyn fest. Und beschwörend setzte er hinzu: »Sie wird gesund!«

»Sie ist tot«, sagte Yusuf leise.

Gwyn vernahm diese Worte, und er sah auch die Männer, aber er war sich sicher, sie scherzten mit ihm. Ja, es war nur ein Scherz, ein grausamer wohl, aber würde er nicht passen zu diesen rauhen Gesetzlosen aus diesem Land? Wohl würde es passen, dass sie über ihn und seine Frau so grausam scherzten.

»Sie ist tot, Gwyn.«

Yusuf trat einen Schritt auf ihn zu.

Da schleuderte Gwyn den Krug voller Wut auf den Boden, und der Ton zersprang in Scherben, und das Wasser färbte den staubigen Boden zu seinen Füßen dunkel wie ein plötzlicher Regen. Es rann in kleinen Rinnsalen zwischen den Steinen und dem Sand dahin.

»Ihr lügt, Muslim! Ihr lügt alle!«, schrie er und wollte in das Zelt.

Aber Fennek war schneller. Er und auch Bracko hielten ihn fest. Gwyn wehrte sich, mehr aus Wut darüber, dass sie ihn nicht gehen ließen und ihn mit solcherlei Possen quälten. Yusuf trat auf ihn zu. Und als Gwyn sein tieftrauriges Gesicht sah, wusste er, dass es so war, wie er gerade gesagt hatte.

Agnes war tot.

Yusuf hielt ihn fest. Fennek und Bracko fielen auf die Knie und schwiegen. Die Männer ringsum beugten alle ihre Knie, und Yusuf drückte Gwyn fest an sich.

»Es war Gottes Wille, Gwyn. Gottes Wille«, flüsterte der Muslim.

Und dann weinten sie beide.

22

Einmal hatte Gwyn in einem Moment, in dem er seltsam wach und bei klarem Verstand gewesen war, Zeit gefunden zu denken. Nachzudenken darüber, was eigentlich geschehen war. Er wusste nur, dass es Nacht war, denn es war dunkel und still. In dieser Stille vermochte er deutlich Geräusche zu hören. Das Zirpen von Grillen, das Rauschen einer Brise in den Bäumen ringsum und das leise Schnauben der Pferde.

Er setzte sich auf. Nie war er so verzweifelt und zugleich mutlos gewesen wie in dieser Nacht. Als die Verzweiflung immer größer und immer übermächtiger wurde, kam jenes seltsam eigene Gefühl zu ihm zurück. Dieses Gefühl der Stille, das ihn wie ein antriebsloses und seelenloses Wesen handeln ließ. So lebte Gwyn die Tage, in seinem Zelt sitzend, über die niedrige Hügelkette starrend, ohne eine Regung, ohne Entschluss. Er war nicht krank, und doch war sein Leiden schlimmer, als es eine Krankheit sein kann. Das Herzeleid zerfraß ihm die Seele und war dabei, ihn langsam zu töten.

Yusuf wusste dies, aber der Araber wusste nicht, was er dagegen tun konnte. Niemand von seinen Männern wusste es. Sie waren gleichfalls bedrückt, vermieden jedes laute Wort und jeden Scherz, und niemand lachte, denn es erschien allen als herzlos, angesichts der Tragödie zu lachen.

Die Söldner hatten Agnes am nächsten Morgen beerdigt. Gwyn war dabei gewesen, aber sein Blick war seltsam leer, und niemand wusste zu sagen, ob er überhaupt verstanden hatte, was mit Agnes⊠ sterblicher Hülle geschah. Die Männer hatten sich erst geweigert, den Leichnam der Frau zu berühren, aus Angst, dieses geheimnisvolle Fieber ebenso zu bekommen. Aber als ihr Anführer selbst, mit Hilfe von Fennek, die Frau in ein langes Tuch gehüllt hatte, hatten sie mitgeholfen, ein Grab auszuheben und sie zu bestatten. William, der

Mann aus der Picardie, hatte ein kurzes Gebet gesprochen. Die Gefährten waren überrascht darüber gewesen, denn alle hatten geglaubt, William wäre der Gottloseste unter ihnen. Aber als er das Gebet gesprochen hatte, war es angenehm gewesen, und viele der christlichen Männer hatten seit langem das erste Mal wieder zu Gott gebetet.

Sie bestatteten Agnes an einer Stelle, unweit dort, wo sich Gwyn und Agnes so viel erzählt hatten. Der Platz war umgeben von hohen alten Bäumen. Als die Söldner dort gestanden und gebetet hatten, hatte sie ihr Blick weit über die Ebene geführt, dahin, wo schon bald wieder die Wüste begann. Es war ein friedlicher Ort. Später hatte Yusuf befohlen, alles zu verbrennen, was ihr gehört hatte. Da hatten sie das Zelt angezündet, und alles war verbrannt: die Teppiche, ihre Bettstatt, all die Schleier und Tücher, all die Kleider und Spangen und Fibeln, die Kämme und Bürsten und ihre kleinen, zierlichen Schuhe.

Von alldem hatte Gwyn nichts mitbekommen.

Die Tage waren für ihn, als ob er sich in einem dichten Nebel befand. Eine Welt, in der er wohl Geräusche und Töne wahrnahm und hörte, wie Menschen miteinander sprachen, aber Sinn und Bedeutung verstand er nicht. Geräusche waren nur laut, Stimmen waren einfach nur Stimmen, Gerüche einfach nur ein Hauch und Geschmack etwas, was in seinem Mund war und bald wieder verschwand. Der Tod von Agnes hatte ihn bis tief in sein Innerstes getroffen.

Yusuf befahl den Aufbruch. Das Feuer war sicher gesehen worden, denn auch in dieser Gegend war die Wüste nur scheinbar leer und unbewohnt. Sie wollten dem Weg zur Küste weiter folgen. Dadurch hoffte Yusuf, dass sich Gwyn wieder ein wenig erholen würde und aus seiner tiefen Trauer zurück in ihre Welt kehren könnte. Doch er täuschte sich. Nichts dergleichen geschah. Zu Fuß schritt der Goldschmied hinter den Männern her, wie ein Gespenst, unfähig, um Wasser zu bitten oder zu essen. So befahl Yusuf Fennek, dem Goldschmied Wasser zu geben und ihn mit Getreidefladen und Datteln zu füttern. Gwyn aber aß nichts. Nur Wasser nahm er an, stumm und mit einem leeren, tieftraurigen Blick. Die Männer hofften nun insgeheim darauf, dass Gwyn irgendwann zusammenbrechen würde, wenn sein müder Körper diese Tortur nicht mehr mitmachen wollte. Männer, die in einer Schlacht ein schlimmes Erlebnis gehabt hatten, waren oft sehr seltsam, das wussten die kampfgewohnten Söldner. Aber irgendwann brach so ein Mann zusammen, und dann war es leichter, mit ihm zu sprechen und ihn ruhen zu lassen. Gwyn aber schritt, wie von unsichtbarer Hand geführt, durch die Wüste, unentwegt, Schritt für Schritt, so als gäbe es die glutheiße Sonne nicht, nicht den scharfen Wind, der den Sand über viele Meilen hinweg aufwirbelte und die Männer zum langsamen Marsch zwang, da die Pferde in dem feinen Sand nicht gehen wollten, so, als gäbe es keine Müdigkeit und keine ausgedörrten Kehlen, die gierig nach Wasser verlangten, doch sie mussten sparen, denn Quellen waren spärlich in diesem Teil der Wüste. So marschierten sie zwei Tage lang.

Dass sie die Küste fast erreicht hatten, konnten sie am Sand ringsum erkennen. Der begann, von Stunde zu Stunde spärlicher zu werden, und die ersten kleinen, mühsam bestellten Felder tauchten auf. Dies war das Land um Gilead. Hier lebten Fellachen, die trotz der Kargheit Hirse, Bohnen und sogar Obst anbauten. Aber von den Bewohnern der Gegend war niemand zu sehen. Sie hielten sich versteckt, angesichts der seltsamen Schar, die zu Pferd aus der Wüste gekommen war und die so schwer bewaffnet war wie sonst nur Truppen des Sultans.

Der Ort war ein namenloses Nest, und außer dem Ortsvorsteher, einem würdigen alten Mann, waren die übrigen

Dorfbewohner alles Bauern und Hirten.

»Ahlam wa saghlam«, grüßte der Araber höflich und zugleich ängstlich.

Von solch schwerbewaffneten Kriegern war nie etwas Gutes zu erwarten. Doch die Männer waren nur müde und baten um Obdach und Futter für die Pferde. Yusuf versäumte nicht, dem Dorfältesten zu versichern, dass sie für alles bezahlen würden.

Der Mann führte sie zu einem Palmenhain, in dessen Mitte sich ein Wasserloch befand. Es war groß genug, dass sie alle daraus trinken konnten. Die Männer erfrischten sich, und dann ließen sie ihre Pferde trinken.

»Verzeiht, mächtiger Scheich, gestattet mir, eine Frage zu stellen«, bat der Dorfälteste.

»Sprecht, *Saiyid*«, forderte ihn Yusuf höflich auf.

»In Eurer Begleitung ist ein noch junger Mann. Er geht, und Ihr

reitet«, bemerkte der Mann.

»Ja«, entgegnete Yusuf knapp.

»Ist er ein Gefangener oder ein Sklave?«

»Nichts von beidem. Warum wollt Ihr dies wissen?«, fragte Yusuf.

»Weil er krank ist«, entgegnete der Dorfälteste.

»Krank?«

»Ja. Aber nicht ein Fieber oder ein Gebrechen, für das ein Arzt seine Kunst bemühen müsste. Seine Krankheit ist eine andere.«

»Sprich weiter …«

»Er leidet an der Seele. Etwas zerfrisst sein Herz und alles, was einen Menschen am Leben lässt.«

»Was kann man tun?«

»Schnell handeln, sonst ist es schon bald zu spät.«

»Ist diese … Krankheit gefährlich?«

»Ja, sie tötet einen Menschen.«

»Wenn Ihr uns helfen könnt, dann bitte, tut es, es soll Euer Schaden nicht sein«, bat Yusuf, und seine Stimme hatte nichts mehr von jenem besonderen Stolz.

Der Dorfälteste sah den Araber lange an und entfernte sich dann. Yusuf befahl, an dem Wasserloch die Zelte aufzuschlagen. Wenig später kam der Dorfälteste wieder, und in seiner Begleitung war ein weiterer Mann. Gemeinsam traten sie in das Zelt des Yusuf. Gwyn saß auf dem Boden, den Blick leer in die Ferne gerichtet, stumm.

»Das ist Yamal al-Sar«, sprach der Dorfälteste zu Yusuf gewandt und stellte seinen seltsamen Begleiter vor. »Er ist ein Heiliger.«

Yusuf nickte nur und bat beide Männer, näher zu treten. Dies taten sie und nahmen vor ihm Platz. Bis auf zwei Männer, die als Wachtposten das Lager beschützten, waren alle übrigen Söldner im Zelt ihres Anführers anwesend. Sie alle blickten mit großer Verwunderung auf den Heiligen. Er war sehr alt, von großer Gestalt, und ein dichtes Geflecht von Falten überzog sein Gesicht und seine Hände. Er trug ein Tuch auf seinem Kopf und einen langen Burnus.

»Seid gegrüßt, heiliger Mann«, sagte Yusuf.

Er bemühte sich, höflich zu sein, auch wenn er nicht viel von diesen heiligen Männern hielt. Er misstraute ihnen, weil sie sich oft genug als Scharlatane und gewöhnliche Betrüger erwiesen. Andererseits, in einer Welt, in der dem Aberglauben, trotz der Lehre des Propheten, noch immer gefolgt wurde, konnte sich auch Yusuf ibn al-Mansur dem nicht gänzlich verschließen.

»Auch ich grüße Euch, edler Yusuf ibn-al Mansur«, entgegnete der Mann.

Yusuf war überrascht. Fennek und Bracko, wie auch die übrigen Männer, blickten auf ihren Anführer, denn niemand hatte bisher seinen Namen genannt. Aber der uralte Mann vor ihnen schien noch mehr zu wissen.

»Der Kranke ist ein Künstler des Goldes. Ein Handwerker aus dem fernen Land der Andersgläubigen. Seine Hände sind gesegnet. Aber er ist krank«, stellte der Mann fest.

Wieder nickte Yusuf nur und wartete, dass der Heilige weitersprechen würde. Aber der schwieg. So war es Yusuf, der nach einer Weile eine Frage an ihn richtete. »Er ist krank. So wie Ihr sagt. Könnt Ihr ihm helfen?«

»Ich weiß es nicht. Denn dies steht nicht in meiner Macht. Ihn zu heilen vermag nur Allah der Allmächtige.«

»Es steht nicht in Eurer Macht?«, fragte Yusuf zweifelnd, und er musste sich bemühen, seiner Stimme keinen Spott mitzugeben.

»Ich weiß nur, was ich sehe«, antwortete Yamal al-Sar.

»Helft ihm, und Ihr habt es nicht mit einem Undankbaren zu tun«, bat Yusuf den Mann.

Yamal al-Sar nickte und schloss die Augen. Alle schwiegen und blickten aufmerksam auf das Gesicht des alten Mannes, der still und ohne Regung dasaß und den Eindruck erweckte, als wäre er eingeschlafen. Aber dann, ganz plötzlich, öffnete er seine Augen, und die Männer erkannten in dem alten Gesicht, wie hell und klar, wie jung diese Augen noch blickten.

»Es wird schwer, sehr schwer«, sagte der Mann.

»Ihr könnt ihm helfen?«

Der Mann erhob sich, ebenso der Dorfälteste. »Ich hole ihn in mein Haus, wenn der Tag zu Ende geht. Bis dahin muss ich mich ausruhen. Ich werde alle Kräfte brauchen, denn es wird mich anstrengen. Allah segne Euch!«

»Allah segne Euch, weiser Mann«, sagte Yusuf.

Fennek und Bracko murmelten die gleichen Worte als Gruß. Die beiden alten Männer verließen das Zelt.

23

Gwyn lag auf einem einfachen Lager auf dem Boden eines engen kleinen Hauses, das ganz aus Lehm gebaut war. Hier war es kühl, und der Geruch nach schwelendem Holz und allerlei Kräutern zog durch den Raum.

Yamal al-Sar saß vor einem offenen Feuer. Im Hintergrund kauerte Yusuf. Der Heilige hatte erlaubt, dass er sich hier aufhielt. Vorher hatte er verlangt, dass Yusuf sein Schwert in seinem Zelt zurückließ. Fennek und Bracko wollten daraufhin ihren Anführer begleiten, doch Yusuf lehnte ab. Er war dem Dorfältesten und dem heiligen Mann gefolgt, der Gwyn wie ein kleines Kind an der Hand durch die Dunkelheit führte. Yusuf hatte Mühe gehabt, etwas zu sehen, aber der alte Mann strauchelte nicht ein einziges Mal.

Eine Weile murmelte Yamal al-Sar leise vor sich hin. In einem Halbkreis waren kleine Schalen aus Messing aufgestellt. Der Alte unterbrach das eine oder andere Mal seine Gebete und warf dann seltsame Pulver in das offene Feuer, und es roch in dem Raum erneut nach allerlei Kräutern und Essenzen.

Plötzlich erhob sich der Mann und schritt zu Gwyns Lager. Er rieb Gwyns Stirn mit einem hellen, klaren Öl ein, und dabei murmelte er leise weiter. Gwyns Glieder wurden allmählich schlaff, und sein Atem ging gleichmäßig, wie der eines Schlafenden. Plötzlich sprach ihn Yamal al-Sar in seiner Muttersprache an.

»Gwyn, Sohn des Carlisle, hörst du mich?«

Gwyn, der auf dem Rücken lag, so als ob er schliefe, begann zu antworten.

»Ja, Erhabener, ich höre dich.«

»Hast du Schmerzen?«

»Ja …«

»Sprich!«, ermunterte ihn Yamal al-Sar.

»Es ist, als ob eine Klammer aus Eisen mich hielte.«

»Du wirst dich wohler fühlen, und dein Körper soll schlafen. Erlaubst du, dass dein Geist mit mir spricht?«

»Ja …«, murmelte Gwyn.

»Berichte! Warum bist du hier?«

»Venedig schickte mich. Der Handel mit den Muslimen ist ihr Ziel. Darum zu bitten, war mein Auftrag.«

»Aber das war nicht der Grund allein. Warum bist *du* hier?«

Gwyns Hände suchten unruhig, und Yusuf sah, wie der Faber versuchte, sich an seinem Lager festzuhalten. Es war deutlich, dass er nicht antworten wollte. Aber die Stimme des Yamal al-Sar war geduldig und leise, als er erneut bat, Gwyn möge erzählen.

»Warum bist *du* nach Venedig gereist?«

»Mehr zu wissen als andere Goldschmiede. Das war der Wunsch, der mich dorthin trieb.«

»Und was noch?«

»Nichts mehr.«

»Gwyn, erinnerst du dich an die Zeit, als du ein Kind warst?«

»Ja.«

»Erzähle mir von deinen Eltern.«

»Mein Vater war ein Knecht, aber er war ein freier Mann. Er starb am Fieber. Meine Mutter lebt in einem Kloster in London. Sie ist sehr krank.«

»Was ist mit deinem Bruder?«

»Sid! Mein Bruder heißt Sidney, aber alle nannten ihn nur Sid.«

»Erzähle weiter!«

»Er starb, denn er war ein Mörder.«

Gwyns Brust hob und senkte sich nun schneller. Die Erinnerung an seine Familie musste ihm sehr zusetzen.

»Wo hast du dein Handwerk gelernt?«

»Bei Meister Peter Fallen. Er war mein Lehrherr. Er lehrte mich das Handwerk und alles, was er über seine Kunst wusste. Dies war sehr viel.«

»Was geschah mit ihm?«

»Er starb im Feuer, das der Inquisitor brennen ließ. Aber ich wurde zum Gesellen genannt.«

»Wohin bist du dann gegangen?«

»Nach Bath, in das Haus des Randolph Borden. Dort traf ich …«

Gwyn zögerte, weiter zu antworten.

»Wen?«, fragte Yamal sanft. Erneut zögerte Gwyn mit seiner Antwort. »Erzähle, Gwyn! Dein Herz wird froher mit jedem Wort, was du sagst. Erinnere dich an diese Zeit.«

»Agnes.«

»Das Weib deines Brotherrn?«

»Ja. Ich liebte sie so sehr, vom ersten Augenblick an wollt ich von allen Dingen dieser Welt nur sie. Wir liebten uns. Heimlich, denn sie war die Frau meines Brotherrn. Aber es war mir nicht möglich, zu ihr zu kommen, bis ihr Mann starb. Da bat ich um ihre Hand, und wir wurden uns versprochen. Ich wurde ihr Gemahl, wohlhabend, und zum Meister der Zunft ernannte man mich auch. Ich dachte, mein Glück wäre grenzenlos, bis sie mir die ganze Wahrheit gestand.«

»Was gestand sie dir?«

Wieder schwieg Gwyn, und seine Hände verkrampften sich und blieben so, als wären an seinen Händen keine Finger mehr.

»Warum starb er?«, fragte Yamal behutsam.

Wieder versuchte Gwyn, in seinem seltsamen Schlaf gefangen, der Frage auszuweichen.

»Sei ohne Furcht«, flüsterte Yamal sanft.

»Es ist …«, erneut stockte Gwyn.

»Erzähle!«, forderte ihn der Mann mit seiner ruhigen Stimme auf.

»Agnes ...«

»Ja?«

»Agnes hat ihn getötet. Langsam, ohne dass ich es wusste, gab sie ihm Gift.«

Yusuf, der dabeisaß und zuhörte, hielt nach diesem Geständnis unwillkürlich den Atem für einen Moment an. Die ungeheuerlichen Worte des Goldschmieds in diesem seltsamen stillen, fast dunklen Raum, die Fragen des Yamal al-Sar, der Gwyns Gedanken wie ein Medicus aufschnitt, um darin zu forschen, ließ ihn frösteln. Aber um keinen Preis wollte er von der seltsamen Befragung etwas versäumen. Er wollte die ganze Geschichte hören.

»Was tatest du, Gwyn?«, fragte Yamal al-Sar.

»Ich wollte nicht mehr bei ihr bleiben. Der Gedanke quälte mich, dies noch mehr, weil ich sie so liebte. Agnes gebar ein Kind, unser Kind. Ein Sohn, er heißt Peter.«

»Du willst ihn wiedersehen?«

»Ja!«

»Hast du ihr verziehen?«, fragte Yamal behutsam.

»Oh ja, aber sie ist, sie ist, ...«

Plötzlich begann Gwyn, leise zu weinen, wie ein Kind, das im Schlaf weint, weil es schlecht geträumt hat. Yamal al-Sar beugte sich über ihn und sprach leise auf ihn ein, in einer Sprache, die Yusuf nicht verstand. Gwyn weinte lange vor sich hin. Als er nur noch still dalag, erschöpft, sprach Yamal erneut zu ihm. »Gwyn?«

»Ja ...?«

»Agnes, dein Weib kommt nie mehr!«

Yusuf sah, wie der Körper des Goldschmiedes zitterte bei der grausamen Erkenntnis, die ihm nun erneut offenbart wurde.

»Agnes ist tot!«, sagte Yamal al-Sar beschwörend.

Gwyns Gesicht war nass vom Schweiß, und in kleinen Rinnsalen floss er ihm herab, so als befände er sich in der Gluthitze der Wüste. Aber er antwortete nicht.

Da sprang Yusuf auf und kniete neben al-Sar nieder. »Ihr quält ihn, Yamal«, stieß er hastig hervor.

»Nein«, raunte der Alte, »er muss von ihr lassen, nur noch die Erinnerung an sie darf ihn bewegen.«

»Er ist am Ende, und er wird sterben, wenn Ihr ihn weiter mit Euren Fragen quält, alter Mann«, stieß Yusuf wütend hervor.

»Er wird sterben, wenn der Dämon der Trauer von ihm Besitz ergreift für ewig«, antwortete Yamal ruhig.

»Lass ihn in Frieden, alter Narr!«, fauchte Yusuf drohend.

Er wollte sich erheben und den Alten an seinem Gewand packen und von seinem Platz wegziehen. Aber plötzlich legte ihm Yamal al-Sar seine dünne knochige Hand auf die Schulter. Yusuf verdrehte die Augen, dann keuchte er. Der Griff des scheinbar schwachen Mannes war von unglaublicher Kraft. Die dünnen, knochigen Finger bohrten sich wie blanke stählerne Dornen in sein Fleisch und seine Muskeln. Yusuf wollte schreien, aber sein Stolz verbot ihm dies. Er bemühte sich, den Griff des Alten zu lockern, doch wie mit eiserner Faust hielt ihn der Mann fest, ganz ohne Mühe, so dass er glauben musste, Yamal breche ihm gleich die Schulter.

»Seid still, Yusuf ibn al-Mansur, und wartet, bis die Macht der Geister ihn gereinigt hat«, sagte Yamal ohne Regung, aber nicht ohne deutliche Drohung. »Stört mich nicht noch einmal!«

Dann ließ er Yusuf los. Der Araber sackte leise stöhnend zusammen, hielt sich die Schulter und spürte nichts als einen fernen Schmerz. Der war nur deshalb erträglich, weil der übrige Arm auf einmal taub war. Als ihn Yamal ansah, waren es wache, dunkle Augen, die ein klein wenig spöttisch blitzten.

»Habt nur Geduld, Mann aus der Wüste.«

Yusuf antwortete, und seine Worte kamen langsam, denn noch immer war er zu verblüfft, um zu begreifen, was ihm soeben widerfahren war.

»Ich bitte um Verzeihung, *Saiyid* Yamal«, bat Yusuf, die Stimme schmerzerfüllt.

Er atmete schwer. Das taube Gefühl in seiner Schulter ließ allmählich nach, dafür spürte er einen heftig pochenden Schmerz.

Im Blick des Alten war etwas, das ihn zwang, ehrfürchtig und zugleich demütig zu sein und alles zu dulden, was er tat, um Gwyn zu helfen. So kroch Yusuf, ohne sich zu erheben, bis in das äußerste Eck des Raumes, wo die Türe in der Mauer, verdeckt von einem langen, dunklen Tuch, nach draußen führte. Er erhob sich langsam und wankte hinaus. Erst als er die kühle Nachtluft atmete, erholte er sich. Er ging mit kurzen Schritten über den kleinen Hof. An einem Feuer schlief der Älteste des Dorfes. Yusuf schob sich sein Gewand von der schmerzenden Schulter und besah die Stelle im Licht des Feuers. Haut und Fleisch dort waren dunkel, so als hätte er einen Hieb von großer Wucht erhalten.

Yusuf kroch in eine Ecke des Hofes, zog die Beine an und verspürte eine plötzliche Angst wie nie zuvor in seinem Leben.

Am frühen Morgen weckte ihn der Dorfälteste. »Scheich Yusuf, erhebt Euch. Es ist Zeit für ein Gebet.«

Yusuf richtete sich auf und schüttelte nur den Kopf. Seine Schulter schmerzte noch immer. »Betet für mich!«, bat er den Alten.

Der nickte nur und breitete dann ein Stück eines Tuches auf dem Boden aus und betete. Als er fertig war, schritt Yamal aus seinem kleinen Haus und trat zu den beiden Männern.

»Dein Morgen sei angenehm, und noch angenehmer sei dein Tag«, grüßte er Yusuf.

Der Mann wiederholte die Wünsche auch gegenüber dem Dorfältesten.

»Der Faber schläft jetzt«, fügte er hinzu.

»Wie … wie geht es ihm?«, fragte Yusuf zaghaft und zugleich mit Respekt.

»Gut, edler Scheich. Er wird müde sein, wenn er erwacht, und traurig. Aber das vergeht.«

»Was macht Euch so sicher?«, fragte Yusuf schnell und bemühte sich, höflich zu sprechen.

Yamals Antwort kam langsam, und mit keinem Wort erwähnte er jene seltsame Begebenheit aus der vorherigen Nacht.

»In seiner Heimat warten sein Handwerk und sein Sohn auf ihn. Das ist genug, um weiterzuleben.«

»Er will in das Land der Franken zurück?«, wollte Yusuf noch einmal bestätigt wissen.

»Ja, das waren seine Worte, die er sprach, bevor der Zauber zu Ende war und er wieder in den Schlaf verfiel. Daran wird er sich erinnern, wenn er erwacht, und dort wird sein Leben weitergehen«, antwortete Yamal feierlich.

Yusuf und seine Männer blieben einen ganzen Tag in dem kleinen namenlosen Ort. Gwyn trat gegen Mittag aus dem Haus des heiligen Mannes. Der Dorfälteste selbst geleitete den Goldschmied zu den Zelten der Söldner, die unweit der wenigen Hütten aufgestellt waren. Als Gwyn noch ein wenig schwankend und blass, aber mit klarem Verstand wieder inmitten der Männer stand, brachen diese in Hochrufe aus, und jeder von ihnen freute sich sichtlich über Gwyns Genesung.

Der Goldschmied lächelte das erste Mal wieder seit vielen Tagen.

Am nächsten Morgen brachen sie auf.

Sie folgten der Handelsstraße, an deren Ende die Hafenstadt Tyrus lag. Gwyn ritt auf einem der reiterlosen Pferde, um dann wieder lange Strecken zu Fuß zu gehen. Er war das lange Reiten nicht gewohnt und glaubte, wenn er zu Fuß ginge, würde ihn dies schneller kräftigen. Agnes hatte er nicht erwähnt. Auch nicht, was seit ihrem Tod mit ihm geschehen war. Es war so, wie der geheimnisvolle Yamal al-Sar gesagt hatte. Sein Leben begann an der Stelle, an der seine Erinnerung wieder einsetzte, alles andere war Vergangenheit. Dass Gwyn trotzdem an Agnes dachte und seine Trauer unendlich groß war, war ihm anzusehen. Aber er war wieder in der Lage, zu denken und zu planen. Er wollte nach Tyrus, in der Hoffnung auf ein Handelsschiff, das ihn bis nach Syrakus mitnehmen konnte. Kein Schiff fuhr die Strecke nach Britannien, ohne an den vielen Küsten unterwegs zu halten. Es würde viele Monate dauern, bis er wieder zu Hause in Bath war.

Zu Hause! Er war neugierig, was ihn dort erwartete, und er hoffte innig auf die erneute Aufnahme seiner Arbeit, die er so sehr liebte, in dem großen, prächtigen Haus in Bath und seinen Sohn, Peter, den er als wenige Tage alten Knaben verlassen hatte und der ihn immer an Agnes erinnern würde.

Im Königreich Sizilien regierte der Staufer, so erzählten es die Menschen in Tyrus. Der letzte Kreuzzug und der rege Schiffsverkehr zwischen den Städten Venedig und Genua brachten Wohlstand, und seitdem riss die rege Geschäftigkeit nicht mehr ab. Mit dem Reichtum der Stadt drängten sich viele seltsame Gestalten innerhalb der Mauern. So war es denn wie überall in den Küstenstädten am Meer in jenen Tagen. Da trieben sich all die Gestrandeten herum und diejenigen, die voller Ungeduld waren, all die Hoffenden und die Hoffnungslosen. Viele besaßen nur noch das, was sie am Leibe hatten, und verdingten sich für jede Arbeit, nur um nicht zu verhungern. Die Stadt war voll mit all diesen Menschen, und Gwyn war von einem Augenblick zum anderen einer von ihnen.

Yusuf und seine Männer blieben vor der Stadt. Keiner der Söldner hatte Lust, sein bisheriges Leben hinter sich zu lassen und das Land in Richtung Abendland zu verlassen. Keiner wollte zurück. Sie mieden die Stadt bei Tag, die ihnen zu voll erschien. Ein Handelsschiff aus Syracus lag im Hafen. Es hatte Getreide gebracht und wartete seit Tagen auf neue Ladung, doch keine war in Sicht. So ließ der Kapitän in den Tavernen und Herbergen rund um den Hafen die Aufforderung verbreiten, dass er Passagiere mit zurücknehmen würde. Bald war die steinerne Mole vor seinem Schiff voller Menschen, die sich anstellten und hofften, einen Platz auf dem Schiff, und sei er noch so eng, zu erhalten. Aber die wenigsten Menschen konnten sich die Reise leisten. Viele der Wartenden waren so verzweifelt, dass sie bereit waren, sich selbst zu verkaufen, nur um einen Platz zu erhalten.

Gwyn bezahlte zwei ganze Silbermünzen. Das war genug, um ein trockenes Eck und sogar einen Fuder Stroh auf dem Oberdeck, geschützt neben dem Niedergang, zu erhalten. Er hätte auch sein Papier mit dem Siegel des Sultans vorzeigen können, aber er zog es vor, ohne Aufsehen zu reisen.

Als Gwyn an diesem Morgen sein kleines Bündel schnürte, seinen Bogen ergriff und seinen Köcher mit den Pfeilen, standen alle Söldner vor ihren Zelten und beobachteten ihn. Gwyn trat zu Fennek, und in einer plötzlichen Geste umarmte er den Berber. Der ließ dies stumm mit sich geschehen, nur seine dunklen Augen leuchteten.

Dann schritt er zu Yusuf ibn al-Mansur, der im Schneidersitz vor seinem prächtigen Zelt saß und über das tiefblaue, glitzernde Mittelmeer blickte, sein kostbares Schwert auf den Knien. Als Gwyn näher trat, wandte der Araber sich nicht um.

»Darf ich mich zu Euch setzen?«, fragte Gwyn höflich.

Der Araber nickte schweigend und deutete ihm, sich

neben ihn zu setzen. Gwyn folgte der Aufforderung. So saßen sie beide schweigend eine ganze Weile.

»Fennek hat Tee gemacht. Trinkt Ihr mit mir Tee?«, fragte Yusuf plötzlich.

Gwyn musste lächeln. »Ja, sehr gern, Yusuf ibn al-Mansur.«

Der Araber beugte sich nach vorn und begann, den Tee einzuschenken. Gwyn genoss die vertraute und so unzählige Male erlebte Zeremonie.

Gemeinsam tranken sie.

»Woran denkt Ihr?«, fragte Yusuf plötzlich.

»An die Zeit in diesem Land. An den Marsch durch die Wüste und den Hof des Sultans von Ägypten.«

Yusuf lachte leise. »Ich denke an den Herrn der Pfeile«, sagte er.

Jetzt musste Gwyn lächeln. Wie weit lag dies alles in seiner Erinnerung zurück.

»Herr Carlisle«, fragte Yusuf höflich, »erinnert Ihr Euch an das Wort, das Ihr an den Sultan gerichtet habt?«

»Ja.«

»Wie nanntet Ihr mich damals?«

»*Saiyid!*«

Yusuf schloss die Augen und lächelte still.

»Ihr wärt ein guter Muslim, Herr Carlisle«, bemerkte er höflich.

»Dies sagtet Ihr mir schon einmal. Aber ich bleibe dabei, ich bin Christ.«

Yusuf öffnete seine Augen.

»Yusuf«, fragte Gwyn, »wenn ich nun reise, werde ich dann auch ein Teil von Euch sein, so wie Fennek und Bracko, wie William und Gerenot und all die anderen Gefährten?«

»Ja«, antwortete Yusuf leise, nachdem er einen Moment lang schweigend über das blaue Meer geblickt hatte.

»Ihr seid mein Herz, Gwyn Carlisle, *mein* Herz.«

Glossar

ahl al badija (arab.): »Leute der Wüste«. So bezeichnen die Araber die Beduinen, Bewohner, die aus der Wüste kommen.

Ahlam wa saghlam (arab.): Begrüßungsformel

Aràb (arab.): Nomade. Allgemeine Bezeichnung für die Bewohner des arabischen Sprachraumes, aus der sich der Begriff Araber ableitet.

beneficium (lat.): Lehen. Von leihen bzw. verliehen. Grund oder Immobilien wurden von einem Herrscher an einen verdienten Vasallen übertragen.

Emir (arab.): Landesfürst, mit dem europäischen Herzog vergleichbar.

Fellache (arab.): Arabischer Bauer.

Fennek (arab.): Wüstenfuchs, eine Art, die fast überall in den arabischen Wüsten vorkommt.

Karsthans/Karsthänse (altdtsch. Umgangssprache): Bezeichnung für Arme, bzw. Menschen ohne jeglichen Besitz.

Kuttab (arab.): Sekretär im Palast des Sultans.

Papier: Obwohl den Arabern in jener Zeit das Papier, im Gegensatz zum Abendland, bereits bekannt war, wurde es meist nur von Gelehrten oder bei Hof benutzt. Sprach man von Papier, war zu jener Zeit eher eine Legitimation, also eine Art Ausweis oder eine sonstige Berechtigung gemeint. Dabei musste dieses Dokument aber nicht unbedingt aus dem Material Papier sein.

Rumi (arab.): Ungläubiger. Eher verächtliche Bezeichnung für einen Nichtmuslim.

Saiyid (arab.): Herr. Besonders höfliche Anrede für einen Mann, unabhängig von Titel und Rang.

Scheich (arab.): Ältester. Bezeichnung für den Senior einer Sippe. Zugleich ein besonderer Ehrentitel.

Scimitar (arab.): arabisches Krummschwert, von den Bewohnern der Wüste bis zu Beginn dieses Jahrhunderts noch im Gebrauch.

Seldschuken: Türkische Dynastie, die seit Mitte des 10. Jahrhunderts Persien und Kleinasien unterwarf. Dieses Reich wurde später in mehrere Reiche geteilt. Im 13. Jahrhundert unterwarfen die Osmanen die Seldschuken.

Serail (pers.-türk.): Bezeichnung für die Palaststadt oder den Palastkomplex des Sultans.

Societas (lat.): Zusammenschluss von Händlern, die mit demselben Reiseziel so sicherer reisen und damit handeln konnten.

Sultan: So viel wie Macht oder Autorität. Rein weltliches Herrscheramt im Gegensatz zum Kalifen als einer religiös-politischen Institution.

Wadi (arab.) Bezeichnung für trockene Wüstenflusstäler.

Wesir: Im mittelalterlichen Islam das mit hohen Vollmachten ausgestattete Haupt der Staatsverwaltung, das dem Kalifen direkt verantwortlich ist.